KB197881

2025
올해의 문제소설

한국현대소설학회 엮음

현대문학 교수 350명이 뽑은

2025
올해의 문제소설

한국현대소설학회 엮음

푸른사상
PRUNSASANG

『2025 올해의 문제소설』을 발간하며

한국현대소설학회가 주관하는 『2025 올해의 문제소설』을 소개한다. 늘 그렇지만 작품을 선정하기 위해 읽는 작업은 항용 긴장과 고단함이 붙좇아서 따르는 일이다. 특히 내 판단을 제쳐두고 특정 작품을 선정해야 할 상황에 처할 때의 피로라는 게 여간 견딜 만한 것은 아닐 터이다. 이 고된 작업을 24년 내내 서울대 〈현장문학읽기〉 세미나 팀이 맡아왔다. 거듭 선정 작업에 참여해주신 세미나 팀에게 감사의 말씀을 드리지 않을 수가 없다.

서울대 〈현장문학읽기〉 세미나 팀은 2024년 한 해 동안 각종 문예지를 통해 발표된 한국 단편소설 315편을 검토하였다. 그리고 이 중 20편의 작품을 예심 추천작으로 선정하였으며 학회의 심사와 논의 끝에 총 11편의 작품을 싣게 되었다.

- 김병운, 「만나고 나서 하는 생각」, 『창작과비평』, 2024년 가을호
- 서고운, 「여름이 없는 나라」, 『문학들』, 2024년 여름호
- 서장원, 「리틀 프라이드」, 『자음과모음』, 2024년 봄호
- 성해나, 「스무드」, 『현대문학』, 2024년 10월호

- 예소연, 「작은 벌」, 『씁』, 2024년 하반기호
- 이미상, 「옮겨붙은 소망」, 『창작과비평』, 2024년 여름호
- 이서수, 「AKA 신숙자」, 『자음과모음』, 2024년 여름호
- 이주혜, 「괄호 밖은 안녕」, 『문학과사회』, 2024년 가을호
- 이준아, 「청의 자리」, 『문장웹진』, 2024년 10월호
- 이희주, 「최애의 아이」, 『문학동네』, 2024년 가을호
- 최미래, 「과자 집을 지나쳐」, 『자음과모음』, 2024년 겨울호

2024년에 발표된 작품들은 최근 한국문학의 변화를 이끌어왔던 페미니즘/퀴어 문학의 흐름을 여전히 이어가고 있었지만, 그 가운데서도 다양한 소재와 주제를 반영한 작품들도 눈에 띄었다. 젊은 여성 작가들의 서사적 에너지가 각양각색으로 분출하고 있었고, 한국 사회의 현실과 변화를 적극적으로 재현하려는 움직임도 다수 포착되었다. SF를 비롯해 장르 계열의 소재나 문법을 활용한 작품들이 다소 줄어든 것도 특기할 만한 지점이었다. 환상이나 기괴의 공간을 창출하고 그 안에서 현실의 아귀다툼이나 모순을 서사화하는 작업에 작가들이 어지간히 지쳐버려 이런 현상이 나타난 것은 분명 아닐 터인데, 아무튼 문예지 소재 장르 문학의 위축은 다시 되짚어볼 만한 것임은 분명하다.

우리 소설은 현재 서사 시장에서의 시세와는 달리 다양한 서사 문법과 편폭을 통해 새로운 시장을 만들어가고 있다. 그것을 우리가 '역진화'로 정의할 수 있다면, 우리 소설의 역진화는 내년에도 계속 진행될 것이다. 이번에 선정된 작가들 대부분은 활동 경력이 길지 않은, 신인 축에 속하는 작가

들이다. 한국문학의 세대교체가 본격적으로 이루어지는 순간이라고 보아도 무리가 없어 보이고, 역진화의 표징으로 봐도 무리는 없어 보인다. 우리 소설의 본질적인 양태 변화가 역진화와 궤를 같이하는 것이라는 논리는 말 그대로 '거친' 선언에 불과할 것이겠지만, 여하튼 서사 시장의 우위 여부와는 별개의 함의를 갖고 있는 최근의 변화상(문예지 소재 작품들의 역진화)은 앞으로도 계속 주목을 요할 일이다.

지난해 우리 소설은 한국 최초의 노벨문학상이라는 상징적인 이정표를 통과하면서 새로운 문학적 감각과 세대적 감수성의 창발을 알리는, 이른바 창발적 진화의 신호탄을 쏘아 올렸다. 2025년에도 여전히 문예지 편폭이 더욱 창신되고, 우리 소설을 사랑하는 독자들이 함께 호흡할 수 있기를 바란다.

2025년 2월

한국현대소설학회『2025 올해의 문제소설』기획위원회

만나고 나서 하는 생각

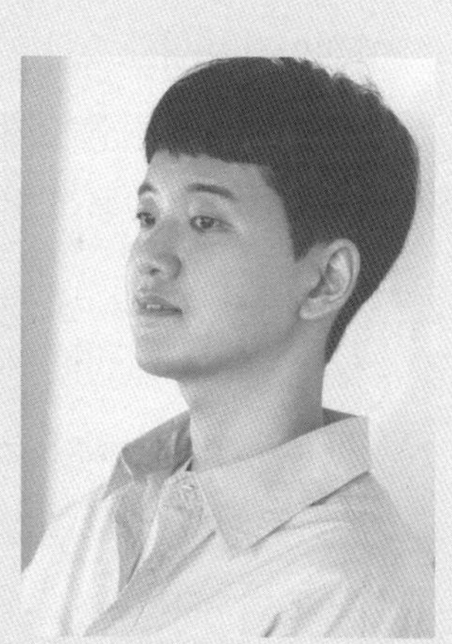

김병운

2014년 『작가세계』 신인상을 통해 작품 활동 시작.
소설집 『기다릴 때 우리가 하는 말들』,
장편소설 『아는 사람만 아는 배우 공상표의 필모그래피』 등 있음.
젊은작가상, 이효석문학상 우수작품상 수상.

만나고 나서 하는 생각

1

아침 강습을 마치고 집으로 돌아오니 엄마가 부엌과 화장실을 잇는 길목에 앉아서 머리를 칠하고 있었다. 내 기억이 맞다면 엄마는 일을 나가기 시작한 그해부터 직접 염색을 했는데, 경력이 거의 25년이 다 되어가는데도 여전히 정수리 부분이나 귀 뒤쪽은 대충일 때가 많았고 오늘도 예외는 아니었다.

얼른 해치우자 싶어 바짝 붙어 앉자 엄마가 기다렸다는 듯이 등 뒤로 비닐장갑과 솔을 넘겼다. 커트보를 두르지 않은 탓에 목덜미 주변으로 가루가 달라붙어 있었고 장갑이 땀으로 축축했다. 염색방에 가면 만오천 원이라는데 왜 사서 고생일까, 그 돈을 아껴서 무슨 부귀영화를 누리려는 걸까 생각하며 솔질을 하는데, 이런 내 생각이 빤했는지 엄마가 밖에서 쓰는 약은 두피 건강에 좋지 않다며 지금 쓰는 인도산 천연 헤나를 예찬했다. 그러고는 수순처럼 내게 염색을 권했다. 그렇게 새치가 많으면 사람이 추잡스러워 보인다고도 했고, 이제 너도 적은 나이가 아니니 관리를 해야 한다고도 했다.

남의 눈을 신경 쓰는 듯 말했지만 사실 엄마는 해를 거듭할수록 내 얼굴에서 점점 더 아빠의 모습이 선명해지는 게 못마땅한 것이었는데, 아빠처럼 일찍 세어버린 머리가 결정적이라고 생각하는지 요즘 들어 툭하면 염색 얘기를 꺼냈다.

말 나온 김에 너도 지금 할래?

……

응? 보이는 데만이라도 해. 내가 해줄게.

……

나는 싫다는 뜻이 분명히 전해지도록 엄마의 머리 각도를 힘주어 재조정하고는 빗질로 넘어갔다. 엄마가 먼저 칠해놓은 자리마다 염료가 떡져 있었다.

말은 또 안 하는 거야?

엄마가 잠시간 이어지던 정적을 끊으며 물었고,

어, 안 하는 거야.

나는 대답 대신 생각만 했다.

얼추 마무리된 듯하여 장갑을 벗었을 때 식탁 위에 올려둔 엄마의 전화기가 울렸다. 급하면 또 걸겠지 하고 안 받았더니 일이 분쯤 뒤에 한 번 더 울렸고, 확인해보니 홍주였다. 나는 통화 버튼을 누르고는 엄마의 귓가에 전화기를 가져다 댔다. 염색약이 묻어나지 않게 전화기를 살짝 떨어뜨렸더니 홍주의 말소리와 숨소리가 내게도 잘 들렸다.

응, 홍주야. 무슨 일이야.

쉬는 날 죄송해요.

홍주는 방금 원기를 등원시키고 출근하는 길이라며 사정을 설명했다. 갑자기 회사에 일이 터져 자리를 비울 수 없게 됐다고, 최대한 노력을 하겠지만 퇴근 역시 많이 늦어질 것 같다고. 근로자의 날부터 대체 휴일까지 내리 엿새를 쉬어보겠다는 홍주의 야심찬 계획은 이로써 실패하게 됐는데, 그 말인즉슨 엄마의 연휴도 홍주의 연휴처럼 졸지에 중단되었다는 뜻이었다.

엄마는 홍주가 우리와 다시 한동네에 살게 된 재작년부터 원기를 돌봤다. 홍주의 출퇴근 시간에 맞춰 원기의 등하원을 시키고 식사를 챙기고 그 밖의 필요한 집안일을 돕는 게 엄마가 요즘 하는 일이었다. 엄마에 따르면 홍주는 이전에 엄마가 일했던 그 어떤 집들보다도 일당을 후하게 쳐주는 편이었다.

너무 급하게 말씀드렸죠?

그러네, 좀 급하다.

아, 오늘 어려우세요?

아니, 어려운 건 아니고. 원기 우리 집에 있어도 되려나?

그럼요, 되고말고요.

엄마가 동의를 구하듯 나를 힐끗 쳐다보기에 나는 고개를 끄덕여 보였다. 같이 밥을 먹고 연도를 바치는 게 전부일 테니 거기에 원기가 있다고 해서 특별히 어색하거나 불편하지는 않을 것 같았다.

염색 도구를 마저 정리하고 걸레질을 하는데 홍주에게서 다시 연락이 왔다. 이번에는 엄마의 전화기가 아닌 내 전화기였고, 통화가 아닌 카카오톡 메시지였다.

[아줌마 말이야. 무슨 일 있으셔? 요새 원기 때문에 힘들다고 하시지?]

[응? 원기가 왜?]

[말을 잘 안 듣거든. 근데 아줌마가 못 도와주시면 나 정말 곤란해져.]

[그런 거 아니야.]

[아니야?]

[응, 무슨 일 없고, 원기는 말을 안 들어도 너무 예쁘고, 그냥 오늘은…… 아빠 기일.]

✽

오늘 선산행은 두 시간 하고도 십오 분이 걸렸다. 행정구역상 경기도이지만 버스를 두 번이나 갈아타고도 삼십 분쯤 더 걸어 올라야 하는 외가의 선산. 아빠 장례를 치렀을 때만 해도 이쪽으로는 버스도 다니지 않았는데, 그 사이 인근에 리조트가 들어서고 캠핑장이 생기더니 이제는 터널을 뚫을 예정이라고 했다. 십수 년 전부터 개발이 되네 마네 말이 많더니만 결국은 되는 모양이었고, 올해가 가기 전에 선산 전체를 이장하는 게 이씨네 장손들의 숙제였다.

아빠의 자리는 외할아버지와 외할머니의 무덤으로부터 오십 보 정도 떨어진 수풀 안에 있다. 듬성듬성 심긴 소나무 가운데 유독 둥치가 가늘고 가지가 굽어 있는 게 우리가 아빠로 삼은 나무이고, 이 나무 밑동에 소주 두 병을 고루 붓는 게 내가 엄마를 대신해 하는 일이다. 엄마는 무릎 연골판이 파열된 이후로 산행이 어려워졌고, 나는 마침 아빠의 10주기이기도 했던 그해를 기점으로 다시 이곳을 찾게 됐다. 한때는 이쪽으로는 머리도 두지 않겠다고 다짐했던 나였는데, 그 다짐을 번복하는 미래는 절대로 없을 거라고 자신했던 나였는데……

아빠의 유골을 이곳에 뿌리게 된 데는 내게도 적지 않은 지분이 있다. 그 시절 나는 아빠를 아빠 대신 그 사람이라고 부르거나 아예 부르지 않았는데, 그런 내 마음을 누구보다 잘 알고 있었던 엄마는 내게 짐이 될지도 모를 일은 애초에 만들고 싶어하지 않았다. 무덤이나 봉안당을 마련해두고 방치할 바에는 아예 흔적도 남기지 않는 게 낫다는 생각이었고, 당시 장례 전반을 진두지휘했던 큰외삼촌의 제안에 따라 외가의 선산으로 눈을 돌리게 됐다. 말이 좋아 자연으로의 회귀지 실제로는 아빠를 밖에다 내다 버리는 것 같아서 내심 찜찜했다는 엄마에게 양친이 묻힌 선산은 그나마 심리적으로 거부감이 덜했던 것 같다. 지금에 와서 생각해보면 평생 소원했던 처가 사람들과 죽어서까지 이웃하는 건 아빠에게 다소 잔인한 처사가 아니었을까 싶기도 한데, 그때는 아빠의 입장을 헤아릴 경황은 물론이거니와 다른 선택지를 찾아보려는 의지 또한 없었다.

그래서일까. 이 나무를 아빠로 삼는 것이 과연 합당한지에 대한 의문은 엄마와 나 사이에 늘 있었다. 뼛가루를 뿌리는 산골 작업이 이루어지던 그 순간에 정작 엄마와 나는 수풀 밖에 있었으니까. 영화나 드라마에서 보던 것과 달리 아직 화기가 채 가시지 않은 골분함에 손을 넣는 일은 상상 이상으로 공포스러웠는데, 결국 우리는 한두 번 시늉만 하고는 뒤로 물러섰고, 그 일까지 대신 맡아준 큰외삼촌의 뒷모습을 멀찍이서 바라보기만 했다.

여길 또 올 수 있을까. 이제 선산은 더는 선산이 아니게 된다는데 과연 그전에 다시 오는 수고를 할까. 물론 마음만 먹으면 그사이 한 번이 아니라 두 번 세 번도 더 올 수 있을 테지만, 그런 마음은 기일이 아니면 좀처럼 먹어지지 않는 법이니까.

나는 돌아가기 전 엄마가 부탁했던 나무 사진을 여러 장 찍어 보내고는 눈앞의 풍경을 찬찬히 바라봤다. 다음이 없을 수도 있다고 생각하니 왠지 최선을 다해야 할 것만 같았고, 젖은 흙냄새와 나무껍질 틈새로 새어 나온 송진 냄새, 그리고 햇볕에 말라가는 바늘잎 냄새를 폐 속까지 한껏 들이마셨다. 수관과 수관 사이로 푸른 하늘이 보였고, 멀리서 이름 모를 새소리와 잔잔하게 흐르는 물소리가 들려왔다.

자리를 정리하고 무덤이 있는 양지 쪽으로 나오자 홍주에게서 메시지가 왔다. 엄마에게 보낸 줄 알았던 나무 사진이 홍주와의 대화창에 버젓이 남아 있었다.

[벌써 거기까지 간 거야? 아저씨한테 내 안부도 전해주도록.]

*

홍주와는 초등학교 3학년 여름 방학부터 중학교 3학년 겨울 방학까지 6년 반을 한집에서 살았다. 아빠의 퇴직으로 생활비가 끊긴 엄마는 돈이 나올 구멍을 궁리하던 끝에 광채에 달린 문간방을 세놓았는데, 거기에 살게 된 사람이 홍주와 홍주네 할머니였다. 홍주네 할머니와 우리 할머니는 오래전 미제 보따리 장사를 함께한 인연이 있었다.

홍주네 방은 애초에 방이 아니라 창고였기에 수리를 해도 사람이 살기에는 부적절했다. 취사용 싱크대가 있기는 하나 방바닥이 허리 높이까지 올라와서 흡사 다락 같았고, 창문이 길가로 나 있는 데다 볕이 잘 들지 않아 추위에 취약했다. 이따금 낯선 어른들이 홍주네 아빠 이름을 들먹이며 찾아와서 그 방을 들여다봤는데, 그들 중 다시 찾아온 사람은 한 명도 없었다고 언젠가 홍주는 말했다.

홍주와 나는 집 안에서는 하루도 빠짐없이 어울렸으나 집 밖에서는 아니었다. 우리가 살던 그 골목을 벗어나면 거의 아는 체를 안 했고, 특히나 학교에서는 더더욱 서로를 의식하며 거리를 유지했다. 아마도 그렇게 하면 우리가 한집에 산다는 걸 누구도 짐작할 수 없으리라고 생각했던 것 같다. 그리고 그렇게 해야만 본의 아니게 알게 된 서로의 비밀을 지킬 수 있을 거라는 생각도.

잘 봐, 나는 너를 모르는 척할 수 있는 것처럼 너의 비밀도 모르는 척할 수 있어. 그러니까 너의 비밀은 안전해. 눈이 마주치거나 마주치지 않은 채로 교실에서, 복도에서, 운동장에서 스쳐 지나갈 때마다 우리는 서로에게 이렇게 말하는 듯했다.

그 시절 홍주의 비밀이 남의 집 창고에 더불어 살아야 하는 지독한 형편이었다면 내 비밀은 아빠의 장애였다. 아니, 알코올 중독이었던가. 둘 중 무엇이 더 창피했는지 모르겠지만 둘은 톱니바퀴처럼 서로 맞물려 돌아갔다. 아빠는 술을 마셔야만 말을 할 수 있었고, 말을 하기 위해서 자꾸 술을 마셨으니까. 그건 선천적 청각장애가 있으면서도 철저히 청인의 사회에서

만 생활해온 아빠가 구어와 필담을 거쳐 선택한 소통 방식이었고, 유년의 나는 가장으로서의 지위와 성인 남성으로서의 힘을 앞세워 나를 자기 방식에 복속시키고자 했던 아빠에게 제대로 저항할 수 없었다.

생각해보면 아빠는 아주 많이 취했을 때도 엄마나 내게 손찌검을 하지는 않았다. 하지만 손에 닿는 집기를 부수거나 예측할 수 없는 순간에 거의 포효에 가까운 괴성을 내질렀고, 그간 세상이 아빠에게 음성 언어를 강요해왔던 것에 대한 복수처럼 우리에게 뭉개진 발성과 부정확한 발음으로 이루어진 자신의 데프보이스를 경청하도록 강제했다. 그리고 그 대화 아닌 대화는 밤새 이어질 때가 많았다. 제발 좀 자고 싶은데도 끝나지를 않아서, 잠들면 깨우고 다시 잠들면 깨우는 방식으로 집요하게 이어져서 차라리 맞아도 좋으니 그냥 빨리 끝나는 편이 낫겠다는 생각을 하기도 했다.

아빠에게 그렇게 붙들리는 사람은 언제나 엄마였으나 가끔은 내가 되기도 했다. 내가 아빠를 양말에 난 구멍처럼 부끄러워한다는 걸 미처 숨기지 못했던 날. 아빠를 잘못 말린 빨래에서 나는 냄새처럼 힘들어한다는 걸 감추지 않았던 날. 아빠를 외부인, 침입자, 그림자, 없는 사람 취급했던 날. 그런 날이면 엄마는 나를 광채로 피신시켰고, 홍주와 홍주네 할머니는 내게 기꺼이 누울 자리를 만들어주었다. 안채에서 큰소리가 나는 날에는 광채에서도 쉬이 잠들 수가 없었는데, 그때 홍주는 보물처럼 애지중지하는 워크맨과 이어폰을 내 앞으로 밀어놓고는 먼저 벽 쪽으로 돌아누웠고, 그래도 내가 울음을 그치지 못하면 자기 이불을 통째로 넘겨주기도 했다.

그리고 다음 날 아침이 되면 언제 어떻게 잠들었는지 모르는 나를 흔들어 깨웠다. 어느덧 학교에 갈 시간이었고, 우리는 안방이나 마루 한편에 흠뻑 젖은 외투마냥 구겨져 있는 아빠를 못 본 체하며 학교 갈 준비를 했다. 안마당에 있는 수돗가에서 차례로 씻었고, 홍주네 할머니가 차려준 밥을 먹었으며, 어제 부려놓았던 가방을 그대로 챙겨 들고는 대문 밖으로 나섰다. 물론 서로 다른 집에 사는 것처럼 약간의 시차를 두면서.

2

서울로 돌아와서는 K를 만났다. 버스와 지하철을 연이어 코앞에서 놓치는 바람에 조금 늦었더니, 먼저 도착한 K가 막걸리와 도토리묵 무침을 시켜놓고는 전화기를 들여다보고 있었다. 뭐가 그렇게 재밌는지 테이블 아래로 숨기듯 내려놓은 화면에 정신이 팔려서는 내가 자리에 앉은 다음에야 눈을 들었다.

어, 빨리 왔네? 더 걸릴 줄 알았는데.

……

배고프지? 감자전이랑 두부김치 어때? 괜찮다면 끄덕여주시고.

나는 고개를 끄덕이고는 대나무 발로 가려놓은 천장과 황토벽을 한 번 둘러봤다. K와 헤어지고는 처음 와보는 것이었는데, 메뉴판에 덧붙여놓은 가격 말고는 달라진 게 없었다. 손님은 우리뿐이었고, 주문과 요리, 서빙, 계산까지 모두 한 분이 도맡고 있어서 K가 추가 주문을 위해 주방 앞으로 갔다. 주방 안에서 얼핏 보이는 얼굴이 언젠가 우리를 부자관계로 오해했던 그 이모님인 듯했다.

다른 날 봐도 되는데. 진작 말했으면 날짜를 바꿨지.

다시 자리로 돌아온 K가 혹시 하는 표정으로 술을 권하기에 나는 고개를 저었다. 금언과 금주가 아빠의 기일마다 반복하는 내 나름의 의식이라는 것을 K는 알았고, 그걸 알아도 우리가 기일에 만나는 것은 처음이었기에 왠지 좀 재밌어하는 눈치였다.

K는 오늘 선산은 어땠느냐고 묻더니, 어제 내린 비로 흙이 좀 미끄러웠을 것 같다는 둥, 하지만 날이 흐려서 그렇게 고생스럽진 않았을 것 같다는 둥 혼자 대답을 했다. 그러고는 잠시 뜸을 들이더니 그저 얘기를 들은 게 전부이기는 해도 가끔 가다 너희 아버지에 대해 생각할 때가 있다고 했다. 뉴스 화면 하단에 수어 통역사가 등장할 때나 시장 초입에서 공갈빵을 팔

며 수어로 대화하는 부부 앞을 지날 때 문득 내가 토막토막 꺼내놓았던 아버지 얘기가 떠오른다고.

그러니까 장애는 의지와 노력으로 극복할 수 있다고 믿어 의심치 않았던 할머니의 양육 방식과 그 방식을 내재화하여 줄곧 농학교가 아닌 일반학교에서 자신의 쓸모를 입증하려 했던 아빠의 역사. 아빠는 구화 교육을 받느라 수어는 제대로 배워본 적이 없었고, 수어를 쓰는 사람은 짐승처럼 보인다며 애써 그들과 거리를 두려 했다. 그게 자신의 언어를 잃고 소통의 가능성을 포기하는 일이라는 걸 모르지 않았을 텐데도 청인의 삶에 동화되려고만 했다.

나는 다른 사람에게는 아니어도 K에게는 아빠 얘기를 곧잘 하곤 했다. K가 함께 사는 자기 아버지 얘기를 할 때마다 나도 그에 상응하는 뭔가를 자꾸 털어놓게 되었기 때문이었다. 게다가 K의 어떤 면면에서 나는 아빠를 겹쳐볼 때가 있었다. 청각장애인이지만 자신을 농인으로 정체화할 수 없었던 아빠와, 남성과 섹스를 하는 남성이면서도 자신을 '이쪽'으로 눙칠 뿐 게이로는 인정하지 않으려 했던 K. 농인 커뮤니티에 대한 정보를 수집해왔으면서도 그 안으로 진입하는 데는 번번이 실패했던 아빠와, 휴게텔이나 DVD방처럼 게이 커뮤니티 안에서도 낙인찍힌 공간에서만 사람을 만나왔던 K.

이제와 생각해보면 내가 했던 아빠의 얘기 대부분은 결국 농인 문화와 청인 문화 그 어디에도 속하지 못했던 아빠가 스스로를 어떻게 해쳤는지, 지속되는 자기혐오로 주변을 어떻게 망가뜨렸는지로 귀결되곤 했는데, 그럴 때마다 K는 무슨 말을 해야 할지 모르겠다는 듯 난감한 표정으로 골똘해지곤 했다.

아, 맞다. 까먹기 전에.

주문한 음식이 나오고 모든 메뉴를 한입씩 맛보았을 때 K가 옆자리에 두었던 쇼핑백을 내게 건넸다. 1L짜리 유리병 두 개에 가득 담긴 아로니아 원액이었고, 여성 건강식품이니 어머니에게 꼭 드리라며 효능 몇 가지를 나열했다. 그러고는 드셔보시고 좋다고 하면 말만 하라고, 매달 집으로 보내주겠다고 했다.

K는 두 해 전 치매를 앓는 아버지와 함께 고모네 일가가 터를 잡은 단양으로 내려갔다. 자꾸만 사라지는 아버지를 홀로 돌보기가 더는 불가능하다는 판단에서였고, 처음 일 년은 고모네 식구의 도움을 받다가 다음 해부터는 인근의 요양병원으로 아버지를 모셨다. 병원비와 간병비, 생활비 부담에 주중에는 조경 자재를 운반하고 주말에는 고모부가 운영하는 아로니아 농장에서 일손을 돕는 게 요즘 K의 일상이라고 하는데, 그 사이 탈모도 더 심해지고 멀쩡하던 위 어금니도 빠졌지만 그래도 서울에 살 때보다는 훨씬 낫다며 K는 웃었다.

잠시 후 K가 뭐 하나만 봐줄 수 있겠느냐고 묻더니 주저하듯 전화기를 내밀었다. 데이팅 앱에 걸어둔 자기 사진이었고, 입었지만 다 입은 건 아니어서 괜히 주변을 한 번 살피게 됐다. 사진 속 K는 턱살이 약간 접힌 채로 전신 거울 앞에 서 있었는데, 살짝 처진 가슴과 점처럼 작게 박힌 젖꼭지, 힘을 과도하게 준 듯 가운데가 움푹 들어간 배까지 모두 내가 기억하는 K의 몸 그대로였다.

내릴까? 별로지?

……

왜 말 거는 사람이 없을까?

K가 심각한 표정으로 물었고,

그래도 거울은 좀 닦고 찍지.

나는 생각하며 화면 하단의 탭을 끌어올렸다. K의 프로필에는 비교적 얼굴이 잘 드러난 사진이 한 장 더 있었는데, 자세히 보니 단체 사진에서 자기 얼굴 부분만 확대해 캡쳐해둔 것이었고 그마저도 찍은 지 이십 년은 더 되어 보였다. 그리고 자기 소개란에 적어둔 문구는 '죄송합니다. 자주 지웠

다 깔았다 합니다.'

나는 곧장 내 전화기에 깔려 있는 데이팅 앱을 열었다. 그리고 거리가 '0미터'로 표시되는 K와의 대화창을 활성화시켰다.

[안녕하세요. 어떤 사람 찾으시나요? 인상이 참 좋으시네요.]

이윽고 내가 보낸 메시지를 확인한 K가 피식 웃더니 답장했다.

[사진보단 실물이 더 낫다고들 하네요.]

[확실한가요?]

[그럼요. 만나서 확인해보시죠.]

[아, 제가 일틱하진 않은데…… 감당 가능하신지?]

[끼 없는 게이는 별 매력 없습니다. 그리고 혹시나 해서 말씀드리는데 저는 비선호를 비선호한답니다.]

[아하, 네에. 어련하시겠어요.]

나는 이쪽 세계의 문법을 자연스럽게 구사하는 K의 새로운 면모에 헛웃음이 났고, 이 얼마나 장족의 발전인가 싶어서 K를 넌지시 건너다보게 됐다. 이런 앱에다 얼굴 사진 몸 사진 거는 사람들을 나는 이해할 수가 없다고, 이렇게 사는 게 뭐 그리 자랑이라고 이토록 당당한 건지 잘 모르겠다고 거북해하던 사람이 바로 K였는데……

그래서일까. 나는 그런 K가 낯설게 느껴지면서 조금 서운해졌는데, 그건 이제 K에게는 내가 필요치 않으리라는 판단에서 비롯된 감정이기도 했다. 내가 아니면 도저히 안 될 것 같은 K나 철저하게 혼자인 것만 같은 K는 이제 더는 없구나 싶었고, 진작 멀어졌음에도 그보다 더 멀어진 듯한 기분에 잠시 아득해졌다.

아니, 너한테만 괜찮으면 뭐하냐고.

그때 K가 전화기를 뒤집어놓으며 눈을 가늘게 떴다.

다 늙어서 쌤통이다 싶지? 배가 불러서 아주 천치 짓을 하더니만 당해도 싸다 싶지?

……

표정과 말투, 어조는 농담처럼 가벼웠으나 내용은 아니었고, 나는 K의 자책과 자조가 진심이 아니라는 걸 알기에 멋쩍은 웃음으로 응답할 수밖에 없었다.

너는 어때? 만나는 사람은 있고?

……

있다면 끄덕여주시고.

……

나는 천천히 고개를 젓고는 K의 반응을 주시했다. 심상한 표정이었으나 오른쪽 뺨에만 패는 보조개까지 감추진 못했고, 그게 내게는 일말의 여지처럼 다가왔다. 하지만 거기에 그런 의미만 있었던 것은 아닌지 K는 점점 닫힌 얼굴이 되었다. 허공에 시선을 걸어둔 채로 어떤 장면을 그려보는 것 같았고, 그러다 미끄러지듯 아래로 향하던 눈길을 잠시간 내 머리에 두기도 했다. 나는 이전보다 훨씬 더 무성해진 새치를 의식하며 보란 듯이 머리를 쓸어 넘겼다. 우리가 만났던 그 시절에 내가 한 살이라도 더 많아 보이고 싶어 했다는 걸 K는 알고 있을까.

이제는 말이야. 너도 또래를 좀 만나봐.

그 순간 K가 다정한 미소와 차분한 목소리로 나를 막아서며 말했다.

아빠 같은 사람들 말고. 너무 오래 외로웠던 사람들 말고.

……

더 늦기 전에 거의 사랑하는 거 말고 진짜 사랑을 해보라고. 너는 그래도 돼.

✽

퇴근 시간을 피했는데도 버스는 사람들로 북적였다. 배차 간격이 이십 분에 달하는 지선버스였고, 내가 탄 이후로도 하차객보다는 승차객이 더 많아서 안쪽으로 자리를 옮기게 됐다. 가방을 앞으로 둘러메고 등받이를 손잡이 삼아 움켜쥐는데, 내 앞에 나란히 앉은 교복 차림의 아이들이 우와, 하면서 창밖을 내다봤다.

차창 너머의 하늘은 짙은 황금빛으로 뒤덮여 있었다. 저무는 태양이 서서히 흐르는 구름 뒤에서 나타났고, 낙조에 물든 빌딩과 가로수가 광택을 입은 것처럼 매끄러워 보였다. 나는 버스 안으로 흘러들어오는 빛이 아이들의 머리를 노랗게 물들이는 것을 지켜봤다. 그리고, 그러다 불현듯 떠오르는 기억에, 간혹 교복 차림으로 무리 지어 다니는 아이들을 보면 비척대며 기어 나오는 생각에, 감은 눈 속에서만 펼쳐지는 그 장면으로 주의를 돌렸다.

그때 나는 중학교 2학년이었고, 학원 친구들과 인근의 분식집으로 급히 발걸음을 옮기고 있었다. 우리에게 주어진 시간은 단 십 분. 그 사이에 컵떡볶이와 순대꼬치로 허기를 달래고 다시 남은 수업을 들으러 교실로 돌아가는 것이 해 질 무렵의 내 일상이었다.

하지만 그날 나는 홀로 걸음을 멈춰 세웠다. 왜냐하면 분식집으로 가기 위해 반드시 지나야 하는 문방구 앞에 아빠가 쓰러져 있었으니까. 그즈음 아빠는 취한 몸을 가누지 못한 채 동네 여기저기에 쓰러져 있기 일쑤였는데, 집 근처 구멍가게에서 아빠에게 더는 술을 팔지 않기로 하면서 큰길까지 내려오는 일이 잦았다. 그 길은 우리 집이 자리한 언덕으로 이어지는 입구와 다름없었고, 마을버스 정류장과 식자재 직판장이 있는 길이기도 해서 지나다니는 사람이 많았다.

나는 누군가 길바닥에 누워 있다는 걸 인지했을 때부터 그게 아빠임을 직감했다. 내게는 진저리가 날 만큼 익숙하고 식상한 광경이었으니까. 다만 이런 상황에 학원 친구일 뿐만 아니라 학교 친구이기도 한 아이들이 곁에 있는 건 전혀 익숙하지도 식상하지도 않았다.

아이들은 뭔가 재미난 일이 일어났기를 기대하는 듯 아빠 쪽으로 몰려갔다. 이윽고 그 아이들의 말소리가 들렸다. 뭐야, 죽었어? 아니야, 안 죽었어. 움직이잖아. 아, 미친. 무슨 냄새야.

그리고 홍주. 거기엔 홍주도 있었다. 아빠로부터 서너 걸음쯤 떨어진 자리에서, 구경꾼들과 자신을 분리해놓은 듯한 그 자리에서 사람들을 짜증스레 쏘아보고 있었다.

홍주의 시선이 내게 닿은 건 잠시 뒤였다. 그대로 다가가지도 못하고 멀어지지도 못한 채 누군가 내 영혼을 반으로 찢는 것 같은 고통에 휩싸였을 때. 누군가 나를 세상에서 감쪽같이 지워버렸으면 하고 간절히 바라게 됐을 때. 나를 보는 홍주의 표정에서 왠지 모를 원망과 슬픔이 느껴져 눈물이 터져 나오려는데, 홍주가 고개를 저었다. 나만 알아볼 수 있을 정도로 조심스럽게, 하지만 나는 꼭 알아봐야 한다는 듯이 분명하게. 나는 그 고갯짓의 의미를 알았고 그 눈빛의 의미 또한 알았다. 오지 마. 그냥 가. 빨리 가라고.

나는 나를 단숨에 밀어내는 듯한 진동에 뒷걸음질 치기 시작했다. 물속을 걷는 것 같은 무게감과 저항감을 느끼면서, 동시에 내 발이 점점 더 다급하게 움직이는 것을 지켜보면서. 이대로 돌아서면 오래도록 후회하리라는 걸 알면서도 돌아섰고, 여기서 달아나면 영영 죄스러우리라는 걸 알면서도 달아났다. 그렇게 나는, 도망쳤다.

✻

몇 해 전 내 생일에 엄마는 하필 산달이 한여름이어서 무척 고생스러웠다는 얘기를 하다 말고 뜻밖의 기억을 꺼냈다. 그 시절 아빠는 내가 들리지 않는 아이로 태어나기를 바랐다고. 그런 말을 했을 때도 역시 취중이었기에 그게 과연 진담이었는지 알 수 없지만, 아빠는 이 집에 청인이 하나 더 늘어난다면 아마도 자신은 이전보다 더 많이 외롭고 어려워질 것 같다는 얘기를 한 적이 있다고.

행여나 장애가 대물림될까 봐 결혼 후 십 년이 지날 때까지도 아이는 낳지 않겠다는 결심을 굽히지 않았던 아빠. 하지만 막상 어렵사리 아이가 생겼을 때는 그 아이와 멀어지지 않을 수 있는 미래를 그려보았던 아빠. 나는 엄마가 전해주었던 아빠의 속마음에 적잖이 놀랐는데, 내가 태어난다는 게 아빠에게는 어떤 의미였고 또 변화였을지, 그때 아빠의 입장과 처지는 어땠을지 이제껏 한 번도 생각해본 적이 없기 때문이었다. 스무 해 가까이 한 집에 살았으면서도 아빠의 관점으로 서술된 이야기는 생경했고, 나는 생각하면 할수록 더욱 따갑게 느껴지는 아빠의 그 바람을, 이해해보고 소화해보려 해도 자꾸만 명치께에 걸리는 듯한 그 마음을 오래 곱씹어야 했다.

그리고 요즘도 나는 아빠를 떠올릴 때마다 어김없이 스스로에게 묻게 된다. 아빠는 결국 당신의 예상대로 내가 청인으로 태어났기 때문에 더욱 막막해졌을까. 엄마와 내가 청인이기 때문에 가능했을 교류와 유대가 아빠를 더욱 고립시킨 걸까. 만약 내가 아빠의 바람대로 들리지 않는 아이로 태어났다면, 그래서 아빠처럼 감각하고 생각할 수 있었다면 나는 아빠를 덜 미워하고 덜 원망했을까. 장애가 있는 아빠를 미워해도 부끄럽지 않을 수 있었고 원망해도 죄책감은 느끼지 않을 수 있었을까. 내가 미워하고 원망하는 사람이 너무 초라해서 화가 나는 일 같은 건 경험하지 않을 수 있었을까.

❀

아빠가 듣지 못할 거라는 생각에 했던 말들이 있다. 큰 소리로 말하면 어렴풋이 들린다는 걸 알기에 일부러 작게 중얼거렸던 말들. 입 모양을 보면 감지할 수 있다는 걸 알기에 애써 다른 곳을 보거나 웃는 얼굴로 기만하며 했던 말들.

그 말들을 나는 들었다. 아빠는 듣지 못했지만 나는 모두 들었고, 그렇게 내게만 들린 말들은 여전히 내 마음 깊숙한 곳에 봉분처럼 쌓여 있다. 밑바닥에서 썩어가는 시체처럼 남아 있다. 그리고 어쩌다 그 말들이 악취를 풍기며 혈관을 타고 돌아다닐 때면 나는 내가 했던 말들을 하나도 빠짐없이 주워 담고 싶다고 생각한다. 왜 들을 수 있는 사람이 아빠가 아니라 나인지 생각하고, 이러한 조건이 내게 말해주는 것은 무엇인지, 그렇다면 나는 무엇을 듣고 또 무엇을 말해야 하는지 생각한다.

3

현관을 열자 원기가 거의 뛰어나오다시피 하며 나를 반겼다. 이런 적극적인 환영은 내가 아는 원기의 스타일은 아니어서 순간 멈칫하게 됐는데, 역시나 원기에게는 용건이 있었다.

이거랑 이거 바꾸면 안돼요?

원기가 내밀어 보인 건 사진 한 장과 그림 한 장. 사진은 홍주와 내가 열한 살 때 마루에서 함께 수박 먹는 모습을 엄마가 찍어준 것이었고, 그림은 원기가 사진 속 우리를 스케치북에 크레파스로 따라 그린 것이었다. 엄마는 내가 태어났을 때부터 초등학교를 졸업할 때까지의 성장 과정을 사진으로 기록해두었는데 간직만 할 뿐 거의 꺼내보는 일이 없는 줄 알았더니 오늘은 무슨 바람이 불었는지 원기와 함께 앨범을 넘겨본 듯했다.

원기가 홍주 어렸을 때 사진을 처음 본다고 달라는 거야.

엄마가 상을 차리다 말고 상황 설명을 했다.

얼마 전에 유치원에서 가족 신문을 만들 때 부모님 어린 시절 사진을 가져온 애가 있었는데 그게 많이 부러웠다나. 근데 이건 우리도 하나뿐이니까.

엄마가 순순히 사진을 내어주지 않자, 원기는 누구한테서 무슨 얘기를 들었는지 앞으로 몇 년만 지나면 자기 그림이 이 사진보다 훨씬 더 비싸질 거라며 곧장 그림을 그려 물물교환을 시도하기에 이르렀다고 하는데, 이렇게 저렇게 설득을 해봐도 원기가 물러서지 않자 결국 엄마는 내게 공을 넘긴 모양이었다. 필름이 없어도 스캔과 출력이 가능하다는 것을 두 사람은 아직 모르는 것 같았고, 나는 메모장 앱을 열어 내일 사진관에 가서 한 장 더 뽑아오겠다고, 사진값은 이 그림으로 받겠다고 썼다.

근데요, 뭐가 미안한 거예요?

잠시 후 손을 씻고 나왔더니 원기가 물었고, 나는 그게 무슨 소리냐고 되묻듯이 원기를 똑바로 바라보며 다음 말을 기다렸다.

삼촌이 오늘 말을 안 하는 게 할아버지한테 미안해서라고, 할머니가 그랬거든요. 근데 뭐가 미안한지는 모르겠대요. 그래서 오면 물어보라고……

나는 애한테 별 소리를 다 한다 싶어 엄마를 쳐다봤으나, 엄마는 듣고 있는 게 빤히 보이는데도 가스불과 냉장고를 바삐 오가며 딴청이었다.

글쎄, 왜 미안할까. 나는 생각했고, 가장 먼저 떠오른 대답은 살 만해서, 였다. 아빠가 세상을 떠나고 나서야 비로소 나는 뛰어내리고 싶다거나 뛰어들고 싶다는 생각 같은 건 하지 않게 되었으니까. 112에 전화를 걸어 우리 엄마 좀 도와달라고 사정하거나 잇새에 적의와 체념을 문 채로 잠드는 건 모두 옛 이야기가 되었고, 요즘도 나는 이따금 아빠의 부재로 인한 평온을 행복처럼 여기기도 하니까. 하지만 그런 말을 원기에게 할 수는 없었고, 다행히 그런 말 말고 다른 말 또한 할 수가 없어서 나는 그저 어깨를 으쓱해 보일 뿐이었다.

*

저녁을 먹고 나서는 거실에 모여 앉아 연도를 바쳤다. 엄마가 아빠의 영정을 티브이 옆에 세워두었고, 원기가 카톨릭 기도서에서 위령 기도를 찾아주었다. 아빠가 입원과 퇴원을 반복했던 그 시기에, 엄마는 무슨 수완을 어떻게 발휘한 건지 일평생 성당이라고는 한 번도 가본 적 없는 아빠에게 세례를 받게 했는데, 덕분에 아빠의 장례식장에는 연령회 소속 교인들의 기도 소리가 끊이질 않았다.

오늘 연도는 유난히 궁금한 게 많은 원기 때문에 다소 산만했다. 내 대신 소리 내 기도문을 읽게 된 원기는 파수꾼, 허물, 구렁, 입시울처럼 모르는 단어가 나올 때마다 그 뜻을 알고 싶어 했고, 이해하지 못한 게 분명해 보이는데도 일단 엄마의 대답을 들어야만 다음으로 넘어가주었다. 연도를 바치는 동안에는 그래도 아빠 생각을 했어야 했는데 어째 원기 생각을 더 많이 하게 됐고, 나 혼자만 그런 게 아니었는지 엄마가 슬쩍 몸을 기울이더니 이따 자기 전에 연도를 다시 바치자고 했다.

그리고 자리를 정리하기 위해 일어섰을 때, 영정 앞에 켜둔 촛불 두 개를 후후 불어 끄고 돌아섰을 때 원기가 누구의 말인지 알 수 없는 말을 내게 속삭이듯 전했다.

삼촌, 이제 말해도 된대요.

✻

아빠를 향한 내 마음이 복잡해지는 게 싫어서 애써 외면했던 장면들이 있다. 미움의 순도를 높이고 피해자의 자리를 사수하기 위해서 불순물을 걸러내듯이 한쪽에 따로 덮어두었던 기억들이 있다.

내가 하는 말을 파악하기 위해 눈이 아닌 입으로 모이던 눈길과 조금 천천히 말해달라며 내 어깨를 지그시 누르던 손길. 비디오 가게에서 대여해 온 디즈니 애니메이션을 나보다 더 즐겁게 감상하던 옆모습과 한 주간 쌓아둔 스포츠 신문을 주말 내내 꼼꼼히 정독하던 뒷모습. 마루에 앉아서 우두커니 하늘을 올려다보던 표정과 저기 저 새들은 어떻게 대화하는지 아느냐고 묻던 눈빛. 갱생원에서 집으로 돌아올 때마다 말갛고 환해졌던 안색과 이번에는 진짜라며 손가락을 걸고 금주를 다짐했던 미소. 애원하듯 꾹꾹 눌러썼던 내 모든 편지를 하나도 빠짐없이 모아두었던 상자와 필담노트에 아주 가끔씩 등장했던 글씨체. '못 들어서 미안해.'

✽

홍주는 자정이 다 되어서야 원기를 데리러 왔다. 팀원들과 저녁만 먹고 헤어진다는 게 파트장 욕을 하다 보니 이 시간이 됐다며 엄마에게 사과했고, 서둘러 왔는지 얼굴에 빨갛게 열이 올라 있었다.

시간이 너무 늦기도 하고 우리 집에서 홍주네 집으로 가는 길이 밤에는 좀 음침하기도 해서 함께 따라나서려는데, 원기가 그럼 할머니만 집에 혼자 남게 되는 거 아니냐며 엄마를 잡아끌었다. 그렇게 급조된 한밤의 산책단. 엄마와 원기가 꼭 잡은 손을 흔들며 앞서 걸었고, 홍주와 내가 앞선 두 사람을 풍경처럼 감상하며 뒤따라 걸었다.

먼 훗날 원기에게는 오늘 밤이 어떻게 기억될까. 엄마와 나는 원기에게 어떤 사람으로 남을까. 어째서인지 그런 걸 궁금해하며 노면의 분홍색 유도선을 따라 걷는 원기의 씩씩한 발을 눈으로 쫓는데, 홍주가 내 손에 들린 쇼핑백을 가볍게 건드렸다.

이건 뭐야? 설마 나 주는 거야?

어, 설마 너 주는 거야.

진짜?

나는 쇼핑백을 홍주에게 건넸다. K에게서 받은 아로니아 원액 두 병 중 한 병이었고, 농장에서 소량만 제작해 직판하는 백 퍼센트 착즙임을 강조했다. 홍주는 묵직한 유리병을 꺼내어 이리저리 살펴보더니 이거 완전 찐인 것 같다고, 어디서 이렇게 귀한 걸 구했느냐고 좋아했다.

야, 우리 밤마다 이런 공병 주우러 다녔던 거 기억나?

잠시 후 홍주가 쇼핑백을 다른 손으로 고쳐쥐며 물었다.

4학년 땐가, 5학년 땐가.

5학년이었을 걸.

그래, 훼미리주스 병. 그게 제일 무겁고 돈도 많이 쳐줬잖아. 너네 집에서 물병으로 쓰던 것까지 내다 팔았다가 아줌마한테 혼나고.

홍주가 두 눈에 웃음기를 담은 채 나를 쳐다봤고, 나도 그때가 생각나 입꼬리를 끌어올렸다. 어른들이 잠들기를 기다렸다 몰래 대문 밖으로 빠져나갔던 날들의 열기와 생기가 밤공기에 뒤섞여 있는 것 같았다.

하지만 홍주는 우리가 공병을 팔아 한 푼 두 푼 돈을 모았던 건 기억해도 그 돈으로 일기장을 샀던 건 기억하지 못하는 듯했다. 어떠한 연유에서인지 홍주는 이제껏 그 돈을 자기 할머니에게 줬다고 생각해왔으나 나는 아니었고, 내게는 같이 모은 돈은 같이 써야 한다며 홍주가 나를 교보문고 핫트랙스로 데려갔던 날이 생생했다. 그 당시 아이들 사이에서는 자물쇠가 달린 비밀 일기장이 유행이었는데, 홍주와 나 둘 중 누가 먼저 시작하자고 했는지는 모르겠지만 우리는 거기에 교환 일기를 썼다.

자물쇠도 불안했는지 노란색 사쿠라 볼펜으로 거의 안 보이는 글자를 연출했던 홍주와 그에 질세라 어떤 단어는 거꾸로 뒤집어쓰거나 자음만 쓰며 내용을 암호화했던 나. 그때 홍주는 주로 돈 얘기와 꿈 얘기, 나중에 살고 싶은 집 얘기를 했던 것 같은데, 그중에서도 장래희망을 '광화문'이라고 썼던 건 아직도 잊히지 않는다. 무슨 일을 하든 상관없고 광화문에 있는 높고 커다란 빌딩 안에 자기 자리 하나가 있었으면 좋겠다고 했지.

그런 기억을 하나둘 꺼내자, 홍주는 내가 그랬다고? 되물으며 황당해했다. 그러고는 네 꿈은 뭐였느냐고, 그런 얘기를 자기 혼자만 했을 것 같지는 않다고 했다. 내가 뭔가 생각나는 게 있으면서도 말을 아끼려는 게 보였는지 홍주가 이내 먼저 맞춰보겠다며 끼어들었다.

맞다, 선생님. 너 선생님 되고 싶어 했잖아. 그치?

……

아닌가. 설마 그때부터 소설을 쓰고 싶었나?

아니, 그때 나는……

응.

아빠가 죽었으면 좋겠다고 썼어. 그게 내 꿈이라고.

……

……

와, 우리 둘 다 꿈을 이뤘네.

홍주가 짐짓 쾌활한 말투로 말했고,

그렇네, 이뤘다.

내가 전혀 쾌활하지 못한 말투로 대답했다.

뭐라 설명할 수 없는 착잡한 기분 속에서 역시 안 해도 될 말이었다 싶어 후회하는데, 홍주가 있잖아, 하고 운을 떼고는 이제껏 한 번도 하지 않았던 이야기를, 하지만 나는 다 알고 있었던 이야기를 했다.

나는 말이야. 아저씨가 취하는 게 싫지 않았어.

……응?

가끔 아저씨가 아줌마랑 너 모르게 나한테 술 심부름을 시켰거든. 다들 아저씨한테는 안 팔려고 했으니까. 그때 소주 한 병이 오백 원인가 육백 원인가 그랬는데, 아저씨는 항상 나한테 삼천 원을 주면서 두 병을 사 오게 하고는 남은 돈은 심부름값이라며 받지 않았어. 그리고 나서 꼭 하는 말이 너랑 친하게 지내라고.

……

나는 아저씨가 취하는 날을 내심 기다렸어. 언제쯤 심부름을 시키려나 기대하면서. 그런 날은 아줌마가 밤새 시달리고 니가 많이 울 거라는 걸 알면서. 왜냐하면 그게 내 유일한 용돈이었거든. 화났어?

아니……

홍주가 내 표정을 유심히 살피는가 싶더니 돌연 어떤 깨달음이 스친 것처럼 맥없는 한숨을 내쉬었다.

알고 있었구나. 그치?

한집에서 어떻게 몰라.

……

……

다시금 무거운 정적이 흐르고 우리가 옛 생각에 빠져 한참이나 뒤처진 것을 깨달았을 때, 한동안 고개를 숙이고 있던 홍주가 대뜸 나를 올려다보며 물었다. 혹시 내가 너한테 고생 많았다는 말을 한 적이 있느냐고. 그간 생각만 한 건지 아니면 실제로 말을 했는지 잘 모르겠다고.

나는 갑자기 코끝이 시큰해져서는 홍주가 아닌 다른 것들로 눈을 돌렸다. 지나가는 구름 사이로 두툼한 엄지손톱처럼 생긴 달이 보였고, 가로등 불빛이 물막을 형성하듯 번졌다. 그리고 몇 초 뒤에 역광 때문에 하얗게 일렁이는 골목의 저편에서 원기의 목소리가 들려왔다. 엄마, 빨리 좀 와! 오늘 많이 보고 싶었단 말이야!

나는 어서 가보라며 홍주의 어깨를 살짝 떠밀었다. 걷는 것도 아니고 뛰는 것도 아닌 애매한 걸음걸이로 조금씩 멀어지는 홍주의 뒷모습을 지켜보고 있자니 어쩐지 홍주에게도 오늘이 쉽지만은 않았을 거라는 생각이 들었다.

홍주야.

그때 나는 분명히 생각만 한 것 같은데 홍주가 돌아섰고, 왠지 지금이 아니면 안 될 것 같은 생각에, 지금 이 순간을 놓치면 다시는 오늘과 같은 마음으로는 말할 수 없으리라는 예감에 입을 뗐다. 그리고 내 말소리가 내 안에 나이테처럼 동그란 물결을 일으키며 고요하게 울려 퍼졌을 때, 내가 이렇게 들을 수 있고 말할 수 있다는 선명한 감각이 신경줄을 타고 가지처럼 뻗어나갔을 때, 훗날 내가 이 순간을 자주 돌아보리라 확신하게 되었다. 그

밤에 홍주에게 그 말 하기를 참 잘했다고 생각하리라는 걸, 미리 알 수 있었다.

잘 지나와줘서 고마워.

뭐라고? 안 들려.

나는 니가 자랑스럽고 장하다고!

내 말을 곰곰이 생각해보는 것처럼 잠시 고개를 옆으로 기울여보이던 홍주가 이내 겸연쩍은지 푸하하 웃음을 터뜨렸다. 그러고는 내게 소리치듯 말했다.

야, 니가 더 장해.

속죄의 깊이와 보상

신종곤 대진대학교 문예콘텐츠창작학과 교수

1.

「만나고 나서 하는 생각」의 서사는 속죄를 모티프로 삼는다. 속죄는 죄책감에서 벗어나기 위한 행위이다. 이 소설에서 '나'는 '금언'과 '금주'라는 행위를 통해 속죄 의식을 치른다. 속죄 행위에는 죄의식을 씻거나 줄이기 위한 기원이 담겨 있다. 속죄 의식이 '아빠'의 기일에 행해진다는 점에서, 속죄의 대상은 '아빠'임을 알 수 있다.

속죄를 다루는 서사는 일반적으로 지난 과오의 고백, 참회 그리고 이를 통한 정화 또는 부활의 과정으로 구성된다. 그런데 이 소설에서 행해지는 속죄 행위가 죄의식을 감쇄시키기보다는 과오의 의미를 더욱 부각한다는 점에서 차별성을 갖는다. 속죄 의식을 치르는 '나'는 커가는 과오의 깊이와 너비를 정면에서 응시한다. 경쾌하고 위트 있는 문체보다, 상처를 더듬는 시선의 촉각이 오래도록 머무는 것처럼 느껴지는 것은 이 때문일 것이다. 머무는 만큼의 보상을 바라기보다 과거를 현재화하는, 담담하고 절제된 시선이 묻어 있다.

2.

'나'를 죄의식에 빠지게 만드는 두 개의 사건은, 'K'를 만난 이후 '나'의 기억을 통해 소환된다. 하나는 '나'의 '말'과 다른 하나는 '나'의 '도망'과 관련된다. 두 사건으로 인해 '나'는 속죄 의식을 수년간 지속해 나간다. '아빠'를 부정하거나 외면한 후과를 받아들이기 때문이다.

'말'이 남긴 죄책감은 '나'가 '아빠'의 언어를 부정하는 태도와 관련된다. '아빠'는 선천적 청각장애인이지만 '수어를 쓰는 사람'들과 거리를 두며 청인 사회의 소통 방식을 고집한다. 청인의 삶에 동화되려 한 것이다. 이러한 '아빠'의 노력은 타인으로부터 인정받지 못한다. 사회적 시선이 강제하는 '농인'이라는 정체성을 거부하기에는 '아빠'의 힘이 너무도 모자랐기 때문이다.

'아빠'의 언어는 뭉개진 발성과 부정확한 발음으로 발화된다. 청인 사회의 요구에 맞추려는 '아빠'의 발화는 소통의 길을 잃는다. '아빠'와 사회적 시선과의 충돌은 가족 내에서도 문제를 야기한다. '술을 마셔야만 말을 할 수 있었고, 말을 하기 위해 술을 마시고', '대화 아닌 대화'를 통해 가족들에게 '자신의 데프보이스'를 밤새도록 경청하도록 강요한다.

발화된 말은 의미를 담지한다. '나'는 '아빠'의 '데프보이스'를 '말'로 인정하지 않는다. '아빠'의 발성에 대한 혐오만 드러낼 뿐, 그 발성이 담지한 의미에는 관심조차 갖지 않는다. '아빠'의 언어는 허공을 채우는, 텅 빈 일그러진 음성일 뿐이다. 대타자의 결핍을 드러내는 '아빠'의 저항에는 힘이 없다. '아버지의 법'으로서의 위상을 잃는다. '나'는 아버지를 '아빠' 또는 '그 사람'이라고 부른다. 그리고 '외부인, 침입자, 그림자, 없는 사람'으로 취급한다.

결국 '나'는 '아빠'의 언어에 대해 부정하는 태도를, 행동으로 드러내고 만다. '아빠'가 듣지 못할 것이라는 생각. '일부러 작게 중얼거리며, 입 모양을 숨기기 위해 다른 곳을 보거나 웃는 얼굴로 기만하며' '아빠'를 조롱하듯, 했던 행동. '나'는 그때 했던 말들이 여전히 자신의 "악취를 풍기며 혈관을 타고" 돌아다닌다고 느낀다. 그 말들을 이미 주워 담을 수 없다는 사실에 절망한다.

그런데 '나'의 절망이 죄의식으로 깊어지는 이유는, '홍주'와 '아빠' 사이의 의사소통에 아무런 문제가 없다는 사실과 그 사실을 '나'가 알고 있었다는 데에 있다. "한집에서 어떻게 몰라."라는 고백을 통해, '나'는 집안의 구성원들 누구나 집안에서 벌어지는 일을 다 알 수 있음을 인정한다. 이는 '아빠' 역시 '아빠'의 '말'을 대하는 '나'의 태도를 충분히 알고 있었음을 암시하기도 한다. '나'는 '말'로 인해 갖게 된 죄책감을 씻기 위해, '금언'을 속죄 행위로 삼는다.

그런데 '금언'이라는 속죄 행위를 수행하면서, '나'는 '나-아빠'와는 다른 소통 방식을 마주하게 된다. 그것은 불완전한 기표로 소통하는 방식들이다.

유년 시절 '나'와 홍주의 교환일기에는 '거의 안 보이는 글자, 거꾸로 쓴 단어, 자음만으로 암호화된 내용'들로 채워져 있었다. 왜곡된 기표를 통해 둘은 서로의 생각을 공유한 것이다. 그리고 그 기표의 의미들을 '나'는 지금도 분명하게 기억한다.

'나'와 'K'는 동성애자로서 성 정체성을 공유할 뿐만 아니라 옛 연인 사이이기도 하다. 둘은 '이쪽 세계의 문법'으로 언어를 비틀어 의사소통의 효율성을 높인다. '일틱, 비선호'와 같은 기표의 변주를 통해 자신들만의 의사전달 방식을 찾는 것이다.

'나'와 '엄마'와의 대화에서는 기표조차 없이도 충분하게 이루어지는 소통 방식을 보여준다. 엄마의 등 뒤에 서서 생각한 염색에 대한 '나'의 사고 내용은, 불립문자처럼 엄마에게 전달된다.

불완전한 기표, 변주된 기표, 기표 없는 언어는, 기표가 의사소통의 충분조건이 아니라는 사실을 일깨운다. 속죄 의식을 치르면서, '나'는 '아빠'의 언어를 부정한 것뿐 아니라, '아빠'의 발화에서 '의미'를 외면했다는 사실과 마주하게 된다. 이러한 자각으로 인해 속죄 의식의 끝을 알리는 원기의 "삼촌, 이제 말해도 된대요."라는 말로 인해 '나'는 또 다른 기억을 떠올린다.

그 기억 속에는 외면했던 언어의 의미들이 가득 들어 있다. '눈이 아닌 입으로 모이던 눈길, 어깨를 지그시 누르던 손길, 표정, 눈빛, 미소 그리고 '못 들어서 미안해'라는 글씨'. 속죄 행위는 죄책감을 씻어주기보다는, 죄책감의 근원을 부각한다. '아빠'가 전하려 했던 말들의 의미에 대해 '나'가 외면해 왔다는 사실을 전면화하는 것이다.

3.

'나'에게 죄의식을 불러일으키는 또 다른 사건은 '아빠'의 위태로운 상황을 목도하고도 도망을 친 기억에 의해 표출된다. '나'가 학교 근처 길바닥에 술에 취해 쓰러진 '아빠'를 외면한 기억이다. '나'는 타인들의 시선이 두려워, '아빠'를 외면한 채 달아난다. "영영 죄스러우리라는 걸 알면서도". 외면으로 인한 죄책감이 속죄 행위로 연계된다.

이 상황 역시 '나'가 'K'를 만난 후 떠올린 기억 속 장면으로 제시된다. '나'에게 'K'는 '아빠'를 연상시키는 존재이다. 'K'와 '아빠'는 자신의 정체성을 인정하지 않으려 했다는 점에서 동질성을 갖는다. '아빠'는 자신을 "농인으로 정체화"할 수 없었고, 'K'는 '남성과 섹스를 하는 남성이면서도 자신을 게이로 인정'하지 않으려 했다.

성소수자이면서도 기꺼이 그 세계 속 소수의 영토에서 자존감을 지켜왔던 'K'. 그런 'K'가 '이쪽 세계', 즉 다수의 세계로 진입한 것이다. 'K'와 같이 성소수자인 '나'는 'K'의 변화된 모습을 바라보면서, 다수와 소수의 문제에 대해 생각한다. 소수의 편에 설 때보다 넓은 영토를 확보한 다수의 숲에 포함될 때, 소외의 문제를 피할 가능성은 높아진다. 그런데 다수와 소수 속에서도 끝없는 위계가 생성된다는 점, 소수 속에서도 다수와 소수의 문제가 위계화되어 나타난다는 점에서 소외에 대한 불안은 상존할 수밖에 없다. 그럼에도 소수 속 다수의 세계에 진입한 'K'가 보이는 표정에 '나'는 씁쓸함을 느낀다. 스스로 거북해했던 세계에서 편안함을 드러내는 'K'를 통해, '나'는 다수 세계의 위력을 실감한다.

'나'는 '금언'과 '금주'라는 속죄행위를 하는 가운데, 'K'를 만난다. 그런데 변모한 'K'의 모습과 대비되는 '아빠'의 형상은 '나'에게 죄의식을 더욱 강화하는 역할을 한다. '나'는 '아빠'의 고립된 모습과 '아빠'를 바라보는 '나'를 응시한다. 청인 사회에 진입하기 위해 몸부림쳤던, 그럼에도 종국에는 다수의 영토에 진입하지 못했던 '아빠'. '아빠'는 가족의 문제에서도 다수와 소수의 문제가 발생할 수 있음을 예감했었다. 그리고 청인으로 태어난 '나'로 인해, 가족 내에서도 '이전보다 더 외롭고 어려워질 것'이라는 '아빠'의 예감은 적중한다. 엄마와 '나'의 '교류와 유대'로 인해, '아빠'는 가족들에게서 더 깊은 소외감을 느끼게 되었던 것이다. '나'는 '아빠'의 좌절에 고개를 돌린 당시 '나'의 모습을 현재의 입장에서 본다. '아빠'의 모습을 정면에서, 도망치지 않고 바라보게 된 것이다.

4.

「만나고 나서 하는 생각」에서 제시하는 속죄에 대한 보상은, '나'와 홍주의 대화를 통해 살필 수 있다. 광화문에서 일하고 싶었던 어릴 때 꿈을 이룬 홍주. 자정이 다 되어서야 퇴근하는 홍주. 퇴근길에 아이를 데리고 가는 홍주. '나'는 그런 홍주에게 시선이 닿는다. 그리고 '나'는 자신이 속죄 의식을 치르는 동안, 고단한 하루를 보냈을 홍주의 하루 시간을 의식한다. 홍주 역시 '나'의 속죄를 묵묵하게 지켜보아왔다. '쉽지만은 않은' 하루를 보내는 존재들의 금언 속 공감이, 마침내 외침으로 서로에게 닿는다. 공감이 위로가 되고 힘이 되는 유대 방식에서 삶의 가능성을 찾는 것이다.

여름이 없는 나라

서고운

2022년 문학동네 신인상에 「숨은 그림 찾기」를 발표하며 작품 활동 시작.
서울인권영화제에서 일하며 소설을 쓰고 있음.

여름이 없는 나라

파주경찰서까지 경로를 검색하자 1시간 57분이 최단시간으로 떴다. 지하철을 두 번, 버스를 한 번 환승해야 하는 경로였다. 좀 야박한 하루다. 덕희는 식탁에 널브러진 컵젤리 한 통을 뜯으며 생각했다. 투명한 플라스틱 용기에서 연분홍빛 젤리가 꿀렁거렸다. 용기를 세게 쥐자 젤리는 퐁! 하고 튀어나왔다. 미주가 없는 첫날부터 파주까지 가서 참고인 조사를 받아야 한다니. 너무하지 않나. 덕희는 젤리를 들이켰다. 달달한 복숭아 향이 입 속을 출렁였다. 미주가 사시사철 달고 다니던 향이었다.

미주는 20인치 캐리어에 일 년치 짐을 한 시간 만에 쑤셔 넣고, 비행기에서 분명 입이 심심할 텐데 땅콩은 싫다며 젤리 열두 통까지 야무지게 챙겨 갔다. 미국은 단것이라면 각양각색으로 넘칠 것 같은데. 덕희는 젤리를 꿀떡 삼키고 미주의 방문을 열었다. 어제 입었던 잠옷이며 속옷, 축축한 수건이 바닥에 널려 있었다. 출국하는 애가 팬티도 안 빨고 가버리다니. 미주의 빨래를 그러모아 세탁기에 넣고 세수를 했다. 식구는 반절로 줄었는데 집은 배로 심란해진 것 같았다. 공항까지는 잘 갔으려나. 요즘 세상에 시애틀 가는 게 파주 가는 것보다 쉬울 수도 있겠지만 분명 무슨 일이 미주에게 생길 것 같다는 뭉근한 불안이 피어올랐다. 그 여자처럼. 덕희는 찬물을 더 세게 틀었다.

미주는 너무 덥기 때문에 시애틀에 가고 싶다고 했다. 북아현동 언덕 꼭대기 빌라는 모든 계절을 직격으로 맞았다. 기이하리만치 좁고 긴 미주의 방과 바닥 수평이 맞지 않는 덕희의 방에는 쓸데없이 창문이 많았다. 햇살보다 마을버스의 엔진 소리가, 바람보다 모기가 더 잘 들어오는 창문들이었다. 둘은 겨울이 되면 뻑뻑한 나무 새시를 비닐로 감쌌고 봄이 되면 다시 떼어냈으며, 여름이 되면 잘라 쓰는 방충망을 사다가 꼼꼼히 붙였다.

오늘 우리 조장 쓰러졌다, 더위 먹어서.

창고에 에어컨이 없어?

에어컨은 고사하고 벽도 없어. 그냥 뻥 뚫렸어.

미주는 커다란 물류센터에서 일을 했다. 주문이 들어오면 바로 다음 날 배송이 되는 시스템을 구비한 기업의 물류센터였는데 처음에는 하루 일하면 하루를 누워 있어야 했다. 어느 정도 적응했다 싶을 때 기록적인 폭염이 터졌다. 미주는 눈알이 핑핑 돌아 빠져버릴 지경이라고, 집에 돌아와서는 엎드려 누웠다가 모로 누웠다가 난리를 쳤다. 같은 라인 조장이 더위를 먹고 물류박스에 토를 한 다음 날 바로 미주는 야간조로 자원했다. 30도에 육박하는 열대야가 계속되는 바람에 더운 건 마찬가지였지만.

넌 좋겠다. 사무실 시원하지?

우린 아주 추울 지경이지.

덕희는 빈틈없이 반듯한 빌딩 안에서 일을 하느라 더위를 잘 못 느꼈다. 미주와 같은 기업의 고객서비스 팀에서 메신저나 게시판으로 들어오는 문의를 상대하며 전화 상담을 하기도 했다. 사람들은 브로콜리가 충분히 초록색이 아니라고, 배송 기사가 생수를 부엌까지 가져다주지 않았다고, 택배 상자에 머리카락이 딸려왔다고 항의를 했다. 대부분의 답변은 항상 저희를 아껴주시고 응원해주시는 고객님, 안녕하세요, 로 시작했다. 그 다음 문장은 헬퍼 이덕희입니다, 로 이어졌는데 그렇기 때문에 덕희는 한 글자 한 글자 공을 더 들여 답변을 적었다. 월말에는 헬퍼 평가가 조목조목 이루어졌다. 고객 만족도는 친절, 신속, 정확 세 가지로 나뉘어 5점 척도에 맞춰 계산되었고 교환 및 환불 처리 건수도 또박또박 합산되었다. 무작위로 돌리는 통화 기록 평가도 있었기 때문에 목소리도 항상 정갈하게 유지하고자 했다. 이 평가 점수를 바탕으로 인센티브를 계산했다. 모아봤자 목돈이 될 만큼은 아니었지만 인센티브가 있는 달엔 중고 공기청정기를 산다거나 제철 과일로 술을 담그면서 조금 더 명랑한 삶을 살았다.

폭염주의보가 열흘째 계속되던 날엔 택배 상자 파손으로 코끼리 인형의 배가 터진 채 배송되는 사고가 났다. 고객은 갈라진 배에서 솜을 내뿜는 코끼리 사진을 찍어 메시지를 보내왔다. 덕희는 주문번호를 받아 적고 배송 과정을 추적했다. 인형 하나를 보내기 위해서는 열여섯 개의 프로세스를 거쳐야 했고, 덕희는 열여섯 명의 담당자에게 각각 사고 내용을 전달했다.

그날 밤 늦게 집에 돌아온 미주는 덕희의 방에 고개를 들이밀었다. 자? 덕희는 미주의 목소리에 몸을 일으켜 세우고 고개를 저었다. 잠 안 와? 고개를 끄덕이자 미주가 들어왔다. 덕희는 익숙하게 엎드렸고 미주는 능숙하게 등을 두드려주었다. 있지, 오늘 우리 라인 난리 났다. 어떤 인형 배가 터져서 배송이 됐나 봐. 인형? 응, 무슨 코끼리인지 코뿔소인지. 왠지 미주의 손에 힘이 더 들어가는 것 같아서 덕희는 더 납작 엎드리고 말았다.

안 더운 나라에서 살고 싶다. 사계절 없는 곳.

미주가 손을 멈추고 말했다.

여름이 끝나기 전에 시애틀로 갈 거야.

시애틀에서 어떻게 살아?

큰아빠가 있어.

덕희는 미주에게 너는 아빠는 없는데 큰아빠는 있어? 하고 다시 물었다.

거기는 여름에도 30도가 안 되고 습하지도 않대.

아빠는 없는데 큰아빠는 있는 연유에 대해 설명하는 대신, 미주는 시애틀로 가야 하는 이유를 늘어놓았다. 큰아빠네 스시 가게에서 멕시코인들 대신 설거지를 하고, 영어가 좀 익숙해지면 서빙도 하고, 그러면서 팁도 많이 받고, 록키산맥이랑 라스베가스도 가보겠다고 했다. 그럼 나는? 덕희는 묻고 싶었다. 혼자 어떻게 살아? 덕희는 정말로 궁금했다. 네가 갑자기 사라지면? 마음이 밭아졌다.

집을 나선 지 한 시간이 지나서야 덕희는 파주로 가는 열차에 몸을 실을 수 있었다. 평일 오후의 경의중앙선에는 노인들이 꽤 많았다. 열차가 덜컹일 때마다 밋밋한 얼굴들이 저항 없이 흔들렸다. 수색역을 지나자 난데없이 밭이 쭉 펼쳐졌다. 달리는 열차에서도 또렷이 보일 만큼 커다란 간판을 붙인 보신탕집도 지나쳤다. 덕희는 유튜브를 열어 오랜만에 박스캣을 검색했다. 몇 년 전 나타나 구독자 백만 명을 훌쩍 넘긴 고양이 유튜버의 채널 이름이 하필 박스캣인 바람에 덕희의 박스캣은 더더욱 찾기 어려워졌다. 스크롤을 내리자 털이 수북한 고양이들이 액정을 휙휙 지나갔다. 한참 뒤에야 옛날임을 감안해도 촌스러운 체인 목걸이를 주렁주렁 달고 스모키 메이크업을 한 소년들이 나타났다.

덕희는 박스캣을 좋아했다. 그것은 10여 년 전, 정말 아주 오랜 옛날의 일이었다. 2세대 아이돌 그룹이 우후죽순 나올 무렵 박스캣은 4인조 소년 그룹으로 데뷔해 팬클럽 이천 명을 간신히 넘겼다가 1년 만에 해체되었다. 아무도 모르는 박스캣을 열렬히 좋아하던 청소년 중에 덕희와 미주가 있었다. 음악방송 녹화 무대를 응원하러 갔던 덕희는 상자 밖으로 고개를 내민 고양이가 그려진 배지를 가방에 달고 있는 또래 아이를 발견했다. 저, 박스캣 응원 오셨어요? 미주가 고개를 끄덕였다. 둘은 얼결에 나란히 서서 박스캣을 응원했고, 물론 다섯 명 남짓한 박스캣 팬들의 목소리는 홀 어딘가에서 금세 사라졌지만, 묘한 동질감을 느꼈다. 덕희는 버스 정류장에서 미주와 어색한 작별인사를 하다가 교통카드가 없어졌다는 것을 깨닫고 급히 차비를 빌린 뒤 전화번호를 교환했다. 그때부터 덕희와 미주는 음악방송을 같이 다닌다거나 삼청동 맛집을 찾아다닌다거나 집에서 두들겨 맞고 무작정 나왔을 때 조금은 서툰 그늘이 되어준다거나 하면서 함께 커갔다. 박스캣이 해체될 때는 서로를 붙잡고 눈물을 뚝뚝 흘렸는데 그건 우리가 몇 살만 더 먹은 멋진 어른이었다면, 그래서 박스캣을 적극 밀어줄 수 있었다면 뭐가 달라지지 않았을까 하는 미안한 마음과 자책하는 마음이 한데 뒤섞였기 때문이었다.

덕희는 박스캣의 데뷔곡 뮤직비디오를 재생했다. 러브 앤드 허그. 달콤한 제목에 어울리지 않게 스산한 자동차극장을 배경으로 네 명의 소년들이 울부짖고 셔츠 가슴팍을 찢고 지프차 위에 올라타 지붕을 쿵쿵 내리치는 장면들이 펼쳐졌다. 이들이 왜 망했는지 단박에 알 수 있는 곡이었지만 왠지 눈가가 시큰해졌다. 뮤비 속 자동차극장이 파주 어디에 있다는 걸 듣고 꼭 한 번 가보고 싶어 했던 기억도 났다.

—너의 거부가 나의 사랑을 완성시켜! 너의 부재가 나의 몸을 달리게 해!

못내 거부감이 드는 가사에 덕희는 액정에서 눈을 뗐다. 조사를 받으러 가고 있다는 것을 잊을 뻔했다.

그 여자는 어디로 갔을까.

궁금하고 억울했다. 왜 하필 마지막 통화를 한 사람이 나였을까. 형사에게는 무어라고 말할지 미리 구상도 해보았다. 좀 유별난 사람이긴 했어요, 마지막에 수상한 말도 하긴 했는데……. 덕희는 기억을 곱씹다 못해 모난 구석들을 둥글리기 시작했다. 잘못 들었던 것일 수는 없을까. 나는 최대한 친절했던 것 같은데.

전철이 달릴수록 덕희는 자신이 없어지고, 괜스레 미주가 미워졌다. 비행기를 타고도 남을 시간인데 문자 한 통 없다니. 미국에 장기간 체류하려면 재산도 어느 정도 있어야 되고 직업도 있어야 한다던데 입국수속은 잘할 수 있을까? 애가 들뜬 기분에 큰아빠네 스시 가게에서 일하면서 돈 벌 거라고 말해버리면 어쩌지? 또는 미주가 큰아빠네로 가던 길에 납치를 당한다거나 미주의 큰아빠가 사실 인신매매 브로커였다면? 그러면 인터폴 수사를 하게 되나? 경찰서에서 진술을 하고, 경찰관이 수사를 하러 집에 온다. 그렇게 되면 이런 질문들을 받게 될 것이다. 고미주를 마지막으로 본 사람은 누구인가? 고미주가 출국하던 날 그녀의 방을 곧바로 청소한 사람은 누구인가? 그렇게 되면 참고인 조사 정도로 덕희가 빠져나올 수는 없을 것이다.

그래서 그 여자는 어디로 갔을까.

레몬을 통째로 씹은 듯 얼굴이 찌푸려졌다. 덕희는 답 없는 물음표로 가득한 망상 따위 그만두기로 하고 뮤직비디오를 처음부터 다시 틀었다.

여름이 끝나기 전 시애틀로 가겠다는 미주의 원래 계획은 불발되고 말았었다. 갈 생각을 접었나 보다. 덕희는 그렇게 생각했고 그래서 미주와 함께 조금 선선하거나 아주 추운 계절을 맞이하며 나름대로 잘 살아갔다. 다시 해가 뜨거워지기 시작하던 어느 날, 미주는 여권 사진을 내밀며 말했다. 두 달 지나면 출국이야. 너도 한 장 가져. 덕희는 신발을 신다 말고 빳빳한 사진을 받아들었다. 새하얀 배경 때문에 낯빛이 더 칙칙해 보이는 미주가 귀와 눈썹을 한껏 드러낸 채 웃고 있었다. 덕희는 사진을 물끄러미 바라보다가 뒷주머니에 대충 꽂아 넣고 출근했다. 고맙다는 말은 물론 하지 않았다.

그날 점심시간이 가까운 무렵 덕희는 조금 희한한 불편사항을 하나 접수했는데,

—사용한 지 일주일 만에 고장이 났는데 설명서대로 사용했는데 왜 그러는지 모르겠는데 이미 포장 뜯고 사용하긴 했는데 교환이 되나요?

라는 것이었다. 앱에서 바이브레이터를 검색하면 가장 최저가로 나오는 인

기 제품이었는데 자꾸 방전이 된다고 했다. 다른 물건도 아니고 이미 사용한 바이브레이터를 어떻게 교환을 해주나. 덕희는 제품을 사용하신 일주일 동안 제품이 정상 작동했다면 교환해드리기 어려우며, 해당 내용을 제조업체에 전달하여 연락드리도록 조치하겠다고 답변을 남겼다. 미주한테 이야기해줘야지. 덕희는 미주의 웃는 모습을 떠올리며 여자의 메시지를 다시 읽었다. 아이디가 '4885girl'인 것도 웃겼다. 〈추격자〉에서 하정우 전화번호 뒷자리잖아. 영화를 안 본 걸까, 왜 연쇄살인마 캐릭터의 전화번호를 아이디로 쓰나 생각했다. 미주는 너무 웃기면 소리를 내지 않고 숨넘어갈 듯 끅끅 웃었다. 이 정도면 그렇게 웃길 수도 있을 것 같았다.

미주는 생각했던 것만큼 웃지 않았다. 대신 진중한 얼굴로 미국에는 바이브레이터 종류도 엄청 많겠지? 몇 불 정도 할까? 엄청 비싼 것도 있을까? 하고 물어왔다. 덕희는 조금 풀이 죽어 어깨를 으쓱했다. 그렇겠지, 뭐.

며칠이 지나 4885는 다시 교환을 요청해왔다.

—거기서 알려주신 대로 해봤는데 또 안 되는데 제가 이걸 꽤 큰맘 먹고 산 건데 교환은 안 되나요?

교환, 환불 처리가 쌓일수록 인센티브에서는 멀어지기 때문에 덕희는 판매업체와 전화를 하고, 제조업체랑 전화를 하고, 그래서 이건 사용자의 부주의로 인한 고장이라는 근거를 확보해서 4885의 요청을 거절했다. 고객님, 확인 결과 사용 후 건조가 제대로 되지 않아 배터리에 습기가 찬 것으로 보입니다. 교환이나 환불은 어렵습니다. 거절이 계속될수록 점점 더 긴 메시지가 도착했다. 온갖 사이트를 뒤져 제품의 후기를 긁어다 붙이기도 했다. 이런 고장이 잦은 것 같은데 이걸 제 부주의라고 말하기는 어려울 것 같은데 제가 진짜 이거 큰맘 먹고 믿고 산 건데 이렇게 하시니까 너무 힘이 드네요. 그렇게 매일 세 번씩 메시지가 오고 전화 상담도 두 번씩 해야 했다. 어떻게 안 될까요. 교환이 어려우면 환불이라도요. 환불이 안 되면 교환이라도요……. 결국 덕희는 두 손 두 발 다 들고 교환 처리를 진행하기로 했다.

그리고 연락이 끊겼다. 4885는 더 이상 메시지에 응답하지 않았고 전화도 받지 않았으며 반품할 물건을 내놓지도 않았다. 택배 기사가 세 차례나 집을 방문했는데도 묵묵부답이었다. 초인종을 눌러도 아무 대답이 없고 전화도 안 된다고 했다. 덕희는 이 사람이 마지막 체면은 지켰구나 생각했다.

팀장이 덕희를 불러 실종된 여자 이야기를 꺼낸 것은 그로부터 몇 주 뒤의 일이었다.

파주 어디 원룸텔에서 화재 사고가 났대요, 한 달쯤 전에.

인명피해는 없는데 거기 살던 여자 하나가 흔적도 없이 사라졌다고, 그리고 그 여자의 실종 전 일주일 통화내역에 우리 센터밖에 없었더라는 것이었다. 경찰 측에서 통화 기록을 달라는 공문을 보내와서 녹음 파일을 찾아보니 삭제되어 있었고, 그런데 담당 상담사가 덕희 씨더라. 경찰 측에서 덕희 씨를 참고인으로 요청했으니 직접 가보셔야겠다고, 팀장은 느릿느릿 말을 이었다. 덕희는 고개를 푹 숙인 채 네, 하고 대답했다. 가보세요. 팀장이 손짓을 하다가 툭, 물었다.

근데 그거, 덕희 씨가 지웠어요?

덕희는 화끈 달아오르는 얼굴을 더 깊이 숙이고 아니라고, 아닌 것 같다고 했다. 후다닥 자리로 돌아와 숨을 몰아쉬었다. 머리통을 콩콩 치며 왜 그랬을까, 왜 그랬을까 되뇌었다. 업무를 하는 틈틈이 파주 화재, 파주 폭발, 파주 여성 실종 따위를 검색했다. 생각보다 그런 사건들이 많았다. 그중에 젊은 여자가 불을 지르고 사라졌는데 그게 쇼핑몰 상담센터 직원 때문이라거나 하는 기사는 물론 없었다.

별일 없을 거라 되뇌며 뉴스 창을 닫으려는 순간, 시애틀 어쩌고 하는 제목의 기사가 눈에 띄었다. 덕희는 곧 떠날 미주를 생각하며 기사를 클릭했고, 미국 북서부와 캐나다에서 사상 최악의 폭염이 발생하여 6월 한 달간 56명이 사망했으며 8일째 산불이 계속되고 있다는 소식을 알게 되었다. 거대한 화염에 휩싸인 붉은 산의 사진이 나타났다. 덕희는 시애틀의 산뜻한 여름에 대해 설명하며 눈을 반짝였던 미주를 떠올렸지만 시커멓게 바스러진 어느 원룸텔이 그 모습을 삼켜버렸다.

✽

경의중앙선에서 내린 뒤엔 버스로 환승했다. 버스를 타고 달리는 동안 덕희는 갑자기 도시에서 시골로, 다시 도시로 변하는 풍경을 보았다. 그 사이로는 넓고 반듯한 공장 단지가 지나갔다. 버스에서 내리자 넓진 않아도 깨끗한 도로가 펼쳐졌고, 도로의 양옆으로는 왠지 모르게 새것 느낌이 나는 건물들이 죽 늘어서 있었다. 대부분 5층 안팎으로 보이는 낮은 상가건물이었다. 1층에는 미역국을 팔거나 맥주를 팔거나 화장품을 파는 가게들이 있고 그 위로는 원룸 내지는 투룸 정도로 추정되는 방의 창문들이 말끔하게 올라갔다. 거리에는 혼자 또는 둘이서 종종걸음으로 걷는 여자애들이 지나다녔다. 나이는 덕희보다 몇 살쯤 어리거나 비슷해 보였고 퇴근하는 듯한 사람, 출근하는 듯한 사람들이 한데 섞여 묘했다. 날이 더워서 그런 것인지, 종일 모자 같은 것을 쓰고 있어서 그런 것인지 이마에 머리카락이 엉겨붙은 이들이 많았다. 바이브레이터도 이들 중 한 사람이었을까.

경찰서에 도착한 덕희는 여성청소년수사팀으로 올라가 담당 형사를 찾아왔다고 말했다. 슬금슬금 주위를 살펴보니 등받이가 높은 소파가 눈에 띄어 앉아보았다. 엉덩이 쪽에서 차가운 쇠붙이의 감촉이 느껴졌다. 돌아보니 기다란 철봉이 설치되어 있었다. 뭘까 하고 한참 보는데 아, 수갑 채우기 편하라고 해놓은 거구나 깨닫고 벌떡 일어났다. 마침 형사가 헐레벌떡 뛰어올라오며 이덕희 씨? 하고 불렀다.

회사에서 연락 못 받으셨어요? 실종자 찾아서 안 오셔도 된다고 전화했었는데.

덕희가 어리둥절 고개를 기울이자 형사는 하, 참 죄송하게 됐네, 하고 오늘 아침 실종자 이름의 반품 택배가 회사에 도착했다는 연락을 받았다고 했다. 그러더니 좀 이따 전화가 왔는데 그 실종자 분이더라고요. 별 내용은 아니고 자기는 괜찮다고, 뭐 그런 식의 말들을 했어요. 형사는 최대한 쉽게 말하려고 애쓰는 듯했지만 자기도 잘 이해가 가지 않는다는 눈치였다. 덕희는 갑자기 왜, 어떻게, 무슨 일이 벌어진 것인지 감이 오지 않았다.

그래서 저는 진술 안 해드려도 된다는 걸까요?

형사는 그렇다고, 먼 걸음 하셨는데 죄송하다고 주머니에서 캔커피 하나를 꺼내 건넸다. 덕희는 캔을 받고 잠시간 멀뚱멀뚱 있다가, 막 돌아서려는 형사를 불렀다.

그런데요.

네?

불은 왜 난 거래요?

아, 그거. 보조배터리 같은 게 터졌나 봐요. 아직 정확하진 않은데 발화 지점은 찾았어요.

그 실종자 집인가요?

지금 더는 말씀 못 드리고. 나중에 연락드릴 일 있으면 회사로 다시 연락이 갈 거예요.

형사는 꾸벅 인사를 하고 돌아갔다. 덕희는 서를 나와 주차장 벤치에 앉았다. 캔커피를 따서 한 모금 마셨다. 너무 달아서 그런지 입이 더 텁텁해졌다. 이게 무슨 하루야. 어쨌거나 다행인 것 같긴 하지만. 그래도 여기까지 나왔는데, 그토록 가고 싶었던 자동차극장에 가볼까 하는 생각이 났다. 꽤 똑똑한 생각인 것 같아 덕희는 조금 뿌듯해졌다. 파주 자동차극장을 검색하니 정말 홈페이지가 하나 나왔다. 덕희는 경로를 검색하고 버스 정류장을 향해 걸었다.

팀장은 덕희가 자동차극장으로 향하는 버스에 탔을 때야 미안하다고 문자를 보내왔다. 어쩌라는 건가. 이미 너무 피곤한 하루다. 덕희는 얼굴이 후끈 달아올라 창문에 이마를 기댔다. 삼십 분쯤 걸린다니 푹 쉬고 개운한 마음으로 영화를 봐야지. 덕희는 눈을 감았다. 그런데 불은 왜 났던 걸까. 감은 눈꺼풀 위로 자꾸만 물음표가 떴다. 그 여자 집에서 시작됐던 걸까. 덕희는 그 답을 자신이 모르기를 바랐다.

너 그때 왜 나한테 같이 살자고 했어? 혼자 사는 게 편하잖아.

미주는 그렇게 물은 적 있다. 박스캣이 사라지고 덕희는 인생에서 처음으로 거대한 허무를 느꼈지만, 스무 살이 넘어가면서는 박스캣 생각을 거의 하지 않았다. 스무 살이 되고 스물세 살이 되고 스물여덟 살이 되기 위해 신경을 써야 하는 과제가 너무 많았다. 박스캣은커녕 미주도 1년에 한두 번 볼까 말까였다. 덕희의 부모는 귀촌이랍시고 포천으로 도망치듯 이주해서 수년째 적자로 허물어져가는 순두부 가게를 인수했다. 물론 이들은 덕희가 함께 포천으로 가 순두부 장사를 거들어주길 바랐지만 덕희는 서둘러 고객서비스 팀에 일자리를 구했다. 서울에 남아 있을 명분을 만들어야 했기 때문이다. 덕희는 부모가 포천으로 떠나며 생긴 돈을 조금 받아내서 미주를 꼬드겼다. 88올림픽이 열릴 즈음 지어졌다는, 외풍이 심한 빌라를 싸게 얻어 함께 산 지 벌써 2년이 넘어갔다.

혼자 사는 게 더 편하지 않냐고.

덕희가 답을 하지 않자 미주가 재차 물었다.

나 혼자 잘 못 살아.

덕희는 딸기를 반으로 가르며 답했다. 두 사람의 사계절은 하나도 아름답지 않았으나 철마다 나오는 과일만은 좋았다. 미주와 덕희가 모두 집에 있고 좀 덜 피곤한 날에는 제철과일을 사다가 담금주를 만들었다. 딸기가 세 통에 만 원일 때는 딸기주를, 참외 열 개를 오천 원에 팔 때는 참외주를, 추석 연휴가 끝나 사과를 떨이할 때는 사과주를 담갔다. 과일을 이고지고 올라와서 베이킹소다로 박박 닦고, 깎고, 토막 내고, 유리병을 소독하고, 설탕을 들이붓고 한바탕 일을 치르면 좁은 주방에 난리가 났다. 혼자라면 못했을 짓이었다.

그래도 이번 딸기주는 너 혼자 실컷 먹겠다.

그래, 고맙네.

미주의 어설픈 위로에 덕희는 톡 쏴붙였다. 대화는 대충 그렇게 끝이 났다. 둘은 조각난 딸기 더미에 설탕을 붓고 나서 한동안 마주 앉아 있었다. 한 사람이 하나의 삶을 지탱하는 것보다는 두 사람이 두 개의 삶을 지탱하는 편이 낫다. 비슷하게 고생하고 비슷하게 안쓰럽고 비슷하게 불행하면서도 종종 같이 즐거울 수 있는 미주와의 삶이 딱 좋았다.

미주의 출국일이 다가올수록 덕희는 조금씩 고장이 났다. 어느 날은 심장이 너무 빨리 뛰는 것 같다가도 어느 날은 아예 안 뛰는 것 같아 목덜미에 손가락을 대고 가만 있어보기도 했다. 문득 숨을 안 쉬고 있다는 생각이 들어 급히 심호흡을 하는 날도 잦았다. 들숨은 명치 어디께 들어차 더 이상 내려가지 않았다. 혼자 사는 게 무서웠다. 혼자 산다는 건 혼자 죽는다는 말과 똑같은 의미라고 덕희는 믿었다. 샤워하다가 세탁기 전선에 감전되어 발가벗은 채 발견되는 죽음 따위가 자꾸만 떠올랐다.

이유 없는 불안은 아니었다. 그즈음 덕희는 밤마다 유튜브에서 각종 범죄 관련 콘텐츠를 즐겨봤다. 세상에 사라지는 사람이 이렇게 많을 줄이야, 그리고 이들을 찾기가 이렇게 어려울 줄이야, 매일 놀라워했다. 정말 가느다란 끈 하나라도 놓치는 순간 그 사람의 흔적은 영영 사라진다는 사실은 왠지 압도적이었다. 너나 나 둘 중에 누가 없어지면 찾을 수 있을까? 덕희가 미주에게 물었을 때 미주는 글쎄, 왜 없어져? 하고 되물었다. 덕희는 언젠가 미주가 사라질까 봐 무서워졌다. 미주가 없어지는 것도 무섭고, 덕희가 유일한 끈이 되어 증인이 되었다가 증거가 되었다가 용의자가 될 것도 무서웠다.

✽

덕희는 미주가 운전하는 차를 타고 달린다. 불그스름하게 하늘이 녹아내린다. 차는 시속 백 마일로 질주하고 덕희는 백 마일이 얼마나 빠른지 알지 못한다. 차체의 색깔은 왠지 녹색일 것 같다. 차 주위로는 아무것도 없이 사방으로 산이다. 너무 아무것도 없어서 덕희와 미주는 반구 모양 스노볼에 갇힌 것 같다. 차가 아무리 백 마일로 질주해도 산은 가까워지지 않는다. 정면으로 보이는 봉우리에서 새까만 연기가 피어오른다. 미주야, 저거 보여? 미주가 호탕하게 웃는다. 화산이잖아. 미주가 말한다. 지구에서 제일로 오래된 화산이야. 삼십억 년 전에 폭발했으니 이제 때가 왔지. 순간 백만 개의 사과가 쏟아지듯 화염이 차를 덮친다. 차는 여전히 백 마일로 달리고 펑. 몸이 붕 떠오르면서 녹색 차가 보인다. 그래, 때가 됐지!

순간 강렬한 통증과 함께 덕희는 눈을 떴다. 급정거한 버스가 덜컹거렸다. 앞좌석에 부딪힌 이마가 아려왔고, 얼얼한 눈을 간신히 뜨니 등받이에 붙은 광고가 흐릿하게 보였다.

―지피지기 백전백승, 나를 알아야 운명을 압니다!

앞문과 뒷문이 일제히 열렸다. 승객들은 욕지거리를 내뱉거나 어머나 세상에 탄식을 하며 버스에서 내렸다. 내리세요! 기사의 고함이 점점 크게 들려왔다. 정말 불이 난 건가?

거기 아가씨 내리시라고요!

기사가 다시 한번 소리를 쳤다. 기사의 정수리 너머 차창 앞에서 거뭇한 연기가 피어오르고 있었다. 허둥지둥 버스에서 내리자 어지러운 냄새가 훅 끼쳤다. 횡단보도 앞에는 사람들이 우왕좌왕 모여 저마다 핸드폰을 들고 검은 연기를 찍었다. 소방차 사이렌이 멀리서부터 요란하게 들려왔다. 연기는 횡단보도 한복판 맨홀 위에서 주홍빛 불꽃과 함께 타올랐다. 불꽃이 점점 더 높이 솟구치고 핸드폰을 쥔 사람들이 으악, 소리를 내며 뒤로 물러

났다. 어느덧 불기둥이 버스 높이로 솟고 매캐한 연기를 뿜어냈다. 경찰이 사거리에 폴리스라인을 두르고 행인들을 바깥으로 몰아냈다.

덕희는 불기둥을 등지고 내달리다가 택시를 잡아탔다. 헉헉대는 숨을 몰아쉴수록 눈앞이 캄캄해졌다. 덕희는 천천히 눈을 깜빡이며 정신을 가다듬은 뒤 행선지를 말했다. 자동차극장으로 가주세요. 기사는 자동차극장요? 하고 되물었다. 거긴 왜요? 덕희는 끓어오르는 짜증과 혼란과 또 많은 것들을 애써 누른 채 영화 보러 가지 뭐하러 가겠어요, 하고 대답했다. 차 없이 자동차극장에 어떻게 들어갑니까? 기사가 멀뚱히 물었다. 그냥 밖에 앉아서 못 봐요? 에이, 그럼 자동차극장이 아니지. 소리는 어떻게 들으려고요? 그거 차 라디오로 듣는 건데. 기사는 일단 내리세요, 한 뒤 덕희를 두고 붕 떠났다.

덕희는 인도에 걸터앉아 한참 동안 마른세수를 했다. 자동차 없으면 자동차극장 못 가는구나. 매캐한 탄내가 바람을 타고 몰려왔다. 덕희는 집으로 가는 경로를 다시 검색했다.

저녁에 가까워지자 전철에는 노인 대신 젊은 사람들이 자리를 채웠다. 다들 무선 이어폰을 낀 채 핸드폰을 들여다보고 있었는데 덕희는 왠지 이들이 자기를 힐끔거린다는 느낌이 들었다. 덕희는 의자에서 일어나 문 앞에 섰다. 차창 밖으로 아까의 풍경들이 다시 지나갔다. 덕희는 무선 이어폰을 끼고 러브 앤드 허그를 재생했다. 전철이 덜컹일 때마다 문득문득 탄내가 났다. 소년들이 셔츠를 찢고 절규하는 순간 미주의 메시지가 떴다.

—비행기 못 탔다. 지금까지 조사받음.

박스캣에 한창 빠져 있을 때 덕희는 학교를 자주 빠졌다. 박스캣의 일정을 쫓아다니며 바람잡이가 되기를 자처하는 일이 학교에서 수업을 듣고 애들이랑 엎치락뒤치락 우정을 쌓는 일 따위보다 중요했고 소중했다. 덕희는 학기 초에 보호자 전화번호를 미주의 전화번호로 적어 냈고, 미주는 기꺼이 덕희의 엄마가 되어 담임에게 종종 결석을 알리거나 체험학습 신청을 하고 조퇴를 허락했다. 애 아빠 출장에 따라가야 해서요. 체험학습 신청을 낼 수 있을까 해서요. 아침부터 애가 몸이 안 좋던데 그냥 조퇴시켜 주셔도 됩니다. 물론 덕희도 미주의 엄마가 되어 박스캣을 만날 수 있는 시간을 만들어주었다. 덕희는 미주 엄마 연기를 하기 위해 미주의 식구들을 물은 적이 있었는데 그때 미주는 아빠는 없고 엄마만 있으며 엄마도 바빠서 아침에만 잠깐 볼 뿐이라고 했다.

뭐 하시는데?

학교에는 그냥 회사원이라고 적어 냈어.

원래는?

몰라, 관심 없어.

둘만의 상부상조가 끝난 것은 미주가 중간고사 날짜를 잘못 알았기 때문이었다. 그날은 박스캣의 해체 전 마지막 음악방송 무대가 있는 날이었다. 작은 케이블 방송 무대라 하필 평일 낮에 했고 미주는 시험 전날이긴 하지만 그래도 마지막이니까, 하고 학교를 빠졌다. 원래 미주가 성적에 별 신경을 쓰지 않는다는 것은 알았지만 이 정도일 줄은 몰라서 덕희는 그게 살짝 멋져 보이기까지 했다. 무대가 끝나고 엉엉 울며 나왔다가, 핸드폰에 찍힌 부재중 전화 여덟 통을 보기 전까지는 말이다.

야, 너 담임한테 전화 왔어. 오늘 빠진다고 말 안 했어?

응. 시험 전날인데 당연히 안 된다고 할까 봐. 통화 좀 해주라.

덕희는 방송국 앞 한적한 벤치에 앉아 미주의 담임에게 전화를 걸었다. 담임은 받자마자 어머니, 오늘 미주가 시험에 안 나왔는데 연락도 안 되네요, 어디 있는지 아세요? 라며 말을 쏟아냈다. 덕희는 뭐라 답을 하지 못하고 얼른 전화를 끊고 말했다.

너 오늘 시험이었대.

미주는 으악! 하고 머리를 싸맸다. 열여덟밖에 안 됐는데 되는 게 어떻게 하나도 없냐, 하나도! 덕희를 벤치에 내버려둔 채 미주는 내달렸다. 덕희는 다시 볼 수 없을 박스캣의 무대를 떠올리며 슬픔에 젖어 있을 여유도 없이 털레털레 집으로 돌아갔다. 그리고 며칠 뒤 미주의 담임으로부터 다시 전화가 왔다. 미주가 시험 날짜를 헷갈려서 그랬다고 하는데, 학교에 안 오고 뭘 했는지는 끝까지 말을 않는다고. 덕희는 죄송하다고, 별일은 아니었고 집에서 단단히 혼을 내두었으니 다음부터는 그러지 않을 것이라고 말했다. 담임은 다음부터는 꼭 지도를 부탁드립니다, 하며 원래는 미주의 진짜 엄마였어야 할 덕희에게 위로인지 무엇인지 하는 한마디를 건넸다.

그래도 너무 혼내지는 마세요. 혼자 있는 애들이 원래 그럴 때가 있어요.

덕희는 전화를 끊고 미주 담임의 전화번호를 차단했다. 그리고 침대에 발라당 누워 천장을 바라보았다. 박스캣이 사라진 게 그때서야 실감이 났다.

―엄마인 척 좀 해주라.

무슨 일이냐고 물을 새도 없이 미주는 문자를 한 통 더 보냈다. 바로 전화벨이 울렸고 덕희는 다음 역 문이 열리자마자 얼른 내려 떨리는 목소리로 여보세요, 하고 전화를 받았다.

고미주 씨 가족 분 되십니까.

덕희는 가슴을 쓸어내리며 그렇다고 대답했다. 듣자 하니 이러했다. 보안검색을 하던 중 미주가 반입 금지 물품을 가지고 있어서 제재를 했는데 수긍하지 않았고, 실랑이가 커져 소란이 벌어졌다는 것이다. 직원이 미주의 팔을 붙잡고 끌어내려 하자 미주가 크게 버둥거리는 바람에 직원이 엎어졌고, 다친 데는 없지만 마음이 많이 상했는지 공항경찰대를 대동하여 미주를 현장 체포했다고 하는 이야기를 들으며 덕희는 열여덟 살의 미주가 생각났다. 그런데 반입 금지 물품을 뭘 가지고 가려 했던 걸까? 자초지종을 듣고 난 덕희는 미주가 가지고 갈 만한 금지 물품이 없을 텐데요, 하고 조심스레 물었다.

그래서 저희가 전화 드린 거예요. 이게 뭐 워낙 경미해서. 그, 컵젤리도 액체류로 분류돼서 반입이 안 되는데 잔뜩 가지고 오셨더라고요. 안 된다고 하니까 이게 고체지 왜 액체냐 자꾸 우기셔서. 노곤한 목소리로 공항 경찰이 말했다. 이렇게까지 할 건 아닌데 보안검색을 했던 직원이 화가 많이 났는지 일이 커졌다고, 그렇다고 그냥 보내드릴 수는 없고 오셔서 데리고 가시든 해라, 그동안은 출국이 어렵다는 것이었다. 덕희는 알겠다고 전화를 끊은 뒤 퍼질러 앉았다. 정말로 너무 야박한 하루 아닌가. 두 눈을 잠시간 꾹꾹 누른 뒤 미주에게 문자를 보냈다.

—그래서 데리러 가야 된다는 거지?

—응.

—시애틀 폭염 난리 난 거 너도 봤지?

—응.

—한 시간 반 안에 도착해.

덕희는 인천공항으로 목적지를 바꾸어 경로를 검색했다. 다시 전철을 타고 쭉 가서 공항철도로 환승하면 생각보다 일찍 도착할 수 있었다. 덕희는 허허벌판에 우뚝 선 역사를 그제야 둘러보았다. 전철이 올 때까지 더운 바람을 그냥 맞고 있어야 했다. 벌판 너머로는 반듯하게 뻗은, 기다란 공장이 보였다. 활주로처럼 불빛이 박힌 공장의 외벽이 반짝거렸다.

그 사람, 어디에 다녀온 것일까.

덕희는 4885를 떠올렸다. 삭제해버린 통화 내용이 공장의 불빛을 따라 머릿속에서 또렷이 재생되었다. 그날은 전화를 받는 순간부터 이미 지친 상태였고, 어떻게든 이 건을 끝내야겠다고 생각했으나, 여느 때처럼 교환이나 환불 모두 어렵다는 말만 수차례 반복하면서 너덜너덜해져버렸다. 모든 것을 포기하고 전화를 끊어버리기 직전, 헤드셋 너머에서 아주 차분하고 또렷한 목소리가 들려왔다.

그런데요, 이것도 배터리 불량 문제 같은데 배터리 폭발 사고가 많은 것 아실 텐데.

이런 식으로 협박을 해 오는 진상들은 워낙 많았다. 덕희는 매뉴얼에 따라서 그런 사고가 발생할 확률은 거의 없을뿐더러, 만에 하나 사고가 있을 경우 진행할 수 있는 또 다른 절차가 있다고 말해주었다. 그녀는 몇 초간 정적을 지키더니 피식 웃었다.

그냥 다 태워버리는 거 금방인데. 제가 이런 거 만드는 일을 해서 알거든요.

순간 에어컨 바람의 온도가 선명하게 느껴졌다. 날선 한기에 덕희는 두 손으로 얼굴을 박박 문지르다가 말을 쏟아냈다. 네, 교환 진행해드릴 테니 제품은 박스에 넣어서 문 앞에 두세요. 더 말을 하면 왈칵 울음이 터질 것 같아서 상담 창을 꺼버렸다. 소리를 빽 내지르고 싶었지만, 대신 심호흡을 몇 번 하고서 아주 작은 소리로 욕지거리를 내뱉었다. 그리고 교환 진행 버튼을 누르려고 다시 모니터를 보았을 때, 숨이 탁 막혔다. 통화 중임을 알리는 아이콘이 빨갛게 빛났다. 황급히 통화 종료 버튼을 누르자 식은땀이 흘렀다. 상담 내용은 자동으로 녹음이 되기 때문에 덕희가 뱉은 욕도 이미 서버에 올라갔을 것이었다. 헬퍼 평가 기간에 이 기록이 나온다면 어떻게 될지 뻔했다. 덕희는 통화 기록을 클릭해서 녹음의 끝 부분을 재생해보았다.

미친 거지 년이, 씨발.

너무도 선명한 자신의 목소리였다.

불을 지르든지 말든지.

아주 선명하고, 아주 악한 목소리. 덕희는 뒷덜미가 축축해졌다. 조심조심 마우스를 끌어 삭제 버튼을 클릭했다.

전철이 승강장에 진입하자 머리카락이 흩날렸다. 덕희는 눈을 질끈 감았다. 아니겠지, 아니겠지 되뇌었지만 삭제 버튼을 클릭하던 오른손 검지가 미세하게 떨리던 것까지 또렷하게 떠올랐다. 화재 사건이 정말 4885와 관계가 있는지, 그녀는 왜 불에 탄 건물에서 유일하게 실종이 되었던 건지, 그리고 알 수 없는 물음들, 그러니까 그 순간 어째서 그렇게까지 증오가 타올랐을까, 그것을 4885도 알았던 것일까, 그런 질문이 가득 차올랐다가 열차의 굉음에 파묻혔다.

공항철도로 환승하는 구간은 꽤나 길었다. 덕희는 미주에게 전화를 걸어 보았다. 신호음이 계속해서 울리는 동안 덕희는 긴 통로를 성큼성큼 걸었다. 마침내 전화를 받은 미주가 어디쯤이냐고 물었다.

다 와가.

거짓말.

너 근데 큰아빠한테는 연락했어?

나 큰아빠 없어.

그게 무슨 소리야. 덕희는 걸음을 멈추었다. 큰아빠 대행 카페가 있어. 미주는 아직 공항 경찰들이 옆에 있어서 통화하기가 좀 그렇다고, 만나서 더 이야기해주겠다고 속삭였다. 덕희는 전화를 끊고 인터넷을 뒤졌다. 미국이 불법이민을 근절하겠다고 팔을 걷어붙인 덕에, 입국 심사가 까다로워졌다. 혼자 들어오는 젊은 한국 여성은 특히 조심해야 한다고 했다. 미주가 말했던 큰아빠란 이들을 위한 브로커에 가까웠다. 입국 심사에서 친척을 보러 왔다고, 이 주소에서 머물 거라고 할 수 있게끔 큰아빠가 되어줄 사람들이 온라인 커뮤니티에 모여 있었다. 실제로 그런 집에서 하숙하고, 가짜 큰아빠가 연계해주는 편의점, 스시집, 아시아 식료품점, 또는 가라오케 등등의 한인 가게에서 일하면서 돈을 버는 사람들의 이야기도 보였다. 어떤 사람은 가라오케를 조심하라는 글을 올리기도 했다. 면접을 가보면 한국 룸살롱이랑 비슷하다고, 평범하게 팁을 벌 수 있는 일반식당을 최대한 찾아보라는 이야기였다.

덕희는 핸드폰을 내리고 환승 통로를 마저 걸었다. 미주의 큰아빠는 어떤 사람이었을까? 한산한 통로의 벽에는 새파란 바다, 아름다운 섬, 노랗게 빛나는 고즈넉한 한밤의 성곽 사진이 길게 걸려 있었다. 한려수도의 비경과 예향의 도시 따위의 광고 문구가 이어졌다. 덕희는 통영, 거제, 안동을 지나치며 미주가 큰아빠 없이 나랑 잘 살았으면 좋겠다는 생각을 했다. 그리고 미주를 데리고 오는 길에 집 근처 새로 생긴 피자가게에서 피자를 한 판 사 와 딸기주랑 같이 먹겠다는 계획을 세웠다. 미국 맛 나는 피자라며 미주가 제일 좋아하는 브랜드였다. 미국 근처도 못 가본 애가 미국 맛을 어떻게 아는지. 미주에게 미국 맛이란 이제 복숭아 향 젤리가 되지 않을까. 광고판이 촘촘하게 걸린 긴 복도를 빠져나오자 둥근 천장을 한 승강장이 나타났다. 천장에는 작은 비행기 모형이 각기 다른 방향으로 걸려 있었다. 덕희는 인천공항 방면 플랫폼에 섰다. 열차가 전조등을 내뿜으며 들어오고, 플라스틱 비행기들은 눈발처럼 흔들렸다.

작품 해설

피로사회에서 '함께' 살기

김지영 대구가톨릭대학교 사범대학 국어교육과 교수

1. 야박한 세상에 야박한 사람들

몇 년을 함께 산 친구가 미국으로 떠났다. 충분한 예고도 준비도 없이, "일 년치 짐을 한 시간 만에 쑤셔 넣고" 사라졌다. 같은 날 경찰서로부터 호출이 왔다. 내가 상담을 했던 골치 아픈 고객이 파주 원룸텔 화재와 함께 실종되었는데, 마지막으로 통화를 한 사람이 나였다는 이유다. 파주경찰서까지 지하철 두 번, 버스 한 번을 환승해 찾아갔더니 실종자가 돌아와서 증언이 필요 없어졌다고 한다. 경찰이 출두 해제 전갈을 전했다는 상사는 내가 허탕을 치고 되돌아오는 버스에 올랐을 때에야 비로소 소식을 알려 왔다. 그렇게 탔던 버스는 달리던 중간에 고장이 났다. 이 기회에 "그토록 가고 싶었던" 자동차 극장에나 갈까 택시를 탔지만, 자동차 없이는 영화 감상이 안 된다는 극장 앞에 덩그러니 남겨진다. 그리고 이번에는 공항에서의 전화다. 시애틀로 간다던 친구가 공항경찰대에 붙잡혀 있으니 와서 데려가야 한다는 얘기다.

「여름이 없는 나라」는 이렇게 하루를 보내는 스물여덟 아가씨의 피로한

일과를 담은 소설이다. 작품 속 초점화자 덕희의 말처럼 "정말로 너무 야박한 하루"다. 도대체 이 사무치는 야박함은 어디에서 기원하는 것일까.

효율성과 형평성을 앞세우며 자본주의 시장에 국가 권력 개입의 최소화를 지향하는 신자유주의 체제의 한국 사회에서 바쁘지 않은 사람은 없다. 규제 완화, 자유시장, 재산권 존중을 모토로 하는 다원적인 경쟁 메커니즘 위에서, 도태는 전적으로 개인의 책임이다. 그 속에서 우리는 소위 '자유로운 도전'을 계속한다. 조금이라도 더 많이 벌고 더 나은 대우를 받으려면 쉴 틈 없이 자기를 책려해야만 한다. 그렇게 타인은 물론 자기 자신과도 경쟁하면서 끝없이 정진해야 한다는 강박이 모두를 강제하는 '피로사회'* 속에 우리는 살고 있다. 자기 자신까지도 뛰어넘어 달려야 하는 과잉 활동이 강제되는 사회에서 타인을 이해하고 배려하는 인정의 여유가 충분할 리 만무하다. 야박한 하루는 그렇게 만들어진다.

그렇다고 덕희의 야박한 하루를 구성하는 인물들이 나쁜 사람들은 아니다. 파주까지 헛걸음시킨 경찰은 유감의 뜻으로 비록 입이 더 텁텁해지게는 할지언정 캔커피를 건넸고, 자동차 극장에 덕희를 내려준 택시기사는 무정하게 가버리긴 했지만 자동차 없이는 영화 감상이 안 된다는 정보는 알려줬다. 경찰의 통지를 받았던 직장 상사는 늦어도 너무 늦었지만 전화는 해주었고, 미주의 비행기 탑승을 막은 공항 경찰은 미주를 풀어주지는 않았지만 이렇게까지 될 일은 아니었다는 사실은 전달했다.

거기까지다. 각자도생의 시대에 남의 편의를 고려하여 시간을 더 쪼갤 수 있는 여유를 가진 사람은 없다. 야박하고 원망스러워도 어쩔 수 없는 일이다. 이 점은 주인공인 덕희의 경우도 마찬가지다.

덕희는 하우스메이트 미주가 근무하는 물류센터와 같은 기업이 운영하

* '피로사회'에 대해서는 다음 참조. 한병철, 『피로사회』, 문학과사회, 2012.

는 고객 서비스팀의 상담원(헬퍼)이다. 30년이 넘은 허름한 빌라의 풍족하지 않은 주거 생활에 "조금 더 명랑한 삶"이 가능하려면 월말에 있는 헬퍼 평가에서 좋은 점수를 받아야 한다. 친절, 신속, 정확 세 가지 모토의 평가 항목에 세심한 주의를 기울이고, 교환 · 환불 처리는 최소화하며, 무작위로 돌리는 통화 기록을 위해 목소리도 정갈하게 유지해야 한다.

그러니 개봉 일주일 된 바이브레이터의 고장 같은 건 고객의 책임으로 돌려야 하고, 교환, 환불 요청 따위는 깔끔하게 거절해야 한다. 피로사회의 경쟁 시스템을 수용하고 이 시스템의 존속과 지배에 스스로 동참한 참여자의 하나라는 점에서 덕희도 그 누구와 다르지 않다. 집요하고 끈질기게 계속되는 소위 진상 소비자의 요구에 기계적 응답으로 대응하다가 지쳐 끝끝내 욕설을 쏟아내고 마는 덕희의 "아주 선명하고, 아주 악한 목소리"는 덕희 역시 자신의 일터에서는 타인에게 야박할 수밖에 없는 매뉴얼적 인간의 하나임을 확인해준다. 작품 속 인물들은 그렇게 서로가 서로에게 야박한 존재로 어우러져 살아간다. "시애틀 가는 게 파주 가는 것보다 쉬울 수" 있는 편리한 세상은 그렇게 구성원이 서로에게 착취이고, 구속이고, 야박한 악인일 수밖에 없는 또 다른 얼굴을 지니고 있다.

2. 시뮬라크르 시대의 취향과 개성

「여름이 없는 나라」에는 이렇게 야박한 세상을 견디고 있는 세 명의 여성이 등장한다. 작품은 덕희의 시선으로 진행되고, 덕희의 하우스메이트 미주와 야박한 하루를 야기한 소비자 '4885'가 덕희의 일상에 파란을 일으키는 인물이다. 미주는 갑작스러운 이민 결정으로 덕희의 곁을 떠나려 하고, 4885는 "꽤 큰맘 먹고 산" 바이브레이터가 사용하자마자 고장 났다는 이유로 매일 세 번의 메시지와 두 번의 전화로 덕희를 괴롭힌다. 미주와

4885는 덕희의 일상에 혼란을 초래하는 인물들이지만, 기실 작품에서 세 사람은 모두 이십 대 후반의 블루칼라 직업여성이라는 점에서 동질적 성격을 띤다.

그녀들은 모두 고부가가치를 창출하는 전문직이 될 만큼 화려하지는 않지만 기본적인 고등교육을 받은 청년세대 여성들이다. 지은 지 30년이 훨씬 넘은 오래된 빌라나 신개발지에 넘쳐나는 원룸텔 등 저렴한 주거환경에 살며, 물류센터, 고객서비스센터, "활주로처럼 불빛이 박힌 공장" 등에서 주야를 번갈아가며 일하는 저임금 노동이 이들에게 주어진 사회적 역할이다.

그렇다고 이들에게 개성이 없는 것은 아니다. 미주는 대부분의 사람들이 인지하지 못했던 아이돌 그룹 박스캣에 열광하면서 덕희를 만났고, 단것이나 땅콩보다도 복숭아향 컵젤리를 고집하는 독특한 취향을 지녔다. "꽤 큰맘 먹고 산" 바이브레이터의 고장이 도저히 용서되지 않아 체면을 불구하고 집요하게 교환 반품을 요청하는 4885의 끈기도 범상치는 않다.

사소하지만 그녀들을 정체화하는 이 취향과 기질의 독특함은 때때로 세계의 견고함에 부딪혀, 일상을 견디는 인내의 임계점을 넘어서게 한다. 컵젤리에 대한 미주의 집착은 소망했던 시애틀행이 저지되고 공항 경찰에 연행되는 불상사를 일으킨다. 소비 평균을 넘어 고심 끝에 산 비필수 기호 상품의 품질은 4885의 평정심을 무너뜨렸다. 인센티브에 묶인 잘 훈련된 헬퍼의 인내심은 체면도 수치도 모르는 소비자의 트집에 한순간에 해체된다. 작고 사소한 취향 하나도 용인하지 않는 현실의 각박함은 현실을 수용하고 적응해가던 그녀들의 자제력을 일순간 폭발시키고, 그렇게 우연히 어우러진 세 임계점의 교차 폭발이 "정말로 너무 야박한 하루"의 밑바닥에 숨어 있다.

하지만 고체인 동시에 액체로도 간주되는 컵젤리처럼, 이들의 작고 소박한 취향, 개성의 목소리가 지닌 고유성은 모호하다. '여름에도 항상 30도 이하를 유지하는 시애틀', '자동차 극장에서 차를 때려 부수며 멋진 퍼포먼스를 보여주었던 박스캣', '컵젤리', '바이브레이터' 등 이들이 집착했던 것들의 실체는 모두 기대와 다르다. 알고 보니 사상 최악의 폭염과 산불로 사망자가 속출하는 북미의 현실이나 "그토록 가고 싶었던" 자동차 극장과의 불우한 조우, 바이브레이터의 형편없는 배터리처럼, 그녀들이 원했던 것은 기실 원본 없는 허상, 실체 없는 시뮬라크르에 지나지 않았는지도 모른다.

자신을 동질화하는 존재론적 폭력에 저항해서 그녀들이 집착했던 작은 차이에 대한 열망들, 이 기질과 취향이 정말로 고유한 것이 되기 위해서는 그것에 공명하며 새로운 것을 생성할 수 있는 타자의 응답이 필요하다. 그런데 실제로는 어떠한가. 신자유주의 메커니즘을 수용하고 그에 적응하여 살아가는 인물들의 취향과 자유의 실현은 서로가 서로에게 벽이 되고 구속이 되는 관계의 그물을 가속화한다. 우리는 자신도 모르게 때때로 누군가를 임계점으로 몰아대는 연루된 공모자요 사악한 목소리이기만 한 것은 아닐까.

3. '고갈의 자유'보다는 '구속의 불안'

야박한 세상이 만들어지는 데 스스로도 자유롭지 않은 세계에서, 그러나 따뜻한 사람의 정이 그리운 우리는 혼자가 편하지만, 또한 같이 살지 않을 수 없는 존재이다. 부모님이 서울을 떠나고 남겨주신 작은 돈으로 바닥이 기울어진 오래된 빌라에 전세를 얻은 덕희는 미주와 함께 살기를 처음부터 희망했고, 미주는 그런 덕희가 이상하다.

> 너 그때 왜 나한테 같이 살자고 했어? 혼자 사는 게 편하잖아. (……) 한

> 사람이 하나의 삶을 지탱하는 것보다는 두 사람이 두 개의 삶을 지탱하는 편이 낫다. 비슷하게 고생하고 비슷하게 안쓰럽고 비슷하게 불행하면서도 종종 같이 즐거울 수 있는 미주와의 삶이 딱 좋았다. (……) 혼자 사는 게 무서웠다. 혼자 산다는 건 혼자 죽는다는 말과 똑같은 의미라고 덕희는 믿었다.

기실 미주는 덕희보다 욕망에 솔직한 인물이다. 박스캣의 마지막 공연을 보기 위해 시험을 빼먹고, 덥고 지치는 한국을 떠나 생면부지의 북미로 이주하기 위해서라면 한 시간 만에 가방을 싸버릴 수도 있는 미주는 욕망과 충동의 지연에 익숙지 않다. 그런 미주에게는 타인의 존재감을 견디고 배려해야 하는 공동생활보다 혼자서 사는 일이 훨씬 간편할 수 있다. 그렇지만 덕희는 비슷하게 고생하고 불행하더라도 같이 즐거울 수 있는 삶을 희구한다.

누군가와 무언가를 나누지 않은 채 단독자로 피로사회의 현재를 감당하기란 고독하기 짝이 없는 일이다. 더구나 그러한 고독을 견디면서 기다리는 것이 알량한 금액의 인센티브라는 점을 상기해보자. 모든 것이 돈으로 환원되는 세상에서 인센티브는 시애틀, 자동차 극장과 같은 시뮬라크르의 시뮬라크르에 지나지 않는다.

그러나 '함께 함'의 자리에서, 알량한 인센티브는 성격을 바꾼다. 인센티브는 중고지만 공기청정기를 산다는 약간의 사치, 제철 과일을 사서 함께 담가 먹는 과실주의 기쁨, 즉 "조금 더 명랑한 삶"을 촉발하는 촉매가 된다. 자동차 극장이나 여름이 없는 시애틀에 대한 기대가 실체 없는 거짓이자 순수 시뮬라크르였던 것과 달리, "불행하면서도 종종 같이 즐거울 수 있는" 미주와의 생활은 다른 것으로 환원되지 않는 덕희만의 고유한 경험이다. 스스로 고갈되는 자유보다는 차라리 슬픔이 묻은 웃음이라도 함께 나누는 얽매임이 덕희에게는 소중하다.

그래서 덕희는 미주가 떠나는 것이 두렵다. 입었던 속옷까지 버려두고 집을 나간 미주이지만, 공항 경찰서로 미주를 데리러 가는 덕희의 발걸음은 그리 무겁지 않다. 미주는 덕희에게 맞서거나 경쟁하는 존재가 아니라, 나란히 서서 세상을 겪을 수 있는 존재이기 때문이다.

각자도생의 야박한 세상에서 제각기 이익을 추구하는 경쟁자의 일원으로만 작동하는 '나'라는 감옥을 넘어서는 만남, 경제적 이익과 무관하게 무언가에 열중하고 나눌 수 있는 '함께 함'의 관계는 덕희가 희구하는 '작은 즐거움'의 필요조건이다. 그리고 그 '함께 함'은 '어머니가 돼 줘'라는 미주의 요청에 덕희가 응답할 때 이루어진다. 고교 시절의 수많은 거짓 전화에서처럼 덕희는 이번에도 미주의 어머니가 됨으로써 둘만의 관계를 구축하고 자신의 역능을 실현한다. 미주의 요청에 응답하는 일은 미주를 세상이 보는 것과 다른 방식으로 고유하게 의미화할 뿐 아니라, 덕희 자신을 능동적으로 삶을 기획하는 생성적인 주체로 구성하는 일이다.

'너'의 고통과 필요에 응답하는 일. 이는 공동체를 위한 윤리적 강령만이 아니라 나의 삶을 더 생성적으로 구축하는 일이다. 임계점까지 자기를 착취하는 고갈의 세상에서, 할 수 있는 만큼 좋은 만남을 조직하고 자신의 본성에 맞게 역능을 발현하려고 노력하는 일보다 중한 일이 있을까? 타자의 목소리에 응답하고 함께 어울려 걸어가는 일이야말로 생성적 삶을 가능하게 하고,* 시뮬라크르의 세계에서 우리의 작은 차이에 개성과 고유성을 부여한다.

하지만 작품의 결말은 이 같은 덕희의 선택이 불안과 동요 속에 있음을

* 미하일 바흐친은 무심한 관조를 넘어 책임 있는 응답으로서 타자와의 관계를 모색하고 구성하는 것이 삶을 미학적으로 완성하는 일이라고 보았다. 최진석, 「타자 윤리학의 두 가지 길 바흐친과 레비나스」, 『노어노문학』 21권 3호, 2009, 183~184쪽 ; M.M.Bakhtin, Art and Answerability, Early Philosophical Essays by M.M.Bakhtin, University of Texas Press, 1990, 참조.

숨기지 않는다. 공항으로 향하는 덕희의 발걸음 위에는 미주와의 시간이 종국에는 자신을 위험에 빠뜨리는 결말을 가져올지도 모른다는 불안이 넘실거린다. 오늘의 이 관계는 내일 무엇으로 변화할지 알 수 없는 임의적인 것이며, 관계에는 그만큼의 책임이 따른다. 그러나 어쩌겠는가. '함께'가 생성하는 "조금 더 명랑한 삶"을 위해 덕희는 미주에게 갈 수밖에 없다. 비록 너와의 시간이 결국은 나를 용의자로 인준하는 결말을 가져올지도 모른다는 불안을 끝끝내 떨치지 못한다 하더라도. 세상이 우리의 만남을 실종자와 용의자의 관계로 몰아간다 하더라도.

리틀 프라이드

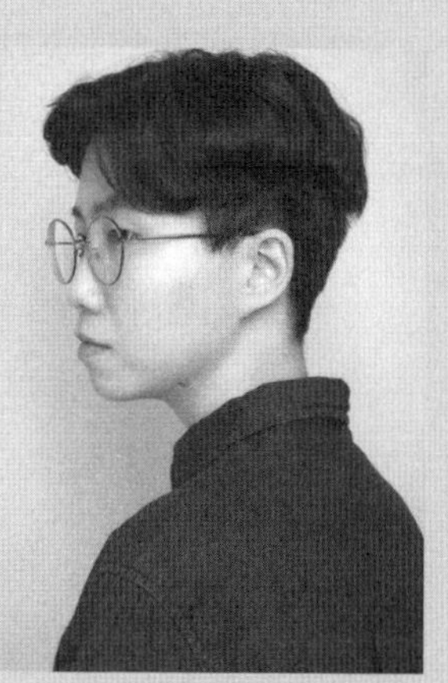

서장원

2020년 『동아일보』 신춘문예로 작품 활동 시작.
소설집 『당신이 모르는 이야기』 있음.

리틀 프라이드

오스틴의 사진을 받은 건 목요일 오후 4시, 휴게실 커피머신 앞에서 커피를 더 마실지 말지 고민하고 있을 때였다. 오스틴은 둥근 금속 고정장치를 부착하고 있는 두 다리와 그 위로 엄지를 치켜올리고 있는 왼손을 찍어 보냈다. 병실에서 혼자 찍은 사진 같았다. 나는 그 사진의 의미를 단박에 파악했다.

– 오스틴, 결국 한 건가요?

– 네, 지난달에요. 지금은 쑥쑥 크는 중입니다.

그와 마지막으로 긴 대화를 나누었을 때 오스틴은 회사를 그만두고 키 크는 수술을 할 거라는 얘기를 했었다. 사지연장술에 대한 이런저런 정보를 모으고 있다면서, 꽤 오래전부터 활용되고 있다는 일리자로프 방식부터 최근에 개발된 LON 수술까지, 경골을 늘이는 여러 가지 방법을 내게 설명해줬다. 최신식 수술법의 경우 재활 기간도 비교적 짧고 고통도 덜하다고 오스틴은 말했지만, 내가 듣기에는 충분히 길고 고통스러운 과정 같았다. 오스틴은 기어이 그 수술을 받은 모양이었다. 나는 대단하다며 엄지를 치켜든 이모티콘을 여러 개 보내주었다. 오스틴은 곧바로 답장을 보냈다.

– 그런데 있잖아요, 토미. 부탁 하나 들어줄 수 있나요?

– 어떤 부탁이요?

그렇게 답장하며 나도 모르게 미간을 찌푸렸다. 귀찮은 일에 휘말릴지 모른다고 생각했던 것 같다.

– 한참 전에 주문한 택배가 이제야 사무실에 도착했다고 해서요. 그것 좀 병원으로 가져다줄 수 있나요? 오랜만에 얼굴 보고 얘기도 하고 싶고요.

나는 답장하지 않은 채 휴게실에서 나와 여전히 공석으로 남아 있는 오스틴의 자리로 걸어갔다. 그곳은 이제 간이창고처럼 쓰이고 있어서, 빈 박스며 에어 캡, 친환경 종이 완충재, 포장용 테이프 등이 책상 아래 잔뜩 쌓여 있었다. 오스틴의 말대로, 빈 박스들 사이에서 해외 송장이 붙은 조그만 상자 하나가 보였다.

오스틴이 떠난 지도 이제 세 달이 다 되어갔다. 오스틴이 퇴사하기 전에는 자리가 지금보다 더 정신없었다. 오스틴이 좀처럼 주변을 정리하지 않는 탓에 책상 위에는 알 수 없는 서류며 파일들, 각종 패션 서적이 어지럽게 놓여 있었고, 바닥에는 뜯지 않은 택배가 적어도 서너 개쯤은 늘 쌓여 있었다. 오스틴은 그 너저분한 자리에서 영상을 편집하고, 회의자료를 만들고, 자신만 알아볼 수 있는 인터뷰지를 썼다. 한때는 내 자리에서 고개만 살짝 돌려도 그 모습을 다 볼 수 있었다. 반년 전까지, 오스틴은 이 회사의 개국공신으로 대접받았다. 나는 그 사실을 입사한 날에 알게 됐다. 인사팀장은 나를 데리고 사무실을 돌며 직원들을 한 명씩 소개했는데, 소셜마케팅팀의 오스틴을 두고는 '우리 회사에서 오스틴을 모르면 간첩'이라고 농담을 했다. 그가 기획하고 출연한 길거리 인터뷰 영상들이 인스타그램 릴스에서 조회수 대박을 터뜨린 것을 두고 한 말이었다.

이곳 올드독코퍼레이션은 빈티지 의류 마니아를 위한 중고 마켓 겸 커뮤니케이션 앱 '올드독'을 만드는 회사다. 직원들은 자기 직장에 대해 질문받으면 이렇게 대답한다. "무신사와 당근마켓 사이의 IT 스타트업." 오스틴은 이 회사의 초창기 멤버 중 하나였다. 틱톡 열풍이 불어오며 인스타그램 릴스와 유튜브 숏츠 등 짧은 영상 플랫폼이 막 만들어지기 시작할 즘, 그는 소셜마케팅팀도 카메라를 들고 거리로 나서보자고 의견을 냈다. 성수나 홍대 등지에서 빈티지 의류를 차려입은 젊은이들을 만나 자기 패션에 대해 듣는 짧은 영상을 만들면 인스타그램에서 분명 반향이 있을 거라는 얘기였다. 또 그는 자신이 인터뷰어로서 잘해낼 수 있다고도 장담했는데, 결과적으로 그의 말이 다 맞았다. 그가 기획한 영상은 곧 수만 회의 조회수를 기록하며 패션에 관심 많은 젊은이들 사이에서 회자되기 시작했다.

나 역시 그 영상들을 몇 번 본 적이 있었다. 인터뷰어인 오스틴 역시 영상의 일부로 등장했는데, 화면 속의 그는 회전의자에 구부정하게 앉아 모니터를 들여다보는 남자와는 사뭇 달랐다. 그는 함께 선 인터뷰이에게 빈티지 의류를 구매한 이유를 묻고는, 어쩌다 새 옷이 아닌 낡은 옷에 빠지게 되었는지, 빈티지 패션의 매력이 뭐라고 생각하는지, 자연스럽게 이야기를 끌어냈다. 필요할 경우엔 패션 산업에 대한 이야기도 곧잘 덧붙였다. 그의 이야기를 듣는 것만으로도 빈티지 의류 시장에 대해 많은 것을 알 수 있었다. 이를테면 파타고니아 플리스의 시대별 디자인 변화나, 알파인더스트리가 만든 야상과 항공점퍼의 내구성, 80년대 일본 의류 제조업의 위상에 대해서. 화면 속 오스틴은 박학다식하고 재치가 넘쳤고, 인터뷰이의 옷차림이나 외모를 띄워주기 위해 호들갑을 떨어댔다. 그는 나와는 전혀 다른 부류의 사람 같았고, 내가 절대로 될 수 없는 남자처럼 보였다.

물론 모든 면에서 그렇다고 말할 수는 없었다. 오스틴은 신장이 164센티미터인 나보다 키가 작은 극소수의 남자 중 하나였고, 그런 점에서 나는 그에게 미약한 동지 의식을 느끼고 있었다. 한편으론 릴스 속의 그가 유쾌한 코미디언처럼 행동하는 데에는 아마 이런 상황이 작용하고 있을 거라고 짐작하기도 했다. 외모가 멋지지 못한 남자가 여러 사람에게 호감을 사고 주목받기 위해서 가져야 하는 캐릭터를 그가 아주 잘 연기하고 있다고 말이다. 그건 내가 트랜스 남성으로서 될 수 있는 한 익혀야 했던, 그러나 전혀 익히지 못했던 것 중 하나였다. 회사를 다니는 동안 내가 가장 어려워했던 것도 바로 그런 종류의 자기 연출이었다. 나는 어떻게 해야 괜찮은 남자로 보일 수 있는지, 남자로 인정받을 수 있는지 알지 못했다. 어쩌다 다른 직원과 스몰토크라도 주고받고 나면 내가 한 말과 보디랭귀지가 적절했는지 점검하느라 머릿속이 복잡해졌다. 물론 예전처럼 불을 끄고 샤워하거나 공중화장실 휴지통에 쌓여 있는 생리대를 보고 패닉에 빠지는 일보다는 이쪽이 훨씬 나았다. 결코 이전의 삶과 비교할 수는 없었다. 하지만 그렇다고 해도 정말 피곤한 일이었다. 때로는 내가 맡은 직무보다, 왕복 세 시간을 쏟아야 하는 출퇴근길보다, 농담 한마디를 받아치는 일이 더 힘겨울 정도로.

내가 남성으로 패싱되기 시작한 시점이 정확히 언제인지는 모르겠다. 아주 어렸을 때는 대부분의 사람들이 나를 남자애로 봤다. 고등학생 시절에는 그보다 두세 살 어린 남자 중학생처럼 보였고, 스무 살이 넘어서도 한동안은 그렇게 보였다. 그건 내가 바라는 모습과 다소 차이가 있었지만, 그래도 최악은 아니었다. 최악은 누군가 나를 여자로 보는 것이었다. 아직 남자친구를 사귀는 데 관심 없고 멋을 부리지 않는 순진한 젊은 아가씨로. 다행히 호르몬 주사를 맞기 시작하고 서너 달이 지나자 누구도 나를 그렇게 바라보지 않았다. 대신 공공장소에서 도저히 무시할 수 없는 집요한 시선을 받는 일은 몇 번 있었는데, 탑 수술까지 마친 뒤로는 그런 일도 없어졌다. 탑 수술 이후, 한동안은 길을 걷다가 문득 멈춰 서곤 했다. 길거리의 가게 유리창에 비친 내 모습을 가만히 바라보기 위해서였다. 달라진 실루엣을 보고 있으면 당시에 유행하던 영화 속 대사가 머릿속에 맴돌았다. 마침내. 그래, 마침내.

올드독코퍼레이션에 합격했을 때는 그즈음이 내 인생에서 가장 순조로운 시기라고 믿기도 했다. 입사하고 얼마 되지 않아 혜령과 헤어지며 그렇지 않다는 것으로 판명이 났지만, 당시에는 그랬다. 면접을 치르고 온 날 밤에 혜령과 나누었던 대화가 기억난다. 나는 혜령에게 대표의 영어 이름을 맞혀보라고 퀴즈를 냈다. 이 회사는 수평적인 문화를 지향한다며 서로를 영어 이름으로 부르는데, 대표의 이름이 아주 인상적이라고.

"뭐…… 오스칼, 에이드리언 이런 쪽인가?"

"아니야. 힌트를 줄게. 영화감독 이름이야."

"아, 설마, 쿠엔틴이야? 쿠엔틴 타란티노의 쿠엔틴?"

"맞아. 그 사람 자기가 엘라이라고 했어."

우리는 한동안 깔깔거리며 쿠엔틴, 쿠엔틴 하고 중얼거렸다. 우리는 그즈음 자주 들락거리던 칵테일바에 앉아 있었다. 퀴어프렌들리한 콘셉트를 내세운, 바 뒤쪽의 진열장에 무지개 깃발을 걸어둔 곳이었다.

"내 생각엔 왠지 합격할 것 같아."

나는 그 무지개 깃발을 바라보며, 밝은 조명 아래서 그게 얼마나 꼬질꼬질할지 상상하면서 말했다.

"쿠엔틴이란 이름을 사용하는 사람이라면, 자기가 편견 없는 사람이라는 걸 증명하려고 트랜스젠더를 고용할 것 같기도 해."

내 말에 혜령은 고개를 설레설레 저었다. 그즈음 혜령은 내가 좋지 않은 상황을 너무나 집요하게 생각한다고, 그런 관점을 자신에게도 주입시키려 애쓴다고 말하곤 했다. 그런 점이 그녀를 지치게 한다고.

"만약 거기 합격하면 그건 그냥 네가 잘나서야. 지금 능력이 좋든 잠재력을 인정받았든."

혜령은 그렇게 말했다. 물론 나도 그 말을 전적으로 믿고 싶었지만, 그때나 지금이나 그러기가 어렵다. 사실 나는 트랜스젠더인 나를, 법적 성별이 여전히 여성으로 남아 있는 나를 채용해준 쿠엔틴에 대해 지금까지도 고마운 마음을 가지고 있다. 그에게 고마워하는 것은 언젠가 혜령이 지적한 것처럼 비굴한 태도이며, 퀴어로서 프라이드가 부족한 것이라고 하더라도 마음이 그렇게 되어버린다. 그리고 가끔은 오스틴에 대해서도 엇비슷한 마음이 든다. 그에게는 고맙다기보다는, 친밀함 같은 걸 느낀다고 해야 맞겠지만.

업무상으로 나와 아무 접점이 없던 오스틴이 내게 문득 말을 걸어온 건 닷새간의 명절 연휴를 하루 앞둔 어느 오후였다. 오스틴은 휴게실에서 커피를 내리고 과자를 챙기고 있던 내게 다가와 우리가 동문인 걸 아느냐고 물었다.

"제가 거기 신문방송학과 09학번이거든요."

"아, 정말요?"

그 순간에 내가 어떤 표정을 하고 있었을지 잘 모르겠다. 나는 그 몇 초 안 되는 짧은 순간 동안 오스틴이 어쩌다 내 출신 학교를 알게 된 것인지, 그가 대학 시절의, 트랜지션 이전의 나를 알았을 가능성이 얼마나 될지를 생각했다. 09학번이라면 학교에 다닌 시기가 1년쯤은 겹칠 터였다.

"저희 식사 한번 같이해요. 대학 후배인 줄 알았으면 진작 얘기했을 텐데."

오스틴은 그렇게 말했다. 그 순간에는 어째선지 불안감이 살짝 잦아들었는데, 오스틴이 우리에게 같은 카테고리가 있음을 재차 강조하고 있어서 그랬던 것 같다. 어쨌거나 우리는 연휴가 끝난 뒤 회사 인근의 멕시코 식당에서 점심 식사를 함께하기로 했다. 결론적으로, 오스틴과의 첫 만남은 아주 즐거웠다. 오스틴은 대학 시절의 나에 대해 전혀 모르는 눈치였고, 우리는 타코와 케사디야, 칠리프렌치프라이를 우적거리며 자기 직무에 대해 농담을 했다. 나는 쿠엔틴이 가볍게 주문하는 일들, 이를테면 올드독 앱의 중고거래 게시판에서 사이즈 카테고리를 추가하는 일에 얼마나 많은 품이 드는지를 얘기했고, 오스틴은 사람들이 좋아할 만한 빈티지 힙스터를 찾는 일이 얼마나 어려운지 투덜댔다. 나는 그의 고초를 이해할 수 있었다. 올드독 인스타그램 릴스에서 가장 화제가 된 인터뷰이들은 빈티지 의류를 멋스럽게 차려입은 남자들이었다. 정확히 말하자면, 샤이아 라보프에게서 자기 패션의 영감을 얻는 것 같은, 체격 좋고 잘생긴 남자들. 얼핏 생각하기에도 그런 남자들을 찾는 건 쉽지 않을 듯했다.

"여기 직원들을 찍으면 편할 텐데요."

나는 말했다. 당연한 얘기겠지만 올드독에는 빈티지 패션에 관심 많고 꾸미기 좋아하는 남자들이 한가득 있었다.

"그래도 되겠네요. 여기는 참 멋있는 분들이 많죠?"

"맞아요."

우리는 정말 그렇다는 듯 입가에 타코 소스를 묻힌 채 한동안 고개를 끄덕거렸다. 나는 문득 생각이 나서, 실은 오스틴에 대해 들은 적이 있다고 말했다. 입사 후 참석했던 유일한 단체 회식에서 브랜드마케팅팀 직원 하나가 전한 이야기인데, 그에 따르면 오스틴은 놀랍도록 눈썰미가 좋아서, 슬쩍 보고도 이 옷이 진짜 폴로인지 아닌지 알 수 있었다. 심지어 진품이 맞다면 대략 언제쯤에 생산된 제품인지까지 알아맞힐 수 있었다. 나는 그게 정말인지 오스틴에게 물었다.

"제가 예쁜 걸 잘 알아봐요."

오스틴은 내 이야기의 진위를 가려주는 대신 빙그레 웃으며 그렇게만 대답했다. 그리고 나는 그가 한 말을 곧바로 이해했다. 그는 미남이 아니었고, 왜소한 체격에 팔다리 비율이 좋지도 않았다. 그럼에도 그는 길거리를 돌아다니며 빈티지 의류를 차려입은 미남들, 모델 같은 비율을 가진 남자들을 찾아다녔다. 그건 결코 유쾌한 일이 아닐 것 같았다.

"저는 예쁜 게 뭔지 잘 모르겠어요. 여기서 일하면서 이렇게 보는 눈이 없으면 안 될 것 같은데."

나는 분위기를 풀어볼 작정으로 그렇게 말했다. 그러자 오스틴은 차라리 그게 좋지 않느냐고 대꾸했다.

"여기 올드독 거래 게시판 보면, 옷을 산더미처럼 쌓아두고도 20년 전에 나온 파타고니아 신칠라를 사려고 50만 원을 태우는 사람들이 있어요. 여기 대표는 빈티지 패션을 가지고 친환경이니 대안적 패션이니 하는데, 누가 그걸 믿겠어요. 그냥…… 예쁜 거에 눈에 회까닥하게 하는 것 같아요."

나는 고개를 끄덕였다. 사실 입사하고 나서 느낀, 회사에 대한 내 감상도 정확히 그랬다. 지속 가능한 패션이라고는 하지만 사실 이곳에서 파는 건 그냥 헌 옷이 아니었다. 그보다는 특정 브랜드가 특정 기간에 생산해낸 것으로 셀링포인트를 잡은, 출고가의 몇 배를 웃도는 리셀 제품이라고 보는 편이 맞았다.

"다들 예쁜 걸 좋아하니까요."

"맞아요. 옷도 사람도 그렇죠."

곧 오스틴은 이 근처에 괜찮은 로스터리 카페가 있다고, 거기에 가보자고 화제를 돌렸다. 오스틴이 골라준 풍미 가득한 커피를 마시던 오후, 나는 언젠가 혜령과 퀴어 퍼레이드를 따라 걷던 날을 떠올렸다. 무척 더웠던 날이었는데, 퍼레이드 행렬은 그늘 한 점 없는 아스팔트 도로로 나아갔다. 우리 앞의 트럭에선 상의를 벗고 몸 여기저기에 무지개 모양이나 'QUEER' 혹은 'PRIDE'라고 바디페인팅을 한 남자 여럿이 타고 있었다. 원래는 그 위에서 간단한 공연을 하거나 구호를 외치려던 것 같았는데, 더위 탓인지 그들은 그저 트럭 난간을 짚고 한 번씩 손을 흔들어주며 트럭 아래쪽을 내려다보고 있었다. 그들의 땀으로 번들거리는, 잘 다듬어진 예쁜 몸을 나는 조금 서글픈 심정으로 지켜봤다. 그때 나는 이미 탑 수술을 성공적으로 마친 뒤였지만, 그들처럼 웃통을 벗고 싶지는 않았다.

그날 이후로도 나는 오스틴과 종종 점심을 함께했다. 둘 다 야근을 하는 날도 잦아져서, 같이 저녁을 먹는 일도 몇 번 있었다. 다른 사람들과 달리 오스틴과 함께 있으면 마음이 편할 때가 많았는데, 이제 와 돌이켜보면 그가 내 앞에서 감정적인 모습을 자주 드러내서 그렇지 않았나 싶다. 그는 대표 쿠엔틴과 임원들에 대해, 자기에게 집중되는 업무와 거기서 오는 피로에 대해 분통을 터뜨리곤 했다. 소셜마케팅팀은 사내에서 가장 바쁜 팀이자 유일하게 팀장이 없는 팀이었고, 파트장인 오스틴이 특유의 넉살을 발휘해 팀원들을 북돋우며 실질적인 팀장의 역할을 하는 듯 보였다. 팀원들 앞에서 감정적인 모습을 내비칠 순 없었을 것이다. 물론, 이건 내가 은연중에 재구성한 이야기인지도 모른다. 내게는 언제나 나를 잡아줄 사람, 여기 있어도 괜찮다고 말해줄 사람이 필요했고 올드독에서는 때마침 내게 말을 걸어준 오스틴이 바로 그런 사람이라고 생각했던 건지도 몰랐다. 그러니 그가 2주간의 정직 처분을 마치고 복귀했을 때 맥주를 한잔하자고 제안한 것도 자연스러운 일이겠다. 금요일 저녁이었고, 9시가 넘도록 사무실에 남아 있는 이라곤 우리 둘뿐이었다. 내가 맥주를 한잔하겠느냐고 묻자 오스틴은 천천히 회전의자를 돌려서 나를 바라봤다.

"맥주 좋아요."

그는 일어서서 의자에 걸어두었던 외투를 집어 들었다. 우리는 사무실을 돌아다니며 소등한 다음 밤거리로 나섰다. 10월이었지만 공기가 후텁지근해서 거리에는 아직 여름밤의 분위기가 남아 있었다. 우리는 해마다 더워지는 날씨와 그것이 올드독에 어떤 영향을 미칠지 이야기를 나누며 멕시코 식당까지 걸어갔다. 도착할 때까지, 나도 오스틴도 최근에 있었던 소동에 대해 일절 언급하지 않았다. 그가 그 일에 대해 이야기를 시작한 것은 맥주 한 병을 다 들이켠 다음이었다. 그는 자기 휴대전화에 저장되어 있던 '그 커플'의 인터뷰 영상을 보여주었다. 그들은 오스틴보다, 나보다 더 젊어 보였고 미남미녀였다. 물론 사람들은 그들을 두고 미남미녀라고 말하는 대신 선남선녀라고 에두르겠지만 속물적으로 말하자면 그랬다.

영상 속에서 세 사람은 아주 화기애애했다. 오스틴은 90년대에 생산된 나이키 맨투맨을 커플룩으로 차려입은 연인을 발견하고 다가간다. 두 사람은 물론 오스틴을 알고 있다. 심지어 오스틴이 마음에 드는 대상을 찾아냈을 때 외치는 멘트를 먼저 소리친다. "오스티너스!" 오스틴은 여느 때처럼 패션을 칭찬하고 둘이 어떻게 만났는지 묻는다. 곧 이야기는 두 사람이 빈티지 의류에 빠져 성수동 일대의 빈티지 옷가게를 순회하는 이야기로 넘어간다. 최근에 두 사람은 영국에서 생산된 보이런던을 찾아다니고 있다며 웃는다.

문제는 이다음, 두 사람의 인터뷰 영상이 올드독의 유튜브와 인스타그램에 게시된 후에 일어났다. 여자는 오스틴의 개인 인스타그램에 찾아와 영상을 내려달라고 부탁했다. 며칠 사이에 남자친구와 헤어지게 되었으며, 함께 있는 모습을 사람들에게 보이고 싶지 않다는 것이었다. 오스틴과 여자의 말이 비슷한 건 여기까지다. 그 뒤로는 두 사람의 이야기가 완전히 달랐다. 오스틴은 자기가 흔쾌히 영상을 삭제하겠다고 답장했으며, 이에 더해 여자를 위로해주었다고 주장했다. 남자친구와 헤어지게 되어 안타깝다고, 그러나 곧 좋은 인연을 만나게 될 거라고, 그렇게 메시지를 보냈을 뿐이라고. 그러나 나중에 여자가 설명한 바에 따르면 오스틴은 영상을 삭제해줄 테니 자기와 만나 커피를 마시면 어떻겠느냐고 추근덕댔다. 곧 여자는 오스틴과 주고받은 디엠을 캡처해 자기 인스타스토리에 게시했다. 그때까지도 오스틴은 캡처 이미지는 악의적으로 대화 내용을 편집한 거라고 주장했지만, 누구도 그 말을 곧이들을 순 없었다. 올드독은 곧 공식적인 사과문을 SNS에 게시했는데, 그 사과문은 쿠엔틴이 직접 쓴 것이라고들 했다. 사과문 속에는 해당 직원을 징계하겠다는 내용도 들어 있었다. 오스틴은 그 사과문을 통해서 자신이 징계 대상임을 알게 됐다. 오스틴은 시말서를 썼고, 2주 동안의 정직 처분을 받았다.

"그 여자 일부러 그런 거예요. 자기가 차인 걸 가지고 나한테 화풀이를 하려고."

오스틴은 코로나 맥주병을 탁 소리가 나게 테이블에 내려놓으며 중얼거렸다.

"그 여자가 차였는지 찼는지 어떻게 알아요?"

"딱 보면 알죠. 딱 봐도…… 페미 같잖아요. 페미니까 차인 거죠."

"네?"

"머리가 짧으니까요."

오스틴은 말했다. 나는 그가 진심으로 그렇게 믿고 있다는 걸, 그의 목소리와 표정으로 알 수 있었다. 내 옆 테이블에 앉아 있던 여자들이 일순간 조용해지는 것이 느껴졌다. 여자들은 곧 일부러 의자를 소리 나게 밀치며 자리에서 일어났고, 주문서와 가방을 챙겨 자리를 뜰 준비를 했다.

"오스틴, 취한 것 같아요."

"이 정도로요?"

오스틴은 코로나 맥주병을 손가락으로 튕기며 웃었다. 그는 자신을 편들어줄 남자를 만나 기쁜 것 같았다. 사실 그건 내가 예상했어야 했던 일이었다. 나 역시 오스틴에게 정말 억울한 사연이 숨겨져 있거나, 그가 진심으로 반성하고 있다고 믿었던 것은 아니니까. 거기까지 생각이 미치자 마음 깊은 곳에서 수치심이 몰려왔다. 나는 제법 괜찮아 보였던 오스틴이란 남자에게 동료로 받아들여지길 바랐고, 그가 질 나쁜 남자인 것이 밝혀진 뒤에도 그 마음을 내려놓지 못했다. 나는 괴롭고 불편한 심정으로 오스틴이 맥주를 주문하는 모습을, 직원이 새로 가져다준 코로나 맥주병을 집어 들며 들뜬 목소리로 이야기를 이어가는 모습을 지켜봤다.

"사실 뭐가 문제인지 알아요."

"뭐가 문젠데요?"

"저도 좀 달라져보려고 해요. 그러니까 외모를 좀 바꿔보려고요."

오스틴은 그렇게 말하고 병을 집어 맥주를 들이켰다.

"뭐, 쌍수라도 한다는 얘기예요? 그게 해결책이라고요?"

"아니요." 오스틴은 맥주를 홀짝이고 말을 이어갔다. "훨씬 더 큰 수술이에요. 대수술이죠. 회사도 그만둬야 할 거예요."

오스틴은 그러고는 휴대전화를 꺼내 몇 가지 이미지를 보여줬다. 상단에 '비포&애프터'라고 적혀 있는, 같은 사람이 서 있는 모습을 나란히 이어 붙인 사진들이었다. 나는 오스틴의 의도를 알아챘다. 오스틴은 사지연장술에 대해 말하고 있었다. 그거라면 예전에 나도 잠깐 검색해본 적이 있었다. 상당한 비용과 시간이 필요한 수술이었다.

"이거…… 정말 힘들지 않나요? 여러 가지로요."

오스틴은 다 안다는 듯 고개를 끄덕였다. 그는 사지연장술에 대해 한참 설명한 다음, 이제 거의 마음을 굳혔다고 덧붙였다.

"그렇게 해서, 새 출발을 하고 싶어요. 좋은 여자도 만나고요, 페미가 아닌 좋은 여자."

그러고는 그 자리가 어떻게 흘러갔는지 모르겠다. 오스틴은 점점 더 취했고, 자기를 모독한 짧은 머리 여자와 해명의 기회를 주지 않은 쿠엔틴, 자신을 외면하는 동료들에 대해 분통을 터뜨렸고, 다시 사지연장술로 화제를 돌려 내게는 끔찍하게만 들리는 온갖 수술법을 설명했다. 직원 하나가 우리 테이블로 다가와 문을 닫을 시간이 다 됐다고 알려줄 때까지 그랬다. 전철역 앞에서 헤어지기 직전에 오스틴은 자기가 그때껏 잊고 있었다는 듯, 혹시 여자친구가 있느냐고 내게 물었다.

"그럼요."

나는 고개를 끄덕이고는 담배를 한 대 태우겠다는 오스틴을 두고 전철역 계단을 뛰어 내려갔다.

여자친구가 있다는 건 거짓말이었다. 그때는 혜령과 헤어진 지 반년이 다 되어가고 있었고 새로운 연애는 시작될 기미조차 보이지 않았다. 헤어지면서 혜령은 내게 지쳤다고 말했다. 그날 우리는 극장에서 영화 상영 시간을 기다리다가 30대 후반이 되어서 FTM으로 성전환을 한 할리우드 배우에 대해 이야기했다. 나는 그가 다소 늦게 성전환을 선택했기 때문에 할리우드에서 일할 수 있었다고 주장했다. 그가 더 일찍 트랜지션을 했다면, 그래서 스무 살부터 신장이 160센티미터가 안 되는 트랜스 남성으로 살아갔다면 결코 할리우드에 데뷔할 수 없었을 거라고, 적어도 지금처럼 유명해지는 일은 불가능했다고 장담했다. 사람들은 트랜스젠더이자 평균 신장에 한참 못 미치는 왜소한 남성이 '위대한 개츠비'가 되거나 '캡틴 아메리카'를 연기하는 걸 원하지 않는다고. 혜령은 내 말이 다 옳다고 대답했는데, 그런 뒤엔 한동안 말이 없었다.

"그런데 있잖아, 왜 그런 상황들을 하나하나 가정해야 하는지 모르겠어. 네가 그렇게 생각하고 말하는 게 이제 너무 피곤해."

혜령은 그렇게 말한 뒤 팝콘과 제로 콜라, 영화티켓 두 장을 두고 나를 떠났다. 우리는 이후로도 종종 연락을 주고받았고, 혜령의 강아지를 내가 며칠 맡아주기도 했지만, 그뿐이었다. 우리는 더 이상 연인으로 지낼 수 없었다. 그래봤자 서로를 괴롭게 할 뿐이라는 걸 이별한 후에 둘 다 잘 알게 됐다. 다만 오스틴에게서 사진과 메시지를 받은 지 이틀 뒤에, 혜령은 우리 집으로 찾아왔다. 그러고는 도저히 두고 볼 수가 없다며 성별 정정 신청에 필요한 서류들을 모두 꺼내 방바닥에, 우리 복층 원룸인 내 집에서 공지로 남아 있는 거의 유일한 공간에 늘어놓았다. 혜령은 맥주 캔을 손톱으로 톡톡 두드리면서, 인우 보증서가 더 있어야 하지 않겠느냐고 내게 물었다.

"저번에도 그게 문제였다며."

나는 고개를 끄덕거렸다. 몇 해 전 내가 처음 성별 정정을 신청했을 때, 판사는 내가 한 명의 성인 남성으로서 다른 사회 구성원들과 충분히 관계 맺지 못하고 있다는 점을 들어 신청을 기각했다.

"이번엔 네가 있잖아."

"그래봤자 한 장인걸."

혜령은 친구 보증서를 받을 만한 이런저런 사람들을 떠올리며 내게 이름을 불러줬지만, 나는 그때마다 고개를 저으며 그 사람한테 커밍아웃할 수는 없다거나 이미 연락이 끊긴 지 너무 오래라고 대답했다. 그리고 그 말은 모두 사실이었다.

"아, 너랑 좀 친하게 지냈다던 그 회사 사람도 있잖아, 오스틴. 그 사람 퇴사했다며?"

"맞아."

"그 사람에게 부탁하면 어때?"

"그 사람은 호모포비아야."

물론 그건 내가 추정한 것일 뿐 확인된 사실은 아니었다. 아니, 그러지 않을 확률이 어쩌면 더 높았다. 오스틴이 좋아하는 패션디자이너 중 하나가 이브 생 로랑이었고, 어느 영상에선가 인터뷰이와 함께 이브 생 로랑의 연애사에 대해 제법 긴 대화를 나눈 적도 있으니까. 사실 혜령이 이런저런 이름들을 불러줄 때부터 나는 이미 오스틴을 생각하고 있었다. 그가 제안을 거절하더라도, 이제 더는 같은 집단에 소속된 사람이 아니니 그나마 좀 안전하겠다는 생각까지도 했던 것 같다. 그러나 혜령이 맥주를 세 캔째 비우고, 완전히 낙담해서 내 머리를 잠깐 쓰다듬는 동안에도 나는 오스틴이 호모포비아라는 말을 정정하지 않았다. 우리 집을 떠나기 전 혜령은 이걸로도 충분할지 모른다고 나를 다독였지만, 스스로도 그렇게 믿지 못하는 것 같았다. 그리고 내 생각에도 그랬다. 인우 보증서가 한 장은 더 필요했다.

"오스티너스!"

병실에 들어서자 오스틴은 양팔을 들어올리며 나를 반겨주었다. 내가 침대 곁으로 다가가자, 오스틴은 일어나 맞아주지 못해 미안하다며 대신 악수를 청했다. 나는 그의 자세가 많이 흔들리지 않도록, 맞잡은 손을 아주 천천히 위아래로 움직였다. 오스틴은 담요 속에 보조장치를 착용한 다리를 숨기고 있었는데, 자세를 조금 틀 때마다 고통으로 얼굴을 찡그렸다. 오스틴은 그 잠깐 사이에 살이 빠지고 수염을 제대로 깎지 못해 내가 늘 보았던 모습보다 더 나이 들어 보였다. 그는 내가 건넨 택배 박스를 내게 되돌려줬다.

"사실 이거 얼마 전에 주문한 거예요. 토미 생일이잖아요."

내가 놀라서 고맙다고 인사하자 오스틴은 웃었다. 왠지 모르겠지만, 그 순간 오스틴은 예전의 오스틴, 인사팀장이 내게 소개시켰던 바로 그 남자로 되돌아간 것 같았다. 우리는 한동안 그간의 일들을 이야기했다. 나는 올드독의 동향을 전했고, 오스틴은 수술 경과에 대해 설명했다. 이 수술을 통해 8센티미터 정도 키가 자랄 예정이라고, 그러면 자기도 170센티미터가 넘을 거라고 말하며 그는 머리 위로 손을 올려 8센티미터 정도의 공간을 만들어 보였다. 이야기가 웬만큼 나와 화젯거리가 떨어졌을 때, 오스틴은 문득 생각났다는 듯, 자기는 알고 있었다고 중얼거렸다.

"알다니 뭘요?"

"토미는 그러니까, 트랜스젠더죠? 사실 처음 봤을 때부터 그렇게 보였어요. 저는 눈썰미가 좋은 편이잖아요. 그리고 화장실에서 한 번도 안 마주쳐서 확신했죠. 그래도 다른 사람들은 모를걸요." 오스틴은 그렇게 말하며 확신하듯 고개를 끄덕였다. "전혀 모를 거예요."

나는 한동안 말문이 막힌 채 간이 침대에 잠깐 앉아 그를 바라봤다.

"왜 얘기 안 했어요? 지금은 그 얘기를 왜 하는데요?"

오스틴은 내 쪽으로 상체를 조금 틀려다가 고통에 얼굴을 찡그렸다.

"그냥…… 굳이 싶었죠. 그런데 여기 누워 있다 보니까 그런 생각이 들었어요. 토미도 이런 수술을 했겠다고." 오스틴은 진지한 표정으로 말했다. "그래서 토미를 다시 한번 보고 싶었어요. 우린 그러니까, 전우 같은 거잖아요."

나는 '전우'라는 말에 다시 말문이 막혀서, 커튼이 둘러진 병실 내의 다른 침대들과 창 너머로 보이는 맞은편 건물을 바라봤다.

"아니요……. 저는 다르다고 생각해요. 전혀 달라요."

우리는 잠시 침묵 속에 앉아 있었다. 그러다 회사 이야기와 수술 경과에 대한 이야기를 다시 이어갔지만, 둘 다 대화에 집중하지는 못했다.

"음, 여름휴가 계획은 아직이죠?"

내가 최근의 쿠엔틴에 대해 말하다 다시 화제가 바닥났을 때 오스틴이 물었다. 올드독코퍼레이션은 여름마다 일주일간의 유급휴가를 주는데, 직원들은 연초부터 이 일주일을 고대했다.

"아, 이미 정했어요. 대만에 가보려고요. 여자친구가 가보고 싶어 해서요."

물론 그건 전혀 계획에 없는 일이었고, 내겐 여자친구가 없었지만, 나는 떠나지 않을 여행 계획에 대해 술술 이야기하기 시작했다. 여자친구가 한때 대만에서 교환학생으로 있었는데, 최근에 다시 가보고 싶다고 한다고. 그리고 거기서 스트립쇼를 볼 예정이라고.

"여자친구랑 스트립쇼를 봐요?"

"네, 같이 볼 만한 스트립쇼가 있거든요."

나는 그렇게 말한 뒤, 오래전 혜령이 내게 들려줬던 10달러짜리 스트립쇼 이야기를 그대로 오스틴에게 전했다. 여자친구가 교환학생으로 머물렀던 대학 인근의 술집에서 참가비 10달러만 내면 누구나 참여할 수 있는 스트립쇼가 열리곤 했다는 이야기였다. 거기선 참가자들의 얼굴이며 몸매가 어떻든, 몸에 흉터가 있든 없든 아무도 신경 쓰지 않는다고. 쇼의 목적은 오로지 웃기는 것이어서, 관객들은 그날 밤 가장 재미난 공연을 한 사람을 투표로 정한다고. 오스틴은 그것 참 재미있겠다며 웃었다. 간호사가 들어와 오스틴에게 재활 치료 시간임을 알렸으므로 우리의 대화는 중단됐다. 나는 오스틴에게 이별의 악수를 청했다. 그리고 아까보다 더 천천히, 그가 통증을 느끼지 않도록 애쓰며 조심스레 손을 맞잡았다. 보증서 이야기는 꺼내지 않았다. 아무래도 그러지 않는 편이 좋겠다고, 그 짧은 시간 동안 결정을 내렸다.

병실을 나서는 동안에는 혜령의 이야기를 다시 생각했다. 혜령은 현지에서 사귄 친구들과 자주 그 술집을 들락거렸다면서, 거기서 본 사람들의 목록을 읊어주었다. 노년의 퀴어 커플, 온몸에 온갖 종류의 타투를 그려놓은 사람, 타투를 그렸다가 잉크가 번져 얼룩덜룩한 피부를 갖게 된 사람, 깡마른 뇌병변장애인, 과거 초고도비만이었다가 체중을 감량하며 가슴과 배의 피부가 늘어난 남자. 한번은 그곳에서 가슴 아래쪽에 탑 수술 흉터가 남아 있는 트랜스 남성을 본 적도 있다고 했다.

"그 사람은 카우보이모자를 쓰고 문워크를 췄는데 아주 멋졌어."

내 기억이 맞다면 혜령이 내게 그 얘기를 꺼냈던 건 우리가 아직 연인이 되기 전이었다. 내가 트랜스젠더여도 자기는 상관없다고 어필하기 위해 혜령은 그 스트립쇼 얘기를 꺼냈지 싶다. 이후로도 이 이야기는 몇 번 화제에 올랐다. 우리는 언젠가 그 쇼를 보러 대만에 가자고 약속하기도 했는데, 이런 약속이 으레 그렇듯 흐지부지 잊어버렸다.

병원을 나서서 병원 뒤편의 작은 부지, 사실상 흡연 공간이나 다름없는 조촐한 공원에 이르렀을 때, 나는 그 쇼가 과거 우리가 얘기했던 것처럼 정말 혁신적이고 대안적인 것이 맞는지 생각에 빠졌다. 기꺼이 옷을 벗는 사람들과 그들을 향해 따뜻한 박수를 보내주는 사람들을 떠올리자 걷잡을 수 없이 기분이 나빠졌다. 혜령이 말하곤 했던, '너무나 집요한 생각'을 다시 시작한 것 같았다. 문워크 춤을 췄다는 트랜스맨을 두고 혜령이 한 말을 되새기는 데 이르렀다. 혜령은 그가 아주 멋졌다고 말했지만, 그렇지만, 그에게 매혹되었던 건 아니었다. 그리고 아마 내게도 마찬가지였을 것이다. 나는 오래전부터 알고 있던 그 사실을 아주 천천히 받아들였다. 환자복을 입고 담배를 피우고 거리낌 없이 침과 가래를 뱉는 남자들 사이에서, 아주 천천히, 그러나 분명하게.

누군가의 삶이 스크롤 될 때

곽승숙 성공회대학교 열림교양대학 강사

혼잡한 지하철에서 사람들은 대부분 핸드폰을 보고 있다. 그들의 시선이 고정된 화면을 슬쩍 들여다본다. 유튜브, 인스타그램, 페이스북, X 등의 짧은 영상이 계속된다. 반복적으로 흘러가는 그 세계를 바라보는 동안, 지금 이곳의 번잡함이나 복잡함은 느껴지지 않는 것일까. 타인과 스치거나 부딪치는 물리적 공간 속에서 우리의 시선은 오직 작은 화면을 향한다. 화면에는 누군가의 일상이 어떤 장면으로 펼쳐지고, 그곳에는 예쁜 것들이 가득하다. 타인의 삶을 소비하는 사이, 같은 공간에 존재하는 다른 사람은 안중에 없다. 누군가 내 발을 밟지 않는 한. SNS 세계가 현실 세계를 고요하게 압도하는 장면이다.

서장원은 그의 소설 「리틀 프라이드」에서 개인의 삶이 '전시(展示)'되는 현대 사회의 세태를, 트랜스젠더 남성의 정체성 찾기 과정을 통해 재현한다. '나'는 여성으로 태어났으나 호르몬 주사와 탑 수술을 통해 남성으로 살아가는 FTM(Female to Male), 즉 트랜스젠더 남성이다. '나'는 공동체 안에서 트랜스젠더 남성으로서의 정체성을 새롭게 확립해야 하는 기점에 서 있다. 이러한 시점에서 '나'의 사회적 관계는 직장 생활과 연인과의 관계를 통해 이어지는데 결과적으로 '나'의 정체성 탐색은 실패한다. 그 과정을 살펴보자.

'나'는 빈티지 마니아를 위한 중고 마켓 겸 커뮤니케이션 앱을 개발한 회사에 취직한다. 구성원 사이의 수평적인 문화를 추구하기 위해 본명 대신 영어 이름이 사용되고, 회사 대표는 법적 성별이 '여성'인 트랜스젠더 '나'를 채용하는 등, 다양성이 존중되는 곳이다. 이렇듯 개방적인 회사 분위기 속에서도 '나'는 트랜스젠더로 커밍아웃하지 않는다. 대신 어떻게 하면 "괜찮은 남자로 보일 수 있는지, 남자로 인정받을 수 있는지"를 강박적으로 고민한다. '나'의 강박은 생물학적 여성으로 살아오는 동안 자신을 여성으로 바라보는 다른 이들의 시선에서 벗어나고 싶었던 오랜 고통에서 비롯된 것이다. 따라서 트랜스젠더 남성으로서 '나'의 정체성은 '진짜 남성으로 보여야' 남성으로 인정받을 수 있다는 압박으로 표현되기도 한다. 이러한 '나'에게 취업은 회사 공동체에 남성으로 소속되어 사회생활을 시작할 수 있는 전초이자 새로운 인생의 시작이라는 의미를 지닌다. 이 시점에 자신과 비슷하면서도 어딘가 다른 부류인 듯한, "내가 절대로 될 수 없는 남자"인 회사 동료 오스틴이 포착되면서 '나'는 그를 동일시의 대상으로 관찰한다.

오스틴은 인스타그램 릴스나 유튜브 쇼츠와 같은 짧은 영상 플랫폼이 만들어지기 시작할 때, 빈티지 의류를 입은 잘생긴 젊은이들을 인터뷰한 영상을 인스타그램에 올려 회사의 인지도를 높인 인물이다. 그는 화면 안팎의 모습이 다른, 다면적 인물이다. 화면 속 오스틴이 박학다식하고 재치 넘치는 유쾌한 코미디언과 같다면, 화면 바깥의 오스틴은 어지러운 책상 앞에서 구부정하게 앉아 모니터를 들여다보는, 키가 작은 남자이다. 문제는 '내'가 이러한 오스틴의 다면성을 '자기 연출'로 받아들이면서 그를 동경하는 동시에 그에게 동지 의식을 느낀다는 점이다. '나'는 오스틴에 대해 "외모가 멋지지 못한 남자가 여러 사람에게 호감을 사고 주목받기 위해서 가져야 하는 캐릭터를 그가 아주 잘 연기하고 있다"고 짐작한다. 이 짐작은 "트랜스 남성으로서 될 수 있는 한 익혀야 했던, 그러나 전혀 익히지 못했던 것 중 하나"로 '나'에게 '연기'를 소환시킨다. 그러나 남성으로 살아가기 위해 '연기'가 필요하다는 '나'의 판단은 오스틴과 교류하면서 산산이 깨지고 만다. '나'는 오스틴의 '연기' 뒤에서 여성 혐오와 외모 콤플렉스로 점철된 왜곡된 자아를 목격하기 때문이다.

"그 여자 일부러 그런 거예요. 자기가 차인 걸 가지고 나한테 화풀이를 하려고."

오스틴은 코로나 맥주병을 탁 소리가 나게 테이블에 내려놓으며 중얼거렸다.

"그 여자가 차였는지 찼는지 어떻게 알아요?"

"딱 보면 알죠. 딱 봐도…… 페미 같잖아요. 페미니까 차인 거죠."

"네?"

"머리가 짧으니까요."

오스틴은 말했다. 나는 그가 진심으로 그렇게 믿고 있다는 걸, 그의 목소리와 표정으로 알 수 있었다.

(중략)

오스틴은 코로나 맥주병을 손가락으로 튕기며 웃었다. 그는 자신을 편들어줄 남자를 만나 기쁜 것 같았다. 사실 그건 내가 예상했어야 했던 일이었다. 나 역시 오스틴에게 정말 억울한 사연이 숨겨져 있거나, 그가 진심으로 반성하고 있다고 믿었던 것은 아니니까. 거기까지 생각이 미치자 마음 깊은 곳에서 수치심이 몰려왔다. 나는 제법 괜찮아 보였던 오스틴이란 남자에게 동료로 받아들여지길 바랐고, 그가 질 나쁜 남자인 것이 밝혀진 뒤에도 그 마음을 내려놓지 못했다. 나는 괴롭고 불편한 심정으로 오스틴이 맥주를 주문하는 모습을, 직원이 새로 가져다준 코로나 맥주병을 집어 들며 들뜬 목소리로 이야기를 이어가는 모습을 지켜봤다.

오스틴은 인터뷰했던 여성에게 치근덕거렸고, 이 사건으로 정직 처분을 받았다. 오스틴은 자신의 '문제'를 인식했다면서 스스로 달라지겠다고 이야기한다. 그러나 '나'의 기대와 달리 오스틴은 사지연장술로 키를 늘려 "페미가 아닌 좋은 여자"를 만나 새롭게 출발하겠다는 이야기를 늘어놓는다. 이 대화에서 '내'가 느낀 수치심, 괴로움, 불편함과 같은 감정은 남성 동료로서 '롤 모델'과 같았던 오스틴과의 동일시를 부정하는 파국적인 결말로 이어지게 한다. 사지연장술을 받은 오스틴에게 병문안을 갔을 때, 그는 '내'가 트렌스젠더임을 알고 있었다고 말한다. 그리고 자신과 '내'가 '전우'라며 동질감을 표현한다. 이에 '나'는 "아니요……. 저는 다르다고 생각해요. 전혀 달라요."라고 부정한다. 오스틴이 추구하는 남성성의 실체를 확인한 '내'가 그와 연대하지 않겠다는 거부 의사를 강력하게 표현한 것이다. '나'에게 트랜스젠더 수술이 타고난 성별을 바꾸는 생의 전환이라면, 오스틴의 사지연장술은 시대가 요구하는 매력적인 남성성을 갖추기 위한 시도이다. 이 차이를 무시하는 오스틴의 발언 앞에서 '나'는 자신이 진입해야 하는 '남성'의 범주와 시대가 요구하는 남성성의 개념이 다르다는 사실을 명확하게 인지한다. 이 장면은 트랜스젠더 남성으로서 '나'의 정체성 탐색이 다른 방향으로 이어져야 한다는 사실을 드러낸다.

그렇다면 '나'의 정체성은 어떻게 찾아가야 할까. 자신에 대해 솔직하게 이야기하거나 혹은 침묵을 선택할 수 있을 것이다. 그런데 '나'는 거짓 이야기를 지어낸다. 이야기 속의 '나'는 여자 친구와 함께 다양한 젠더, 연령, 외양의 사람들이 등장하는 스트립쇼를 보러 갈 예정이다. '나'의 여름휴가 계획으로 제시된 이야기이지만 트랜스젠더에 대한 기존의 관념적인 이상을 '예쁘게' 옮긴 거짓말로, '나'와 연대하려는 오스틴을 향한 '나'의 슬픈 거부이다. 오스틴의 결핍 앞에서 여자 친구와의 이상적 연애를 과시하는 연기를 하는 순간, '나'는 스스로를 기만하게 되고, '나'의 정체성 탐색은 실패한다.

한편 '나'는 여자 친구 혜령과의 연인 관계를 통해 남성으로서 자신을 인식하려고 한다. 혜령은 적극적으로 '나'의 트렌스젠더 정체성을 지지하고 옹호하는 인물이다. 그러나 혜령의 시선에 '나'는 "퀴어로서 프라이드가 부족"한 상태로, 소극적으로 비굴하게 생활하는 것처럼 보인다. 따라서 그녀는 '나'의 주저와 고민에 공감하지 못한다. '나'는 이별 당시에는 젠더 정체성에 대한 입장 차이로 그녀와 헤어졌다고 생각했지만 오스틴의 병실을 나서면서 이별의 이유를 분명히 깨닫는다. 그녀는 '나'에게 매혹되지 않았으며, '나'는 이 사실을 이미 알고 있었던 것이다. '나'는 그녀가 전한 이야기 속 스트립쇼에 출연한 남성, 카우보이모자를 쓰고 문워크를 춘 트랜스젠더 남성과 자신을 비슷한 존재로 인식한다. 그리고 "기꺼이 옷을 벗는 사람들과 그들을 향해 따뜻한 박수를 보내주는 사람들을 떠올리자 걷잡을 수 없이 기분이 나빠"진다. '나'의 의지와 상관없이 오스틴의 동지로 간주된 것처럼, '나'는 혜령의 이야기 속 스트립쇼에 출연한 트랜스젠더와 동일시되는 것이다. 이러한 '나'의 위치를 깨닫게 되면서 '나'는 트랜스젠더로서 자신의 정체성 탐색이 연인 관계 안에서도 실패했다는 사실에 다시 직면한다.

「리틀 프라이드」에는 트랜스젠더 남성 '나'의 재사회화 과정이 묘사된다. 그러나 공동체 안에서 '내'가 남성 동료로, 연인으로 살아가기 위한 분투의 시간은 실패로 끝난다. '나'와 주변인들이 "미약한 동지 의식"으로 관계를 맺고 있었기 때문이다. 여성 혐오자인 오스틴과 '내'가 동지가 되려면 페미니스트=나쁜 여자라는 오스틴의 주장에 '나'는 동의해야 한다. 트랜스젠더의 적극적인 권리를 주장하는 혜령과 '내'가 동지가 되려면 '나'는 스트립쇼에 선 사람들의 제각각의 마음을 외면해야만 한다. '너와 내가 동지'라는 이 미약한 연대가 이루어지기 위해서는 배제되는 존재가 있어야 하는 것이다. 여럿이 서로 연결될 수 있을 때, 연대가 이어진다. 그렇지만 '내'가 맺고 있는 연대 안에는 오직 '너와 나'만이 존재한다. 게다가 이 좁은 연대 안에서

'너와 나'마저도 서로를 제대로 이해하지 못한다. 그 바탕에는 보이는 것만 보려는 마음이 있다. 보이지 않는 이면을 들여다보려고 노력할 때, 타자에게 공감하고 그를 사랑할 수 있을 것이다. 그러나 오스틴은 '나'의 수술이라는 현상 이면의 고통을 알지 못했고, 혜령은 트랜스젠더 남성인 '나'를 정치적인 올바름으로 이해하려 했으나 '나'라는 개인에게 매혹당하지 않았다. 그러므로 '나'와 그들은 연대할 수 없었다. 타자와 관계 맺기를 통해 정체성을 탐색하려던 '나'의 시도는 이 미약한 연대 앞에서 실패한 것이다.

「리틀 프라이드」는 우리의 눈이 보이는 것만을 바라보면서 서로 미약하게 연결된 세태를 드러낸다. SNS의 피드를 넘기는 것처럼 우리 사회에서 개인의 삶은 단편적이면서 즉자적으로 전시된다. 그것을 바라보는 시선은 그 앞에서 잠깐 머물 뿐, 곧이어 다른 삶으로 옮겨간다. 누군가의 삶에서 다른 누군가의 삶으로 스크롤 되는 이 과정이 공동체 안에 존재하는 다양한 사람들을 연결하는 것처럼 느껴지지만, 이 안에서 깊은 연대는 불가능하다. 소설에서 '내'가 목격했던 퀴어 퍼레이드와 같이. 퍼레이드에서는 "QUEER 혹은 PRIDE"라고 보디 페인팅을 한 남자들이 '공연'하거나 '스피치'하는 대신 차에 탄 채 그저 사람들을 내려다보거나 손을 흔들어줄 뿐이었다. 사람들은 이들의 예쁜 몸을 바라보며 지나간다. 이렇듯 누군가는 자신의 삶을 '전시'하고, 또 다른 누군가는 타인의 삶을 '소비'한다. 다른 이의 삶을 구경하듯 지나치는 동안 그 삶은 '짐작'되거나 '재구성'될 뿐 그로부터 어떤 메시지를 발견하기 어렵다. 누군가의 삶이 스크롤 되는 순간, 그것은 '이해'와 '공감'의 영역으로 들어오지 못한 채 사라지는 것이다. 그리고 짧은 시간 동안 타인의 삶에 잠시 머물다가 문득 자신의 현실로 돌아오며 미약한 연결은 끊어진다. 혼잡한 지하철에서 누군가에게 발을 밟혔을 때와 같이.

「리틀 프라이드」의 '나'에게 그 순간은 홀로 서야 할 시점으로 다가온다.

소설의 마지막 장면, '나'는 자신이 살아가야 할 현실을 깨닫는다. 그곳은 "환자복을 입고 담배를 피우고 거리낌 없이 침과 가래를 뱉는 남자들 사이"이다. "나를 잡아줄 사람"도 "여기 있어도 괜찮다고 말해줄 사람"도 없지만 이 자리에서 '나'는 어디로 갈 것인지, 무엇을 할 것인지를 "아주 천천히, 그러나 분명하게" 안다. 그리고 그동안 '내'가 바라본 곳이 아닌, '지금 여기'에서의 삶을 자신의 것으로 받아들인다. 그것은 누군가를 연기하거나 혹은 누군가가 대신 살아줄 수 없는 삶이다. 다른 곳을 바라볼 수 있지만, 다른 곳에서 살아갈 수 없는 현실 앞에서 '나'의 희박했던 정체성(little pride) 탐색은 계속될 것이다.

스무드

성해나

2019년 『동아일보』 신춘문예를 통해 작품 활동 시작.
소설집 『빛을 걷으면 빛』, 경장편소설 『두고 온 여름』 있음.
15회 젊은작가상, 25회 이효석문학상, 김만중문학상 수상.

스무드

제프의 방한은 이번이 세 번째였고 나는 처음이었다.

맙소사. 제프는 물었다.

듀이, 어떻게 그럴 수 있죠?

나는 어깨를 으쓱했다.

미국인이니까요.

제프를 포함해 회의에 참석한 이들 모두 가볍게 웃음을 터트렸다.

제프의 매니저는 나를 비롯해 총 셋이었다. 그중 내가 한국에 가게 된 이유는 팀 내 유일한 동양인이기 때문이었다. 제프가 최근 컬러 블라인드에 관심을 가지며 유색인종 몇 명이 채용되었지만 여전히 동양인은 나 하나뿐이었다. 제프를 따라 웬만한 나라는 다 가보았으나 동북아는 처음이었다. 그것도 한국이라니. 나는 〈하와이 파이브 오〉에 나오는 한국을 떠올렸다. 뱀술이나 개고기를 파는 상점이 즐비한 우범지대, 낡고 부서진 건물들을 상기하며 제프에게 물었다.

거기 위험하지는 않을까요?

내 물음에 제프는 눈을 크게 떴다.

정말 아무것도 모르는군요, 듀이. 나보다도 더 미국인 같네요.

✻

6월 24일 오후 비행기로 한국에 도착했다. 제프는 도쿄 모리 박물관에서 일정을 소화한 뒤 화요일 밤 비행기로 입국하기로 했고, 나는 하루 먼저 한국에 방문해 공간을 살피기로 했다.

제프의 작품이 전시될 곳은 한국의 수도 서울에 있는 한 아파트였다. 한국의 스타 건축가가 설계한 이 하이퍼엔드 주거시설 4층에는 갤러리가 있었다. 한 층이 통째로 갤러리로 사용되어 쾌적했으며 층고도 높았다. 데이비드 호크니, 세실리 브라운, 데미안 허스트의 작품이 이미 이곳에 전시되었고 이번에는 제프의 작품이 전시될 차례였다.

아트 핸들러가 삼중으로 포장된 미술품을 갤러리에 조심스럽게 운반하는 동안 나는 큐레이터와 인사를 나누었다. 그녀는 자신을 '리'라고 소개했다. 시카고 예술대학에서 미술사학을 전공한 리는 한국인이지만 영어를 유창하게 구사했다. 리를 따라 갤러리 동선을 살피고 디스플레이에 관해 상의했다. 갤러리는 사적인 동시에 권위적이었다. 바닥에는 세라믹 타일이 아닌 따뜻한 색감의 원목을 깔아 집에서 작품을 감상하는 듯한 느낌을 주었고, 전시 공간에 흔히 보이는 통창 대신 고측창을 설치해 외부 시야를 철저히 차단하고 있었다. 리는 갤러리를 포함한 이 아파트의 모든 공간엔 주민만 출입 가능하다고 설명했다. 즉 휘트니 뮤지엄을 모방한 이 위용 넘치는 공간을 누릴 수 있는 건 입주민뿐이라는 뜻이었는데, 그게 이상했다.

대단히 차별적이군. 한국은 이런 나라인가.

워싱턴 주의 반도 안 되는 작은 나라에 갤러리가 딸린 아파트가 있고, 그 갤러리에 큐레이터까지 상주해 있다는 것부터가 의아했으나 리에게는 내색하지 않았다.

이번 전시에서는 셀러브레이션 연작과 함께 제프의 신작 〈스무드〉가 선공개 될 예정이었다. 높이 2m에 달하는 〈스무드〉는 구의 형태를 띠고 있었다. 스테인리스 스틸을 미끈하게 세공한 검은색의 구. 〈스무드〉를 올려다보며 리는 탄성을 터트리고는 한국 사람들이 유독 제프의 작품을 좋아한다고 했다. 제프를 따라 9개국을 돌며 나는 늘 비슷한 이야기를 들어왔다. 누구나 제프의 작품을 좋아했다. 제프의 작품에는 분노도 불안도 결핍도 없었다. 바바라 크루거나 뱅크시의 작품처럼 비판이 감추어져 있지도 않았다. 사전지식 없이도 감상할 수 있었으며 안다고 크게 달라질 것도 없었다. 사람들이 제프를 좋아하는 이유는 그 때문이었고 나 역시도 그런 매끈한 세계를 추앙했다.

리와 상의하여 〈스무드〉를 갤러리 중앙에 설치했다. 리는 〈스무드〉를 유심히 살피며 전작과 비교해 차별성이 두드러진다고 말했다.

구 안쪽에 뭔가 숨겨진 것 같기도 해요.

제프의 작품에는 의도도 동기도 비밀도 없었다. 작품 의도를 물을 때마다 제프는 그저 어깨를 으쓱하고 말았다. 굳이 의미를 붙일 필요가 있냐는 듯이. 나는 〈스무드〉를 가만히 응시했다. 광택이 도는 구의 표면에 나와 리가 비쳤다. 흰 셔츠를 입은 동양인 둘이. 리는 이 작품을 소장하려는 입주민이 많을 거라 확언했다.

제프다운 작품이니까요.

그 말에는 나도 동의했다. 리의 말처럼 〈스무드〉는 제프다운 작품이었다.

작품 설치를 마친 뒤 리, 그리고 이 시설의 중역이라는 남자와 함께 저녁을 먹었다. 남자의 이름을 발음하기까지 나는 꽤 애를 먹었다. 남자는 내 손바닥에 철자를 적어주며 친절히 발음을 일러주었지만 끝내 제대로 발음하지 못했다. 보스턴에 사는 미국인 친구도 자기 이름을 발음하기 어려워했다며 남자는 자신을 코너라고 부르라 했다. 코너의 영어 역시 훌륭했다.

그들과 2층에 있는 레스토랑으로 내려갔다. 식사는 입주민을 위한 뷔페식으로 차려졌으나 별도의 예약을 거치면 미쉐린 셰프의 코스 요리도 맛볼 수 있다고 코너는 설명했다. 이 역시 입주민을 위한 특별 서비스라고 덧붙이기도 했다.

이 안에서 모든 게 가능하네요.

적자는 없냐는 내 물음에 코너는 미소 지었다. 뭘 그런 걸 걱정 하냐는 듯.

노 프라블럼.

코너는 셰프가 나를 위해 특별히 한정식을 준비했다고 했다. 고국의 음식이 그리울 거라는 판단에 각별히 신경 썼다는 코너의 예우가 조금 당혹스러웠다.

에피타이저로 청어 요리가 나왔다. 청어를 감싸고 있는 빳빳한 녹색 천을 가리키며 이게 뭐냐고 묻자 리는 '감태'라고 말해주었다. 그것을 걷어내려 하자 리가 손을 내저었다.

그것도 먹는 거예요.

'감태'는 '김'의 사촌 격이라는 리의 설명이 잘 이해되지 않았지만 알아들은 척 고개를 끄덕였다. 젓가락질이 익숙지 않아 몇 번의 시도 끝에 겨우 그것을 집어먹을 수 있었다. 씁쓸하고 비리고 생소한 맛이 입안에 퍼졌다.

리와 코너는 나와의 접점을 찾으려 이런저런 화두를 던졌다. 내가 위스콘신에서 나고 자랐다고 전하자 리가 자신도 중서부에 살았다며 달마다 H마트에 들러 '김치'와 '라면'을 집히는 대로 구입했던 유학 시절 일화를 들추었다.

다른 건 다 적응돼도 입맛은 도저히 적응 안 되더라고요.

맞아요. 한국인이면 다 그렇죠.

코너도 해외 출장이 잡히면 튜브형 '고추장'을 여러 개 챙긴다고 말을 보탰다. 한국 음식 중 무엇을 가장 좋아하느냐는 코너의 물음에 나는 잘 모르겠다고 했다. 내 부모는 2세대 이민자이자 한국계였지만 한식을 전혀 먹지 않았다. 한인 식당에 가본 적도 없다.

사실 '김치'도 먹어본 적 없어요.

코너와 리의 얼굴에 물음표가 떠올랐다. 어떻게 그럴 수 있냐는 듯. 하지만 아주 잠깐이었고 리는 곧 그럴 수 있다며 내 말을 수긍했다.

잘 됐네요. 새로운 경험이 되겠어요.

리는 그렇게 말하며 '김치'를 내 앞으로 밀어주었으나 코너는 미심쩍다는 듯 연신 중얼거렸다.

이상하네요. 농담하는 거 아니죠?

그게 이상한 일인가. 백인만 거주하는 동네에 평생 살아왔다면, 부모와 어울리는 이들 중 동양인이 한 명도 없었다면 충분히 그럴 수 있는데. 나는 쿨하게 대꾸했다.

농담은요. 미국인들은 다 나 같을 거예요.

메인 디시가 나오는 동안 그들은 맛이 어떠냐는 질문을 줄곧 해댔고, 식재료와 소스에 대해 자세히 설명해주기도 했다. 그때부터는 나도 서툰 젓가락질을 그만두고 포크와 스푼을 사용해 음식을 먹었다. 양배추로 만든 줄 알았던 '김치'는 예상 외로 아삭하거나 단단하지 않고 물렀다. 투명하고 젤리처럼 미끄덩거리는 '무크'라는 요리는 식감이 요상했으며, 매운 소갈비는 너무 자극적이라 씻어먹을지 말지 수차례 고민했지만, 그들의 성의를 생각해 조금씩 맛보며 식감이 재미있네요, 알싸하지만 이색적인 맛이군요, 따위의 감상을 내놓았다.

화제는 제프의 신작에 대한 호평으로 흘러가다 한국식 전골 요리가 나올 즈음에는 K아트로 빠졌다. 리는 내가 한국 배우와 닮았다고 했다. '우식 최'를 아냐는 리의 말에 나는 어색하게 웃으며 그 배우의 이름을 인스타그램에 검색해보았다. 팔로워가 천만에 이르는 배우였는데도 생소했다. 나와 닮았는지는 더더욱 알 수 없었고, 리와 코너는 배우가 출연한 영화를 몇 편

언급했지만 제목조차 들어본 적 없었다. 한국에 오기 전 이런저런 정보를 알아보긴 했으나 내가 수집한 것들—한국의 국기를 '타이극기'라고 부르며, 집 안에선 신발을 벗어야 한다는 것 따위—은 이 자리에선 파편적이고 피상적인 정보일 뿐이었다. 두 사람은 한동안 한국 예술의 성취에 관해 이야기했다. 리는 구겐하임미술관에서 대규모 개인전을 연 작가에 대해, 코너는 이 아파트를 지은 건축가가 얼마 전 프리츠커상 후보에 올랐다는 것에 대해 전했다. '가장 한국적인 것이 가장 세계적'이라고 말하는 그들의 애국심에 감탄하면서도 속으론 다소 과하다고 느끼기도 했다. 그들은 내게 한국에 방문한 소감을 물었다. 뭐라도 말을 보태야 할 것 같아 나는 공항에서 이곳까지 오는 동안 느꼈던 것을 짧게 술회했다.

목가적인 풍경을 기대했는데 고층빌딩이 정말 많더군요. 차도 많고요.

시클로나 오토바이로 도로가 혼잡할 줄 알았으나 교통이 좋아 감탄했다고 하자 리와 코너는 마주보며 어색하게 웃었다. 실수한 건가. 이외로 청결하고 진보적인 나라 같다고 말하려던 것을 완곡히 표현한 것이었으나 그들의 표정을 보니 가감 없이 말했다면 더 난처했겠구나 싶었다. 때마침 디저트가 나왔다. 감으로 만든 셔벗을 먹으며 나는 그들에게 이 근방의 괜찮은 관광지를 추천해달라고 했다. 딱히 관심 있는 건 아니었으나 이로서 자연스럽게 화제를 돌릴 수 있었다. 코너는 단지 내 산책로를 거닐어보라고 권했다. 굽이진 산책로를 따라 아열대 지방에서 수입한 자카란다 나무가 죽 심겨져 있어 풍광이 근사하며 지하로 내려가면 널찍한 선큰가든도 조성되어 있다고 했다.

마사지 숍은 없나요?

제프의 전시 때문에 싱가포르에 들렀을 때 마사지를 받은 적 있는데 가격도 싸고 뭉쳐 있던 근육이 풀리는 느낌이 좋았다고 하더니 코너가 난색을 표했다.

한국은 마사지가 유명한 곳은 아니에요. 마사지 숍은 대체로…… 비싸기도 하고요.

코너는 고민하다 근처에 고궁이 있으니 구경하는 것도 나쁘지 않겠다고 했다. 차를 타면 얼마나 걸리냐 묻자 코너가 웃으며 고개를 저었다.

걸어서도 갈 수 있어요. 하지만 굳이 안 가도 괜찮아요. 바깥은 시끄럽고 번잡하거든요. 이 안에서 더 편안한 시간을 보낼 수 있을 거예요.

리도 코너를 거들었다.

마사지 대신 16층에 있는 건식 사우나를 체험해보는 건 어때요? 입주민만 이용할 수 있지만 **우리**가 미리 말해두면 되니까요.

건식 사우나라. 마사지면 몰라도 처음 보는 이들과 벌거벗은 채 땀을 빼고 열을 식히는 문화 체험이 나는 도무지 내키지 않았다. 과장해 말하면 공포스럽기도 했고.

감 셔벗은 서걱서걱한 식감이 마음에 들지 않아 거의 먹지 않았다. 리와 코너가 음식이 입에 맞았는지 물어보았다. 그들을 향해 나는 고개를 끄덕여 보였다.

✽

간밤에는 단잠을 잤다. 게스트 룸의 침구는 적당히 폭신했으며 방 안에서는 시트러스 향이 기분 좋게 풍겼다. 3층에는 총 네 개의 게스트 룸이 있었고 내가 묵는 방에는 테라스가 딸려 있었다. 테라스로 통하는 미닫이문을 열자 석재가 깔린 모던한 정원이 펼쳐졌다. 메인 화단에는 깔끔히 전정된 측백나무가, 대형 플랜트 박스에는 세이지, 제라늄 같은 여름 꽃이 탐스럽게 피어 있었다.

나는 적응이 빠른 사람이었다. 처음에는 감압실처럼 느껴지던 이곳도 시간이 지나니 더없이 쾌적하고 편안하게 느껴졌으며 프라이빗하다는 점 또한 마음에 들었다. 바깥에서 소음이 들려오긴 했지만 화단 뒤로 목재 패널

이 빽빽이 둘러져 있어 어디서 누가 무슨 말을 하는지 알 수 없었다. 애초에 한국말이라 제대로 알아들을 수 없기도 했고.

노이즈 캔슬링 헤드폰을 끼고 테라스 한편에 놓인 빈백에 누워 노트북을 열었다. 제프의 일정을 조율하고 경영진과 미팅을 하며 한가롭게 오전 업무를 보던 중 아파트 관리인이 찾아왔다.

좋은 아침입니다. 필요한 게 있으시다고요?

그의 영어 발음은 거슬림 없이 매끄러웠다. 제프와 나는 전시가 있는 나흘간 아파트 게스트 룸에 묵기로 되어 있었다. 제프는 온도와 습도에 민감했고 침구의 질감이 조금이라도 거칠면 잠을 이루지 못했다. 관리인은 습도를 45%, 온도를 26도로 조절한 다음, 모달과 리넨 침구 중 무엇이 좋을지 물었다. 고민하다 모달을 골랐다. 더 필요한 게 없냐는 관리인에게 나는 제프가 오전 열 시부터 한 시간 동안 명상을 한다고 전했다. 관리인은 그 시간엔 하우스키퍼의 출입을 금하겠다고 답했다. 모든 게 순조로웠다.

대략적인 업무를 마치고 커피를 내린 뒤, 아버지에게 메시지를 보냈다.

[저 지금 한국에 있어요]

이모지를 붙일까 하다 그만두었다. 어머니의 권유로 아버지에게 간간이 안부를 전하고 있었지만 관성처럼 행할 뿐이었고 때로는 성가시기도 했다. 건조하게 주고받는 안부 외에 아버지와 달리 나눌 만한 것도 없었다. 어떻게 하면 대화를 빠르게 끝맺을지 고민하는 것도 일이라면 일이었다.

화단에서 옅은 꽃향기가 풍겨왔다. 바람이 불 때마다 선셰이드가 부드럽게 펄럭였고 목재 패널 너머에서는 해석할 수 없는 말소리가 신경을 거슬리지 않을 정도로 잔잔히 들려왔다. 마치 휴양지에 머무는 것 같았다.

한국은 이런 나라구나.

예상과 달리 이곳은 위험하거나 두려운 우범지가 아니었다. 아버지도 한국에 와본 적이 있을까. 불현듯 그런 생각이 들었다.

입양아인 어머니는 자신이 사우스 코리안인지, 노스 코리안인지도 알지 못했지만 아버지는 달랐다. 다만 아버지는 늘 자신의 출신이나 배경을 숨겼다. 그에게는 'Yongbok'이라는 미들네임도 있었으나 누군가와 통성명을 할 때 한 번도 그에 관해 언급한 적이 없었다. 간혹 누군가 출신에 관해 물으면 아버지는 위스콘신 태생이라고 자신을 소개했고, 나에게도 이를 주입했다.

듀이, 우린 미국인이야.

어린 시절 아버지의 서재에서 책을 읽다 책엽에서 사진 한 장을 발견한 적 있다. 앳된 얼굴의 아버지와 한 중년 남성이 자동차 보닛에 앉아 어깨동무 하고 있는 사진이었다. 남성은 동양인이었으며 아버지처럼 —그리고 나처럼— 체구가 작고 눈꼬리가 살짝 처져 있었다. 짐작건대 아버지의 아버지인 듯 했다. 나는 의기양양해진 채로 아버지에게 달려가 할아버지를 찾았다고 외쳤다. 사진을 건네주었을 때 아버지의 표정은 지금도 잊을 수 없다. 그는 끔찍한 것을 본 것처럼 창백하게 질리더니 사진을 —잘 찢어지지도 않는 그것을— 갈기갈기 찢었다. 그리고 소리쳤다.

내 서재에 함부로 들어가지 마.

그 후론 그 일에 관해 논한 적도, 할아버지에 관해 물은 적도 없다. 다른 누군가에게 이런 얘기를 꺼낸 적도 없다. 사춘기가 지난 후로는 아버지나 그의 고국에 관한 궁금증마저 사라졌다. 간혹 누군가 내게 중국계인지 한국계인지 물으면 대수롭지 않게 미국인이라고 답하곤 했다. 이제 나에겐 그것이 당연했다.

볕이 잘 드는 테라스는 환하고 아름다웠다. 이곳에서 지내는 나흘간은 불안도 결핍도 매끈하게 깎여나갈 것 같았다. 내게 이곳은 잠시 거쳐 가는 경유지로 훌륭했다. 나른한 해이에 취해 사진을 몇 장 찍었고 그중 한 장을 아버지에게 전송하려다 마음을 바꾸었다. 관심 없겠지.

빈백에 누워 일광욕을 즐길 때 노크 소리가 들려왔다. 관리인이었다. 곧 룸을 정비할 시간이라며 하우스키퍼가 청소하는 동안 레스토랑에 내려가

점심을 먹거나 3층에 있는 공유 오피스에서 업무를 보면 어떻겠냐고 물었다.

아니면 건식 사우나를 예약해드릴까요?

오전 11시였고 제프의 입국까지 서너 시간 정도 여유가 있었다. 시간을 가늠하다 외출하기로 했다. 구경하고 싶은 것도, 궁금한 것도 없었지만 건식 사우나보다는 그 편이 나을 것 같았다.

✽

아파트 단지에서 나와 구글 맵을 켰다. 코너가 이야기한 고궁에 가려면 이십 분을 더 걸어야 했다. 경로를 따라 '종로'로 향했다.

'종로'는 꽤 청결하고 볼거리가 많은 곳이었다. 한국 전통의상을 입은 이들도 보였고 목재와 적색 벽돌로 마감된 개성 있는 건물도 이목을 사로잡았다. 계획 없이 낯선 장소를 누비는 게 오랜만이라 초반에는 흥분도 되었으나 그것도 잠깐이었다.

나는 비교적 빈틈없는 편이었지만 룸 정비로 급하게 나온 탓에 핸드폰 배터리가 얼마 남지 않았다는 것을 잊었고 그 사실을 깨닫자 평정을 잃었다. 조급해진 나머지 허둥지둥 고궁으로 보이는 곳에 들어갔는데 그렇게 들어간 목조건물은 알고 보니 사원이었고, 박물관이라 여겨 방문한 곳은 들여다보니 한국식 디저트를 파는 가게였다.

'종로'는 예측할 수 없는 곳이었다.

나는 부주의한 편이 아니었지만 매듭 문양이 새겨진 보도블록을 구경하다 마주 오던 사람과 부딪힐 뻔했고, 묵직한 십자가를 등에 진 이교도나 기니피그를 산책시키는 기인을 보고 충격을 받은 나머지 엉뚱한 길로 빠지기도 했다. 인자한 미소를 띤 채 '가부좌'를 틀고 있는 석상, 쇼윈도에 전시된 붉고 노랗고 파란 색색의 장신구들, 길목마다 놓인 험상궂은 ―화가 나 있지만 자세히 보면 웃는 것 같기도 한— 표정의 목각인형…… 온갖 토템과 심벌로 가득 찬 거리를 빠져나오자 대형 전광판을 단 고층빌딩과 다차선 도로가 펼쳐졌다.

What the…… hell?

도시 전체가 동선이 복잡한 갤러리 같았다. 한 군데에 정신 팔면 순식간에 다른 길로 접어들었고 그렇게 길을 헤매다 보면 삽시간에 풍경이 뒤바뀌어 있었다. 갈팡질팡하며 시간을 허비하다 보니 배터리도 급속도로 방전되어 갔다.

습도는 낮았지만 여름 볕이 강렬했다. 겨드랑이가 축축해졌고 땀 냄새도 나는 것 같았다. 아파트의 산뜻한 공기와 흠잡을 데 없이 완벽한 시설이 그리워졌다.

차라리 건식 사우나가 나았을 텐데.

흐르는 땀을 닦으며 도로 한복판을 정처없이 누볐고, 기력이 차차 다하는 게 느껴졌다. 성조기를 발견한 건 더위와 인파에 어지럼증을 느낄 즈음이었다. 조국의 국기가 보이자 혼미했던 정신이 차차 맑아졌다. 성조기와 '타이극기'를 든 이들이 대열을 이루며 어딘가로 질서정연하게 향하고 있었고 경찰이 그들을 호위하고 있었다.

저들이라면 나를 도와줄 수 있지 않을까.

재빨리 행렬에 섞였다. 주변을 살피다 손바닥만 한 성조기를 흔들며 걷는 중년 여성에게 물었다.

왜 성조기를 들고 있는 거죠? 지금 어디로 가는 거예요?

내 물음에 여성은 한국어로 무어라 중얼거렸는데 그 뜻을 도무지 유추할 수 없었다. 그녀는 영어를 전혀 못 하는 것 같았다. 번역 앱을 켠 다음 자판을 쳤다.

지금 뭘 하고 있는 거예요?

여성은 원시가 있는지 눈을 가늘게 뜨고 고개를 뒤로 뺀 채 핸드폰 화면을 연달아 확대했다. 음성 번역을 돌렸으나 행렬 선두에서 들리는 시끄러운 노래와 확성기 소리, 차도에서 울리는 경적 때문에 말이 제대로 전달되지 않았다. 핸드폰 배터리는 이제 5%밖에 남아 있지 않았다. 여성이 다시 한국어로 무슨 말인가 했지만 역시 한마디도 알아들을 수 없었다. 맥락을 파악하기 힘들었으며 단어는 박히지 않고 자꾸 흘러내렸다. 불통만 이어졌지만 어떻게든 대화를 이어보려는 듯 그녀가 나를 붙잡고 놔주지 않아 더 곤혹스럽기도 했다.

무슨 말을 하는지 알아듣기 힘드네요. 도대체 다들 여기서 뭐 하고 있는 거예요?

답답함을 억누르며 앞서 걷는 긴 행렬과 성조기를 가리켰다. 그녀는 한참 우물쭈물하다 무언가 떠오른 듯 느닷없이 손바닥을 마주쳤다.

축제!

그녀는 서툰 영어로 축제, 축제 반복했다. 그녀의 말을 곰곰이 곱씹으며 펄럭이는 성조기와 '타이극기'를 바라보았다. 독립기념일이 있는 6월 마지막 주였다. 고국에서도 축제를 준비하고 있을 것이었다. 집집마다 음식을 준비하고 거리에 국기가 걸리고 인부들은 퍼레이드가 열릴 길을 미리 정비하고 있겠지. 오늘이 한국의 독립기념일인 걸까. 수많은 이들이 국기를 들고 행진하는 걸 보니 그 비슷한 축제가 열리는 중인 것 같기도 했다. 사람들의 걸음은 당당했고 생기와 여유가 넘쳐흘렀다. 카메라로 행렬을 부지런히 찍는 이들도 보였다. 지나오면서는 백인이나 흑인도 드문드문 봤던 것 같은데 이 행렬에 선 이들은 동양인뿐이었다. 주변을 두리번대다 여성에게 물었다.

혹시 핸드폰을 충전할 만한 곳이 있을까요?

그녀가 알아 들을 수 있도록 나는 같은 말을 아주 천천히 되풀이했다.

도와줄 수 있어요?

보디랭귀지까지 섞자 그녀는 그제야 따라오라는 시늉을 했다. 내가 뒤처지자 손을 잡아 끌기도 했다. 그녀의 손은 뼈마디가 느껴질 정도로 단단했고 마른 나뭇잎처럼 버석거렸다. 느닷없는 터치에 놀란 나를 향해 그녀는 괜찮다는 신호를 보냈다.

오케이, 오케이.

이미 너무 멀리 와버렸다는 생각이 들었다. 거슬러 가도 길을 찾지 못할 게 분명했다. 고궁 따위는 잊고 그녀와 함께 행렬을 뒤따랐다.

행진하던 이들은 앞에 거대한 산이 드리워져 있고 뒤에는 청동상이 세워진 너른 광장에 멈추어 섰다. 광장 한 가운데 세워진 간이 무대를 기점으로 수십 명의 사람들이 분주히 축제를 준비하고 있었다. 중년 여성은 무대 앞에 깔아둔 플라스틱 의자에 나를 앉히더니 눈을 맞추고 한 손으로 가슴을 쓸어보였다. 긴장 풀라는 뜻인 것 같았다. 그녀는 여기서 기다리라는 제스처를 취해 보이다 이내 한 무리의 사람들 틈으로 사라졌다. 초조한 심정으로 핸드폰을 확인했다. 급하게 회신해야 할 업무 메일 한 통과 제프에게서 온 메시지, 그리고 아버지의 답장이 도착해 있었다. 업무 메일에 회신하고 모리 박물관에 도착했다는 제프의 메시지에 답을 하려던 순간 핸드폰이 꺼졌다.

젠장.

아득해졌다. 이곳은 타국이었다. 어딜 둘러봐도 한국인뿐이었고 들려오는 말은 전혀 알아들을 수 없었다. 유일한 통신망도 끊긴 상황에 섣불리 움직였다간 무슨 일이 벌어질지 몰라 의자에 앉아 여성이 오기만을 기다렸다.

저 앞에서 녹색 로고가 새겨진 티셔츠를 입은 노인 네 명이 커다란 성조기와 '타이극기'를 설치하고 있었고, 사이드에서는 같은 티셔츠를 입은 노인 두 명이 무대 양옆의 스피커를 체크하고 있었다. 아이들도 있었고 내 또래의 젊은 사람들도 듬성듬성 보였으나 축제의 주를 이루는 건 분명 노인이었다. 어디를 둘러보아도 노인의 수가 우세했다.

한국은 고령화 국가인가.

기묘하긴 했지만 범세계적으로 고령화 비율이 높아지고 있다는 뉴스가 떠오르기도 했고, 얼마 전 플로리다로 이사 간 친구가 자기 동네는 어딜 가든 지독한 베이비부머뿐이라고 토로했던 게 기억나 대수롭지 않게 넘겼다.

한국은 더 심각한가 보군.

왈도*를 찾듯 단체 티셔츠를 입은 노인들 틈에서 축제를 즐기는 젊은 층을 골라냈다. 휠체어 탄 자녀를 데리고 축제에 참여한 부모, 한 손에는 '타이극기'를 다른 한 손에는 설탕으로 코팅된 과일을 든 귀여운 소녀, 말 걸기 꺼려질 만큼 기괴한 페이스 페인팅을 한 젊은 남성…… 개중에는 얼굴을 찌푸리고 귀를 막은 채 축제장을 지나치는 행인들도 있었다. 착각일수도 있지만 그들이 나를 경멸어린 눈길로 쏘아보는 것 같기도 했다. 왜일까. 내가 외국인이라서? 나를 도와줄 사람은 좀처럼 찾기 어려웠다.

중년 여성은 왈도를 열 명 정도 찾았을 때에야 돌아왔다. 그녀 곁에는 한 할아버지가 서 있었다. 주황색 선팅이 옅게 들어간 선글라스를 쓴 할아버지는 온몸을 '타이극기'로 두르고 있었다. '타이극' 마크가 새겨진 모자, 마찬가지로 '타이극' 마크가 크게 프린팅 된 조끼, 어깨에 멘 배낭에도 '타이극기' 배지가 여러 개 붙어 있었다.

애국심이 넘치는 남자네.

중년 여성은 무뚝뚝한 인상의 할아버지를 가리키며 엄지를 치켜세웠다. 대략 할아버지가 영어에 능통하다고 하는 것 같았다. 그녀는 할아버지와 한국어로 대화를 나누다 광장에 세워진 수많은 천막 사이로 사라졌다. 할아버지와 나 둘만 남겨졌다. 할아버지가 내 옆에 앉았다.

만나서 반갑습니다. 나는 미스터 김입니다. 당신의 이름은 뭡니까?

어설픈 발음이었으나 모국어를 들으니 안도가 밀려왔다. 눈물이 날 것

* 『월리를 찾아라』를 북미에서는 '왈도'라고 부른다.

같기도 했다. 그에게 내 상황을 상세히 설명했다. 내 이름은 듀이고 미국에서 왔으며 한국어는 전혀 못하고 핸드폰 전원이 꺼져 당장 충전을 해야 한다고. 미스터 김이라는 할아버지는 입을 반쯤 벌린 채 내 얘기를 들었다.

천천히. 나는 영어를 못 합니다.

영어를 못 한다고요?

아뇨, 조금. 조금 합니다.

중년 여성의 말과 달리 그의 회화는 미숙했다. 문법도 엉망이었다. 남부 사투리를 하듯 말끝에 악센트를 실었는데 그 독특한 발음 때문에 그가 무슨 말을 하는지 눈빛이나 어조를 살피며 겨우 짐작할 수밖에 없었다. 그래도 의지할 만한 구석이 생긴 건 확실히 위안이 되었다. 무인도에서 구명보트를 발견한 기분이랄까. 비록 공기가 다 빠진 보트였지만 말이다.

핸드폰 배터리를 충전해야 한다고 미스터 김에게 또박또박 이야기했다. 말이 통한 건지 미스터 김이 메고 있던 배낭을 뒤적였다. 작은 배낭 안에서 벽돌만 한 외장 배터리 세 대가 차례로 나왔다. 세 대 모두 배터리 양은 넉넉했으나 불행하게도 내 핸드폰에 맞는 충전 케이블이 없었다.

빌어먹을.

머리를 싸맸다. 패닉에 빠진 내 옆에서 미스터 김은 맞지 않는 케이블을 핸드폰에 억지로 꽂았다. 헛수고였다. 난감해하며 턱을 긁적이던 미스터 김이 대뜸 물었다.

배고픕니까?

밥 먹었냐는 제스처를 취하는 미스터 김을 보며 나는 허탈하게 웃었다. 이 상황에 밥이라니. 내가 웃자 그도 따라 웃었다. 그의 윗입술이 말려 올라갔다. 앞니에 금으로 된 크라운이 씌워져 있었다. 뜬금없이 마이클 타이슨이 떠올랐고, 그러자 이상하게도 긴장이 풀렸다. 허기도 느껴졌다. 전원이 꺼진 핸드폰을 보여주며 미스터 김에게 답했다.

배고파요. 하지만 나는 시간이 많지 않아요. 핸드폰도 충전해야 하고요.

내 말을 알아들은 건지 미스터 김이 흔쾌히 말했다.

노 프로블름.

미스터 김은 사교성이 뛰어났다. 축제장에 그를 모르는 사람이 없었고 간간이 악수를 하며 수많은 이들과 인사를 나누었다. 내용을 알 수 없는 전단지를 나누어주는 노인들과도, 삼각대를 들고 축제 현장을 촬영하는 노인들과도 악수했다. 흡사 대선 후보처럼. 그와 함께 그들의 베이스캠프라는 커다란 천막까지 향하는 동안 나는 온갖 노인들로부터 전단지와 명함을, 견과류와 건조 과일이 담긴 지퍼백을, 그리고 종이컵에 담긴 커피까지 건네받았다. 거절할 틈이 없었고 곧 양손이 무거워졌다.

천막에 도착해서도 미스터 김은 누군가와 인사를 하고 어깨를 감싸 안으며 알은체했다. 이렇게 많은 한국인에게 둘러싸인 건 처음이었다. 그들은 내게 한국어로 끊임없이 말을 붙였고 자꾸 무언가를 나누어주었다. 머리에 녹색 두건을 두른 노부인에게 물과 도시락까지 받아들자 정말 손이 모자랐다. 도시락 값으로 노부인에게 얼마를 주면 되는지 묻자 미스터 김이 손을 내저었다.

무료입니다. 모두 무료예요.

그들의 과도한 친절이 수상하긴 했으나 크게 개의치 않기로 했다.

한국인들은 원래 친절한가 보지.

미스터 김과 나는 천막에 설치된 간이 테이블에 마주 앉았다. 도시락을 먹기 전, 미스터 김은 비교적 젊어 보이는 −그래도 중년이었다− 남자를 불러 한국어로 얘기를 나누더니 그 남자에게 내 핸드폰을 맡겼다. 남자는 핸드폰을 들고 천막 뒤편으로 터벅터벅 걸어갔다. 당황하여 남자를 쫓아가려는데 미스터 김이 내 팔목을 잡았다. 걱정 말라는 듯 그가 앞니를 드러내며 웃었지만 그래도 믿음이 가지 않는 게 사실이었다.

저 사람 믿을 만한 사람이에요?

미스터 김은 잠시 말을 고르다 미소 지었다.

좋은 사람입니다. 여기 있는 모두 아주 좋은 사람들입니다.

노부인이 나누어준 도시락엔 검고 희고 붉은 음식이 담겨 있었다. 보는 것만으로도 식욕이 가시는, 차고 윤기 없고 낯선 음식들이었다. 선뜻 손이 가지 않았다. 나무로 된 젓가락은 하나로 붙어 있어 어떻게 사용해야 할지 난감했다. 미스터 김은 나를 살피더니 하나로 붙어 있는 나무젓가락을 부러트려 두 개로 만들었다. 그리고는 그것을 마구 비비기 시작했다.

자, 당신도 따라하세요.

얼결에 그를 따라 젓가락을 양손으로 비볐다. 그건 일종의 놀이 같기도, 식전 의식 같기도 했다. 식전 의식이 끝난 뒤 미스터 김은 식사를 시작했다. 나는 젓가락을 X자로 움켜쥐고 먹는 시늉만 하며 음식을 깨작였다.

왜 안 먹습니까?

미스터 김의 물음에 차가운 소시지를 억지로 집어 들었다. 다른 음식엔 좀처럼 손이 가지 않았다. 어떻게 먹는지도 알 수 없었다. 미스터 김이 턱을 긁적였다.

자, 나를 보세요.

미스터 김은 사포처럼 검고 얇은 종이에 밥을 감싼 뒤 단번에 삼켰다. 젓가락 대신 손을 사용해 그것을 먹기도 했다.

저것도 먹는 거였다니. 데코인 줄 알았는데.

종이를 아무렇지 않게 씹어 먹는 미스터 김을 보며 기겁했다. 구미는 당기지 않았으나 맛있게 먹는 미스터 김을 보니 저 얇은 종이에서 무슨 맛이 날지 조금 궁금하기도 했다.

사포처럼 거치려나.

한참 머뭇대는데, 미스터 김이 내게 종이에 싼 밥을 권했다.

자, 시도해보세요.

내키지는 않았으나 그의 선의를 사양할 수 없어 눈을 질끈 감고 그것을 받아먹었다. 허기 때문이었을까. 생각보다 맛이 좋았다. 바삭하고 짭짤한 풍미 덕에 스낵을 먹는 것 같기도 했고. 미스터 김이 말했다.

아주 맛있습니다. 이건 '김'입니다.

'김'? 오, '김'!

기억을 더듬어 어제 '감태'를 맛보았다고, '김'이 '감태'의 사촌 아니냐고 묻자 미스터 김이 고개를 갸웃했다.

미안하지만 다시 말해주겠습니까?

천천히 했던 말을 반복하자 미스터 김이 아하, 하며 웃었다.

나는 '대구'에 삽니다. 내 사촌들도 모두 거기 삽니다.

소통에 오류가 생긴 게 분명했으나 미스터 김이 전단지 뒤에 지도까지 그리며 '대구'가 어디에 있는지 설명하기 시작해 말을 끊을 수 없었다. '대구'는 한국 남부에 있는 작은 주였다. 그의 억양에 왜 남부 사투리가 묻어 있는지 그제야 이해되었다. 그는 '대구'에서 평생 살아왔다고 했다. 그곳을 살기 좋은 곳이라 말하기도 했다.

당신은 어디에서 왔습니까?

고민하다 위스콘신 출신이라고 답했다.

재작년까지 위스콘신에 살았어요. 당신처럼 평생을 한곳에서 산 셈이죠.

미스터 김은 고개를 끄덕인 뒤 단어를 길어 올리듯 말을 거듭 수정하며 내게 무슨 일을 하냐고 물었다. 나는 제프에 관해, 그의 작품을 관리하고 일정을 조율하는 나의 일에 대해 설명했다.

오, 아티스트입니까?

알아듣기 쉽게 설명했다고 생각했으나 오판이었다. 고개를 저으며 아티스트는 내가 아니라 제프라고 설명해도 미스터 김은 자기 식대로 오역했다.

당신 참 멋집니다.

말을 바로잡으려다 그만두었다. 그는 이 이상한 여정에서 조우한 낯선 사람이었다. 경유지에서 만난 사람에게 변을 하는 게 무슨 소용일까 싶어 그저 고맙다고 짧게 답했다.

영어는 어디서 배웠어요?

그의 어설픈 회화를 지적할 생각은 없었고, 그저 궁금했다. 시간을 때우기 위한 방도이기도 했고. 미스터 김은 곧 지도 속 '대구'에 작은 원을 표시했다.

여기가 '대구'면……

그리고 그 원 안에 더 작은 원을 그려 넣었다.

여기는 캠프워커입니다. 나는 미군에게 프라이드치킨을 팔았습니다. 프라이드치킨을 압니까?

미스터 김의 말에 고개를 끄덕였다. 그렇게 익힌 영어군. 이제는 대략 유추할 수 있었다. 미스터 김은 입이 풀린 듯 자기 이야기를 더듬더듬 늘어놓았다. 그는 프라이드치킨을 팔아 자식을 키워왔다고 했다. 아들이 둘 있다며 핸드폰을 꺼내 사진을 보여주기도 했다. 필름을 확대한 듯 감도가 낮은 사진 속에 한 가족이 들어 있었다. 똑같은 멜빵바지를 입은 두 소년과 짙은 피부가 매력적인 건장한 남성. 사진 속 소년들은 울상을 짓고 있었다. 보울을 엎어놓은 듯한 촌스러운 헤어스타일의 소년들에게서 —잠깐이지만— 내 아버지의 어린 시절이 겹쳐졌다. 미스터 김은 소년들을 가리키며 미소 지었다.

그들은 나의 보물입니다.

그는 이제 많이 늙어 사진 속 젊고 건장한 남성과 동일 인물이라 보기 어려웠지만 세월을 거스른 낯설고 뜨거운 감정만은 내게 온전히 전해졌다. 보물. 내 아버지에게선 한 번도 들어본 적 없는 말이라 그랬던 걸까. 미스터 김과 사이에 쌓였던 두꺼운 벽에 가느다란 실금이 생긴 것 같았다. 느닷없이 이상한 통증이 일었다.

사진 속 소년들을 손으로 짚었다.

이들도 당신과 '대구'에 살고 있나요?

그들은 '서울'에 삽니다. 하지만…… 만나지 못합니다.

왜요?

내 물음에 미스터 김은 선글라스를 벗고 눈가를 문질렀다. 무뚝뚝한 입매와 달리 눈은 맑고 순했다. 뜸을 들이다 그는 슬픈 표정을 지었다.

알 수 없습니다.

미스터 김이 한국어로 무어라 웅얼거리며 말을 이었다. 말소리가 뭉개져 명확히 알아들을 수 없었지만, 그의 묵음을 나는 이렇게 유추해보았다.

하지만 안다고 해도 달라지는 건 없겠죠.

도시락을 어느 정도 비울 즈음 핸드폰을 들고 사라졌던 남자가 돌아왔다. 남자는 충전이 다 된 핸드폰을 내게 건넸다. 그 짧은 시간동안 핸드폰이 완충되었다는 게 놀라웠다.

한국은 정말 빠르군.

남자에게 얼마를 주면 되는지 물었으나 미스터 김은 이번에도 고개를 저었다.

돈은 괜찮습니다. 정말 괜찮아요.

남자가 옆에서 한국말로 길게 이야기했고 미스터 김도 그 말을 받아 길게 답을 했다. 두 사람의 표정이 심각했다. 그들의 대화가 이어질 동안 나는 핸드폰을 확인했다. 도쿄에서 레이오버 중이라는 제프의 메시지와 함께 밈이 도착해 있었다. 트럼프가 전쟁터에서 '도와줄까?' 말하며 손을 뻗는 우스꽝스러운 밈이었다.

[듀이, 한국은 어때요? 무사한가요?]

제프를 따라 밈을 전송하려 위젯을 넘기다 그냥 [난 무사해요]라는 메시지만 보냈다.

아버지에게서는 짧은 답이 왔다.

[네 엄마가 다음 주에 집에 오는지 묻더구나]

다음 주 토요일은 아버지의 생일이었다. 아버지의 생일이 다가오면 나는 집에 가는 대신 메시지로 필요한 것을 형식적으로 묻곤 했다. 그럴 때마다 아버지는 미적지근한 답을 보내왔다.

[아무거나]

아버지는 의뭉스러운 사람이었다. 늘 속내를 감추었고 무얼 물어도 제대로 된 답을 해준 적이 없었다. 속을 턱 막히게 하는 침묵과 불통, 묵인만 이어지는 집이 이제 지겨웠다. 아버지의 메시지에는 답을 하지 않았다.

한참 뒤 미스터 김이 남자와 대화를 마치고 내게 다가왔다. 그가 턱을 긁적이며 물었다.

나를 따라오겠습니까?

미스터 김은 내게 이곳을 구경시켜주고 싶다고 했다. 오후 1시였다. 곧 떠나야 하긴 했으나 핸드폰도 충전되었고 제프의 도착 시간까지도 충분한 여유가 있었다. 가이드를 자처하는 미스터 김을 거절하기도 미안했고. 고민하다 그의 뒤를 따랐다.

미스터 김과 나는 축제장을 누볐다. 그는 축제장에 모인 이들과 또 다시 인사를 주고받았다. 그중에는 내게 미스터 김을 소개해준 중년 여성도 있었다. 그녀는 작은 부스에 홀로 서서 지나가는 이들에게 방명록 작성을 권하고 있었다. 나를 보자 그녀는 반갑게 손을 흔들더니 투명한 비닐로 감싼 음식을 덥석 쥐여주었다. 미스터 김은 그것이 '떡'이며 한국식 디저트라고 귀띔해주었다. 구운 지 얼마 안 된 것처럼 '떡'은 따끈하고 말랑거렸고 은은한 단맛이 났다.

맛있네요.

그녀에게 미소 지어 보였다. 그녀는 기쁨과 측은함이 섞인 표정으로 나를 보다 미스터 김에게 무어라 말했다. 이내 그녀의 눈시울이 붉어졌다. 무슨 상황인지 알 수 없었다. 미스터 김이 내 귀에 속삭였다.

당신에게 무척 고맙다고 전해달랍니다. 당신이 아주 소중하대요.

타인에게 그런 말을 들은 건 처음이었다. 가족에게도 들어본 적 없는 말이었다. 감정의 가느다란 실금이 점차 벌어졌고 뜨거운 무언가가 그 바깥에서 울컥 밀려들어오듯 온몸이 달아올랐다. 이건 민망함일까, 뭉클함일까. 말로 표현하기 어려웠다.

미스터 김은 볼펜을 쥐여주며 중년 여성이 한 말을 통역해주었다.

여기에 당신의 이름을 남깁니다. 이건 우리에게 아주…… 아주 중요한 일이에요.

미스터 김이 일러주는 대로 방명록 서명 칸에 내 이름을 적었다. 그건 그들을 위한 나름의 작은 보답이었고, 한국에 온 것을 기념하기 위한 일종의 증표이기도 했다. 중년 여성이 애틋한 눈으로 나를 바라보았다. 서명을 다 하자 그녀는 내 손을 꼭 잡았다. 한국말로 무슨 말인가 하기도 했다. 그녀가 무슨 말을 하는지 여전히 알 수 없었으나 그녀의 눈을 보니 좋은 말임이 분명해졌다. 먼저 손을 거두는 대신 나는 그녀가 놓을 때까지 그 손을 오래 잡고 있었다.

부스에서 나와 미스터 김과 다시 축제장을 돌아다녔다. 군데군데 기념품을 파는 좌판이 보였다. 대다수의 좌판에서 '타이극기'와 관련된 소품을 팔고 있었다. 스티커, 티셔츠, 핸드폰 케이스, 마그넷…… 태양열로 작동하는 모자와 방한 장갑 같은 실용품에도 전부 '타이극기'가 새겨져 있었다. 독립기념일 축제장에도 기념품 파는 상인들이 있었으나 기껏해야 우표나 작은 성조기를 꽂은 컵케이크 정도지 이 정도로 대대적이지는 않았다.

한국인들은 애국심이 정말 대단하네요.

내 말에 미스터 김이 뜻 모를 미소로 회답했다. 무슨 말인지 알아듣지 못한 것 같았다. 번역 앱을 켜고 같은 말을 반복했다. 한국인들은…… 스피커에 대고 중얼거리다 멈칫했다. 미묘했다. 여기 모인 이들은 모두 한국인이었다. 모두 같은 피부색을 지녔고 머리색도 비슷했다. 나 역시도. 하지만 나와 이들을 한데 엮기란 쉽지 않았다. 나는 어디에서나 적응이 빠른 사람이었고 편안함을 느끼곤 했으나 이곳에서는 아니었다. 유대와 소속감은 내 안에서 자꾸 미끄러졌다. 미스터 김이 나를 빤히 보며 물었다.

왜 그럽니까?

머뭇대다 그에게 말했다.

기분이 이상해서요. 이런 상황이 처음이거든요.

미스터 김이 한 번 더 말해줄 수 있냐며 내 쪽으로 고개를 기울였다. 그의 등은 젖어 있었고 목은 까맣게 그을려 있었다. 그가 내 가까이 다가왔다.

왜요? 아픕니까? 어디 아파요?

미스터 김이 내 어깨를 감쌌다. 오늘 이후로 다시 보지 않을 낯선 사람이라서 그랬던 걸까. 아니면 내 말을 유심히 들어주려는 그의 태도에 마음이 기울어서였을까. 아무에게도 해본 적 없는 이야기가 쏟아져 나왔다.

당신은 참 친절하네요. 나도 할아버지가 있어요. 그분도 한국인인데 나는 그분이 어떤 사람인지 전혀 몰라요. 어쩌면 당신과 닮은 사람일지도 모르겠네요.

미스터 김은 나를 빤히 바라보았다. 나는 말을 이었다.

아버지는 내게 한국 얘기를 한 번도 해준 적이 없어요. 나는 아버지에 대해서도 잘 몰라요. 아버지의 나라를 전혀 알지 못해요. 그래서 아버지와 나 사이에 갈등이 없는 거겠죠. 서로를 전혀 모르니까요. 알려고 하지 않으니까요. 그래서……

목소리가 떨렸다. 빗장뼈 부근에 알 수 없는 통증이 일었다. 미스터 김은 나를 가만히 보다 눈가를 비볐다. 그리고 슬픔에 젖은 순한 눈으로 말했다.

노 프로블롬. 노 프로블롬.

미스터 김은 배지와 와펜을 파는 좌판에서 멈추어 섰다. 좌판을 지키는 상인과도 친분이 있는지 미스터 김은 그 남자와 유쾌하게 인사를 주고받았다. 널찍한 캔버스에 알록달록한 배지가 빽빽이 붙어 있었다. 미스터 김은 눈짓과 손짓을 섞어가며 마음에 드는 게 있으면 골라보라고 했다. 손자를 어르듯 그가 다정히 내 어깨를 짚었다.

선물입니다.

캔버스를 훑어보았다. 다양한 배지 중 턱이 짧고 캐리 그랜트처럼 가르마를 반듯하게 탄 남성이 담긴 일러스트 배지가 유독 눈에 띄었다. 수많은 배지에 그 남성의 초상이 담겨 있었다. 허공을 가리키는 포즈로, 군복을 입은 채로, 엄숙한 표정을 지은 채로. 미스터 김에게 이 남자는 누구냐고 묻자 그는 화색을 띤 채 외쳤다.

나의 대통령입니다!

그의 표정은 단연 오늘 하루 중 가장 밝았다. 말보다 마음이 더 앞서는지 흥분된 어조로 존경, 친애 같은 단어를 쏟아내기도 했다.

한국에서 가장 위대한 인물입니다.

한국 대통령의 초상이 담긴 배지를 유심히 바라보았다. 초상 뒤편에 넘실대는 '타이극' 문양이 대통령의 위대한 업적을 설명해주는 것 같았다.

한국의 링컨 같은 존재인가.

성조기와 '타이극기'가 포개진 배지와 한국 대통령이 새겨진 배지 중 고민하다 전자를 택했다. 미스터 김은 아쉬운 듯한 표정으로 그것도 좋은 선택이라고 했다.

계산을 하기 전, 나는 대통령이 새겨진 배지까지 함께 골라들었다.

탁월한 선택입니다!

미스터 김이 서둘러 돈을 지불하려 했지만 그것을 정중히 사양했다.

제가 살게요. 선물해주고 싶은 사람이 있거든요.

나를 보며 미스터 김은 흔쾌히 고개를 끄덕였다.

좋아요. 아주 좋습니다.

축제의 열기는 뜨거웠다. 무대는 완벽히 세팅되어 있었고 아까보다 더 많은 이들이 그 가까이 모여 있었다. 스피커에서 경쾌한 음악 소리가 흘러나왔다. 컨트리보다 더 빠르고 흥겨우며 하우스보다는 건전한 음악에 맞추어 사람들은 팔을 흔들고 춤을 추었다.

미스터 김은 그들을 가리켜 '열사'라고 불렀다.

저들의 이름이에요?

내 말에 미스터 김이 고개를 힘차게 끄덕였다. '열사'가 무슨 뜻인지 묻자 그는 생각에 잠기더니 아주 좋은 사람들이라고 풀이해주었다.

아주 좋은 사람들. 그의 말을 나도 미온하게나마 수긍했다. 여기 모인 이들은 모두 좋은 사람들 같았다. 대가 없이 호의를 베풀고 수고를 마다않고 마음까지 내어주는 온정으로 넘치는 이들이었다. 미스터 김이 말을 이었다.

내게는 가족과 같은 사람들입니다.

축제의 장에 모인 좋은 사람들을 둘러보며 나는 미스터 김이 일러주는 대로 '열사'를 연달아 발음해보았다. 발음하기가 쉽지 않았다. 미스터 김은 참을성 있게 혀의 위치와 입 모양을 교정해주었다.

요울사, 욜사, '열사'.

마침내 그들을 '열사'로 부르게 되었을 때, 미스터 김도 나도 작게 환호했다. '열사'. 내가 정확히 발음한 최초의 한국어이자 이름이었다.

미스터 김이 자신이 산 배지를 내 가슴에 달아주었다. 내가 산 것과는 다른, 한국 대통령이 그려진 배지였다. 그는 배지를 가리키며 아주 잘 어울린다고 했다. 할아버지가 손자를 챙기듯 그는 내가 다른 배지를 잃어버리지 않도록 손수 셔츠 주머니에 넣어주고 단추도 채워주었다. 살갑고 다정하게. 그에게 말했다.

고마워요, 미스터 김. 당신은 '열사'예요.

내 말에 그가 엄지를 세우며 호탕하게 웃었다.

당신은 매우 똑똑합니다. 매우 똑똑해요.

미스터 김이 함께 무대 앞으로 가자고 했다. 따라오라고 손짓하며 그는 무수한 노인들 사이로 섞여들었다. 망설이다 그를 뒤따라갔다. 온 사방이 '타이극기'로 일렁였다. 축제를 즐기는 이들의 체온과 체취가 뒤섞였다. 미스터 김은 가방에서 '타이극기'를 꺼내 내게 쥐여주었다. 그러고는 그것을 활기차게 흔들었다.

흔들어요. 같이 흔듭니다.

처음엔 조금 민망하기도 웃기기도 했으나, 나는 곧 그 상황에 적응했고 미스터 김처럼 음악에 맞추어 '타이극기'를 흔들었다. 미스터 김과 '열사'들을 핸드폰 카메라로 찍기도 했다. 미스터 김은 카메라를 보며 미소 지었고 우리 양옆 그리고 앞뒤에 서 있는 노인들도 손가락으로 브이를 만들거나 거부감 없이 손을 흔들어주었다. 내 손을 쓰다듬고 등을 토닥이며 한국어로 무어라 말하는 노인들도 있었다. 미스터 김은 그들이 나를 대견해한다고 했다.

당신도 '열사'예요. **우리**처럼요.

알 수 없는 고양감에 젖어들었다. 생애 처음 느끼는 감정이었다. 시끄럽고 이상하지만 뜨거운 이곳에서 나는 분명 그들과 섞이고 있었다.

그리고 문득 아버지에게도 이 풍경을 보여주고 싶다는 생각이 들었다. 그의 나라, 아니 **우리**의 나라를.

[아버지, 저 지금 한국에 있어요.]

메시지와 함께 사진을 전송하기 전, 나는 미스터 김에게 물었다.

여기가 어디예요?

'열사'들의 함성과 커다란 스피커 볼륨 때문에 미스터 김과 말이 계속 엇

갈렸다. 고개를 돌렸다. 광장 한가운데에 설치된 거대한 청동상을 가리키며 되물었다.

여기 어디예요?

그제야 이해한 듯 미스터 김은 큰 소리로 이곳이 어디인지 말해주었다. 번역 앱을 켜고 그에게 한 번 더 얘기해달라고 했다. 그의 말이 고스란히 영어로 번역되었다.

이곳은 '이승만 광장'입니다.

아버지에게 사진을 전송한 뒤 메시지를 덧붙였다.

[저 지금 이승만 광장에 있어요. 아주 좋은 사람들과 함께요.]

제프는 25일 밤 비행기로 입국했다. 출입국장에서 만나자마자 제프는 내 가슴에 붙은 배지를 가리키며 웃음을 터트렸다.

듀이, 이틀 만에 한국 사람이 다 되었네요.

평소 같으면 '제프, 그런 농담 하지 말아요' 하며 손을 내저었겠지만, 오늘은 그저 미소만 지었다.

공항 밖에서 리무진이 대기하고 있었다. 기사가 뒷좌석을 정리하고 트렁크에 캐리어를 싣는 동안 나는 제프에게 나흘간의 일정을 간략히 전달했다. 갤러리의 전시 상황과 게스트 룸의 컨디션에 대해서도 이야기했다. 뒤섞여 있던 것들이 제자리를 찾고, 비로소 내 위치로 돌아온 것 같은 안정감도 들었으나, 마음 한편엔 여전히 알 수 없는 뜨거운 감각이 남아 있었다. 쾌감 같기도 통증 같기도 한. 제프에게 말했다.

큐레이터가 〈스무드〉를 극찬했어요.

그래요?

구 안쪽에 무언가 숨겨진 것 같다고 하더라고요.

제프는 인스타그램 피드를 넘기며 건성으로 답했다.

재밌네요. 듀이도 그렇게 생각해요?

곰똘히 답을 추리다 나는 셔츠 주머니에 넣어둔 배지들을 꺼냈다. 타이극기와 성조기가 포개진 배지와 한국 대통령이 담긴 배지. 둘 중 고민하다 그중에 하나를 제프에게 선물했고, 나머지 하나는 다시 주머니에 넣어두었다.

그건 누구에게 주려고요?

제프의 말에 어깨를 으쓱했다. 제프는 안 본 사이 비밀스러워졌다며 오늘 하루는 어땠냐고 물었다.

위험하지는 않던가요? 한국의 사무라이들이 뱀술을 권하지는 않았어요?

제프가 바지춤에서 칼 꺼내는 시늉을 하며 장난쳤지만 나는 그것을 농담으로 받지 못했다. 아주 많은 장면들이 파노라마처럼 스쳐 지나갔다.

기사가 리무진의 코치 도어를 열어주었고 제프가 먼저 탑승했다. 리무진에 타기 전, 나는 주변을 돌아보았다. 나와 다르지만 닮은 수많은 한국인들이 공항 안으로 들어가고 공항 밖을 빠져나가고 있었다. 그들을 둘러보며 나는 들릴 듯 말 듯 웅얼거렸다.

알 수 없지만, 아주 좋은 하루였어요.

작품 해설

약한 연결

김남혁 국민대학교 교양대학 조교수

"마음만 앞서서인지 인물을 얄팍하고 거칠게 담아낸 것 같아 발표한 뒤 후회를 많이 했다. 책으로 묶이기까지 여러 번 고쳐 그나마 부채감을 덜 수 있었지만, 어떤 문장, 어느 표현에 있어서는 여전히 부끄럽고 죄스러운 마음이 남아 있다." 첫 번째 소설집에 실린 「화양극장」에 대한 작가의 소회이다. 여러 번 수정하게 하고, 그런 후에도 여전히 부채감을 남기게 한 건 소설의 어떤 부분이었을까? 최초의 발표본과 단행본에 수록된 최종본을 비교하면 작은 단어에서부터 복잡한 서술에 이르기까지 교체와 생략, 그리고 첨가의 작업이 진행된 흔적들을 엿볼 수 있다. 그것들 가운데 가장 눈에 띄는 부분은 주인공 경과 이목 씨를 대하는 아버지에 대한 화자의 선명한 판단들과 관련된다. 이를테면 취업에 실패한 후 급격히 체중이 불어난 경에게 "지금 네 몸은 균덩어리,라고 말하는 아버지의 얼굴에 멸시가 떠올라 있었다."와 같은 서술들은 최종본에서 대거 지워졌다. 이 같은 생략들로 독자는 아버지가 어떤 사람인지 딱 잘라서 단정하기 어렵게 된다. 인물과 독자 사이에서 화자의 개입이 얄팍하고 거친 선입견을 만들 수 있다는 것에 작가는 내내 부채감을 느꼈던 것 같다.

성해나 소설이 지닌 미덕은 이처럼 등장인물들 사이, 혹은 인물들과 독자 사이의 거리를 탐색하는 데 있다고 여겨진다. 그 거리가 너무 가까워 인물에 대한 세부로 전체를 판단하게 할 때, 「화양극장」의 경이 말했듯이 "그건 사랑이 아니라 월권"이 되기 때문이다. 성해나의 소설에서 인물들 간의 관계가 월권이 아닌 사랑으로 나아갈 수 있는 단초는 주체와 타자 사이의 어떤 거리에서 비롯되는 듯하다. 그 같이 틈이 벌어진 관계를 나는 여행과 접촉을 분석했던 아즈마 히로키의 표현을 따라 약한 연결이라고 부르고 싶다. 약한 연결은 여행지에서 타자와 접촉하듯이 상대에 대해 깊이 알고 있지 않은 관계이고, 상대에 대한 정보량의 결핍이 상호적으로 발생하는 관계이며, 낯선 환경이 요구하는 노이즈와 우연성이 개입하는 관계이다. 이에 반해 강한 연결은 가족이나 친구와의 관계에서 예상할 수 있듯 익숙한 맥락 안에서 예측 가능한 의미들을 반복적으로 재생산한다. 요컨대 강한 연결이 계획성의 세계라면 약한 연결은 우연성의 세계이다.

그렇지만 성해나의 소설은 두 연결을 위계적으로 판단하거나 고정된 실체처럼 가름하지 않는다. 누구에게나 일상과 여행 모두 소중하듯, 성해나의 소설은 약한 관계가 불러오는 변화의 가능성을 지지하면서도 강한 관계로 만들어지는 단단한 안정감을 깊이 존중한다. 그렇기에 그의 소설은 두 연결의 연속과 변화를 그려낸다. 이를테면 강한 연결의 세계에 약한 연결을 어떻게 개입할 수 있는지, 반대로 약한 연결이 어떻게 강한 연결로 고착되는지 탐색한다. 그러한 변화를 통해 독자는 관계의 변화 가능성과 위선적인 위장을 동시에 음미하게 된다. 가령, 우연히 읽게 된 엄마의 글쓰기로 모녀 관계가 변화되던 「김일성이 죽던 해」와 같은 소설들이 약한 연결이 일상에 삽입되어 만들어지는 삶과 인식의 변화 가능성을 밝게 보여준다면, 조상의 친일적 행적이 드러나는 우연적 사건을 간단히 지워내던 「소돔의 친밀한 혈육들」 계열의 소설들은 약한 연결이 만들어내는 우연성을 과감히 삭제하는 위선적인 강한 연결을 보여준다. 특히 후자 계열의 소설은 그 같은 위선적인 강한 연결을 면밀히 관찰하면서도 끝내 그 속에 연루되는 화자의 난처한 입장을 보여주기에 이청준의 소설들과 공명하는 듯한 느낌도 받게 된다.

여기 실린 「스무드」는 이 같은 성해나의 소설적 탐색을 잘 보여주는 소설이고, 「김일성이 죽던 해」와 같이 약한 연결이 만들어내는 변화 가능성을 밝게 전망하는 계열에 속한다. 한 편의 한국여행기로도 읽어볼 수 있는 이 소설에서 약한 연결이 만들어내는 노이즈와 우연성은 그 자체로 흥미롭고, 그것이 만들어내는 변화의 가능성이 지지되기에 따뜻하게 읽힌다. 이 소설의 주인공 듀이는 한국계 미국인으로 설치미술가 제프의 활동을 돕는 매니저이다. 그의 직업에서 예상되듯 그는 삶의 작은 세부들을 면밀히 계획하고, 우연을 배척하고 관리하는 인물이다. 이 같은 삶의 태도는 "광택이 도는 구의 표면"(98쪽)에 듀이 자신의 모습이 비치듯, 제프의 설치미술 '스무드'에 집약되어 있다. 요컨대 "제프의 작품에는 분노도 불안도 결핍도 없"는 "매끈한 세계"(98쪽)를 보여준다. 우연성을 배척한 후 모든 것을 완벽히 관리하여 만들어진 세계는 결핍도 질문도 없는 자족적인 스무드의 세계이다.

듀이가 한국에서 처음 만나게 되는 큐레이터 리와 관리자 코너, 그리고 그들이 처음 접촉하게 되는 고급 아파트의 갤러리는 모두 스무드의 세계를 대변한다. 한국어와 영어를 완벽히 구사하고, 레스토랑, 갤러리, 숙소, 체육관 등 "이 안에서 모든 게 가능"(99쪽)한 아파트에서 노이즈나 우연성은 개입되지 않는다. 이들의 관계는 아즈마 히로키가 말했듯이 가족과 친구 사이에서 만들어지는 강한 연결의 일반적인 형태는 아니지만, 우연성과 노이즈가 완벽히 배제된다는 점에서 또 다른 형태의 강한 연결이다. 포스트모더니티를 대표하는 역설적 형상처럼 이른바 강한 연결 아닌 강한 연결이라 할 수 있는 스무드의 세계는 한국문화에 익숙하지 않은 듀이가 그 공간에 부드럽게 환대되듯 타자의 차이가 인정되지만 그 차이가 분노도 불안도 결핍도, 그리고 어떤 질문도 만들어내지 않기에 차이로서 기능하지 않는다. 즉, 그것들은 차이 아닌 차이, 환대 없는 환대일 뿐이다. 이 소설의 처음 절반은 이같이 현시대에 역설적으로 갱신된 강한 연결 속에 놓인 듀이의 모습을 보여준다면, 후반부 절반은 그의 삶 속에 약한 연결이 개입되는 장면을 보여준다. 약한 연결이 노이즈와 우연성이 개입되는 관계라는 것을 고려할 때 예상할 수 있듯이, 소설 읽기의 재미는 후반부에서 증폭된다.

후반부에서 듀이는 스무드의 세계 밖 종로로 나간다. 핸드폰이 방전되고, 영어로 부드럽게 소통하기 어려운 상황이 되자, 우연성과 노이즈는 활성화된다. 그야말로 그는 "축제"(107쪽)의 무질서한 상황 속에 놓인다. 아즈마 히로키가 여행을 통해 증폭된다던 약한 연결은 이 부분에서 명확히 재현된다. 스무드의 세계를 벗어난 그는 이해할 수 없는 장소에서 알 수 없는 차이들과 접촉하고, 이에 따라 분노와 불안과 결핍을 느끼고, 이전과 다르게 질문하는 자가 된다("도와줄 수 있어요?"(107쪽)). 그리고 듀이는 집회에 참여한 노인들에게 갤러리의 리나 코너와 다른 환대를 받게 된다. 스무드 세계의 환대가 근본적으로 타자를 배척하는 조건적 환대라면, 돈도 받지 않고 선물과 음식과 도움을 선사하는 후자의 환대는 무조건적인 환대이다. 이 같은 진짜 환대를 보여주는 미스터 김의 태도에서 그는 자신의 할아버지와 아버지를 생각하게 되고, 단절됐던 아버지와의 관계를 다시 회복할 수 있는 단초를 마련한다.

하지만 이 같은 후반부의 환대가 약한 연결, 즉 오해와 우연을 통해 만들어졌다는 것을 소설은 명확히 드러낸다. 집회의 노인들이 방명록에 듀이의 서명을 받을 때, 그 행위의 의미를 서로 다르게 해석하듯, 노인들이 그를 환대한 이유와, 반대로 노인들의 환대를 통해 아버지와 화해하고자 그의 마음이 움직이는 과정에는 서로 다른 동기와 해석이 개입되어 있다. 약한 연결은 타자에 대한 편견을 변화시키고 이에 따라 무조건적 환대의 가능성을 활성화시키지만, 근본적으로는 말 그대로 '약한' 가능성이다. 오해와 우연이 사라지거나, 이성과 질서에 포섭될 때 그것은 언제든 사라질 수 있기 때문이다. 그에 따라 듀이와 노인들과의 관계는 소설 안에서도 일회성일 뿐 지속되지 않는다.

그렇다면 약한 연결이 만들어내는 변화의 가능성이 지속될 수 있는 방법은 무엇일까. 이 소설의 후반부를 다시 살펴보자. 앞서 말했듯이 이 소설을 읽는 재미는 후반부에서 커진다. 이를테면 집회에 참여한 노인들을 보며 "한국은 고령화 국가인가"(109쪽)라고 자문하는 듀이를 볼 때 독자들은 흥미로울 것이다. 이 같은 재미는 인물과 독자 사이의 정보량 차이에서 발생한다. 이 작품을 읽는 독자가 한국문화에 익숙한 사람이라면 핸드폰 충전처럼 작은 문제에 쩔쩔매고 종로 거리의 익숙한 풍경과 문화들에 놀라고 질문하는 듀이보다 더 많은 정보량을 갖고 있을 것이다. 이 같은 정보량 차이는 독자에게 우월감을 전달하며 좌충우돌하는 듀이의 모습에서 흥미를 느끼게 한다. 즉 독자의 소설 읽는 재미는 타자(듀이)에 대한 우월감에서 비롯된다.

하지만 이 소설에서 이 같은 독자의 우월감을 일시에 정지시키는 부분이 존재한다. 듀이가 아버지에게 메시지를 전송하기 위해 현재의 장소를 묻자 그에 대한 미스터 김의 답변은 번역 앱을 통해 번역된다. "이곳은 '이승만 광장'입니다." "종로", "광장 한가운데에 설치된 거대한 청동상"(122쪽) 등의 기표들이나 명백히 태극기 집회를 연상케 하는 상황에서 독자들이 기대했던 답변은 이승만 광장이 아니라 광화문 광장일 것이다. 그렇다면 이승만 광장이라는 답변은 번역 앱의 오류에서 비롯된 것인가, 미스터 김의 거짓말인가, 소설의 허구적 설정인가? 이 부분에서 정보량 차이에서 발생했던 독자의 우월감은 사라지고, 독자는 듀이처럼 질문하는 자의 위치로 되돌아간다. 이처럼 함부로 단정하게 할 수 없는 삶의 우연성과 노이즈가 어딘가에 분명히 잔존한다는 것, 그것은 말 그대로 약한 연결을 만들어내지만, 그 지속적인 잔존이 삶을 강한 연결로 귀속되지 않게 한다는 것. 이것이 바로 성해나 소설의 가르침인 듯하다.

이렇게 되면 독자로서 「스무드」에서 재현된 종로의 "축제"가 태극기 집회라고 단정하기 어렵게 된다. 그런데 지금까지 성해나의 소설은 중년 박수무당, 노인 동성애자, 그리고 앞서 말했던 「화양극장」의 아버지 같은 중년 남성 등 현시대에서 소외되고 쉽게 해명되지 않는 인물들에 대한 이해의 시도를 보여주고 있다. 이를 위해 그들을 집단이나 세대가 아닌 개인의 관점에서 접근해 왔다. 「스무드」 역시 그 속에 재현된 축제가 태극기 집회인지 단정할 수 없게 설정되어 있지만, 미스터 김이 가족과 단절된 결핍된 인물이라는 사실을 알려주듯, 그 행사에 참여한 개인의 문제에 접근함으로써 사회에서 낙오된 존재들에 대한 이해를 시도하고자 한다. 그러한 접근을 통해 찾아내는 것은 그들의 삶에는 누구도 쉽게 판단할 수 없는 우연성과 노이즈가 존재한다는 점이다. 즉, 성해나의 소설은 타자에 대한 편견을 만들어내는 강한 연결 속에 약한 연결을 삽입한다.

그렇지만 이쯤에서 한 가지 질문해 보고 싶다. 말 그대로 월권일 테지만 이같이 약한 연결에 대한 성해나의 탐구와 시도 때문에 가려지는 것은 무엇일까. 작가의 블로그를 참고하면 「스무드」는 2024년 6월경에 구상되었고 그 과정에서 작가는 광화문 광장의 태극기 집회에 "예기치 않게" 참여하기도 했다. 작가의 실제 경험과 상관없이 소설은 미스터 김을 포함한 노인들의 행사를 태극기 집회로 판단할 수 없게 하지만, 일면 그것이 태극기 집회를 연상케 한다. 그렇다면 소설이 태극기 집회로 단정할 수 없도록 재현한 그 설정 때문에 흐려지는 탐색은 무엇일까. 이와 관련해 이런 질문들을 제출할 수 있다. 주지하다시피 태극기 집회는 박사모(박근혜를 사랑하는 사람들의 모임)을 중심으로 한 보수단체에 의해 시작됐고 공식적으로는 2016년 11월 19일부터 개최됐다. 이후 집회는 작가가 소설을 구상한 2024년의 여름을 지나 지금까지도 지속되고 있다. 이러한 지속성을 어떻게 해석해야 할까. 이러한 지속적인 행사는 온전히 참여자의 자발성에서 비롯된 것인가. 참여자 개인들의 다양한 동기를 수렴하는 집합적 행동의 목적은 무엇인가. 집회 안에 다양한 단체들 간의 분열과 새로운 조합의 변화는 없는가. 이러한 질문들을 종합하자면, 「스무드」에는 참여자 개인의 불만을 조직화하여 집단적 행동으로 분출하기까지의 물질적이고도 상징적인 맥락이 탐색되지 않는다. 왜냐하면 「스무드」는 집회에 참여한 노인들을, 사회병리를 공유하는 군중이 아니라 각자 나름의 결핍을 지닌 개인의 관점에서 접근하기 때문이다. 이 때문에 미스터 김과 같은 행위자 개인에 대한 이해가 증폭되는 대신 집회가 집단행동으로 조직되는 메커니즘은 간과된다.

물론 이런 질문들은 지나치다고 여겨질 수 있다. 「스무드」는 세태와 인물을 입체적으로 탐색하기 어려운 단편 소설이란 형식 안에 놓이기 때문이다. 하지만 나는 그 같은 장르적 특징에 기대지 않고서도 성해나의 소설적 탐색을 지지하고 싶다. 성해나의 소설은 두 개의 복안(複眼)을 갖고 있기 때문이다. 다시 말해, 약한 연결의 밝은 전망을 보여주는 소설뿐만 아니라 강한 연결의 위선적 메커니즘을 탐색하는 소설이 함께 존재하기 때문이다. 두 계열의 소설적 탐색이 하나의 작품 안에서 중층적으로 결속될 장면을 나는 독자들과 함께 기다려보고 싶다. 그것은, 이청준의 『당신들의 천국』과 같은 형태가 아닐지….

작은 벌

예소연

2021년 『현대문학』 신인 추천을 통해 작품 활동 시작.
소설집 『사랑과 결함』, 장편소설 『고양이와 사막의 자매들』 있음.
제13회 문지문학상, 제5회 황금드래곤문학상,
제25회 이효석문학상 우수작품상 수상.

작은 벌

이중일은 한 시절에 얻어진 작은 사명감으로부터 자신의 인생이 기어코 뒤틀렸다는 사실을 인정해야만 했다. 그 시절 교정 앞에는 머리를 초록색으로 물들인 노인 한 명이 박스째 메추리를 데려와 팔았다. 부화한 지 얼마 되지도 않아 보이는 메추리들. 그 비좁은 박스에서 어떻게든 탈출하기 위해 하찮은 뜀박질을 반복하고 있었다. 아이들은 한 번이라도 메추리를 만져보기 위해 손을 뻗었고, 그럴라 치면 노인이 들고 있던 효자손으로 아이들의 손등을 때렸다. 사기 전까지는 못 만진다. 결국 아이들은 메추리를 마음껏 만질 수 있는 기회를 얻기 위해 부모 몰래 오백 원에 메추리를 사게 되었다. 헐값에 메추리를 구매한 만큼 아이들은 그 검지만 한 생명을 데려다가 키우는 것에 대한 책임과 의무를 제대로 알 리가 없었다.

메추리 노인이 교정 앞에 좌판을 깔고 얼마 지나지 않아 그 근방 아파트 단지 화단에는 메추리들이 출몰했다. 대부분 죽었거나 숨이 간신히 붙어 있었다. 어린 이중일은 발견한 메추리를 꾸준히 파출소에 데려다주었다. 그게 맞는 일 같아서 그랬다. 맞는 일. 지금 생각해보면 경찰관들이 꽤나 당황했을 것이다. 틀린 일은 아니되, 성가신 일이었으니까. 맞다. 이중일은 세상에 온갖 성가신 일들이 일어나는 데는 다 이유가 있다고 생각했다. 노인이 작은 메추리를 갖다 팔기 시작하면서부터, 아니 메추리가 태어남으로써부터 시작되는 일들.

어린 이중일은 메추리를 파출소에 데려다주는 일 정도로 그 작은 사명감을 해소했지만, 자라날수록 단지 태어남으로써 생겨나는 무수한 성가신 일을 해결할 수 있는 '무엇'이 되어야겠다고 생각했다. 그래서 꾸준히 생활기록부의 직업란에 경찰관이나 소방관 따위를 적어 넣었고 어떤 담임은 평범하지만 어려운 직업이구나, 라고 넌지시 속마음을 말해주기도 했다. 그렇지만 이중일은 나름대로 자신의 길이 주어져 있을 거라고 생각했다. 지방의 응급구조학과에 진학할 때까지는 노력이라는 이름의 효용성에 대해 믿어 의심치 않았다. 물론 여섯 번째 고시에 실패했을 때, 그것의 무가치함을 인정할 수밖에 없었지만.

이중일이 그런 생각을 하는 동안 어느덧 차는 강남 일대에 진입했다. 고층 건물 사이로 비치는 햇빛에 눈이 부셨다. 이중일은 선글라스를 쓸까 하다가 생각을 고쳐먹었다. 언젠가 상사인 주 선배와 함께 출동했을 당시, 조수석에 앉은 주 선배가 선글라스를 챙겨온 이중일의 어깨를 툭툭 치며 말했기 때문이었다. 중일아, 중일아. 씨발, 뒤에서 사람 다 죽어가는데 선글라스가 말이 된다고 생각해? 내비게이션에서 알림이 울렸다. 곧 목적지에 도착합니다. 이중일은 다시 한번 더 병원 이름을 체크했다. 요즘에는 병원 이름을 하도 헷갈리게 지어 잘못 가는 경우가 많았다. 연세기적사랑희망병원. 출신 대학 이름과 온갖 추상명사를 갖다 붙이는 흔하디흔한 병원 중 하나였다. 하지만 환자와 보호자 입장에서는 더없이 중요한 것들로만 들어찬 이름.

병원 주차장에 주차를 하고 보호자에게 전화를 했다. 다급한 목소리의 젊은 여성이 전화를 받았다. 여보세요? 잠깐만요. 그리고 뚝 끊긴 뒤, 몇 초 후에 다시 그 번호로 전화가 걸려왔다. 잔뜩 날이 서서 예민했고 어딘지 아릿하게 사람 신경을 긁어대는 목소리였다.

"얼른 올라오세요. 여사님이 잔뜩 화가 나 있네요. 저 혼자는 무리예요."

이중일은 얼른 차에서 내려 뒷좌석에 실린 이송 침대를 꺼냈다. 그리고 재빠르게 병원 안으로 들어갔다. 보호자의 목소리와는 다르게 병원 풍경은 늘 그랬듯 평온했다. 공기 중에는 커피 냄새가 은은하게 배어 있었다. 입구부터 각양각색의 화분이 줄지어 늘어선 걸 보아하니 개원한 지 얼마 되지 않은 병원 같았다. 이중일은 가볍게 데스크에 앉아 있는 이들에게 인사를 건넨 뒤 엘리베이터 버튼을 눌렀다. 그러자 단발머리 여자 하나가 이중일에게 다가와 물었다.

"진정희 씨 이송하러 오신 거 맞으시죠?"

"네, 맞습니다."

"제천 모두모아사랑병원으로요."

"네."

여자는 고개를 끄덕인 뒤 제자리에 가 앉았고 이중일은 엘리베이터를 타고 6층 버튼을 눌렀다. 문이 닫히고 더 이상 클래식 음악이 들리지 않자 조금 숨을 쉴 수 있을 것 같았다. 이중일은 필사적으로 안정과 평온을 가장하려는 병원들의 태도가 늘 마음에 들지 않았다. 사설구급대원으로 일하면서 온갖 환자를 대형 병원으로, 요양 병원으로, 정신 병원으로, 의료원으로 실어 날랐고 그 과정에서 전치 3주의 상해를 입은 적도 있었다. 그들은 대부분 모종의 이유로 사설구급차를 타는 '행위' 자체에 아주 절실했고 치열했으며 무엇이든 할 준비가 되어 있었다. 이중일은 그런 환자와 보호자들을 이송하는 동안 말도 안 되는 요구에 응대해야 했고 그들끼리 일어난 싸움을 중재하며 얻어맞는 일도 더러 있었다.

그렇게 치열한 현장에 있다 집에 오면 모든 게 허무했다. 이중일은 간편식을 잔뜩 사다놓고 오로지 그것으로만 끼니를 때웠다. 별다른 취미도 없어 통장에는 차곡차곡 돈이 쌓였다. 하지만 푼돈은 푼돈이었고 이 돈으로 이룰 것은 마땅히 없었다. 그럴 때면 문득 절연한 부모님이 생각나기도 했지만. 이중일에게는 지금 유지하고 있는 이 이상한 평화를 깨트릴 수 있을 만한 용기가 없었다. 이토록 허무하게 살아내는 삶. 그게 이중일이 정의 내린 이상한 평화였다.

*

병실 안으로 들어서자 락스 냄새가 확 끼쳤다. 지독할 정도로 나는 냄새에 절로 미간을 찌푸리게 되었다. 전반적으로 정리정돈이 잘 되어 있었고 침대 옆에 가지런히 놓인 파란색 타포린 가방 세 개가 환자와 보호자의 짐인 것 같았다. 보호자는 그새 어딜 나갔는지 보이지 않았고 환자만이 침대에 비스듬히 누워 있었다. 고요하게. 이중일은 아까 받았던 긴급한 전화를 떠올렸지만, 이내 조용히 잠들어 있는 환자를 보고 의아했다. 보호자의 목소리는 분명 다급했는데. 백발의 긴 머리를 늘어뜨린 채 잠든 환자를 깨워야 하나 말아야 하나 망설이고 있을 즈음 한 여자가 비닐장갑을 끼고 접이식 카트를 끈 채 들어왔다. 그리고 이중일을 보며 대충 인사하더니 환자를 흘겨보았다.

"아까는 그렇게 난리더니, 저렇게 곤히 잠들 거면서."

그러더니 테이블 위에 있던 손 소독제를 꺼내 이중일의 손에 직접 짜주었다. 이중일은 자신의 손을 대충 맞비빈 뒤 이송 침대를 환자의 침대 옆에 바싹 붙였다. 그런데 여자가 갑자기 분무기를 침대에 들이대며 여기저기에 뿌려댔다. 그리고 키친 타올로 능숙하게 슥슥 닦아 내려갔다. 이중일은 그 일이 끝날 때까지 그저 가만히 서 있었다. 여자는 그렇게 제 할 일을 다 한 뒤에 느긋한 태도로 환자를 흔들어 깨웠다. 이중일은 병실 앞에 붙어 있던 환자 이름을 다시 한번 머릿속으로 되새겼다.

"여사님, 갈 시간이야."

이중일이 들어올 때까지만 해도 잘 자고 있던 진정희는 여자가 말하자마자 눈을 번쩍 떴다. 그리고 조금 꾸물거리다가 천천히 침대 난간을 내린 뒤 바싹 붙은 이송 침대 위로 천천히 기어가 풀썩 누웠다. 분명 이송 요청을 할 때 혼자서는 거동조차 하지 못한다고 했었는데. 중일은 이상하다고 생각하면서 반듯이 누운 진정희의 발끝 언저리부터 차례차례 안전벨트를 채워나갔다. 천장을 바라보고 눈을 깜빡이는 진정희는 윗배에 한 손을 올리고 나머지 손으로 코를 쥐고 있었다.

"환자분, 손을 내려놓아야……."

"잠시만."

여자가 이중일을 제치고 진정희의 얼굴에 바싹 다가갔다. 그리고 함께 코를 쥔 채 숨을 멈췄다. 그러더니 동시에 깊은 숨을 뱉어냈다. 이중일도 그게 뭔지는 알고 있었다. 대학교 때 교양으로 요가 수업을 들으면서 배운 적이 있었다. 교호 호흡. 자고 일어났을 때나 긴장될 때 하면 머리가 맑아진다는 호흡법이었다. 이중일은 그들의 호흡이 끝날 때까지 기다리면서 이들이 과연 어떤 관계일지 생각했다. 처음 이송 신청을 할 때 이중일은 여자에게 관계가 어떻게 되느냐고 물었고 여자는 친구 사이라고 했다. 이중일은 분명 관계를 물었는데, 여자는 '사이'라고 대답했다. 그때도 그것이 이상하다고 생각했다. 게다가 아까 여자는 진정희 씨를 여사님이라고 칭했다. 나이 차이도 딱 그 정도인 것 같았다.

"이제 가요."

"송이 씨, 이거 챙겨."

진정희 씨가 가리킨 것은 다름 아닌 괄사였다. 이중일은 그제야 보호자의 이름을 기억해냈다. 서, 송, 이. 또박또박 자신의 이름을 말하던 그 날카로운 목소리가 똑똑히 기억났다. 서송이는 주머니에 아무렇게나 괄사를 쑤셔 넣고 빠르게 타포린 가방 세 개를 카트에 올렸다. 이중일은 천천히 이송 침대를 밀면서 누워 있는 진정희를 흘긋 바라보았는데, 진정희도 희끄무리하게 눈을 뜬 채로 이중일을 바라보고 있었다. 그렇게 눈이 마주친 순간, 진정희는 바로 눈을 감았다. 그리고 곤히 잠든 것 같은 숨소리를 내었다. 이중일은 어쩐지 기분이 불쾌해졌고 급기야는 이들을 데려가 아무도 알지 못하는 곳에 떨어뜨려 놓은 뒤 도망쳐버리고 싶다는 생각에 사로잡혔다.

✽

진정희가 탄 이송 침대를 들어 구급차 뒷좌석에 태우려는데, 뒤를 돌아보니 온갖 병원 사람들이 다 배웅을 나와 있었다. 심지어 이중일에게 말을 걸었던 여자의 눈엔 눈물이 그렁그렁했다. 모두가 진정희와 서송이의 손을 한 번씩 맞잡았다. 이중일은 잠자코 그들을 기다려주려다가 눈물이 그렁그렁한 여자가 다시 한번 인사를 건네려 할 때 빨리 가야 한다며 이를 저지했다. 사설구급차의 이송 비용은 시간당으로 계산되는 게 아니었다. 보통 이동 거리로 계산되었기 때문에 지금 이곳에서 하는 모든 행위는 이중일에게 헛짓거리에 불과했다.

겨우 진정희와 서송이를 차에 태우고 나자 긴급한 침묵이 찾아왔다. 이중일은 깊은 한숨을 쉬었다. 그제야 일이 수순대로 진행되고 있다는 생각이 들었다. 이제 그들을 태우고 목적지에 데려다주면 되는 것이었다. 솔직히 말해서 진정희는 크게 아픈 곳도 없어 보였다. 그게 다행이라면 다행이었다. 이중일은 신체 절단 사고 환자를 긴급하게 이송해야 했던 기억을 떠올렸다. 피가 뚝뚝 떨어지는 손가락을 붕대로 대충 지혈한 채 잘려나간 손가락 마디를 쥔 환자를 태우고 꽉 막힌 도로를 달리는 심정이란. 이중일은 고개를 잠시 저은 뒤 시동을 걸고 천천히 운전을 시작했다. 앞으로 두 시간 반 정도면 제천에 도착할 터였다.

"이거 열어도 돼요? 공기가 안 통해서. 음압 구급차 아니죠?"

서송이가 운전실과 환자실 사이에 있는 창문을 열며 물었다.

"아닙니다."

이중일은 최대한 건조하게 대답하면서도 네이버 검색을 통해 가장 저렴한 구급차를 불렀을 거면서 이 상황에 음압이니 어쩌니 하는 서송이의 태도가 마뜩잖았다. 심지어 출근 시간과 겹쳐 뱅뱅 사거리 일대는 포화 상태였다. 이중일은 솟구치는 짜증을 억누르기 위해 한쪽 손으로 미간을 문질렀다. 그들은 이중일이 듣건 말건 신경도 안 쓴 채 큰소리로 대화를 나누었다.

"이거 봐. 이 엄지. 아직도 건조해서 껍질이 벗겨지잖아."

"그래도 다 아물었네."

"꼭 날짐승처럼 뜯었잖아. 입속에 들어간 휴지 조각을 빼주려고 한 건데."

"전혀 기억 안 나."

"사람이 물어뜯은 건 보험도 안 되더라. 주사 두 방에 6만 원이야."

"상해라서 그렇지. 아무래도."

"진단서 떼려다 참았어."

"송이 씨, 나 기억이 안 나. 아마 살고 싶어서 그랬을 거야."

이중일은 진정희와 서송이의 대화를 엿들으며 조용히 자일리톨 두 알을 꺼내 입에 털어 넣었다. 입에 개운한 단맛이 돌자 조금 활기가 생겼다. 오늘 더 이상 주 선배의 별다른 지시가 없다면 일찍 퇴근할 수도 있을 것 같았다. 그때 진정희가 누운 채로 중일에게 소리를 질렀다.

"저기요!"

"네?"

"이름이 뭐예요?"

이중일은 조금 고민하다가, 이름을 말해주었다. 이중일입니다. 그러자 서송이가 손가락으로 2와 1을 만들며 말했다. 2중 1이요? 그리고 진정희와 함께 폭소했다. 이중일은 어릴 적부터 흔히 받던 놀림이어서 그런지 아무렇지도 않았다. 다만 어떻게 반응해야 할지 몰라 어기적거리며 따라 웃었을 뿐이었다. 그런데 진정희가 창문에 얼굴을 빼꼼 내밀었다. 자리에 누우셔야 돼요. 이중일이 그렇게 말했지만 진정희는 신경도 쓰지 않았다. 서송이의 도움으로 안전벨트를 완전히 풀어버린 것 같았다. 진정희는 천천히 두 손으로 머리를 정리한 뒤 창문에 얼굴을 바싹 대고 이중일에게 말했다.

"이 일 별로일 것 같아."

진정희는 그렇게 말하면서 눈자위를 커다랗게 굴렸는데, 핏발이 잔뜩 서 있었다. 이중일은 어떻게 대답해야 할지 몰라 망설이다가 속도도 줄이지 않은 채 무심코 과속방지턱을 통과했다. 그러자 차체가 심하게 튀어 올랐고 진정희가 비명을 질렀다. 서송이가 분주하게 몸을 반쯤 일으켜 진정희를 부축했다. 괜찮아? 허리가…… 그런 소리가 들리고 얼마 지나지 않아 그들의 움직임이 잦아들었다. 이중일이 미안하다고 소리쳤지만, 그들은 대답하지 않았다. 조금 민망했지만 차라리 잘 됐다 싶었다. 얼마간은 조용할 테니.

마지못해 휴게소에 들른 이중일은 주차를 한 뒤, 뒤를 돌아봤다. 그제야 진정희가 아까같이 침대에 눕지도 않은 채 앉아 있다는 걸 알았고 그건 정말이지 위험천만한 행위라는 걸 일러주려다가 말이 길어질까 포기했다. 진정희와 서송이는 기필코 휴게소에 들러야 한다고 주장했다. 진정희가 통증이 심해 공황 증세를 보인다며. 실제로 평택휴게소에 다다라 차를 정차한 이중일이 서둘러 환자실 문을 열고 진정희의 상태를 확인했을 때, 그는 얼굴이 파랗게 질린 채 이를 부딪치며 떨고 있었다. 서송이는 주섬주섬 가방에서 노란 알약 두 개를 꺼내 진정희의 손바닥에 올려주었다.

"아이알코돈."

"고마워."

알약을 털어 넣고 물과 함께 삼킨 진정희는 몇 번 헛구역질을 하다 앉은 채로 고개를 푹 숙였다. 서송이는 진정희의 입에서부터 흘러나온 진득한 침을 손으로 받아내고 있었다. 이중일은 그 모양을 가만히 바라보다가 속이 좋지 않아 자리를 떴다. 그리고 흡연실에서 담배를 한 대 꺼내 피웠다. 저 멀리서 서송이가 진정희를 부축하고 있었다. 그들은 굳이 휴게소 뒤쪽으로 돌아갔다. 이중일은 그들을 따라갔다. 서송이는 휴게소 건물 뒤 풀숲에 주저앉아 땅바닥에 무언가를 주섬주섬 부려놓고 있었다.

이중일은 더 이상 그들에게 쓸데없이 시간을 낭비하지 않겠다고 생각했다. 표정을 굳히고 마음을 단단히 먹은 다음 그들이 있는 쪽을 향해 걸어갔다. 가까이 다가갔을 때, 이중일은 아연실색했다. 서송이가 잎담배를 말아 진정희에게 건네고 있었기 때문이었다.

"뭐 하시는 거예요?"

평소 이중일은 오지랖이 넓은 편은 아니었다. 하지만 암 전문 병원에서 다른 요양 시설로 옮겨 가는 환자에게 담배를 건네는 보호자가 웬 말인가. 이중일이 소리치자 서송이는 얼른 담뱃잎이며 종이 따위를 가방에 쑤셔 넣었고 진정희는 그새 담배를 물고 불을 피웠다. 그리고 시원하게 연기를 내뿜은 뒤 걸걸한 목소리로 말했다.

"항암 치료를 네 차례나 받았어요. 그동안 빌어먹을 암은 줄어들지도 않고 자꾸 증식만 하더라고요. 세균에 감염되고 통증에 몸부림치는 동안 병원에서는 계속 약물을 주입해요. 항바이러스제, 진통제, 항구토제, 비타민, 영양제……. 내 몸에는 온갖 약물이 섞이고 암은 더욱 극성을 부리죠. 제일 기분 더러운 게 뭔지 알아요? 결국 그 모든 것을 버텨내도 내 기대 수명은 변함이 없다는 사실이에요."

"그래도……."

"나는 그것의 계획대로 놀아나지 않을 거예요."

"그것이요?"

"네. 최대한 나를 건사하는 방식으로, 멀리 도망칠 거라고요."

"어디로 간단 말씀이시죠?"

더 이상 진정희는 대답하지 않았다. 대신 자신이 피우던 담배를 이중일에게 건네주었다.

"잎담배에 이것저것 적당히 첨가하면 훨씬 더 근사한 뭔가가 돼요. 한 번 해보세요."

이중일은 그들이 무언가를 '첨가했을 것으로' 추정되는 그것을 피우고 싶지 않았다. 정말이었다. 하지만 진정희와 서송이가 이중일을 바라보는 눈빛은 몹시 절실했다. 마치 한 배를 타자고 권하는 것처럼. 이중일은 꼭 자신이 고등학생이 된 것 같은 기분에 빠졌다. 형들이 권하는 담배를 순순히 피워 그들과 한 패가 될 것인가, 단호히 거부하고 척을 질 것인가 고민하던 그 순간을 떠올렸다. 쉽사리 담배 필터에 입을 대기가 어려웠지만, 이중일은 진정희가 건넨 그것을 결국 물어 피우고야 말았다. 천천히 연기를 뿜어내고 나서야 이중일은 인정할 수밖에 없었다. 진정희가 속사포처럼 내뱉은 그 말 속에서 어떤 처절함을 느꼈다는 것을. 그래서 그의 불순한 요구를 들어줄 수밖에 없는 어떤 '상태'에 빠지고 만 것이다.

주 선배가 이를 본다면 이중일이 이들의 계략에 넘어갔다고 표현할 것이다. 또 선배 중 누군가는 판단력을 잃었다고 혀를 차겠지. 하지만 이중일은 진정희가 권한 담배를 피우지 않으면 자신으로 인해 그들의 중대한 계획이 무산되고 말 것이라는 생각을 지울 수 없었다. 거칠게 말아놓은 담배를 연달아 피우면서 이중일은 얼마 지나지 않아 머릿속이 깨끗해지는 것만 같은 기분에 빠졌다. 덩달아 웃음도 나왔다. 이중일은 헤실거리며 그들의 시시콜콜한 이야기에 맞장구를 쳤다. 그들은 연세기적사랑희망병원의 터무니없는 주사제 값에 대해 이야기 했다. 4주간 머무르는 데 온갖 주사를 치렁치렁 달아대더니 결국 나갈 때는 2,000만 원을 지불했다고. 그리고 눈물을 그렁그렁 달고 마중 나왔던 단발머리 여자의 흉을 봤다. 그 가슴 아마 수술

한 걸 거야. 이중일이 거들었다. 그 여자 가슴이요? 오, 전 단박에 알아봤어요! 웃으라고 한 말인데 그들은 웃지 않았다.

"밥은 그래도 매일 오분도미로 나오더라."

"중일 씨, 휴게소에 들러줘서 고마워요."

서송이는 그러면서 5만 원권 넉 장을 이중일에게 건넸다. 이중일은 한사코 사양했지만, 서송이는 끝까지 물러서지 않았다. 이중일의 조끼 주머니에 억지로 돈을 쑤셔 넣은 서송이는 뭐가 그렇게 기분이 좋은지 비실거렸다. 돈까지 받았겠다, 이중일의 컨디션은 최상이었다. 더 이상 이들이 얼마만큼의 시간을 잡아먹든 말든 상관없었다. 주 선배에게 전화가 걸려왔다. 나중에 욕을 들어먹을 테지만, 어쨌든 지금은 전화를 받고 싶지 않아 내버려두었다.

또 한 대의 담배를 마는 서송이의 엄지에는 붕대가 감겨 있었다. 여기저기 때가 타고 닳아버린 붕대 조각은 갈아야 할 시기를 한참 놓친 것 같았다. 정말 진정희가 서송이의 엄지를 물어뜯었을까. 이렇게 멀쩡해 보이는데. 하지만 이중일은 환자들에게 찾아오는 섬망의 형태가 몹시 다양하다는 것도 알고 있었다. 환자들은 여지없이 다가오는 죽음에 굴복하다가도 또 어떨 때는 절대로 물러서지 않겠다는 듯 살기 위해 발악을 하곤 했다. 하지만 그 발악의 형태는 실로 몹시 처절하고 볼품없는 것일 때가 많았다.

"중일 씨, 우리 부탁이 있어요."

"또 무슨 부탁이요?"

"저는 10년 넘게 여사님의 차를 몰았어요."

"그런데요?"

"그래서 여사님이 어떨 때 불편함을 느낄지 알아요. 얼마만큼의 속력을 내는 게 적당한지, 어떻게 커브를 돌아야 안전함을 느끼는지 알고 있단 말이죠."

나른한 상태의 이중일이 그들의 관계를 치켜세워주었다.

"정말이지, 서로가 서로에게 길이 들었군요."

"정확한 표현이에요. 역시 이해가 빠르시네요."

이중일은 서송이의 작은 칭찬에도 기분이 몹시 좋아졌다. 잠시 앉으라는 진정희의 권유에 이중일은 바닥에 털썩 자리를 잡았다. 축축한 잔디의 질감이 엉덩이에 그대로 느껴졌다. 그러자 어린 시절의 어떤 기억이 떠올랐고 그들에게 꼭 그 사건에 대한 이야기를 해주고 싶었다. 그래서 꼭 이렇게 생긴 뒷마당에서 고등학교 1학년 때 처음 소주를 마셨다고 고백했다. 그러자 진정희와 서송이 모두 너무 이른 것 아니냐며 웃었다. 그때 이중일은 친구의 할머니가 산다는 인천의 작은 섬에 가서 비치발리볼을 실컷 하고 근처 슈퍼에서 소주 세 병을 훔쳤다. 그리고 마당에 미리 쳐놓은 텐트에 들어가 미지근한 소주를 벌컥벌컥 들이켰다. 취기가 하나도 없다며 취한 줄도 모른 채 즐겁게 들이 부었다. 그리고는 어떻게 됐는가.

"중일 씨, 송이 씨에게 구급차를 몰게 해줘요."

진정희가 부드러운 목소리로 이중일에게 일렀다. 이중일은 진정희의 말을 듣고 천천히 눈을 감았다. 몸이 점점 아래로 가라앉았다. 어느새 완전히 누워버린 이중일의 얼굴 위로 그림자가 드리워졌다. 다시 눈을 뜨자 진정희와 서송이의 얼굴이 코앞에 다가와 있었다. 그럴 수 있겠어요? 당신 너무 취했어. 그들 중 누군가가 말했다. 이중일은 기분 좋은 무력감에 빠진 채 암요, 그럼요, 대답한 뒤 눈을 감았다. 그들은 차례차례 이중일의 눈을 까뒤집어 보고 심장에 귀를 대보았다.

*

그때 이중일은 함께 텐트에서 자던 친구의 목을 졸랐다. 이 좆만 한 새끼가 틈만 나면 나를 무시하고 자빠졌다고. 어른이 된 이중일은 그때 일에 대한 일말의 죄책감도 없었다. 왜냐하면 걔는 정말 그랬으니까. 응당 그런 취급을 받아도 쌌으니까. 참 성가신 친구였다. 이중일이 말하는 모든 것에 토를 다는 애였다. 기절한 친구를 발견한 할머니는 이중일을 경찰에 신고했다. 이중일의 부모는 애들끼리 싸운 것 가지고 별 난리를 부린다며 대수롭지 않게 생각했다. 이중일은 그때 그렇게 건조했던 부모의 태도가 자신의 미래에 아주 큰 영향을 미쳤다고 생각했다. 그 부모에 그 아들이네. 담임이 그렇게 말하며 뺨을 내려치던 기억이 아직도 선명하게 떠올랐다.

결국 학교폭력위원회에 가해자로 회부된 어린 이중일은 잘 기억도 나지 않는 당시 상황을 더듬더듬 진술하며 피해자에게 사과하고 싶다고 했다. 하지만 친구는 이를 받아주지 않았고 이중일의 엄마는 친구 가정이 편부 가정인 것을 어떻게 알고 집까지 찾아가 기어코 어미 없는 새끼라며 욕설을 퍼부었다. 결국 상황은 더욱 악화되어 강제 전학 조치가 내려졌다.

이후 이중일의 생활기록부에는 늘 강제 전학이라는 꼬리표가 붙어 다녔고 이는 아무리 애써도 이중일이 해결할 수 있는 일이 아니었다. 원하던 대학에 들어가지 못한 것도 그 망할 꼬리표 때문이라고 생각했다. 언젠가부터 이중일은 그렇게 갈 길을 잃었다. 좁은 박스에서 최선을 다해 종종 뛰어다니는 작은 메추리처럼 갈 곳을 모르고 사방에 몸을 던졌다. 마음은 단단히 뒤틀렸고 사소한 일에 쉽게 화를 냈다.

생각났다. 그 섬. 조석간만의 차이가 크기 때문에 오가는 배도 몇 척 없던 그 섬. 이중일과 친구는 맨발로 그 해변을 걸었다. 발바닥에 느껴지는 축축한 모래의 질감이 좋아 우리는 잘도 여러 이야기들을 털어놓았다. 사실 이중일이 털어놓은 비밀은 거의 다 거짓말이었다. 이중일은 그만큼 그 친구에게 특별한 사람이 되고 싶었다. 단 하나, 얘기했던 진실이 있다면 경찰관이나 소방관이 되겠다는 꿈에 대한 포부였을 것이다. 그때 친구는 뭐라고 말했지?

자월도. 그제야 이중일은 섬의 이름을 제대로 기억해냈다. 자월도, 거기서 제가 친구의 목을 졸랐어요. 이중일은 정신을 차리자마자 소리쳤다. 그러자 진정희가 고개를 끄덕였다.

"아까 말했잖아요. 그거 알아요? 우리는 정말이지, 웬만한 건 다 이해하는 사람들이에요. 세상이 갑자기 얼렁뚱땅 망가진대도 차분히 받아들일 거라고요."

진정희는 아까 서송이가 챙긴 괄사로 이중일의 어깨 근육을 천천히 풀어주고 있었다. 이중일은 그런 진정희를 올려다보다가, 자신이 반듯이 누워 있음을 뒤늦게 깨달았다. 몸을 움직이려고 했지만 잘 되지 않았다. 안전벨트가 채워져 있어 꼼짝도 할 수 없었다.

"송이 씨 운전 부드럽죠."

"저기요."

"우리는 단박에 알아봤어요. 중일 씨 살기 싫은 거. 나는 그럴 때마다 목숨을 바꾸고 싶어. 난 진짜 살고 싶거든."

운전실에서 나도, 하고 소리치는 서송이의 목소리가 들렸다. 이중일은 머리가 돌아가지 않아 오랜 시간 진정희를 그저 바라만 보았다. 그들이 도대체 무슨 근거로 그런 말을 하는지 이해가 가지 않았다. 이중일은 여태껏 살기 위해 일을 했고 잠을 잤고 밥을 먹었다. 그게 살기 위해 하는 일이 아니면 무엇이 살기 위해 하는 일이란 말인가. 아버지가 꼬박꼬박 밥상머리 앞에서 담배를 피울 때마다 이중일 자신은 무슨 생각을 했던가. 바로 살고 싶다는 생각을 했다.

"저도 나름대로 다 계획이 있다고요."

"이해해요. 그런데 살고 싶은 거랑 죽고 싶지 않은 건 다른 문제예요."

진정희가 그렇게 말한 뒤 입술을 내밀고 장난스러운 표정을 지었다. 그리고 얼마 지나지 않아 고통스러운 듯 얼굴을 우그러뜨렸다. 서둘러 가방을 뒤져 알약을 찾아내 입속에 털어 넣었다. 서송이가 백미러를 통해 그 모습을 확인하고 시간을 체크하라고 일렀다. 그러자 진정희가 휴대폰으로 시간을 확인한 뒤 한참 무언가를 적었다.

"어디 가는 거예요?"

진정희는 몇 번 교호 호흡을 시도하더니 떨리는 목소리로 대답했다.

"아직은 몰라요. 우리는 뭔가를 계획한 뒤 실행하는 타입은 아니거든요."

"제가 당신들을 뭔가 화가 나게 했나요?"

그 말을 듣자마자 진정희와 서송이는 누가 먼저랄 것도 없이 큰 소리로 웃었다. 그 소리가 얼마나 큰지 이중일은 급작스러운 소음에 멀미가 날 지경이었다. 그리고 이어 이중일은 다시 그 친구를 떠올렸다. 이중일이 자신의 꿈에 대해 말했을 때 친구도 딱 이렇게 웃었다. 이상하게 사람들은 이중일이 웃자고 하는 말이 아님에도 불구하고 자꾸 웃었다. 내 말이 농담 같아요? 이중일이 그렇게 물으면 그제야 사람들은 웃음기를 거두고 진지하게 이중일을 바라보곤 했다.

그러나 유독 친구의 그 웃음은 이중일의 가슴 한 구석에 있는 아주 작은 무언가를 건드렸다. 흐느끼는 것 같지만 분명히 낄낄대고 있는 저음의 그 웃음은 이상하게 이중일의 내면을 분명하게 건드리고 말았다. 그러니까, 삶이 사실은 살아가는 게 아니라 죽어가는 것이라는 걸 일찍 깨달아버린 어린아이의 두려움 같은 것. 우리에게 주어진 것은 삶이 아니라 비선형적인 죽음뿐이라는 막연한 공포. 그걸 모른 체하기 위해 여러 감정으로 내면을 돌려막으며 형성된 부적절한 방어기제 같은 것들. 당시 거닐던 바닷가의 음산한 풍경과 세찬 바람, 메아리치는 친구의 웃음소리 따위는 이중일에게 이 모든 것을, 아주 급작스럽게 일깨워주었다.

"당신에게 화나지 않았어요. 사실 그게 제일 화가 나요. 나를 치료하며 생기는 엄청난 의료 쓰레기 더미들을 속수무책 바라보는 일."

"나를 이해한다면서요."

"목에 삽관 따윈 하지 않을 거예요. 중일 씨는 아직 상상도 해본 적 없는 일이겠죠."

고개를 저은 이중일은 천장을 가만 바라보았다. 아직까지도 몸이 나른했고 눈꺼풀이 무거웠다. 서송이의 침이 묻어 축축하고 흐물거리던 그 수상쩍은 담배가 떠올랐다. 결국 이중일은 진정희와 서송이를 만나자마자 자신이 이전과는 전혀 다른 상황에 놓일 거라는 걸 희미하게나마 예상했다는 사실을 인정할 수밖에 없었다. 그러지 않고서야 그 담배를 넙죽 받아 피울 수는 없는 일이었다. 그렇다면 왜? 이중일은 자신이 왜 그들의 계략에 그렇게나 쉽게 넘어가 주었는지 생각하다가, 어떤 결론에 이르렀다.

"사실 저는 알고 있었던 것 같아요."

"뭐를요?"

"당신들이 저를 죽일 거라는 사실이요."

"사실?"

진정희가 고개를 갸웃거렸다. 자신은 한 번도 그런 생각은 해본 적이 없다는 듯이. 이중일은 진정희의 얼굴을 보다가 문득 자신이 사는 동안 한 번도 살고 싶었던 적이 없다는 걸 깨닫고 말았다. 아까까지만 해도 자신이 평범한 삶을 살고 싶어 한다고 생각했는데, 지금에 와서 생각해보니 평범한 삶이 도대체 무엇인지 알 수 없었다. 게다가 이중일은 이 일이 싫었다. 타인의 삶과 죽음에 대해서도 제대로 생각해보지 않은 채 오래도록 이 일을 해왔고 환자들의 삶에 관여하는 것은 정말이지, 죽도록 싫었다. 그래, 죽도록. 이중일이 건사해왔던 그 이상한 평화는, 그들의 삶에 관여하지 않고서야 가능했다.

"제가 혹시 벌을 받는 건가요?"

"중일 씨, 하필이면 지금 이 순간에 그런 생각이 든단 말이에요?"

"왜 자꾸 묻는 말에 묻는 말로 대답을 하세요?"

"환자분은 자꾸 질문만 하시네요?"

진정희가 그렇게 말하며 괄사로 다시 한번 이중일의 목을 풀어주었다.

목에 적당히 가해지는 압에 조금이나마 마음이 안정되었다. 어쩌면 그 친구는 미리 이런 이중일의 미래를 알고 있었던 걸지도 몰랐다. 어떤 간절함도 찾기 어려운 공허한 꿈을 당당하게 말하는 꼴이 얼마나 우스웠을지. 이중일이 목을 조른 바람에 친구는 급성 뇌졸중이 왔고 시력이 심각하게 손상되었다. 이중일은 갑자기 그 친구에게, 진정희와 서송이에게 사과를 해야겠다는 생각이 들었다. 그런데 당장은 말이 좀처럼 떨어지지 않았다. 그래서 진정희에게 손을 내미려고 했는데, 두 손 다 여지없이 결박당한 채였다.

✽

그들의 말에 따르면, 이중일은 죽지 않을 것이다. 그들은 그저 최소한의 의료장비가 구비된 차가 필요했을 뿐이다. 그저 이중일 자신을 안심시키기 위한 말에 불과할 수도 있었지만, 그 말을 믿는 수밖에 도리가 없었다. 이중일은 손가락을 꼼지락거렸다. 그러자 진정희가 손가락을 꼭 잡아주었는데, 놀라울 만큼 손이 따뜻했다. 그들은 결코 나쁜 사람들이 아니다. 이중일은 속으로 그 문장을 몇 번이고 중얼거렸다. 그러자 거짓말같이 그들은 선한 사람들이며 자신에게 결코 해를 끼치지 않을 사람이라는 확신이 들었다.

"역방향으로 타니 속이 좋지 않네요."

이중일이 말하자 진정희가 괄괄하게 웃으며 중얼거렸다.

"그걸 이제 알다니."

잠시 뒤 구급차가 정차했다. 해가 어느덧 저물었는데, 진정희는 불을 켤 생각도 하지 않았다. 이중일은 창문 옆에 스위치가 있다고 일러주었지만, 얼굴에 그림자가 진 진정희는 대답도 하지 않았다. 누군가 이불을 덮어주면 좋겠다고 이중일은 생각했다. 어느 순간부터 이중일은 그들에게 무언가 요구하지 않았다. 그들의 제스처를 기다리기만 할 뿐이었다. 뒷문이 열리고 진정희가 먼저 서둘러 밖으로 나갔다. 진정희와 서송이는 속닥거리며 대화를 나누고 있었다. 이중일은 그들이 제발 자신을 버리고 가지 않았으면 좋겠다고 생각했지만, 이번에도 그런 요구 따위는 하지 않았다.

"중일 씨, 여기서 잠깐 쉬어가요."

그들은 이중일이 누워 있는 침대를 끌고 조심스레 바깥으로 내렸다. 접이식 바퀴를 능숙하게 편 채 이중일의 안전을 최대한으로 고려하는 그들의 움직임은 몹시 노련했다. 어느덧 날이 캄캄하게 저물어 있었다. 빛 한 줄기 비치지 않고 오롯이 풀벌레 소리만 들리는 곳이었다. 진정희와 서송이는 이중일이 탄 침대를 끌고 풀숲으로 들어갔다. 키가 큰 풀들이 이리저리 이중일의 얼굴을 할퀴었다. 그들이 빠르게 침대를 옮긴 탓에 멀미가 났고 기어코 구역질이 치밀었다. 이중일이 누운 상태에서 토악질을 하자 서송이가 빠르게 이중일의 얼굴을 왼쪽으로 돌렸다. 그리고 입속에 있는 이물질을 손가락으로 긁어냈다.

"그러니까 물리지."

진정희가 빈정거렸다.

"어쨌든 그러면 안 됐지."

서송이가 쏘아붙였다.

"곧 죽을 사람한테 뭘 바라?"

"내가 곧 죽을 사람한테 이렇게까지 하는 건 뭔데 그럼?"

"사랑이라고 생각하면 되잖아."

"그런 건 이모가 요구할 수 있는 게 아니야."

"그러면. 나는 그냥 남겨질 수밖에 없네."

그들 사이에 정적이 흘렀다. 이중일은 자기를 사이에 두고 싸우는 그들을 한참 바라보다가 조용히 말을 건넸다.

"오줌이 마려워요."

"싸세요."

서송이가 단호하게 말했다. 그리고 한숨을 한 번 쉬더니 울먹거리며 진정희에게 사과했다.

"미안해, 나 없는 말을 한 것 같아."

그러자 진정희가 담담하게 서송이를 위로해주며 대답했다.

"그건 없는 말이 아니야. 있는 말이야 송이야."

그런데 우리 사이에는 금방 잊힐 수 있는 말이지. 그 말을 끝으로 그들은 짜기라도 한 듯이 이중일의 침대 바퀴를 접어 침대를 풀숲에 반듯이 눕혀놓았다. 그리고 서송이는 휴게소에서 했던 것처럼 바닥에 자리를 잡고 앉아 담배를 말았다. 진정희는 이중일의 옆에 반듯이 누워 하늘을 바라보았다.

"좋죠."

"네?"

"좋다고 해요."

"좋네요."

"우리는 처음 봤을 때부터 당신이 마음에 들었어요. 당신 속을 채워주고 싶었거든요. 화학적으로요. 되게 간단한 문제거든요."

"저를 두고 가나요?"

이중일이 떨리는 목소리로 말했다. 생전 자신은 두고 가는 사람이었지 남겨진 사람이었던 적은 한 번도 없었다. 쓰러져 있는 친구를 두고 텐트 밖으로 나온 사람도 자신이었고 싫은 소리 한번 하지 않았던 부모를 뒤로하고 제 살길을 찾아 고향을 떠나온 사람도 이중일 자신이었다. 그러니까 이중일은 버려지는 일 따위에는 결코 관심이 없었던 것이다.

"세상은 당신에게 안전해요."

진정희가 그렇게 말하며 천천히 이중일의 볼을 가볍게 쓰다듬었다.

*

진정희와 서송이는 두 대의 담배를 말아 각각 피우고 한 모금씩 이중일에게 나눠주었다. 이중일은 누운 채로 담배를 받아 피우면서 자신이 아주 쓸모없는 존재라는 생각이 들었다. 그들은 담배를 다 피운 뒤 손바닥을 탈탈 털었다. 서송이는 이중일의 머리를 한 번 쓰다듬은 뒤 아고고, 소리를 내며 자리에서 일어났다.

"중일, 고마웠어요."

진정희도 이중일의 귀에 속삭였다.

"우리는 먼 길을 떠나야 해요. 하지만 중일도 아시다시피, 저희에게는 의료장비가 구비된 차가 없어요."

저를 두고 가지 말아요. 이중일은 요구하고 싶었지만, 이번에도 그러지 못했다. 머리가 어지러웠고 눈앞이 캄캄했다. 말이 목구멍에서부터 꽉 막혀 나오지 않았다. 그 대신 풀벌레 소리가 더욱 크게 귓가를 맴돌았다. 그것은 어느 순간엔가 이중일의 고막을 찢어버릴 것 같은 소음으로 다가왔다. 이중일은 그들에게 고백하고 싶었다. 나도, 나도 메추리를 산 적이 있다고. 그 메추리를 굶길 대로 굶긴 후에 아파트 옥상에서 떨어트린 적이 있다고. 그때는 살고 죽는 것이 도대체 무엇인지 알고 싶었을 뿐이라고. 하지만 이중일에게는 결코 그런 말을 할 기회가 주어지지 않았다. 아니, 묻지 않아도 알 것 같았다. 자신에게는 그런 말을 할 자격이 없다는 걸. 대신 이중일은 그들에게 할 수 있는 최소한의 것을 해주고 싶었다.

"가져가세요."

"뭘요?"

캄캄해서 얼굴은 보이지 않았지만, 되묻는 서송이의 목소리에 활기가 돌았다.

"제 구급차를 가져가 주세요."

이중일이 기어코 그 명백한 문장을 내뱉자마자 진정희는 서둘러 결박했던 이중일의 손을 풀어주었다. 그리고 이중일의 몸을 꽉 조이고 있던 안전벨트까지 차례로 해체한 뒤 셋은 서로를 부둥켜안았다.

"다시, 다시 말해주세요."

그들의 요구에 이중일은 몇 번이고 이미 말했던 문장을 다시 내뱉었다. 분명 제 것이 아님이 분명한 그 구급차를 제 것이노라 말하면서, 구급차를 제발 가져가 달라고 애원했다. 녹음을 마친 아이폰의 경쾌한 알림 소리가 들렸다.

"저희는 이제 여기 없는 존재가 될 거예요. 그러기 위해 수많은 사람의 도움이 필요했고, 그중 중일의 도움이 가장 컸다고 볼 수 있어요."

"이 구급차를 아주 멋진 차로 개조할 예정이에요. 누구도 그전의 흔적을 알아볼 수 없도록 말이에요. 아, 문득 불안한 마음이 든다면 제가 하던 호흡법을 따라 하세요."

그들은 그렇게 말하며 이중일을 다시 한번 꼭 안아주었다. 몇 번이나 고맙다는 말을 반복했다. 그리고 천천히 풀숲 바깥으로 나아갔다. 뭐가 그렇게 재미있는지, 크게 웃고 속닥거리기를 반복하며. 그렇게 사라졌다. 이중일은 다시 누워 몸을 일으킬 생각도 하지 못한 채 하늘을 멍하니 바라보았다. 새들이 낮게 나는 모양을 한참 보고 있자니 어느 무언가에 완전히 굴복되었다는 생각을 저버릴 수 없었다. 뒤늦게 추위가 엄습했다. 이대로 죽게 되는 걸까. 그런 생각을 하다가도 그런 자신이 웃겨 헛웃음을 키며 스스로 되뇌었다. 이중일은 죽지 않는다. 그들로부터 영원히 죽지 않는 형벌을 받게 되었으므로.

이중일은 누군가가 자신을 구조하러 온 뒤 어떤 진술을 요구한다면, 그저 온전한 자신의 의지로 차를 내어줬을 뿐이라고 이야기를 하기로 마음을 먹었다. 왜냐하면 자신은 이제 완벽하게 그들의 편이었기 때문에. 이중일은 천천히 한 손으로 코를 막고 교호 호흡을 시도 했다. 그런데 호흡의 순서를 까먹었다. 그래서 그냥 코를 막고 숨이 가빠질 때까지 참다가 내뱉기를 반복했다. 차가운 공기가 갑작스럽게 폐 안으로 들어차자 기침이 나왔다. 잠시 뒤 자 시동을 거는 소리가 들리더니 사이렌이 시끄럽게 울렸다. 그제야 이중일은 그들에게 사이렌을 끄고 켜는 방법에 대해서 알려주지 않았다는 걸 깨달았다. 날카로운 사이렌 소리와 함께 빨갛고 파란 불빛이 이중일이 누워 있는 풀숲 전체를 완전히 물들어놓았다.

허위적 삶에서 진실한 얽힘으로

신제원 국민대학교 강사

소설 「작은 벌」은 사설 구급차 운전사인 주인공 이중일의 반복적이고 무감각한 일상과 그 일상에 찾아온 균열을 다룬다. 암 환자인 진정희와 그녀의 간병인 서송이와의 만남은 이중일의 자기 기만적인 삶에 큰 균열을 일으키며, 그가 허무에서 벗어나 소위 '생의 감각'을 되찾도록 이끈다. 반복적이고 기계적인 일상을 유지하며 타인의 삶과 거리를 두려 했던 이중일의 태도는 진정희-서송이가 보여주는 삶의 의지, 병과 죽음에 종속되지 않으려는 강렬한 의욕, 이중일에 대한 이해에 점차 흔들리기 시작한다. 이중일은 이들과의 관계를 통해 타인의 삶과 생의 의지에 깊이 개입하고 연결되는 경험을 하게 된다. 이러한 변화는 이중일이 진정희-서송희의 '절실한' 요청을 하나씩 들어주는 과정으로 형상화된다. 그는 "무언가를 '첨가했을 것으로' 추정되는"(143쪽) 잎담배를 같이 피우고, 서송이에게 구급차의 운전대를 내어주며, 최종적으로는 구급차 자체를 내어준다.

이중일의 인생은 "뒤틀렸다"(134쪽)는 표현으로 요약된다. 그는 또한 "허무하게 살아내는 삶"과 "이상한 평화"(137쪽) 속에서 자신의 삶을 유지하고 있다. 그의 인생이 뒤틀리게 되는 계기는 소설의 첫머리에 제시된다. 어린 시절, 학교 앞에서 팔리던 작은 '메추리'가 생명에 대한 '책임과 의무'를 모르는 손에서 죽어갈 때, 이중일은 살아남은 몇몇을 파출소에 데려다주었다. 그러나 이 일화는 생명에 대해 책임과 의무를 다하려는 그의 사명감이 왜 그의 삶을 뒤틀리게 했는지에 대한 답을 충분히 제시하지 못한다. 이 질문은 소설의 초반부에서 의도적으로 열린 채로 남겨져 있다.

이 궁금증은 진정희-서송이와의 여정과 상호작용 속에서 점차 해소된다. 이들과의 관계는 타인의 삶에 관여하고 싶어하지 않으며 무감각한 일상을 유지하려는 이중일의 "이상한 평화"를 깨뜨린다. 이 과정에서 그의 내면 깊숙이 감춰져 있던 기억과 감정이 서서히 드러낸다. 생명에 대한 책임과 의무, 그러한 사명감은 그의 진정한 의지에서 비롯된 것이 아니었다. 그것은 자신도 메추리를 굶기고 떨어뜨려 죽였던 경험에서 비롯된 죄책감과 삶이라는 것의 하찮음과 생사의 얄팍한 경계에 대한 두려움이 만들어낸 일종의 "방어기제"(148쪽)에 불과했다.

이중일은 어릴 적 생명을 살리는 행위를 통해 무의식적으로 죄책감과 두려움을 완화하려 했고, 이러한 심리가 구급차 운전사라는 직업으로 이어졌다. 그는 이 일을 통해 타인의 생명과 죽음에 대한 책임을 감당하려 했지만, 이 직업은 아이러니하게도 그가 피하고 싶어 했던 생사의 경계에 계속 관여하도록 만든다. 이는 그의 죄책감과 두려움을 끊임없이 자극하며, 내면적으로는 트라우마를 반복적으로 재현하는 역할을 한다.

> 이중일은 이 일이 싫었다. 타인의 삶과 죽음에 대해서도 제대로 생각해보지 않은 채 오래도록 이 일을 해왔고 환자들의 삶에 관여하는 것은 정말이지, 죽도록 싫었다. 그래, 죽도록. 이중일이 건사해왔던 그 이상한 평화는, 그들의 삶에 관여하지 않고서야 가능했다.(149쪽)

이중일의 "방어기제"에 따른 삶은 진정희에게 단박에 간파당한다. 진정희는 "중일 씨 살기 싫은 거"를 단박에 알아채고, "살고 싶은 거랑 죽고 싶지 않은 건 다른 문제"(147쪽)라며 이중일의 상태를 정확히 지적한다. 이중일은 삶을 충실히 살아가는 것이 아니라, 단순히 죽지 않기 위해 살아가는 상태에 머물러 있다. 그의 의지와 실천은 불일치하며, 생사의 경계를 결정하는 직업을 택했음에도 정작 그 경계에 관여하는 것을 죽도록 싫어한다. 생명에 대한 책임과 의무는 그의 진정한 의지에서 비롯된 것이 아니라, 죽음의 공포에서 기인한 강박증의 발로일 뿐이다.

이러한 점에서 이중일은 불안하고 허위적인 삶을 살고 있다고 판단할 수 있다. "뒤에서 사람 다 죽어가는데 선글라스"(135쪽)를 챙겨 선배에게 질책받는데, 이 모습은 생명과 죽음에 얽힌 감정과 투쟁의 맥락에서 그가 무감각하다는 점을 암시한다. 또한, 그는 병원들이 "필사적으로 안정과 평온을 가장하려는"(136쪽) 태도에 불만을 품는다. 그러나 아이러니하게도 그의 삶 역시 병원의 태도와 다르지 않다. 이중일의 삶은 무감각과 자기기만 속에서 유지되는 "이상한 평화"에 불과하다. 병원에 대한 불만은 곧 자기 자신을 향한 혐오와 다름없으며, 이러한 자기모순 속에서 그는 고립과 허무를 반복적으로 경험하는 모양이다.

이러한 방어적인 삶, 그리고 죽음을 하나의 병증처럼 간주하며 기계적으로 대처하는 대증요법적인 태도는 필연적으로 불안과 긴장을 낳는다. 경직되고 반복적인 일상에서, 이중일은 내면적으로도 끊임없는 긴장 상태에 놓여 있었을 것이다. 이 소설에서 교호 호흡과 괄사 같은 긴장을 풀어주는 상징적 장치들이 중요한 이유도 여기에 있다. '잎담배' 역시 이러한 장치 중 하나이다. 진정희와 서송이는 이중일에게 잎담배를 권하고 이를 통해 긴장을 풀고 감각을 회복하는 순간을 만들어낸다. 이중일이 잎담배를 피우는 행위는 단순한 흡연을 넘어, 불안과 경직, 긴장을 내려놓고 타인의 삶에 얽히기 시작하는 계기로 작용한다.

또한, 진정희가 자기를 대신해 환자 침대에 묶인 이중일에게 괄사를 해주는 장면은 중요한 상징성을 지닌다. 이는 단순히 근육을 이완시키려는 행위를 넘어서, 이중일이 그들의 세계와 점차 연결되고 있다는 은유적 표현으로 읽힌다. 진정희–서송이와 함께하는 여정 속에서, 이중일의 직업적이고 무감한 태도는 점차 변화한다. 긴장을 풀어내는 이러한 일련의 경험은 그가 자신의 삶을 돌아보고, 타인의 삶에 얽히는 과정을 통해 새로운 생의 감각을 회복하게 되는 계기를 제공한다.

이중일은 '죽음'에 대한 강박 속에서 모든 문제를 '죽음'으로 단순화한다. 그가 자신의 허위를 간파한 친구에게 가한 살인에 가까운 폭력은 단순한 분노 때문이 아니라, 방어기제가 붕괴할 위기에 처한 그가 심리적 생존을 위해 취한 극단적 행동이었다. 이중일이 진정희–서송이에 의해 환자 침대에 결박된 채 기대한 것은 "당신들이 저를 죽일 거라는 사실"(149쪽)을 알고 있었다는 말에서 드러나듯 '죽음'이다. 이는 방어기제가 무너지는 순간을 더 이상 피할 수 없다는 것을 암시하며, 그의 세계가 '극단적 방어기제를 통해 죽어가는 삶을 살거나 죽거나'라는 이지선다로 축소되어 있음을 보여준다. 그러나 진정희와 서송이는 그를 죽음으로 내몰지 않고, 대신 "영원히 죽지 않는 형벌"(154쪽)을 부여한다. 이 형벌은 방어기제가 무너지는 것이 단지 하나의 위기일 뿐이며, 그것이 삶의 끝이 아니라 새로운 시작임을 보여준다.

진정희의 "진짜 살고 싶"(147쪽)다는 말은 이중적 의미를 지닌다. 그것은 죽음과의 투쟁 속에서 삶에 대한 집착을 드러내는 동시에, 단순히 생명을 유지하는 것이 아니라 '진짜 삶'을 살고자 하는 강렬한 의지를 반영한다. 이중일이 타인의 삶과 관계('사이') 속으로 깊이 들어가며 자신의 "이상한 평화"가 깨지는 것은 그 자체로 벌이다. 그러나 이 '벌'은 단순히 그를 괴롭히는 것이 아니라, 진정성 있고 충실한 삶으로의 전환의 계기로 작용한다.

이중일은 구급차를 내어주는 선택을 통해, 자신이 그토록 피하려 했던 타인의 삶에 얽히며, 방어적인 태도를 내려놓고 생의 긴장을 받아들이는 위치에 놓인다. 이는 그가 이제 더 이상 삶과 죽음의 경계에서 방어적인 태도를 유지하지 않고, 능동적으로 생의 긴장을 수용하며 살아가야 함을 상징한다. 이중일이 방치된 들판은 그가 도피와 자기기만의 상태를 벗어나 생의 복잡성과 긴장을 감당해야 하는 새로운 삶의 시작을 의미한다. 그의 이전 방어기제적 삶은 이 지점에서 종결되는 것으로 보인다. 그가 도피하지 못하고 상황을 받아들이면서 방어기제가 해제되며 그에게는 "사과를 해야겠다는 생각"(150쪽)이 떠오른다. 이제 그는 타인에게 책임을 느끼며 타인을 향해 존재한다. 진정희는 그러한 "세상은 당신에게 안전"(152쪽)하다고 위로한다.

이 소설은 한편으로는 하이데거의 실존주의적 철학 이론을 통한 해석의 여지를 제공한다. 자기 존재로부터 소외된 상태를 뜻하는 '권태(Langeweile)' 개념은 이중일의 "이상한 평화"를 설명하기에 적합해 보인다. 진정희와 서송이가 "이제 여기 없는 존재"(154쪽)가 되고, 그들이 타고 간 구급차의 끄지 못한 경광등에 대한 이중일의 마음씀은 하이데거의 '염려(Sorge)'라는 개념으로 설명될 수 있다. '염려(Sorge)'는 타자와의 관계 속에서 자신의 존재를 성찰하고, 이를 통해 자신의 실존적 가능성을 회복하는 과정이다. 이중일이 타인의 삶에 얽히며 자신의 삶을 전환하는 과정은 이 개념과 자연스럽게 맞닿는다.

이 소설은 어린 시절의 체험이 일생에 미치는 결정적인 영향력과, 외부적 계기와 타인의 존재가 삶의 전환점이 될 수 있음을 보여준다. 물론 메추리라는 사례가 이중일의 '뒤틀린 삶'을 설명하는 데 충분한가, 진정희-서송이와의 만남이 그의 내면적 변화를 촉발할 만한 충분한 사건인가에 대한 의문은 남을 수 있다. 그러나 이 소설은 단절과 고착, 강박과 허무의 삶을 전환시키기 위해서는 타인의 존재와 관계에서 비롯된 외부적 계기가 필수적임을 제시하며, 우리는 그러한 통찰에는 선뜻 동의할 수 있을 것이다.

옮겨붙은 소망

이미상

2018년 웹진 『비유』를 통해 작품 활동 시작. 소설집 『이중 작가 초롱』이 있음.
문지문학상, 제14회 젊은작가상 대상 수상.

옮겨붙은 소망

사는 모양새들로 보아 혼인은 한물간 제도인 듯하지만 부부 이야기는 여전히 아니, 오히려 인기가 나날이 높아지니 나도 내가 아는 부부에 대해 한번 이야기해볼까 한다. 내 생각에 부부는 이기는 쪽과 먹히는 쪽이 있는데 앞으로 이야기할 부부는 다행히 아내가 삶의 원칙을 정했고 남편이 먹혔으며 먹히다 못해 사망에 이르게 되었다.

남편이 죽고 열흘 후, 아내 n&n's가 중단했던 쇼핑을 다시 시작했고, 나도 활동 재개에 동참했다. 우리는 같은 빌라 주민으로 나는 1년째 n&n's의 집을 드나들며 그의 밑에서 일하고 있었다.

n&n's 남편의 장례식은 열흘이 지나도록 열리지 않았다. 병사, 사고사, 심지어 살해를 당했어도 장례식은 무자비할 만큼 제때 치르지만 이 집 남편의 죽음에는 여러 일이 끼어 있어 장례식이 미뤄지고 있었다. 정부—내가 알아들은 유일한 곳—와 어떤 곳과 어떤 곳의 진심 어린 사과와 재발 방지가 약속되지 않아서였다.

남편의 죽음을 목격한 사회단체의 활동가가 나타난 것도 그즈음이었다. 내가 도서관에서 책을 빌려 막 n&n's의 집으로 들어갔을 때, 현관에서 활동가가 n&n's에게 간곡히 부탁하고 있었다. 다만 부탁과 동시에 빠른 손놀림으로 현관에 널린 신발과 쓰레기를 치우고 있어 어딘가 산만하고 폭압적인 것이 간청의 진정성을 의심하게 했다. 나는 활동가의 정리에 화가 나 보란 듯 신발을 신고 거실로 올라가 현관으로 신발을 집어던졌다. 신발 한 짝이 컵라면 그릇에 박히고 다른 한 짝이 박스 무더기 아래로 가라앉았다.

"쓰셔야 해요." 활동가가 애절하게 말했다. "추도사, 쓰셔야 해요."

그런데 당신은 어떻게 생각하는가? 집의 위생 상태가 집주인의 정신 상태를 말해준다고 믿는가? 샤워 부스 수챗구멍을 뒤덮은 한 무더기의 젖은 체모에서 부화한 벌레 알이 마음의 괴로움을 대변한다고 여기는가? 그럴 수도 있고 아닐 수도 있다. 지난주에 우리 집에서 구더기가 나온 것은 분명 내 정신 상태와 관련되지만, n&n's의 11평 남짓한 빌라로 들어가기 위해 박스 무더기를 헤쳐야 하는 것은 남편의 사망 때문이 아니었다. 거긴 원래 그랬다.

내가 도서관에서 빌린 건 한 권은 소설책이고 한 권은 어려운 책으로 각각 『어느 열사 부부 이야기』(김소철 지음, 하는데까지만하는출판사)와 『열사, 분노와 슬픔의 정치학: 한국저항운동과 열사 호명구조』(임미리 지음, 오월의봄)였다. 나는 죽은 남편이 어떤 사람이었나 궁금해 책을 빌렸지만 평소대로 스무 페이지쯤 읽고 말 것이었다.

한때는 나 자신이 뒤가 흐린 사람, 책을 완독할 줄 모르는 사람, 실을 옹골차게 매듭짓지 못하고 엉성하게 묶어 결국 구슬이 알알이 추락하게 만드는 사람이라는 사실을 받아들이기 어려웠다. 그러나 이제는 그런 못난 마음을 품지 않는다. 어찌나 매사에 흐지부지한지 나는 나를 싫어하는 일에도 금세 질렸다. 자기혐오라는 아늑한 둥지에서조차 오래 뭉개지 못했다. 한마디로 나는 집요함이 심각히 결여된 바람에 본의 아니게 속 편히 사는 스타일이었다.

지층에 사는 내가 두층 위에 사는 n&n's에게 고용된 것은 빌라 반장으로부터 쓰레기를 제 날짜에 버리라고 꾸중을 들은 날이었다. "대답하지 마세요." 반장이 우리에게 말했다. "차라리 대답하지 마시라고요. 제가 다시는 이러지 마세요, 하면 그냥 가만히 계시라고요. 다시는 안 그러겠습니다, 하고 어차피 또 그럴 거잖아요. 말이라도 마시라고요." "옙!"은 n&n's가, "예! 알겠습니다"는 내가, 쌍으로 하지 말라는 짓을 했다. 심지어 나는 경례까지 붙여 반장을 놀려먹었다. 그러자 반장은 우리를 심각하게 보더니 그대로 지나쳐 골목으로 사라졌다.

말을 우습게 여기는 사람. 말로만 떠들지 행동으로 옮기지 않는 사람. n&n's와 나는 그런 부류에 속했다. 그러나 우리에게도 미세한 차이가 있었으니 실천하고자 하는 마음은 충만하나 정신을 차리고 보면 어느새 책임과 의무를 내팽개친 나와 달리, n&n's의 불이행은 의도적이고 평생에 걸쳐 올곧게 지키는 신조였다.

내가 n&n's의 밑에서 일하며 가장 자주 들은 말이 '말이 그렇다는 거지'였다. 아침이고 밤이고 샤워 가운을 입고 퍼질러 사는 n&n's는 말을 던지고는 바로 이어 '말이 그렇다는 거지' 하고 취소함으로써 앞서 뱉은 말의 피부, 가장 기초적이고 정직한 의미를 뜯어버렸다. 그렇게 나를 양쪽으로 잡아당기며 가혹한 해석의 미로, 눈치 보기의 지옥에 빠뜨렸다.

진심과 농담과 예언과 명령과 기타 등등이 섞인 n&n's의 말을 나는 이해하지 못했다. 그가 어떤 사람인지도 알기 어려웠다. 그런데도 그와 붙어 있으면 하여간 기분이 나빠 나는 몇 번이나 분필을 쥐고 주차장으로 내려가 사방치기를 하고 올라와야 했다. 그러나 태평한 성격 탓인지 정신을 차리고 보면 어느새 나는 n&n's의 말 따위에는 신경을 끄고 즐겁게 살고 있었다.

반장에게 꾸중을 들은 우리는 차를 마시기로 하고 n&n's의 집으로 갔다. 그리고 나는 n&n's의 '클릭 도우미'가 되었다. 정확히는 '터치 도우미'라고 해야 옳지만 n&n's가 나를 고용하게 된 바로 그 이유, 자신이 제대로 다뤘던 마지막 신식 기계 용어를 쓰는 중년 기계치 특유의 경향 때문에 마우스를 사용하지 않는데도 클릭 도우미로 불렸다.

내가 하는 일은 n&n's를 대신해 인스타그램 쇼핑 라이브 방송에서 물건을 구입하는 것이었다. n&n's는 인스타그램 아이디로, 대실 해밋의 소설 『그림자 없는 남자』(황금가지)에서 따왔다.

소설은 닉(Nick)과 노라(Nora) 부부가 살인 사건을 함께 해결하는 내용이다. 전직 탐정 닉은 골치 아픈 범죄 현장을 벗어나 평온한 은퇴 생활을 누리고 싶어 하지만, 아내 노라는 그에게 다시 살인 사건을 맡으라고 은근히 종용한다. 노라는 남편을 통해 흥미로운 범죄에 접근하고 이러저러한 추리를 늘어놓으며 무료한 일상에서 벗어나려는 듯 보인다. 범죄 수사에 간접적으로 참여함으로써 삶에 스릴이라는 반짝 가루를 뿌리기 위해서다. n&n's라는 이름은 노라와 닉 부부 이름의 앞 글자에서 각각 따왔다.

우리가 라이브 방송을 통해 사는 물건은 앤티크와 빈티지 주얼리로, 만들어진 지 100년이 넘으면 앤티크, 20년이 넘으면 빈티지, 20년이 되지 않으면 모던으로 물건의 계급을 정교히 나누는 데에서 물건을 파는 사람과 사는 사람의 진지함이 드러났다. 빈티지 주얼리의 구매층이 넓지는 않지만 스무 명가량의 마니아들이 매주 정규 라이브 방송 시간에 모여 치열한 '저요+가격' 다툼을 벌여 에이본의 하트 목걸이와, 섬세한 선조 세공이 돋보이는 미리암 하스켈의 모조 바로크 진주 목걸이와, C자형 걸쇠 바깥으로 핀이 길게 삐져나와 찰 때마다 손이 찔리는 19세기 스털링 실버 브로치를 사들였다.

쇼핑 라이브 방송 구입 방법은 간단했다. 빈티지 주얼리 숍의 사장이 진행자가 되어 정해진 시간에 방송을 켜고 준비한 물건을 하나씩 선보인다. 진행자가 장신구를 직접 착용하고, 도금이 벗겨진 부분을 꼼꼼히 클로즈업해 보이며, 그러고도 매번 '상품 컨디션에 민감한 분은 구입하지 마시라'고 경고한다. 빈티지 제품이기에 새것의 컨디션이 아닌 데다가, 직접 눈으로 보지 않고 화면만 보고 사는 것이라 물건 하나하나 정성을 들여 설명한다.

기나긴 설명이 끝나고 마침내 진행자가 물건의 값을 부른다. 그러면 구입을 희망하는 이들이 재빨리 '저요'와 함께 진행자가 부른 가격을 채팅창에 쓴다. 진행자가 "3만 원" 하고 말하면 '저요 3' 하고 쓰는 식이다. 인기 있는 물건에는 여러 개의 댓글이 달린다. 그럴 경우 진행자의 휴대폰을 기준으로 가장 먼저 '저요 가격'을 친 사람이 물건을 차지한다. 한마디로 누구의 댓글이 가장 먼저 달리는가 하는, 인터넷 속도 싸움이었다.

문제는 n&n's가 '저요'의 지읒을 쓰기도 전에 다른 사람이 '저요 6.5'를 쳐서 6만 5천 원짜리 뱀 반지—모조 루비 눈, 모조 사파이어 코—를 채간다는 것이었다. 히피 주인의 사랑을 듬뿍 받은 1960년대 나비 문양 팔찌도 그렇게 뺏겼다.

그리하여 내가 클릭 도우미로 고용되어 시급 9,860원을 받고 라이브 방송이 진행되는 동안 n&n's의 집에 머물며 그가 가리키는 목걸이와 브로치와 구하기 어려운 듀엣 핀을 빠른 손놀림으로 사들였다. n&n's가 눈치를 챘는지 모르겠지만, 나의 그럭저럭 괜찮은 성공률은 빠른 터치 실력 덕이 아니라 내가 그 집 와이파이 공유기를 바꿨기 때문이었다.

그렇게 구한 앤티크 카메오 브로치를 샤워 가운 양 가슴팍에 열 개씩 달아 온몸으로 2천 년을 해치우고도 모자라 코코 샤넬처럼 목에 진주 목걸이를 휘감은 n&n's는, 소파에 모로 누워 흑백영화를 보다가 라이브 방송에서 원하는 물건이 나오면 내 어깨를 두드려 신호를 보냈다. 나는 n&n's에게 신호를 받기 위해 그가 누운 소파 바로 아래 앉아 눈으로는 영화를 보고 귀로는 방송 진행자가 언제 가격을 말할지 신경을 곤두세우며 새벽까지 머물렀다. 사고 싶은 물건이 나오지 않거나 진행자의 설명이 길어지면 우리는 냉동 떡을 녹여 먹으며 대화를 나누기도 하였으나 대체로 우리의 인생과 무관한 두 개의 상이 흘러가는 것을 바라보기만 했다.

n&n's는 진행자의 긴 설명을 싫어했다. 물건 손상에 관한 실용적인 설명—진주 까짐, 에나멜 벗겨짐, 박편이 손상되어 광채가 흐려진 라인스톤—

이 아니라 역사 강의가 시작되면 특히 인상을 쓰고 휴대폰 소리를 줄이라고 했다. 내가 그러다 가격을 못 들어 사고 싶은 물건을 놓치면 어쩌느냐고 항의해도 요지부동이었다. 그렇게 나는 독일의 점령으로 미국으로 이주한 체코슬로바키아의 유리 세공 숙련공들이 1940년대 미국의 코스튬 장신구 발전에 어떠한 영향을 미쳤는가 하는 흥미진진한 이야기를 끝까지 듣지 못했다.*

n&n's의 남편이 죽기 한 달 전쯤 희한한 일이 있었다. 대단히 절묘해 거의 계시처럼 느껴진 일이었는데, 그날 우리는 한쪽 눈을 라이브 방송에 느슨히 걸쳐두고 나머지 감각은 〈세이사쿠의 아내〉(마스무라 야스조 감독)에 퍼붓고 있었다. 아내가 남편을 심히 사랑한 나머지 남편이 전장으로 떠나려 하자 그의 눈을 못으로 찔러 참전하지 못하게 만드는 내용의 영화였다.

아내가 마당에서 대못을 우연히 발견하고 못으로 손바닥을 꾹 누르는 장면이 흘러나왔다. 못에 눌린 손바닥 중앙이 움푹 파이고 주변으로 주름이 방사하듯 퍼져나갔다. 뒤이어 대못에 눈이 찔려 피투성이가 된 남편이 끔찍한 비명을 지르며 뛰쳐나왔다. 그런데 바로 그 순간, 한창 목걸이를 팔던 라이브 방송 진행자가 이런 이야기를 하는 것이 아닌가.

"목걸이는 이따가 다시 팔고요. 재밌는 물건을 보여드릴게요. '해트 핀'이라고 불리는 것인데 그게 뭐냐 하면요…."

n&n's가 인상을 찌푸렸다. 진행자가 이야기를 이어나갔다.

"에드워드 시대 여자들 사이에서는 거대한 모자가 유행했습니다. 삿갓에 닭 한 마리를 올려놓은 듯 크고 깃털 장식이 화려한 모자 같은 것이었는데요. 모자를 고정하기 위해 필요했던 것이 오늘 소개해드릴 모자 핀, 일명

* 캐롤라인 콕스, 『빈티지 주얼리: 120년 주얼리 디자인의 역사』, 마은지 역, 투플러스북스, 2012, p.99 참고.

해트 핀입니다. 길어봐야 비녀만 하겠지, 생각하실지 모르겠지만요. 40센티미터에 달하는 것도 있어요. 미국에서는 모자 핀이 무기로 사용될 수 있다며 길이를 제한하는 법까지 만들었다고 하고요."

진행자가 모자 핀을 꺼냈다. 그것은 리모컨이 소파 밑으로 들어가 꺼낼 때나 쓰는 30cm 자만 한 바늘이었다. 너무 길고 뾰족하고 무시무시해 모자를 고정하는 게 아니라 두개골을 관통시키려고 만든 물건 같았다. 장신구임을 겨우 증명하듯 끝에 인어의 물결치는 머리 장식이 달려 있었다.

"『시카고 트리뷴』지에 따르면 1898년에 새디 윌리엄스 양이 차를 타고 가다가 강도에게 기습 공격을 당했다고 해요. 윌리엄스 양은 자신을 때리는 강도에 맞서 모자에서 모자 핀을 뽑아 단검처럼 들고 강도의 가슴을 마구 찔렀다고 하네요. 그런가 하면 당시 병원에서는 아내의 길고 뾰족한 모자 핀에 눈이 찔린 남편들이 아우성을 쳤고요.* 3월 8일" "꺼." "여성의 날을 맞아" "꺼." "아껴두었던 영국산 앤티크 모자 핀 컬렉션을 보여드리려고 해요. 세월감이 있는 만큼 실사용은 어려우세요. 하지만 하나쯤 소장할 가치가 있을 것 같고요. 모자 핀 홀더는 서비스로 나갈게요." "끄라고." "역사를 알고 빈티지 장신구를 차면요. 우리 몸에 단순히 쇠, 구리, 은이 걸쳐지는 게 아니라 역사 속에서 스러진 이들의 혼령이 우리의 어깨를 주무르고 등을 두드리며 힘내라고 응원하는 것 같잖아요. 저도 죽고 싶었던 적이 있는 사람입니다. 그래서 100년 된 앤티크 진주 목걸이의 힘으로 우울증을 극복했죠." n&n's가 내 휴대폰을 가져가 베란다에 두고 왔다.

나라고 모든 유형의 치유 이야기를 좋아하지는 않는다. 하지만 치유의 계기를 먼 데서 끌어올수록—예컨대 우울증을 낫게 한 진주 목걸이라거나—군침이 도는 것은 사실이다. n&n's가 약간 겸연쩍어하며 웅얼거리듯 말

* 『시카고 트리뷴』지 속 내용은 다음 기사를 참고. Elizabeth Greiwe, 「When men feared 'a resolute woman with a hatpin in her hand」, 1910. 3. 1(https://digitaledition.chicagotribune.com/tribune/article_popover.aspx?guid=f5323885-cc9b-4a67-87d6-e09823e0c7ff).

했다. "그러게 듣기 싫다는데 왜 계속 틀어놔." 하지만 어떻게? 어떻게 그럴 수 있지?

어떻게 이런 고귀한 우연성을 무시할 수 있지? 큰 화면에서는 아내가 남편의 눈을 찌르려고 대못을 들고 설치고, 작은 화면에서는 목걸이로 우울증을 극복한 여자가 팔뚝만 한 바늘을 휘휘 돌리며 펜싱의 찌르기 동작을 흉내 내는데, 그런 일이 동시에 벌어지고 있는데, 어떻게 n&n's는 남의 휴대폰을 차마 함부로 끌 수는 없어서 대신 베란다에 두고 옴으로써, 천지를 울리듯 노골적으로 들려오는 계시를 모른 체할 수 있지?

그때 이미 나는 불길한 예감에 사로잡혔다. 대못과 모자 핀이 우리에게 무시무시한 미래를 알리고 있었다. 세이사쿠의 아내가 증오가 아니라 사랑 때문에 남편의 눈알을 터뜨렸듯 n&n's도 남편과 사이가 나쁘기는커녕 긴밀해서, 부부로 사는 내내 다른 사람은 모르는 둘만의 은밀하고 달콤한 게임에 도취되어 있어서 본의 아니게 남편을 죽게 하리라는 끔찍한 예언이었다.

그러나 앞으로 일어날 비극을 모르는 n&n's는 평온할 따름이었다. 소파에 모로 누워 눈이 먼 남편을 대신해 밭을 가는 세이사쿠의 아내를 볼 뿐이었다. n&n's의 발에 밀려 팔걸이에 쌓인 책들이 추락했다. n&n's가 책을 줍기 위해 몸을 일으켰다가 그대로 벌렁 다시 누웠다. 그의 목덜미를 타고 벨에포크와 양차 세계대전과 대공황이 흘러내렸다. 샤워 가운 가슴팍에 따개비처럼 달라붙은 브로치들. 그것은 응축이었다.—위에서 세 번째에 달려 있는 브로치의 사용감이 유난히 적은 까닭은, 주인이 드레스에 브로치를 몇 번 꽂지도 못한 채 궤양에 수은만 바르다 요절했기 때문일까?

나는 n&n's가 숨겨둔 휴대폰을 찾아 베란다로 갔다가 그대로 집 밖 주차장으로 내려가 사방치기를 했다. 영혼이 암울했던 그때만 해도 사방치기는 내 영혼을 달래고 분노를 잠재우는 정화 의식이었다.

❀

n&n's와 그의 남편을 설명하는 다양한 방법이 있을 테지만 이렇게 말하면 많은 이의 마음이 편할 것이다. 아파트에 살다가 빌라로 내려간 부부. 그들은 스스로 하방을 선택했다.

두 사람은 아이 없는 맞벌이—n&n's가 인사 부장, n&n's의 남편이 마케팅 팀장—으로 사십 대 후반에 아파트 대출금을 모두 갚았고, 5억에 샀던 아파트가 매매가 10억을 넘기자 팔고 나와 2억짜리 빌라로 이사해 직장을 그만둔 후 돈이 떨어질 때까지만 목숨을 부지하기로 맹세하고 현금을 까먹으며 살았다. 대략 한 달에 3백만 원 안 되게 쓰면 칠십 대까지 살 수 있을 듯했고 이후의 일은 닥쳐서 생각하기로 했다. 그사이의 일도.

예컨대 구급차에 길을 내주려다가 지나가던 아이를 치어 구급차에 아이까지 실어 보내는 일—선의라는 웃돈을 얹어 불행을 배로 불리는 소설적 비극—같은 건 일단 계산에 넣지 않기로 했다. 그런 계획에서 벗어난 큰돈 나갈 일까지 세세히 따지다가 다들 사표를 못 던지고 마추픽추에 못 가고 어영부영 요양 시설로 떠밀려 뿌연 섬망 속에서 안개에 싸인 잉카의 땅을 구경하는 걸 테니까. 어쨌든 당장은 손바닥에 놓인 시간의 묵직한 압감과 그것이 선사하는 가벼운 해방감을 누릴 일이었다.

시세 차익과 시간을 맞바꾸자는 아이디어를 낸 사람은 n&n's였다. 그는 자신이 남편에게 아파트를 팔자고, 아파트를 판 돈을 가지고 최소한의 생활비만 쓰며 살아가자고, 그러다 돈이 떨어지면 한날한시에 같이 죽자고 제안했다며, 바로 이어 나에게 이렇게 말했다. "아, 나는 그냥 말이 그렇다는 거였는데!"

그러니까 n&n's는 남편에게 기존의 삶을 완전히 뒤엎고 다르게 살아보자면서도 한편으로는 그냥… 말이 그렇다는 거지… 하는, 시큰둥한 태도를 가지고 있었던 것이다. 나는 이야기를 들으며 n&n's가 무섭고 오싹했다. 그러다 오래전에 보았던 다큐멘터리를 떠올렸다. 그것은 몰락의 길을 자발적으로 걷는 부부의 일상을 담은 휴먼 일상 다큐멘터리였다.

부부 모두 테크 스타트업 기업에서 수억의 연봉을 받다가 돌연 모든 것을 내려놓고 싶은 산골짜기로 들어간 사례였다. 그들은 산에서 작게 농사를 지으며 자급자족하며 살았다. 나는 그들을 보며 질투심에 가슴이 타들어갔다. 세상에 정말 영혼의 짝이라는 것이 있구나 싶었다. 세속적 성공이 아니라 자연 친화적이고 대안적인 삶을 바라는 희귀한 취향 또는 의지가 한 사람도 아니고 두 사람 모두에게 동시에 발현된다는 것이 놀라웠다. 그러나 프로그램이 회차를 거듭할수록 세상에 소울 메이트란 없다는 결론에 이르렀다. 둘은 평등한 사이가 아니었다. 한쪽이 주동자였고, 한쪽이 추종자였다. 다만 관계의 양상이 미묘해 알아보기 힘들었을 뿐이다. 겉으로 드러나는 것과 실제가 정반대였던 것이다.

주동자는 겉으로는 추종자 같고 추종자는 겉으로는 주동자 같다. 주동자는 차분한 미소를 띠고 배우자의 눈치를 살피며 자신이 그를 열렬히 추종하는 듯 다소곳한 태도를 내비친다. 그러나 살짝 웃는 입꼬리에 배우자에게서 삶을 뺏은 대신에 그에게 부부 생활을 주도하는 대외적 이미지라도 챙겨주어야 뒤탈이 없다는 지혜로운 전략과 강력한 통제력이 야릇하게 걸려 있다.

그런가 하면 추종자는 추종자대로 자신의 역할에 충실해 지금의 삶에 대해 열렬히 찬양한다. 그런데 어쩐지 마치 누군가의 머리통을 깨려는 듯 묵직한 통나무, 표고버섯 종균을 접종해 군데군데 하얀 스티로폼이 박힌 그 무거운 나무를 바닥에 세차게 내리찍는 것이다. 행복해 죽겠다면서 온몸으로 불만을 내뿜는 것이다. 우리는 그의 언행 불이리 퍼포먼스를 통해 다음과 같은 소리 없는 절규를 들을 수 있다.

'이 인간아, 네가 내 인생을 망쳤다, 이 인간아, 내 다리 내놔라, 내 허리 내놔라, 내 사무직의 유약한 건초염을 내놔라, 내 위스키 바와 내 타코와 내 과소비와 내 여름밤 냄새를 맡으며 캔맥주를 사러 가던 편의점 산책길을 내놔라, 내 도시적 삶을 돌려놓으라고, 이 미친 인간아!'

한 마디로 겉만 보고는 알지 못하는 것이 커플이란 족속들인데, 내가 보기에는 n&n's가 주동자고, 남편이 추종자였다. n&n's는 명절 때마다 남편이 병에 걸려 시가에 가지 않기로 유명했다. n&n's가 추석을 앞두고 뜬금없이 "여보, 나 왠지 다음 주에 굴을 잘못 먹을 것 같아. 노로바이러스에 걸릴 것 같아" 하고 말하면, 어느새 남편이 굴을 집어 먹고 응급실에 실려가 귀성을 저지했다. 이렇게 말하면 어떤 사람들은 n&n's가 브레인이고 남편이 행동 대장이라고 섣불리 생각할지 모르지만 n&n's가 남편을 조종했다고 보기는 어렵다. 왜냐하면 남편에 의해 자신의 소망이 실현될 때마다 n&n's는 세상을 향해 '봤지?' 하고 잘난 체하며 턱을 드는 것이 아니라 망가진 세상을 재건해야 하는 히어로의 피곤한 표정을 지었기 때문이다.

n&n's는 세상 물정에 어두운 사람이 전혀 아니어서 아파트를 팔겠다는 아이디어를 떠올렸을 때에도 앞으로 집값이 계속 오르리라는 것을 알았다. 그런데도 남편에게 이렇게 말한 것이다. "여보, 나 살면서 한 번은 돈을 이겨보고 싶어. 아파트를 팔아버리자. 손해볼까 전전긍긍하지 말고 선제적으로 손해를 봐버리고 손해로부터 자유로워지자."

그 당시에 n&n's의 남편은 주식에 코인에 유행하는 잡다한 것은 다 하는 흔한 사람, 부르면 1, 2분 뒤에 '응? 왜?' 고개도 돌리지 않고 주식 차트에 코를 박고 대답하는 인간 대열의 당당한 일원이었다. 그럼에도 아내가 돈을 이겨보고 싶다고 말하자 바로 다음 날 부동산으로 달려가 집을 팔아달라고 난리를 피웠다. 시세보다 수천만 원을 깎은 끝에 몇 시간 뒤 중국 주재원에서 근무 중인 젊고 부유한 부부와 계약을 맺었다. 그들은 집을 보지도 않고 샀는데 알고 보니 부동산 사장의 조카였다. 집을 팔아치우고 의기양양하게 돌아온 남편에게 n&n's는 예의 그 대사를 읊었다. "아, 나는 그냥 말이 그렇다는 거였는데!"

n&n's가 시세 차익과 시간의 맞교환이라는 아이디어를 떠올린 때는 대한민국의 집값이 폭등하던 시기였다. 그해 여름, 아파트 상가 통닭집 파라솔 아래는 맥주를 들이켜며 인생이 이보다 좋을 수 없다는 듯 고개를 젖히고 웃는 사람들로 가득했다. 그들은 고개를 들다 시커먼 나무에 줄줄이 기어올라가는 바퀴벌레의 행렬을 마주하고 문득 앞으로 일어날 일, 집값 하락뿐 아니라 상승까지 포함하는 어쨌든 변동이라는 정신을 뒤흔드는 요소에 몸서리치며 이 짓거리를 언제까지 해야 할까, 돌연 지긋지긋해 했다. 그러곤 10년, 20년 뒤에는 돈에 대한 정신적 종속을 떨치고 자유의 몸이 되어 세계여행, 즉 세계에 세워진 호텔이라는 단기 셋방을 탐험하겠노라고 급작스레 맹세했다. 어찌 보면 n&n's도 그런 하나 마나 한 소리를 했을 뿐이었다. 그런데 남편이 쏜살같이 달려나가 몽상으로 남았어야 할 소망을 현실로 만들었다.

희한한 일은 n&n's가 남편의 돌발 행동에 경악하기는커녕 오히려 잘됐다며 자신이 씨를 뿌리고 남편이 성급하게 이룬 자충수 속으로 열정적으로 돌진했다는 것이다. n&n's는 분명 자신의 소망이 그냥 한번 해본 소리에 불과하다는 것을 알았으나 부동산 계약을 파기하지 않았고 일이 흘러가는 대로 내버려두었다. 그는 남편에게 질세라 옷의 3분의 1, 책의 3분의 2, 양문형 냉장고를 내다 버리고 이사할 빌라의 평수에 알맞은 폭 좁은 가구를 사러 광명 이케아로 달려갔다. 내가 보기에 그것은 자충수를 넘어 적극적인 자학 행위였다.

결혼 생활 내내 같은 일이 반복되었다. 아내가 명하면 남편이 받들었다. 아내가 손을 들어 어딘가를 가리키면 남편은 이미 거기 가 있었다. 아내가 꿈을 품으면 남편이 그 꿈을 거의 낚아채듯 잽싸게 이뤘다. n&n's의 입술에서는 새로운 소망, 새로운 목표, 새로운 삶의 비전이 끝없이 터졌고, 지난 것이 성취되기가 무섭게 새로 돋아나는 그 꿈들을 남편이 미식축구 선수처럼 옆구리에 끼고 세상을 싸돌아다니며 깡그리 이뤘다. n&n's가 모빌이 멈추기가 무섭게 모빌에 묶인 발을 버둥거려 사자, 기린, 코끼리 모빌을 다시 움직여야지만 직성이 풀리는 성질 급한 아기라면, 그의 남편은 n&n's가 모빌을 움직이기가 무섭게 멀리서, 아주 멀리서, 예컨대 세렝게티에서 이렇게 소리치는 것이었다. '여보, 나 여기 있어, 당신도 어서 와!'

n&n's는 직전 삶과 다르기만 하면 어떠한 방향성도 일관성도 없이 아무 삶이나 골라잡는 싫증을 잘 내고 입이 방정인 사람이었다. 그는 결코 자신의 소망이 실현되기를 바라지 않았다. 왜냐하면 꿈이 실현되는 순간, 천장에서 코끼리 모빌이 아니라 진짜 코끼리가 떨어져 깔려 죽는다는 것을 알았기 때문이다. n&n's는 지극히 보수적인 사람이었고 그러므로 그들 부부의 앞길은 약간의 탈규범적인 아이디어로 꾸며진 탄탄대로였다. 그런데 마찬가지로 한 고집 하는 남편이 자꾸만 이렇게 외치는 것이었다. '여보, 나 여기 있어, 당신도 어서 와!'

그렇게 두 사람의 삶이 관념이 아니라 현실에서 궤도를 벗어났다. 둘 중 한 사람이라도 자신의 습성을 버렸더라면, n&n's가 소망을 품지 않거나 남편이 그 소망을 이루지 않았더라면, 그랬다면 아직 남편은 살아 있을 것이다. 살던 집에서 하던 일을 하고 마시던 맥주를 마시며 이 수준까지 삶을 변혁하지 않은 채 그럭저럭 행복하게 살았을 것이다. 그러나 그들은 이음새가 전혀 만져지지 않는 징그러운 결합체처럼 한 덩이로 세상을 굴러다니며 축복받은 삶을 사정없이 뒤틀어버리다가, 결국 내가 사는 빌라까지 흘러 들어와 휠체어 경사로와 승강기의 부재가 이동권과 장보기에 미치는 영향을 관절 쑤시게 경험하다가 급기야 한쪽이 죽고 만 것이었다. 이 무슨 난리법석이란 말인가! 정말이지 아내들이란! 남편들이란! 그런데 나는 이 죽은 부부를 떠올리며 낄낄대다 갑자기 기운이 쭉 빠지면서 사방치기를 하고 싶어지곤 한다.

나의 사랑하는 사방치기. 내 영혼의 정화의식. 나는 마음이 부대낄 때면 분필을 들고 주차장으로 내려가 차가 빠져나간 자리에 네모와 대각선으로 이루어진 사방치기 판을 그린다. 그러곤 몇 분이고 몇 시간이고 홀로 깡총, 반드시 깡총—깡'총'이 표준어가 아니라는 것은 알지만 깡'충'은 나의 성미와 색채와 취향과 기갈에 맞지 않는다. 칙칙하고 둔탁한 어감의 '껑충'은 말할 것도 없고, 요정처럼 깡총 뛰면서 칸을 옮길 때마다 속으로 이렇게 외친다. *나 (깡총) 가 (깡총) 죽 (깡총) 어 (깡총) 라 (뒤를 돌아) 얍! 나 (천천히) 가 (힘없이) 죽 (슬프게 또는 분노에 차서) 어.*

점프 한 번에 한 음절씩. 전진하는 다섯 음절과 회귀하는 다섯 음절. 그렇게 사방치기를 실컷 하고 다시 천천히 집으로 돌아올 때면 대차게 울고 난 것처럼 후련하지만 언제나 정화 의식 끝에는 비린 의문이 달라붙는다. 분명 나가 죽어야 할 사람은 내가 아닌 것 같은데 어째서 내가 나가 죽어야 할 것 같은가.

✽

"추도사를 쓰셔야 해요."

n&n's의 남편이 죽은 지 보름째 되던 날에 활동가가 다시 찾아와 말했다. n&n's와 나는 언제나 그렇듯 영화와 라이브 방송을 동시에 시청 중이었다. 〈그림자 없는 남자〉는 동명의 원작 소설(대실 해밋, 황금가지)을 읽어서 그런지 영화가 시시하게 느껴졌다.

"남편분을 영웅이나 열사로 만들려는 게 아니에요. 거짓말을 하시라는 게 아니에요."

활동가가 바닥에 앉아 걸레질하며 말했다. 그는 청소하는 사람이었다. 얼마나 상심이 크십니까, 참담한 일입니다, 고인의 명복을 빈다는 말도 하기 어렵군요, 하고 말하는 대신 쓸고 닦는 사람, 무너진 정신이 아니라 그 정신의 투영인 집을 돌보는 사람이었다. 그는 내 머리카락에 붙은 구더기를 떼어주며 나에게도 집을 '한번 들었다 놔주겠다'고 제안하기까지 했다.

"추도사를 어떻게 쓰시든 관여하지 않아요. 저희를 욕하셔도 괜찮아요. 남편분을 욕하셔도 어쩔 수 없다고 생각해요. 다만 쓰기는 쓰셔야 해요." 활동가가 말했다.

"아니요, 저는 쓸 수 없어요. 왜냐하면 남편의 죽음은 저희 두 사람의 일이니까요. 제가 남편을 죽였으니까요. 그러니 그 일에 대해 다른 사람이 사정을 알 필요는 없어요." n&n's가 말했다.

"하지만 사모님, 저는 봤어요. 남편분이 어떻게 돌아가셨는지 제 눈으로 봤어요. 남편분은 사모님이 죽인 게 아니에요. 경찰이 죽였어요. 쓰셔야 해요. 추도사를 쓰셔야 해요."

"아니요, 남편은 저 때문에 죽었어요. 그 일은 저희 두 사람의 일이에요."

"하지만 사모님."

"아니요, 남편은."

"하지만 사모님."

"아니요, 남편은."

두 사람은 같은 말을 반복했다. 한 사람의 비극적인 죽음을 받아들일 수 없는 두 사람의 비이성적인 관점과 의미 없는 논쟁이 방의 공기를 팽팽하게 잡아당겼다. 나는 제삼자로서 두 사람을 지켜보며 속으로 누구의 말이 맞는지 판정하고 있었다.

이제 슬슬 n&n's의 남편에게 무슨 일이 일어났는지 이야기하려 하는데, 사람마다 다르게 말해 진실을 파악하기가 쉽지만은 않다. n&n's, 활동가, 경찰의 이야기가 제각각이다. n&n's는 남편이 '태어나 한 번도 해보지 않은 일'에 도전하다가 죽었다는 황당한 주장을 펼친다. n&n's에 따르면 남편은 매일 '태어나 한 번도 해보지 않은 일'을 하고 돌아다녔는데, 그의 일환으로 한 번도 가보지 않은 바다에 갔고, 거기서 한 번도 듣지 못한 주장을 들었고, 한 번도 해보지 못한 인간 띠잇기 시위도 하였다.

n&n's의 남편이 도착한 바닷가에는 활동가가 속한 단체가 주최한 집회

가 한창이었다. 열 명 남짓밖에 모이지 않은 소규모 시위로, 모든 참가자가 서로 아는 사이였다. 새로운 사람은 n&n's의 남편밖에 없었다. 그는 태어나 한 번도 시위에 참여해보지 않았기에 사람들 사이에 슬그머니 끼어 구호를 외치고 노래를 흥얼거리고 인간 띠잇기를 위하여 옆 사람의 손을 잡았다. 공식 일정이 끝나고 참가자들은 해상 시위를 이어나가기 위하여 하나둘 포구에서 바다로 뛰어내렸다. 마주 잡았던 손들이 끊어졌고 아마도 남편은 그런 사소한 단절에도 상처를 받았을 것이라고, n&n's는 말했다.

처음에는 n&n's의 남편도 사람들을 따라 바다에 들어가려 했다. 하지만 태어나 한 번도 해보지 않았다는 이유로 위험한 바다 수영을 할 용기까지는 없었기에 다이빙 직전에 멈췄다. 그 대신 육로로 시위대를 쫓아갔다. 시위대는 바다를 직선코스로 헤엄쳐 반대편 방파제로 가려 했다. 그곳에 또 다른 시위대가 고립되어 깃발을 흔들며 친구들을 기다리고 있었다.

n&n's의 남편은 바다에 떠 있는 시위대의 작은 머리통을 쫓아 쉴 새 없이 달렸다. 시위대와 달리 그는 육로로 먼 길을 돌아 반대편 방파제에 닿아야 했기에 달리기를 멈출 수 없었다. 바다에서 멀어지자 언제 사람들과 뭉클하게 하나가 되었느냐는 듯이 삭막한 풍경이 펼쳐졌다. 더러운 주차장과 호객꾼이 달려드는 횟집. 그는 그 거리를 달리며 돌아가야 한다고, 어서 빨리 돌아가야 한다고, 비록 잠시 손을 잡았던 낯선 사람들일 뿐이지만 그래도 그들 속으로 돌아가야 한다고, 마음이 완전히 무너진 채 미친 듯이 달렸다.

바다가 보이지 않는 기나긴 길을 달리며 남편은 상상했을 것이다. 방금까지 손을 잡고 있던 사람들. 신발 끈을 손목에 감고 신발을 젖지 않게 높게 치켜 든 채 친구들을 향해 파도를 헤치며 헤엄치는 사람들. 깃발은 바다에 잠겨 구호가 보이지 않지만 그들은 어쩌나 수영을 잘하던지. 마침내 방파제에 다다른 그들은 최초의 인간처럼 육지로 올라가 친구들과 얼싸안고 기쁨의 눈물을 흘릴 것이다. 하루의 마지막 빛을 반사하며 거침없이 빛을 쏟아내는 바다가 그들의 재회를 아름답게 꾸며줄 것이다. 비록 그들은 절망하고 화가 나 있었지만, 그리하여 절실한 염원과 정결한 저항을 분출하였지만, 그럼에도 행복했을 것이다. 반면에 n&n's의 남편은 혼자였을 것이다.

n&n's의 남편에게도 애증으로 엮인 직장 동료들, 텔레그램으로 주식 정보를 물어다 주던 사기꾼들, 자전거 동호회 사람들, 사진 동호회 사람들, 클래식 면도 동호회 사람들, 매일 밤 맥주를 사러 들르는 편의점의 오래 일한 직원과 그의 러시아인 여자친구, 그리고 그들과 나누던 담소가 있었다. 그러나 직장을 그만두고 이사를 오면서 대부분의 관계가 끊어졌고 그에게 남은 것은 우울증에 걸려 더 이상 소망을 발신하지 않고 집에 누워만 있는 아내뿐이었다. 그리하여 n&n's의 남편은 계속 달렸다. 사람들에게 돌아가려고, 다시금 그들의 뜨끈한 손을 잡아보려고, 더는 외롭지 않으려고, 어떻게든 세상에 달라붙으려고, 그는 달리고 또 달렸다. 그렇게 바다가 점점 가까워 오면서 방파제 테트라포드에 평화로이 누워 몸을 말리고 있는 사람들이 보였다. 그들은 정말 재회한 것이다! 이제 자신이 나타나면 아까 자신에게 눈인사를 했던 사람이 새 친구들에게 자신을 소개하리라. '인사해. 오늘 처음 오신 분이야. 성함이 어떻게 되시죠? 시위 끝나고 뒤풀이 가실 거죠?'

그리고 정신을 차렸을 때, 그는 뒤쪽에서 밀려온 수십 명의 시커먼 경찰들 사이에 있었다. 그리고 활동가의 말에 따르면 시위를 진압하던 경찰의 손에 밀려 n&n's의 남편이 바다로 떨어졌다.

해양경찰 측의 설명은 완전히 달랐다. 그들은 바다에 뛰어들려는 시위자를 구하려 하였으나, 손이 닿기 전에 시위자 스스로 균형을 잃어 테트라포드에서 추락해 안타까운 죽음을 맞이하게 되었다.

"남편은 저 때문에 죽었어요. 그 일은 저희 두 사람의 일이에요."

"하지만 사모님."

"아니요, 남편은."

"하지만 사모님."

"아니요, 남편은."

“하지만 저는 봤어요.” 이제 활동가는 냉장고 청소를 하고 있었다. 뒤돌아 앉은 그에게서 독백 같은 말이 줄줄 새어 나왔다. “남편분이 어떻게 돌아가셨는지 저는 봤어요. 저는 그 자리에 있었어요. 그 일은 두 분 사이의 일이 아니에요. 우리에게는 그분을 단지 발을 헛디뎌 운 나쁘게 죽은 사람이라는 결론에서 구할 책무가 있어요. 영웅을 만들자는 게 아니에요. 열사로 숭상하자는 게 아니에요. 그러나 그분이 어떤 사람이었는지 세상이 알아야 해요. 저는 그분에 대해 아는 것이 없어요. 하나도 없어요. 죽는 순간을 보았을 뿐이에요. 죄송해요. 이런 말씀을 드려서 정말 죄송해요. 하지만 쓰셔야 해요. 추도사를 쓰셔야만 해요.”

“우리 저거 사야 할 것 같아.”

n&n's가 내 어깨를 치곤 말했다.

“사, 저거.”

라이브 방송 진행자가 뚜껑을 열어 안에 사진이나 고체 향수를 넣는 로켓 목걸이를 선보이고 있었다. “자, 안에 무엇이 들어 있는지 볼까요? 이번에는 또 어떤 사랑스러운 100년 전에 죽은 아기가 우리를 향해 웃을까요?” 뚜껑을 열자 엷고 짙은 갈색 격자무늬가 보였다. 빛바랜 벌레였다. 100년 전에 죽은 벌레인 줄 알았는데 진행자가 쓸쓸히 웃으며 말했다.

“애도 주얼리(mourning jewelry)가 선풍적인 인기를 끈 것은 빅토리아 시대였습니다. 빅토리아 여왕은 부군 앨버트공이 죽은 후 그를 기리기 위해 그의 머리카락을 엮어 만든 목걸이와 반지를 항상 몸에 지니고 다녔습니다. 지금 소개해드릴 로켓 펜던트도 애도 장신구로, 빈티지 장신구 마니아라면 누구나 탐내는 구하기 매우 힘든 개체입니다. 로켓 펜던트를 열면 그 안에 죽은 사람의 땋은 머리카락 조각이 유리에 눌려 있습니다.” 진행자가 목걸이를 착용하더니 살짝 튕겼다 내려놨다. 펜던트가 가슴에 부딪혔다. “죽어서도 사랑받는 사람의 일부가 영원히 우리의 심장에 닿아 있습니다. 다시 말씀드리지만 가격만 쓰시면 안 되고요. 반드시 ‘저요’ 하고 나서 가격을 쓰셔야 인정이 됩니다. 치열한 경쟁이 예상되네요. 그럼, 준비하시고요. 이제 가격 나갑니다."

n&n's가 남편의 죽음을 독점하려 했느냐고? 죽은 자의 머리카락으로 만든 목걸이를 목에 걸고 다니는 것처럼, 남편의 사회적인 죽음을 오로지 부부의 일로, 그 협소한 단위로 완강히 쪼그라뜨려 자신의 소유물로 삼으려 했느냐고? 그럴 수도 있었다. 돌이켜보면 n&n's는 오래된 사물의 역사적 의미를 지운 채 오로지 그것을 소유물로만 여기려고 했으니까. 이번에도 경찰의 과잉 진압, 신공항 건설, 배를 까뒤집은 채 파도에 떠밀려올 물고기 떼, 데모 신참내기의 비극적인 죽음, 죽음을 값지게 할 최소한의 의미 부여 같은 것과의 끈을 죄 끊어버리고 배우자라는 자격으로 남편의 죽음을 소유하려는 것일 수도 있었다. 남편이 죽은 자명한 이유를 무시하고 그의 죽음이 자신의 탓이라고 고집함으로써 스스로의 힘이 닿지 못하는 곳에서 죽어간 남편을 다시 자기에게로 되돌리려는 부질없는 노력일 수도 있었다. 그런 생각을 하자 징글징글했다. 정말이지 부부란, 아내란, 남편이란, 헤테로들이란. 갑자기 머리끝까지 짜증이 나서 사방치기를 하러 밖으로 나가려는데 n&n's가 궤변을 늘어놓아 나의 정화 의식을 방해했다. 그리고 그것이 n&n's가 자살하기 전, 내가 들은 그의 마지막 말이었다. 그날 이름 모를 망자의 머리카락으로 장식된 애도 주얼리—10K 골드, 금 함량 분석 완료, 매우 좋은 컨디션—는 나의 재빠른 손놀림과 교체한 와이파이 공유기 덕분에 n&n's의 소유가 되었다. 45만 원이라는 높은 가격 때문에 어차피 경쟁자도 없었다.

✽

"남편과 저는 집을 팔아 시간을 샀는데 시간이 넘쳐나자 집에서 잠만 잤어요. 하루 종일 잠이 밀려와 시도 때도 없이 잤어요. 저는 침실에서 잤고 남편은 거실에서 잤어요. 왜냐하면 우리는 둘 다 코를 심하게 골기 때문에. 제가 침대에서 남편에게 '돌려' 외치면 남편이 몸을 돌렸고 남편이 거실 바닥에서 저에게 '뒤집어' 문자를 보내면 제가 욕창을 방지했어요. 하지만 가끔 거실에 나가보면 남편은 혼자 일어나 노는 아이처럼 안 자고 있었어요. 그는 잠이 오지 않았던 거예요. 저 때문에 하루 종일 자는 척했던 거죠. 가끔은 저에게도 활력이 생겨 남편에게 나가자고 속삭였어요. 집 밖으로 나가 태어나 한 번도 해보지 않은 일을 하고 돌아다니자고 꼬드겼어요. 그렇게 우리는 우리와 비슷한 상황에 처한 사람들이 맨 먼저 할 법한 상투적인 행동, 외딴 별장에 모여 파트너를 옷걸이로 때리는 일 같은 걸 했어요. 우리는 같은 활동은 다시 하지 않기로 정했기 때문에 우리를 아낌없이 환영해주었던 선배들, 일상복을 벗고 라텍스 의상으로 갈아입기 위해 온몸에 오일을 바르던 채찍질을 좋아하는 친절한 그들을 실망시켰어요. 점차 우리는 태어나 한 번도 해보지 않은 무수한 일 중에서 우리에게 맞는 것을 잘 고르게 되었어요. 이상하게도 그것은 갈수록 눈물과 관련되었어요. 우리는 자식을 죽인 부모의 공판에 갔어요. 거기서 나는 국화를 던지다 울었어요. 우리는 계룡산을 네 발로 기어올랐어요. 거기서 나는 절벽 너머로 빠진 발톱을 던지다 눈물을 터뜨렸어요. 초콜릿을 김에 싸 먹다가 목놓아 울었고 계란을 부치다가 오열했어요. 나는 점점 눈물이 많아져 노상 하던 일도 울면서 했고 그러니 모든 일이 새로운 일이 되어 굳이 밖에 나가 찾을 필요가 없어졌어요. 계란은 부쳐봤지만 울면서 부쳐본 적은 없으니까요. 우울증에 걸리면 모든 일이 그토록 새로워져요. 나중에는 입원을 요할 만큼 병이 깊어져 팔에게 올라가라 명해도 팔이 들리지 않고 밖으로 나가고 싶어도 못 나가게 되었어요. 남편도 우울증을 얻었다면, 그래서 무기력이 기운을 다 빼놨다면 우리는 사이좋게 집에 누워 겨우 '돌려' 중얼대고 '뒤집어' 문자를 보냈을 거예요. 남편은 밖에 나가지 못했을 거고 그 바람에 죽지 못했을 거예요. 반대로 내가 우울증에 걸리지 않았다면 나는 변덕스러운 성격이기에 삶의 방향을 줄기차게 바꿔댔을 거예요. 지금쯤 우리는 부에노스아이레스에서 묘지기를 하고 있거나 시간으로 돈을 사는 시절로 돌아가 스리잡을 뛰고 있을 거예요. 그러나 나는 팔을 들 수도 없었고 아이디어를 떠올릴 수도 없었고 남편에게 이것저것을 하자고 속삭일 수도 없어서 남편이 어찌할 바를 모르고 제가 돌아오기를 기다리며 우리가 마지막으로 하던 일을 하고 돌아다닌 거예요. 태어나 한 번도 해보지 않은 일이라면 닥치는 대로 했던 거예요. 그러니 모르는 사람의 발가락을 빠는 일이나 러시아 대사관 담을 넘는 일, 올리브오일 한 병을 마시는 일이나 에어컨 설비 교육을 받는 일, 그리고 시위에 참여했다가 방파제에서 떨어져 죽는 일은 모두 같은 층위에 있어요. 남편과 내가 정한 규칙이 그 모든 세세한 일을 내려다보고 있어요. 당신들은 얼핏 중요해 보이지만 남편의 죽음에서 곁가지예요. 당신들이 끼어들 틈은 없어요. 남편의 죽음은 우리 부부의 것이에요."

✽

남편이 죽은 지 1년이 채 되지 않은 어느 날, n&n's는 스스로 목숨을 끊었다. 자식이 없던 그는 죽기 전에 여러 모르는 사람에게 재산을 증여했다. 언젠가 TV 다큐멘터리에서 보았던 자립 준비 청년 세 명에게 2천만 원씩 주는 식이었다. 집을 판 돈으로 시간을 샀던 n&n's에게 미래가 사라지자 현금만 넘치게 남았던 것이다. n&n's는 옥상에서 돈다발을 뿌리는 사람처럼 세상 구석구석 필요한 사람에게 수억을 쏘느라 자살을 차일피일 미뤘으나 결국에는 죽음이라는 나쁜 방식을 통해 남편과 재회했다. 죽음이 부부의 재회 수단이었다는 것은 나의 추측이 아니라 n&n's가 유서에 분명히 적어 놓은 바였다.

n&n's의 유서는 여러 사람에게 남기는 짧은 문장으로 구성되어 있었다. 나에게도 몇 마디 남겼으나 그에 대해 언급하기 전에 가장 중요한 사실부

터 짚고 넘어가야겠다. 내가 받은 것은 3천만 원이 아니었다.

생판 모르는 남에게 2천만 원을 준 n&n's가 매일 보다시피 한 나에게는 돈도 차도 아닌 주얼리를 남겼다. 어떻게 그럴 수 있지? 나는 변색 방지를 위해 앙증맞은 지퍼 백에 담긴 장신구를 폭력적으로 잡아 빼며 광분했다. 그러다 이것을 모두 팔면 1, 2천만 원은 건질 수 있음을 깨닫고 n&n's를 용서했다. 현금을 물려받은 자립 준비 청년들과 달리 나는 현물을 물려받았고 그것을 현금화하려면 일을 해야 했다. 나는 라이브 방송을 시작했다. 그것은 전혀 어렵지 않았다. 나에게는 수천 번의 라이브 방송 시청 경험과 수만 번의 '저요+가격' 채팅을 통한 빈티지 주얼리 시세에 대한 데이터가 이미 내장되어 있었다. 미니 삼각대를 사서 방송을 시작하기만 하면 되었다.

어떤 사람들은 인생을 포기했기 때문에 집에서 구더기가 나오는 줄 안다. 하지만 의외로 구더기는 의욕이 바닥났을 때가 아니라 다시 막 샘솟을 때 나오기도 한다. 나를 예로 들자면 수년을 편의점 도시락만 먹고 살다가, 알 수 없는 알고리즘에 의해 한겨울에 얼어붙은 계곡물을 깨고 입수하는 사람의 영상을 보고는 불현듯 제대로 살아야겠다는 각오에 휩싸여 감자를 사서 베란다에 던져놓았다가, 거기서 이슬처럼 반짝이는 구더기 친구들을 만났다. 그리고 때로 그것은 의욕을 품은 것에 대한, 새 삶을 꿈꾼 것에 대한 처벌처럼 느껴진다. 나는 이슬 친구들을 박멸하는 대신 그들에게 나의 길고 축축하고 뜨듯한 머리카락을 넘겨주곤 집에 종일 누워 있다가 라방 시간에 맞춰 n&n's의 집으로 올라가곤 했다.

그러나 이제 n&n's도, 그의 집도 사라졌다. 나에게 남은 것은 n&n's의 물건뿐이었다. 나는 그것을 팔기로 했고 그러려면 삼각대를 구비하기 전에 청소부터 해야 했다. 하루에 40만 원 이상 써재끼는 큰손 손님이 택배 상자를 열었다가 우윳빛 캠퍼 글라스 귀걸이를 놀이터 삼아 타고 노는 이슬 친구를 발견해서는 안 되기 때문이다. 과거 나에게 집을 한번 들었다 놔주겠다고 제안한 바 있는 활동가에게 연락할까 하다가 마지막으로 본 그의 얼굴을 떠올리곤 관뒀다. n&n's가 죽었다는 소식을 들은 그는 나에게 말했다. "죽지 마세요. 그쪽이 죽으면 저도 정말 죽습니다." 그래서 나도 응수했다. "죽지 마세요. 그쪽이 죽으면 저도 정말 죽습니다." 우리는 똑같은 얼굴을 하고 서로의 삶에 대한 연대 책임을 졌지만 다시는 만나지 말아야 한다고 느꼈다. 어쨌든 나는 범죄 현장에 남은 지문을 지우는 범죄자처럼 집을 쓸고 닦다 이것이 n&n's가 나에게 남긴 유산임을 깨달았다.

방송을 시작하자 놀랍게도 나의 내면에서는 원대한 야심이 폭발했다. 그것은 그동안 보아온 라이브 방송에 대한 불만에서 비롯되었다. 그리하여 나는 첫 방송 전에 동종 업계인의 눈으로 정탐할 겸 시청한 타 방송 진행자들과 돌아가며 싸웠다.

'어떻게 주얼리를 자신을 꾸미는 데에만 사용할 수 있죠?' 내가 채팅창에 쓰자 한 진행자가 물건을 팔다 말고 인상을 찌푸리며 말했다. "혹시 장신구의 뜻을 모르시나요? 몸치장을 하는 데 쓰는 물건, 그게 장신구의 사전적 정의예요. 그럼 목걸이를 사람 모가지 꾸미는 데 쓰지 어디다 써요?"

그런 식이었다. 그들은 시간에 대한 존경심이 부족했다. 만일 그들이 전쟁과 기아와 히틀러와 항생제가 개발되지 않아 발톱 거스러미만 잘못 뜯어도 픽픽 죽어나가던 시대를 건너 우리에게 와준 목걸이에 일말의 존경심이 있다면, 지금 당장 백화점에서 살 수 있는 스와로브스키의 노골적인 휘광이 아니라 백내장 환자의 안구처럼 희뿌연 빛을 발하는 이 낡고 슬프고 지치고 상실을 간직한 사물에 대한 조금의 애정이라도 있다면, 어떻게 그것을 오로지 우리의 존재를 조금 더 낫게 만드는 데에만 사용할 수 있을까? 적어도 우리의 존재를 '조금'이 아니라 완전히 탈바꿈시킨다는 것을 보일 멋진 무대를 마련해야 하지 않을까?

첫 라이브 방송을 하던 날, 나는 온 힘을 다해 n&n's에게 물려받은 주얼리를 소개했다. 각 피스마다 그에 걸맞은 메이크업과 의상을 준비해 목걸이 하나, 귀걸이 하나, 브로치 하나가 한 인간을 얼마큼 변화시킬 수 있는지, 우리 안에 갇힌 또 다른 우리를 얼마나 손쉽게 끌어낼 수 있는지 보여주려 했다. 한마디로 나는 귓불 끝을 겨우 가리는 작디작은 귀걸이가 한 인간에게 끼치는 영감의 최대치를 드러내려 했다. 내가 방송을 준비하며 레퍼런스로 삼은 사람은 가수 콘치타 부르스트와 구찌의 새 시대를 견인한 전(前)크리에이티브 디렉터 알레산드로 미켈레와 예수 그리스도였다. 나도 그들처럼 머리카락을 어깨까지 늘어뜨리고 인중과 턱을 수염으로 뒤덮고 티셔츠 넥을 잡아당겨 오프숄더로 만들고 고불고불한 가슴 털 위로 목걸이 열두 줄을 낭만적이고 난잡하게 드리우고 눈가에 까보숑과 보색 대비를 이루는 아이섀도를 칠하고 주얼리 하나당 40분씩 들여 n&n's가 내게 남긴 선물을 세상에 열렬히 소개했다.

나를 탈진 직전까지 몰아간 방송이 끝나고 나는 'MZ_vintage_lover'라는 분께 다음과 같은 다이렉트 메시지를 받았다. '님, 그냥 드래그가 하고 싶으면 하세요. 메이크업하는 드래그 퀸은 많지만 아직 주얼리 코디네이션을 하는 드래그 퀸은 없답니다. 블루오션을 노려보세요. 파이팅! 사랑하고 응원합니다.'

이제 n&n's가 나에게 남긴 유언에 대해 말해야겠다. '지층에 사는 click 군에게'로 시작하는 유언은, 바로 이어 호칭을 갑작스레 바꾸어 나를 당황하고 슬프고 화나고 웃음 짓게 만들었다.

'아가씨!'

이 아줌마야, '아가씨'는 내가 나를 부를 때는 쓸 수 있지만 당신이 나를 부를 때는 쓰면 안 되는 호칭이야, 나는 속으로 말했다.

'선물이야. 진짜 보석은 하나도 없지만…… 시집갈 때, 예물로 써!'

그렇게 나는 남편을 따라 죽은 여자에게 578개의 빈티지 주얼리를 미래의 예물로 선물받았다. 한 쌍의 부부가 죽었고 혼인율은 곤두박질치고 있으며 나, 드래그 click은 결혼할 생각이 추호도 없고 여남 쌍이 씹다 버린 한물간 제도를 나는 아직도 누리지 못한다는 현실이 어이가 없고 그렇지만

n&n's의 머리카락을 넣어 만든 하트 로켓 목걸이가 가슴을 아프게 칠 때면 나는 두리번대며 남편감을 찾는다.

키가 170센티미터 이하이고 오리 엉덩이에 짧은 다리로 힘차고 야무지게 걷는 내 식성의 남자들의 굵은 목에 불가리 목걸이를 휘감아주고, 오동통한 검지에 까르띠에 반지를 끼워주고, 아프게 사랑하다 드라마틱하게 이혼하는 꿈을 꾸다가 깨닫는다. n&n's의 남편이 옆구리에 끼고 다니던 n&n's의 소망이 나에게 옮겨붙었구나.

진화하는 이야기와 희망

이정현 한국외국어대학교 교양학부 강사, 문학평론가

이미상의 「옮겨붙은 소망」은 타인의 기억이 누군가의 희망으로 진화하는 과정을 그린 조용한 소극(笑劇)이다. 소설은 화자인 '나'가 한 여자의 이야기를 들려주면서 시작된다. 그 여자의 이름 n&n's. 그녀는 얼마 전 남편을 잃었다. 남편의 장례식은 열흘이 넘도록 열리지 않았다. 정부에 맞선 활동가들은 경찰의 과잉진압으로 남편이 죽었다고 주장했다. 활동가는 n&n's에게 남편의 죽음에 공적인 의미를 부여할 추도사를 쓰길 권유한다. 하지만 n&n's는 끝까지 추도사를 쓰지 않고 버틴다. n&n's는 남편을 죽음에 이르게 한 것은 바로 자신이라고 생각한다. n&n's는 단호하게 말한다. "당신들은 얼핏 중요해 보이지만 남편의 죽음에서 곁가지예요. 당신들이 끼어들 틈은 없어요. 남편의 죽음은 우리 부부의 것이에요." n&n's는 왜 그토록 추도사 쓰기를 거부하는 걸까.

n&n's와 남편은 자발적으로 이른바 'FIRE(화이어)족'*이 되는 길을 선택했

* 'Financial Independence Retire Early'의 앞글자를 딴 명칭이다. '경제적 자립(Financial Independence)'을 토대로 자발적으로 '조기 은퇴(Retire Early)'를 추진하는 사람들을 일컫는 말이다. 그리고 'FIRE'라는 표현은 소설을 관통하는 언어유희로 읽힌다. 제목 '옮겨붙은 소망'처럼

다. 두 사람은 직장을 그만두고, 아파트의 시세차익으로 살아가기로 합의한다. 시세차익과 시간을 맞교환한 것이다. n&n's는 아파트값이 계속 상승하리라는 것을 알았지만 "살면서 한 번은 돈을 이겨보고 싶다"며 호기를 부렸다. 남편은 "돈이 떨어질 때까지만 목숨을 부지하"자는 n&n's의 의견에 동의하고, 바뀐 삶에 빠르게 적응한다. 이후 남편은 n&n's의 소망을 충족시키려고 계속 노력한다. n&n's의 입술에서 "새로운 소망, 새로운 목표, 새로운 삶의 비전"이 나올 때마다 남편은 그것을 잽싸게 이뤘다. n&n's는 거창한 꿈을 갖거나 거기에 집착하지 않았다. 단지 싫증을 잘 내고 입이 방정일 뿐이다. 기이한 '화이어족' 부부의 행복은 오래가지 않았다. n&n's는 우울증에 걸려 모든 소망을 잃는다. 두 사람은 온종일 잠만 자는 무료한 생활을 반복한다. 그러다가 남편은 무료함을 이기려고 태어나 "한 번도 가보지 않은 바다"에 가서 "한 번도 듣지 못한 주장을" 하는 사람들을 만나 얼떨결에 그들과 "한 번도 해보지 못한 인간 띠잇기 시위"를 한다. 시위대는 바다에 뛰어들어 해상 시위를 이어가고, 수영을 못하는 남편은 반대편 방파제까지 시위대를 따라가다가 어이없게 목숨을 잃는다.

남편이 사망한 후 n&n's는 의욕을 상실한다. "집을 판 돈으로 시간을 샀던 n&n's에게 미래가 사라지자 현금만 넘치게 남"는다. n&n's의 관심은 인스타그램 방송에서 경매 형식으로 판매하는 빈티지 주얼리 구매에 꽂힌다. 화자인 '나'는 빌라 위층에 거주하는 n&n's의 '클릭 도우미'로 고용된다. '나'의 업무는 간단하다. 경매 방송을 보다가 n&n's의 오더가 떨어지면 재빠르게 댓글을 달고 빈티지 주얼리를 구매하기. '나'는 경매 방송을 보면서 주얼리에 담긴 '개별적인 역사'에 흥미를 느낀다. 반면 n&n's는 주얼리의 역사에는 관심이 없다. 돈이 떨어질 때까지만 목숨을 부지하겠다는 n&n's의 결심

마치 불이 '옮겨붙'듯이 '나'는 'n&n's가 남긴 유물을 접수하면서 갱생한다.

을 상기한다면 그녀의 방탕한 주얼리 구매는 남은 삶의 탕진과 다를 바 없다. n&n's는 죽은 사람의 머리카락 조각이 담긴 '애도 주얼리(mourning jewelry)'를 구매하고, '나'에게 자신과 남편의 이야기를 털어놓은 후 자살한다.

'나'는 n&n's의 죽음에 특별한 슬픔을 느끼지 않는다. 타인의 죽음을 온전히 애도할 상태가 아니다. 그저 모르는 사람들에게도 돈을 나누어 준 n&n's가 자신에게도 뭔가 남겨주길 기대했을 뿐이다. n&n's는 '나'에게 578개의 빈티지 주얼리를 유산으로 증여한다. '나'는 n&n's가 남긴 주얼리들을 라이브 방송에서 팔아 돈을 마련하고자 한다. 방송은 어렵지 않았다. 이미 '나'는 그 주얼리들을 사려고 숱한 밤을 지새면서 방송에 댓글을 달았던 과거가 있으니까. 그런데 '나'는 곧 이상한 의욕이 솟기 시작한다. '나'는 주얼리들이 품고 있는 제각각의 역사와 n&n's 부부가 감내한 시간을 기억하며 목걸이 하나, 귀걸이 하나, 브로치 하나가 "한 인간을 얼마큼 변화시킬 수 있는지, 우리 안에 갇힌 또 다른 우리를 얼마나 손쉽게 끌어낼 수 있는지" 보여주고자 노력한다. 그러면서 '나'는 지독한 우울과 좌절에서 조금씩 벗어나게 된다. 그렇게 희망은 마치 조용히 번지는 불(Fire)처럼, '나'에게 '옮겨붙'는다. 그것이 바로 n&n'가 '나'에게 준 유산이었다.

소비를 추종하는 세계에서 모든 가치는 숫자로 측정된다. n&n's는 시세 차익으로 노동에서 자유로운 시간을 구입하고, 남편을 잃은 공허를 쇼핑으로 달랜다. 화자는 쇼핑을 도우면서 돈을 번다. 쾌락, 휴식, 허영, 심지어 감정도 가치를 따진다. 소비자들은 일상적으로 '가성비'를 가늠하면서 살아간다. 이 소설에서 유일하게 측정하기 어려운 것은 바로 '기억'이다. 기억이란 "사람이나 동물이 경험한 것이 어떤 형태로 뇌에 보관되어 있다가 나중에 재생되어 나타나는 현상"*을 의미한다. 사람은 자신의 경험과 기억

* 다우베 드라이스마, 『기억의 메타포』, 정준형 역, 에코리브르, 2006, 45쪽.

을 타자에게 전달하고자 한다. 자신의 아픈 과거와 기억을 타자에게 전달함으로써 자신을 위로하고 이해를 구하기 위해서다. 그러나 n&n's는 남편을 잃은 후 자신의 경험을 온전히 전달하여 타인을 설득하는 노력을 포기한다. 다만 소비를 반복하며 삶을 방기한다. 특정한 사람의 삶과 기억이 정확하게 타인에게 전달하려는 노력은 대개 실패하고 만다. 이것이 n&n's가 느낀 절망의 근거다. n&n's와 활동가의 대화는 삶-기억의 수용과 이해의 어긋남을 드러내는 장치다. 하지만 구원은 예기치 않은 곳에서 발생한다. 빈티지 주얼리를 판매하는 방송을 하면서 '나'는 묻는다. "어떻게 주얼리를 자신을 꾸미는 데에만 사용할 수 있죠?" 상품의 교환가치를 숫자로 따지는 세계에서 '나'는 숫자 너머에 있는 생략되고 배제된 고유한 기억(역사)을 응시한다.

> 그런 식이었다. 그들은 시간에 대한 존경심이 부족했다. 만일 그들이 전쟁과 기아와 히틀러와 항생제가 개발되지 않아 발톱 거스러미만 잘못 뜯어도 픽픽 죽어나가던 시대를 건너 우리에게 와준 목걸이에 일말의 존경심이 있다면, 지금 당장 백화점에서 살 수 있는 스와로브스키의 노골적인 휘광이 아니라 백내장 환자의 안구처럼 희뿌연 빛을 발하는 이 낡고 슬프고 지치고 상실을 간직한 사물에 대한 조금의 애정이라도 있다면, 어떻게 그것을 오로지 우리의 존재를 조금 더 낫게 만드는 데에만 사용할 수 있을까?

타인의 삶-기억은 정확하게 전달되지 않고, 수신자의 상황에 따라 다르게 수용된다. 희망은 이 예측 불가능성 안에서 생성된다. n&n's가 남긴 유산에서 '나'가 발견하는 것은 사물에 깃든 누군가의 기억이다. 소설의 말미에서 '나'는 덤덤하게 말한다. (불이 번지듯이) "n&n's의 소망이 나에게 옮겨붙었구나." 여기서 독자들은 작가가 굳이 '옮겨붙는'이라는 표현을 쓴 이유를 어렴풋이 깨닫게 된다. 작은 불씨는 대개 허무하게 꺼지지만 때로는 격렬하게 타오르기도 한다. n&n's와 '나'의 이야기를 읽으면서 숱하게 지나친 타인의 이야기와 스쳐 보낸 구원의 순간들을 떠올린다. 그리고 어느 철학자(발터 벤야민)의 전언—"과거는 구원을 기다리는 어떤 은밀한 목록을 안에 간직하고 있다"—을 되뇐다. 희망은 '지나간 것'에서 '도래할 것'을 찾아내는 과정이다. n&n's는 과연 '나'가 갱생하기를 바랐을까. 누구도 알 수 없는 일이다. 다만 확실한 것은 당신의 사소한 이야기도 어쩌면 누군가에게는 '옮겨붙을' 희망이 될지도 모른다는 사실이다.

AKA 신숙자

이서수

2014년 『동아일보』 신춘문예로 작품 활동 시작.
소설집 『젊은 근희의 행진』 『엄마를 절에 버리러』 『몸과 고백들』,
장편소설 『마은의 가게』 『헬프 미 시스터』 『당신의 4분 33초』 있음.
젊은작가상, 이효석문학상 등 수상.

AKA 신숙자

헬레나 루빈스타인의 초상화를 보았을 때 숙자 씨는 엉뚱하게도 무당을 떠올렸다. 어릴 적 고향집 마당에서 굿을 하던 무당의 이목구비가 숙자 씨의 눈에는 여러 겹으로 흔들려 보였는데, 그림 속 모델의 모습도 그와 비슷했다. 바람에 펄럭이다 제자리로 돌아오길 반복하는 얼굴처럼 보였다. 그렇게 그려달라고 부탁이라도 한 걸까. 내 얼굴을 부동의 모습으로 그리지 말아주세요, 라고.

역사에 남은 대부호로 살았던 여성의 마음을 역사에 기록될 가능성이 거의 없는 우리가 짐작하기는 어려웠다. 그럼에도 우리는 제각기 다른 날에 같은 그림을 오래 바라보며 우리로서는 영원히 알 수 없는 일을 상상했다. 그림은 볼수록 묘했고, 끊임없이 말을 걸어왔다.

두 시간이면 미팅 끝나.

예약 인증 화면을 숙자 씨의 휴대폰에 띄워주며 나는 다시 한번 당부했다.

전시 보고 나서 다른 층으로 가지 말고 여기 있어.

숙자 씨가 휴대폰을 건네받으며 어서 가라고 손짓했다. 코너를 지나며 돌아보았더니 다부졌던 숙자 씨의 표정이 살짝 풀어져 있었다. 마음이 편안해진 것이리라. 요즘 들어 부쩍 기억력과 총기를 테스트하려 드는 딸의 과도한 관심에서 잠시 멀어진 것에 안도한 얼굴을 보니 그간 어지간히 엄마를 괴롭혔다는 생각이 밀려왔다.

숙자 씨는 혼자 있을 때보다 나와 함께일 때 정신을 더욱 똑바로 차려야 한다. 행동이 지나치게 굼뜨거나 뭔가를 잊거나 상황과 동떨어진 말을 하면 내가 눈을 크게 뜨고서 언제부터 그런 거야? 치매는 아니지? 하고 득달같이 물어서였다. 혼자 사는 엄마의 건강을 염려한 것이었으나 그때마다 숙자 씨는 자신을 불안하게 만드는 딸에게 짜증을 냈다.

얘, 난 멀쩡해. 네가 너무 과민한 거야.

나에 대해 정의내릴 수 있는 세 개의 명사는 박미리, 프리랜서 작가, 부양자일 텐데 그중 어느 것이 나를 과민하게 만드는지 업무 미팅 장소인 아래층 카페에 도착하기 전에 생각해보자. 먼저 박미리부터.

타인에게 박미리라는 이름으로 나를 소개할 때마다 성을 '신'으로 바꾸길 요구하던 숙자 씨의 얼굴이 떠올랐다. 박미리든 신미리든 나에겐 매한가지처럼 느껴졌지만 숙자 씨는 달라도 한참 다르다고 주장했다. 박미리가 되면 전 남편의 피가 섞였다는 걸 인정할 수밖에 없기 때문일 것이다. 신미리로 살아간다고 해서 그 사실이 달라지는 건 아니었지만, 숙자 씨는 '박'이라는 성을 내게서 뚝 떼어내고 싶어 했다. 그런 생각은 박미리로 살아가는 나에게 죄의식과 부채감을 갖게 한다는 걸 모르는 것 같았다. 박신미리나 신박미리라는 해결책이 있었지만 숙자 씨는 신과 박이 나란히 붙는 것조차 싫어했다. 둘 중 하나로 정하라고 다그치진 않았으나 내가 계속해서 박미리로 살아가고 있는 것에 끈질긴 의문과 자글자글 끓어오르는 분노를 품고 있었다. 나는 성을 제거하고 '미리'라는 두 글자 이름으로 살고 싶었지만 그렇게 할 수 있는 방법이 없었다. 그 사실이 나를 과민하게 만드는 건지도 모른다.

프리랜서 작가라는 나의 직업 역시 요인이 될 수 있을 것이다. 불안정한 수입은 둘째 치고 정규직, 계약직, 파견직, 플랫폼 노동직 중 그 어디에도 속할 수 없어 쓸쓸했고, 자영업자나 다름없다는 말을 들었을 땐 억울함마저 느꼈다. 주인집 할머니는 글을 써서 먹고산다는 내 말을 이해하지 못했다. 남자친구와 동거 중이었다는 이유로 나를 새댁이라고 부르던 할머니는 낮에도 집에 머무는 위층 새댁의 직업을 무척 궁금해했고, 결국 무슨 일을 하는지 알게 되었으나 그때부터 꼬리를 무는 수수께끼에 빠져 들었다. 새댁이 글을 판다고? 어디에? 출판사에 팝니다. 신문사에 팔 때도 있고요. 새댁의 글을 누가 돈 주고 사는데? 할머니는 내가 이미 답한 질문을 다시 물었다. 나는 할머니가 층계참마다 장독대를 빼곡히 놓아두어 복도에 된장 냄새가 진동하게 만든 것도 이해했으며, 돌아가신 자신의 아버지를 욕할 때마다—나한테 일을 얼마나 많이 시켰는지 몰라. 우리 집 소보다 내가 더 많이 일했어— 할머니의 어깨를 가만히 보듬어주고 싶은 충동을 느꼈지만, 당최 무슨 이유로 백수 새댁의 글을 돈 주고 사 가느냐는 의구심을 품은 할머니에게 미소를 지어주긴 힘들었다.

코너를 돌자마자 카페 구석진 자리에 앉아 나를 기다리는 갑의 얼굴이 보였다. 출판사 계약서와 다르게 저 자가 건넨 계약서엔 작가가 '을'로 표기되어 있다. 계약서야말로 관계의 진실을 가장 명확하게 보여주는 것인지도 모른다. 단순하고도 명쾌한 도식이다. 나 너한테 받고 싶은 게 있어. 돈 줄 테니까 내놔. 나 너한테 주고 싶은 게 있어. 그거 줄 테니까 돈 내놔. 나를 과민하게 만드는 세 번째 요인이자 내가 자꾸 '돈돈'거리게 만드는 그것은, 부양자.

생활비를 부치고 나면 나는 꼭 술을 마시고 숙자 씨에게 전화를 걸어 생색을 냈다.

엄마, 오늘 돈 보냈어. 좀 적게 보냈어. (이번 달엔 힘들었어.)

할 수 없는 말을 괄호 안에 넣어두지만, 어릴 적에 도깨비불을 보았고 귀신과 마주친 적도 있으며 무당의 카리스마에 홀딱 반했던 숙자 씨는 내 속내를 알아챌 것이다.

적게 보내도 돼. 고마워.

요양보호사는 알아보고 있는 거야? (왜 감감무소식이야.)

지난번에 가봤어.

상담부터 해보라니까. (그게 뭐 어려운 일이라고.)

상담할 것도 없어. 그냥 하면 돼.

그럼 해. (돈 좀 벌어와.)

그게…… 이런 말을 들었어. 요양보호사로 일하는 아주머니가 그러는데, 환자 목욕시키는 게 너무 힘들대.

당연히 힘들겠지. (안 힘든 일이 어디 있겠어.)

기저귀 찬 남자 환자를 목욕시켜야 할 때가 있잖아. 근데 거기에 대변이 묻으면 잘 안 지워진대. 주름이 있어서.

주름이 어디에 있다는 건데?

숙자 씨는 내가 왜 너한테 이런 말을 하는지 모르겠다고 하면서도 자세히 알려주었다. 어디에 묻고, 왜 잘 안 지워지는지. 한참 듣다 보면…… 정말이지 생생한 현장 이야기가 아닐 수 없었다. 숙자 씨의 불길한 상상도, 고된 노동을 알아달라고 성토하는 것도 아닌 그저 현장에서 매일같이 일어나는 심상한 일일 뿐. 나는 아랫입술을 잘근잘근 씹었다. 나에게 이런 말을 하는 이유가 뭘까. 실은 잘 알면서도 고심하는 척했다.

환자여도 손가락 까딱할 힘만 있으면 몸이 반응한다고 그래. 아휴, 내가 결혼도 안 한 딸한테 별 소릴 다 한다.

결혼은 안 했지만 알 만한 걸 모른다고 잡아뗄 나이는 아니었기에 나는 짐짓 아무렇지 않은 척하며 그래도 어떡해, 해야지, 하고 말했다. 그러자 숙자 씨가 한숨을 푸욱 내쉬었다.

남자 환자는 못 맡겠다고 미리 말해도 될까. 그렇게 하는 게 가능할지 모르겠어. 미운털이 박혀서 일을 못 받으면 어쩌지. 나는 왜 이렇게 예민할까. 어릴 때부터 그랬어. 우리 아버지랑 어머니가 자식들 중에서 내가 제일 예민하다고 했어. 이 나이에도 여전해.

그럼 하지 마.

숙자 씨가 기다리고 기다리던 말이 마침내 내 입에서 나왔다. 안도한 목소리로 다른 일도 알아볼게, 하고 냉큼 전화를 끊었던 숙자 씨. 괜스레 짜증이 밀려와 소주 1병을 추가로 주문했던 나.

그런 나를 고용한 갑의 입은 지금 내 앞에서 열리고 닫히길 반복하고 있다. 덩달아 내 입도 열리고 닫히고 머뭇거렸다. 표 나지 않게 한숨 쉬고 허리를 곧추 세우고 점점 힘이 빠져 고개를 수그리고 다시 꼿꼿하게 세운 채 미팅을 거듭하더라도 좁혀지지 않는 간극을 어찌 해야 하나 생각했다. 나를 고용한 57세 졸부 장성진 씨가 말했다.

이게 나오기만 하면 대박 칠 책인데 내가 문장을 쓰는 능력이 없어요. 지난번에 보내주신 샘플 원고는 잘 봤습니다. 처음부터 말했듯이 내가 원하는 건 어린아이도 이해하기 쉬우면서도 기품 있는 문장이에요. 그런데 박 작가님 문장은 밋밋하고 건조해요. 촉촉함이 없어. 쓸데없는 데서 날을 세우고. 처음 만났을 때 잘 안 웃는 거 보고 내가 짐작은 했는데……. 그동안 힘들게 살았어요? 얼굴에 그늘이 있어. 작가님 얘길 좀 해봐요. 결혼은 안 했죠? 애인은 있어요?

(장성진 씨, 방금 전에 선 넘으셨어요.)

나는 3년 연애에 종지부를 찍은 뒤 애인이 떠난 집에서 혼자 살고 있었다. 전 애인에게 빌려준 돈을 월세 보증금으로 대신 받을 생각이었는데, 집주인이 계약자가 아니면 보증금을 돌려줄 수 없다고 정당히 주장하는 바람에 오도 가도 못하는 신세가 되었다. 전 애인은 나와 만나길 거부했고, 함께 살던 집을 처분하는 것도 계속 미루었다. 도대체 어쩌라는 걸까. 다시 돌아올 가능성을 염두에 두면서 보내는 시간은 길고 지루하다가도 가끔은 설렜으며 결론이 나지 않는 문제라는 것이 당연하게 느껴지기까지 했다. 우리가 함께 보낸 시간을 생각해보면 더욱 그랬다.

숙자 씨에겐 전 애인과 끝났다는 것만 알리고 이사를 미루는 이유는 말하지 않았다. 자연스레 숙자 씨는 나와 같이 살게 될 거라고 예상했다.

또 하루가 멀다 하고 싸우면 어쩌지.

왜 싸웠는지는 잊었으나 사소한 문제들로 노상 싸웠다는 사실만은 둘 다 기억하고 있었다. 나는 비유적인 말로 숙자 씨를 안심시켰다.

엄마, 한 번 독립한 새는 둥지 안으로 돌아가기 힘든 법이야. 비좁은 둥지 안에서 복닥거리며 어떻게 같이 살겠어. 나는 이제 새끼 새가 아닌데. 엄마도 먹이를 성실히 물어다 주는 어미 새가 아니잖아.

숙자 씨는 고개를 끄덕이더니 내가 독립하던 날 밤에 무얼 했는지 처음으로 알려주었다.

네가 집을 떠난 날 밤에 김치 부침개를 부쳐 먹었어. 그렇게 맛있을 수가 없더라. 그래서 다음 날엔 호박 부침개를 해먹었고, 그다음 날엔 돼지갈비를 간장 양념에 잘 재워놓았다가 구워 먹었어. 그 얘기를 동네에서 만난 아주머니에게 했더니 손뼉을 치며 웃는 거야.

우리 딸도 제발 내 집에서 나갔으면 좋겠어요.

아주머니의 속사정을 알아챈 숙자 씨가 물었다. 집에 나이 많은 딸이 있는가 봐요?

예, 안 나가고 끝까지 버티고 있어요.

아주머니는 날 잡았다는 듯 푸념을 길게 늘어놓았다.

팬티 한 장 자기 손으로 안 빨아요. 결혼까진 바라지도 않아. 결혼 얘길 꺼내면 조목조목 따지고 들면서 나를 가르치고, 결혼 때문에 엄마 인생이 망했다는 식으로 말해서……. 요즘엔 자나 깨나 비혼을 외쳐대요. 결혼은 됐고, 독립이나 했으면 좋겠어요. 우리도 자유롭고 싶잖아요. 안 그래요?

숙자 씨는 독립하지 않으려는 아주머니의 딸을 함께 욕해주었다. 나는 둘이 얼마나 친한 사이냐고 물었다.

그날 처음 만난 사람이야.

근데 그런 말을 해?

얘, 더한 말도 해. 우리는 다 말해.

엄마들이 모이면 무슨 말을 하는지 숙자 씨가 자세히 알려주었다. 대부분 독립하지 않은 자식들에 대한 신랄한 뒷담화였다. 이 집엔 나이 많은 아들, 저 집엔 나이 많은 딸이 있었다. 자식들끼리 눈 맞으면 딱이겠네. 드디어 집에서 쫓아낼 수 있겠어. 그런 계략을 품은 엄마들이 그 자리에서 연락처를 주고받기도 한다고 했다.

심지어 직업도 안 물어봐. 그저 집에서 내보내기만 했으면 좋겠다는 거야.

언제부터 엄마들이 그렇게 변했지? 나는 몹시 의문이라는 듯이 물었다. 원래 옛날 엄마들은 모성애가 넘쳐서 자식을 무한히 품어주고 그랬잖아.

숙자 씨가 코웃음을 쳤다.

모성애는 무슨. 무릎도 시원찮은 어미한테 속옷 빨래나 맡기는 자식들아, 정신 차려라. 해방이니 평등을 외쳐대면서 우리한텐 해당 안 되는 것처럼 구는 얄미운 것들. 집 나가면 월세 들고, 집안일도 혼자 다 해야 하니까 영악해서 안 나가는 거잖아.

나는 그 말을 들으며 빈 둥지 증후군만이 아니라 비워지지 않는 둥지 증후군도 있다는 걸 깨달았다.

엄마, 그 아주머니는 어디서 만났어? (엄마한테 비워지지 않는 둥지 증후군을 가진 아주머니들을 끌어당기는 힘이 있는 건가?)

그날, 동네 마트에서 원플러스원 할인 행사 중인 대용량 고추장을 바라보고 있던 숙자 씨에게 낯선 아주머니가 말을 걸어왔다. 같이 사서 한 통씩 나눌래요? 숙자 씨는 선뜻 반기며 그 말을 따랐다. 고추장을 안고 마트 밖으로 나오는데 아주머니가 대뜸 호떡을 사주면서 숙자 씨를 근처 벤치에 잡아 앉히더니 다짜고짜 자기 얘기 좀 들어달라고 요구했다.

그 집 딸이 엄마를 놀리는 게 취미래.

나는 뜨끔했지만 짐짓 모른 체하며 물었다. 뭐라고 놀리는데?

섣불리 연애하지 말라고. 아주머니 나이가 일흔인데 매일 구청 앞에 앉아서 지나가는 사람들을 구경한대. 그게 하루 일과야. 딸이 제발 그러지 좀 말라고 제 엄마를 타박하다가 어느 날은 그러더래. 그 앞을 지나다니던 할아버지가 엄마가 외로워 보여서 연애를 걸면 어떡할 거냐고. 조심해, 엄마. 그런 할아버지는 절대로 따라가면 안 돼. 아무 생각 없이, 연애 건다고 덜컥 연애하면 안 돼.

나는 왜 연애를 하면 안 되냐고 물었다. 숙자 씨는 딸이 한 말을 더 들어보라고 했다.

할아버지가 엄마를 데리고 가는 곳이 어딘지 알아? 종로야.

숙자 씨는 종로 무료 급식소 앞에 길게 줄 선 노인들을 티브이 뉴스로 봤다고 덧붙여 말했다.

할아버지가 거기에 엄마를 데려가서 같이 밥 먹고 데이트하려고 할 거야. 그러니까 구청 앞에 그만 좀 앉아 있어요. 딸이 되바라지게 그런 말을 하더래.

숙자 씨는 말미에 깔깔깔 웃었다. 나는 숙자 씨가 왜 웃는지 알았다. 나도 비슷한 말을 한 적이 있었다. 이 집 딸이나 저 집 딸이나 왜 엄마를 못 놀려먹어서 안달일까. 팬티 한 장 자기 손으로 안 빨면서, 새벽에 일어나 무료 급식소를 찾아가는 이의 절박한 마음을 비릿한 농담으로 소비하는 것에 죄책감을 느끼지 않는다. 나는 허어, 하고 개탄의 신음을 내뱉었다.

엄마, 옆집 할머니는 아직도 연애 중이야?

그럼. 할아버지가 매일 집에 놀러와. 둘이 같이 드라마 보고 음식도 해

먹어. 벽이 얇아서 내 방까지 소리가 다 들리거든.

둘이 사랑을 나누면 그 소리도 다 들리겠구나. 나는 혼자서 야한 생각을 하다가 숙자 씨는 그런 소리를 들으면 무슨 생각을 할지 궁금해졌다. 숙자 씨의 성생활에 대해선 아는 것이 전무했다. 섹스 파트너가 있는지 없는지(당연히 없겠지), 자위는 하는지 안 하는지 (어떻게 하는 건지는 알까), 성욕이 모두 사라졌는지 약간 남아 있는지, 전보다 더 강해졌는지. 한 번도 묻지 못했고, 앞으로도 물을 용기는 나지 않을 것이다.

✽

업무 미팅을 끝내고 전시장이 있는 위층으로 다시 올라갔다. 숙자 씨도 그 그림을 봤을까. 헬레나 루빈스타인의 초상화. 굴지의 화장품 회사를 세운 여성. 20세기 역사에 굵은 획을 그었던 대부호. "못생긴 여자는 없다. 다만 게으른 여자가 있을 뿐." 그가 남긴 가장 유명한 말이다. 실로 화장품 회사 창업주다운 말이 아닐 수 없다.

거대한 화분 사이에 숨바꼭질하듯 놓인 벤치를 둘러보다 고개를 숙인 채 휴대폰을 보고 있는 숙자 씨를 발견했다. 등 뒤로 다가가 화면을 엿보았다. 헬레나 루빈스타인 리 플라스티 리커버리 나이트크림. 최저가 43만 9천2백 원. 숙자 씨의 손길이 화장품 사진 위에 가만히 머물러 있었다.

초상화 봤구나?

숙자 씨가 나를 돌아보더니 비싼 화장품을 훔치다 들킨 사람처럼 깜짝 놀랐다. 그러곤 죄의식을 드러낸 얼굴로 휴대폰 화면을 끄며 말했다. 나 이 여자 알아. 못생긴 집은 없다. 다만 게으른 집주인이 있을 뿐. 그렇게 말했던 사람이잖아.

그 말이 아닌데?

숙자 씨가 새침한 표정을 지으며 말했다.

예전에 집을 수리해주러 왔던 사람이 장부에 나를 코가 오뚝한 미인이라고 써놨었어. 그 사람이 해준 말이야. 못생긴 집은 없다. 게으른 집주인만 있을 뿐. 따지고 보면 같은 말이잖아.

그게 같은 말인가?

헬레나 루빈스타인도 나처럼 코가 오뚝한 미인이더라.

나는 긍정도 부정도 하지 않았고, 숙자 씨에게 작업을 건 수리기사에 대해서도 더 묻지 않았다. 고용주의 일장연설에 시달렸던 터라 배가 너무 고팠다.

엄마 집으로 가서 떡볶이나 해 먹자.

숙자 씨는 지체 없이 옷자락을 털며 일어났다. 그래, 어서 가자.

지하철역 밖으로 나왔더니 장대비가 퍼붓고 있었다. 숙자 씨가 핸드백에서 양우산을 꺼냈다. 내리는 비에 오도 가도 못 한 신세가 된 사람들을 뚫고 걸으며 우리는 팔짱을 단단히 꼈다. 그러나 얼마 가지 않아 걸음을 멈추었다.

야아오오오옹.

얼핏 보면 쥐인지 새끼 고양이인지 구별되지 않을 정도로 뼈만 남은 어린 고양이가 온몸의 털이 흠뻑 젖은 채 우리를 올려다보며 필사적으로 울었다. 야아아오오오옹. 가까이서 들여다보았더니 누런 콧물을 줄줄 흘리고 있었다. 쪼그려 앉아 손을 내밀자 힘없이 하악질을 했고, 일어나 멀어지면서 돌아보자 더욱 크게 울었다. 야아아아오오오오옹. 내 귀엔 그 소리가 이렇게 들렸다. 가지 마, 이 매몰찬 사람아!

✻

고양이의 이름은 퐁이가 되었다. 숙자 씨는 투박한 이름을 지어줘야 오래 산다면서 돌쇠나 개똥이 같은 이름으로 바꾸라고 요구했다. 나는 단박에 거절했다.

엄마는 개명하고 싶은 생각 없어?

내 또래에선 흔한 이름인데, 뭐.

숙자 씨는 같은 돌림자를 쓰는 천경자와 정강자를 언급했다. 천경자의 그림은 서울시립미술관, 정강자의 그림은 아라리오갤러리에서 함께 봤다. 숙자 씨가 가장 좋아하는 화가들이었다.

죽을 때까지 계속 일하고 싶다는 노인을 보면 숙자 씨는 못마땅한 표정을 지었다. '노인'이라는 단어는 질색하면서 '시니어'라는 영단어는 반기는 여느 노년층과는 달랐다. 숙자 씨는 직업 인생 2막을 여는 시니어가 아니라 생산 활동에서 멀어진 노인으로 당당히 인정받고 여생을 좋아하는 취미 활동만 하며 보내길 원했다. 물감과 붓을 사와 광고지 뒷면에 그림을 그리고 동시를 지었다. 도서관 자료열람실에서 책을 읽고, 멀티미디어실에서 영화를 봤다. 〈노인을 위한 나라는 없다〉를 보고 나선 제목의 의미를 내게 묻기도 했다. 천변 공원에 모여 에어로빅을 하는 아주머니들 사이에 섞여 열심히 춤을 췄고, 마음이 편안해진다는 이유로 청산별곡을 수시로 읊어댔다. 살어리 살어리랏다. 청산에 살어리랏다. 얄리얄리 얄랑셩 얄라리 얄라. 최청자가 만든 한국 무용 작품 〈살어리랏다〉를 자기 마음대로 해석한 막춤을 추기도 했다. 댄스, 그림, 작문, 독서, 서예를 진심으로 즐겼다. 이 사실을 알면 사람들이 나한테 돌을 던질 거야. 늙어서도 가난한 주제에 아직도 철이 안 들었다면서. 종종 그런 말을 중얼거리면서도 결코 변하지는 않았다.

엄마는 자기가 늙었다고 생각해?

쉬어도 될 만큼은 늙었다고 생각해.

쉬면서 뭘 하고 싶은데?

생각을 좀 하고 싶어. 나와 나의 독신 생활에 대해.

헬레나 루빈스타인의 초상화 앞에서 숙자 씨 역시 나처럼 발길을 옮기지 못하고 오래 머물렀다. 그림 속 여성의 얼굴은 바람에 부드럽게 휘날리는 실크 같았다. 한 가지 모습으로 고정된 상태가 아니었다. 돈을 적게 받았나. 왜 초상화를 저렇게 그렸지. 속물적인 생각 끝에 숙자 씨는 그 그림을 점점 마음에 들어 하는 자신을 발견했다. 머릿속에 자주 맴도는 두 가지 질문이 다시금 떠올랐다.

신숙자는 무엇일까.

신숙자는 궁극적으로 무엇이 되고 싶나.

같은 고향에서 나고 자란 친구가 두툼한 소설을 출간했을 때 숙자 씨는 그 책을 얼른 사와서 프로필 사진을 보고 또 보았다. 글은 읽다가 말았다. 너무 우울했다. 곧 죽을 사람이 쓴 글 같기도 했다. 얘는 우리 고향에서 유일하게 책을 낸 여성인데 왜 이렇게 암울한 글을 썼을까. 궁금했지만 물어볼 수도 없었다. 연락이 끊긴 지 오래였으니까. 박미리가 대필한 책을 보러 서점에 갔다가 우연히 그 책을 발견하지 않았더라면 평생 모르고 살았을 일이었다. 나와 함께 산나물을 캐러 다녔던 노경심이가 책을 냈다니. 재밌었더라면 타격이 컸겠지만 첫 페이지부터 마지막 장에 이르기까지 더럽게 재미가 없었고, 읽는 사람마저 우울하게 만들었다. 숙자 씨는 경심이가 되게 힘든가 보다고 생각했다. 내심 다행이라는 마음이 밀려왔다. 너만 잘살면 안 되지. 다 같이 힘들게 살아야지. 박미리에게 넌지시 그 말을 해주었더니 노경심이 쓴 책보다 더 우울한 소리를 했다.

엄마, 나는 자낳괴야.

자낳괴가 뭔데?

자본주의가 낳은 괴물의 줄임말.

네가 왜 괴물이야?

내가 요즘 가장 설레는 단어가 뭔 줄 알아? 국비 무료 교육, 코인 반등, 무순위 로또 청약, 부양의무자 기준 폐지, 납부 의무 면제 같은 거야. 글 쓰는 사람이 이래도 될까. 내가 파는 게 지성인지 상품인지도 모르겠어.

얘, 너 또 과민하다.

재작년 신정부터 시작된 피로감이 아직도 안 사라졌어. 인간은 달걀을 찜이나 프라이로 만들어 먹는 데서 만족하지 못하고, 닭이 먼저인가 달걀이 먼저인가 고심하는 존재라는 게 슬퍼.

미리야, 책 쓰는 게 힘드니?

나한테 가난이 더 무거워졌어, 엄마. 이젠 예전처럼 그걸로 농담도 못 하겠어.

난 또 뭐라고.

숙자 씨는 박미리를 웃게 해주려고 옆집 할머니와 모종의 라이벌 관계로 지냈던 나날에 대해 알려주었다. 지난겨울, 옆집 할머니가 낸 가스비는 숙자 씨의 그것보다 4천 원이나 적었다. 어떻게 그럴 수가 있지. 아무리 생각해봐도 불가능한 일이었다. 숙자 씨는 밤새 오들오들 떨다 새벽녘에야 보일러를 잠깐 틀었고, 가스비를 아끼기 위해 한 냄비에 모든 식재료를 처넣고 재빨리 끓인 것만 먹었다. 박미리는 왜 그런 잡탕을 먹느냐고 물었지만 노동력과 가스비를 절약하기 위한 것임을 모르지 않았을 것이다. 그 겨울에 숙자 씨는 거의 목숨을 걸었다고 말할 수 있을 정도로 가스비를 아꼈는데 그럼에도 불구하고 옆집 할머니에게 대패하고 말았다. 4백 원이 아니라 4천 원이나 덜 나왔다는 건 거의 동면에 들어간 것이나 다름없었다. 세상에. 할머니에게 동면 기술이 있었을 줄은! 옆집 할머니는 온종일 냉골인 집 안에 누워 아무것도 안 한 게 분명했다. 숙자 씨는 옆집 할머니를 찾아가 묻고 싶었다. 도대체 비결이 뭐예요? 어떻게 그 돈으로 겨울을 났어요?

봄이 되자 옆집 할머니는 분주해졌다. 동면으로 버틴 겨울이 끝나자 할머니는 만개한 목련처럼 화알짝 피어났다. 분홍 빨강 초록 반짝이가 붙은 옷을 온몸에 휘감고 지나치게 멋을 부린 차림새로 어딘가를 나다닌다 싶더니만 결국 연애를 시작했다. 또래 할아버지와 거의 매일 만났다. 숙자 씨는 기가 차고 어처구니가 없다는 생각이 절로 들었다. 저렇게 나이 든 할머니도 연애를 하는데 나는 무얼 하고 있나. 겨울에 가스비를 4천 원이나 더 썼으면서 봄이 와도 활짝 피어나지 못했구나.

매사에 '돈돈'거리는 '자낳괴' 박미리가 심통 난 태도로 엄마는 도대체 무슨 생각을 하며 사느냐고 쿡 찌르듯 물었다. 퐁이도 대답을 재촉하는 듯이 숙자 씨의 발가락을 살짝 깨물었다.

무슨 생각을 하는지 정말 궁금하니? 어릴 때 내가 도깨비불과 귀신을 자주 봤어. 마당에 무심히 돌아다니고 있는 걸 봤지. 그래서 우리 어머니, 아버지가 굿을 하려고 무당을 불렀어. 카리스마가 흘러넘치는 여자더라. 그 시대를 견뎌야 했던 시골 여자들은 어쩔 수 없이 시시하게 살고 있었는데, 내 주변에선 온전한 자신으로 화끈하게 살고 있는 유일한 여성이 그 무당이었어. 굿을 시작하기 전에 나를 빤히 쳐다보는데 눈 속으로 빨려 들어갈 것만 같고, 제대로 홀렸는지 정신을 못 차리겠는 거야. 나는 무당이 점술가가 아니라 예술가라고 생각했어. 죽음을 포함한 삶을 구현하는 예술가. 나도 언젠가 무당이 될지도 모른다는 생각도 들더라. 근데 싫지가 않았어. 그건 하는 게 아니라 되는 거잖아. 배우는 게 아니라 그렇게 되는 거. 하지만 나한텐 그런 기회가 안 왔지.

배우는 게 싫어?

응. 나는 그냥 깨우치고 싶어.

배움에 대한 숙자 씨의 생각은 남달랐다. 그게 존재하지 않는다고 생각하는 눈치였다.

왜 그러지?

내가 가장 좋아하는 책이『호밀밭의 파수꾼』이야.

그럴 리가.

정말이야. 내 일기장 같았어.

말문이 막혔다. 내가 숙자 씨에 대해 아는 게 과연 뭘까.

나는 내 미래가 너무 잘 보여서 점술 같은 것엔 도통 관심이 생기지 않았다. 가진 게 적을수록 미래가 잘 보이는 법이다. 어쩐지 빤한 것이다.

✽

퐁이가 갑자기 사료를 먹지 않았다. 물도 거부했다. 노란 액체를 게워내더니 온몸이 뜨거워졌다. 병원에 데려가기 전에 나는 퐁이를 안고 짧게 기도했다.

제발 큰 병이 아니길, 내 새끼.

작게 중얼거리는 내 말을 알아들은 숙자 씨가 개가 네 새끼니? 하고 물었다.

어, 내 새끼야.

숙자 씨는 의문스럽다는 표정으로 퐁이를 빤히 쳐다보았다.

퐁이 보호자님! 호명을 듣고 진료실로 들어가 의자에 앉았다. 의사가 심각한 표정으로 혈액 검사 결과표를 가리켰다.

염증 수치가 상당히 높죠? 이 병은 치료약이 없어서 대증요법을 하며 상황을 지켜봐야 합니다. 고양이 흑사병이라고도 하는데 혹시 들어보셨나요? 늦어도 닷새 뒤엔 사망할 가능성이 높아요. 집으로 그냥 데려가시면 이틀 안에 죽을 거고요. 구조한 고양이라고 하셨잖아요. 입원 치료를 해야 하는데 어떻게 하시겠어요? 비용이 많이 들어요. 하루에 70만 원 정도 예상하셔야 됩니다. 적극적인 치료를 하지 않으면 살 가망성이 거의 없어서요. 할 수 있는 건 다 해야 한다는 의미예요. 여기 이 키트를 보세요. 빨간 선이 진하죠? 곧 설사를 시작할 거고, 바이러스가 백혈구를 무자비하게 공격할 겁니다. 그래서 범백혈구감소증이라고 하는 거예요. 시간을 좀 드릴 테니까 대기실에서 생각해보세요.

나는 진료실 밖으로 나와 대기실 의자에 무너지듯 앉았다.

엄마, 퐁이가 정말로 죽을까?

숙자 씨가 도리어 내게 물었다. 미리야, 치료비를 감당할 수 있겠어?

나는 고양이가 하악질 하듯이 성질을 냈다.

엄마는 돈 때문에 자기 새끼를 죽게 내버려둘 거야?

너한테 그만한 돈이 있느냐는 의미야.

돈은, 있었다. 통장에 700만 원이 있었다. 의사 말대로 길어야 닷새를 살 수 있다면 입원 치료를 받기에 충분한 돈이었다. 나는 사실대로 말해야 할지 고민했다. 숙자 씨가 원하는 치매 간병인 보험을 돈이 없다는 핑계로 내년에 가입해주겠다고 말했던 것이 마음에 걸렸다. 때마침 카운터 근처에 앉아 있는 보호자들의 대화가 들려왔다. 얘는 어디가 아파요? 심장이 안 좋구나……. 나도 푸들을 키우는데 걔도 심장이 안 좋아요. 사람 병원으로 치자면 여기가 3차 병원 같은 곳이잖아요. 내가 여기서 1년에 쓰는 돈만 5천인데, 지금까지 3년을 치료받았으니 계산을 한 번 해봐요. 숙자 씨가 놀란 표정으로 아주머니를 돌아보았다. 연이어 나를 쳐다보았다. 제 사랑이 얼마나 큰지 시험에 들지 말게 하옵소서. 나는 마음속으로 기도했다. 숙자 씨가 어떤 의구심을 품을지 잘 알았다. 듣자 하니 반려동물을 키우려면 부자여야 하는 것 같은데, 내 딸이 과연 부자인가?

의사가 내미는 입원 동의서에 사인하면서 나는 굵은 눈물방울을 뚝뚝 떨어뜨렸다. 내가 계속 코를 풀며 울자 의사는 숙자 씨만 쳐다보면서 최선을 다해 치료하겠노라고 엄숙하게 말했다. 병원에 퐁이를 두고 나와 집으로 걸어가는 발걸음이 땅에 박힐 것처럼 무거웠다.

미리야, 저 병원 너무 비싸지 않니? 숙자 씨가 악취를 맡은 표정으로 물었다.

이 시간에 문이 열려 있는 곳은 저기뿐이잖아. 나는 그렇게 말하면서도 휴대폰을 꺼내 검색창에 병원 이름을 입력했다. 홈페이지 메인 화면에 소중한 반려동물을 위한 상위 1% 동물병원이라는 문구가 대문짝만 하게 쓰여 있었다. 상위 1%라고? 나는 휘둥그레진 눈으로 사이트를 자세히 살펴보았다. 다른 동물 병원보다 비싸다는 암시가 여기저기에 쓰여 있었다.

그럴 줄 알았어. 닷새만 입원해도 300만 원이 훌쩍 넘어. 너 정말로 그 돈이 있니?

나는 대꾸 없이 고개를 끄덕였다. 할 수 있는 모든 방법을 동원해야 살릴 수 있다는 의사의 말이 떠올랐다. 만약에 퐁이를 다른 병원으로 옮겼다가 잘못되면 두고두고 후회할 것 같았다. 내 말에 숙자 씨는 놀란 어조로 네가 돈이 있었구나, 했다.

고작 일주일 동안 키웠을 뿐인데 그 큰돈이 아깝지 않은가 보구나.

……엄마, 퐁이가 얼마나 귀여운지 알아?

나는 잘 모르지.

집에 데려온 날 밤에 퐁이가 잠도 안 자고 내 몸에 자기 몸을 계속 대보는 거야. 내 몸이 얼마나 더 큰지, 어떻게 생겼는지 알아보려는 것처럼 여기저기 부비면서 자기 몸이랑 맞대어보더라. 그러다 내가 손을 내밀면 전력으로 달려와 손등에 박치기를 했어.

박치기를 왜 해?

좋아서.

개는 좋으면 박치기를 하는구나.

그리고 저녁마다 내 아랫배에 붙어서 젖 빠는 시늉을 했어. 걔는 내가 지 엄만 줄 알아.

딱하다, 참. 둘 다 딱해.

의사가 말한 닷새가 지나고 이틀이 더 흘러갔다. 나는 매일 병원으로 면회를 갔고, 그때마다 링겔을 한쪽 다리에 꽂고 눈도 제대로 뜨지 못한 채 기운 없이 엎드려 있는 퐁이를 보았다. 식음을 전폐한 게 가장 큰 문제였다. 어떤 동물이든 먹으면 살아요. 그런데 저 아이는 도통 먹지를 않네요. 현재로선 폐사할 가능성이 높습니다. 부원장이 면회실에서 침통한 표정으로 내게 말했다. 폐사라니. 무슨 의미인지 순간적으로 이해되지 않았다. 내 새끼가 무슨 가축도 아니고 폐사라니. 따져 묻고 싶었으나 그럴 기운이 없었다. 나는 집으로 돌아와 곧 폐사할 동물처럼 식음을 전폐하고 엉엉 울었다. 나를 지켜보던 숙자 씨가 실로 엉뚱한 말을 꺼냈다.

미리야, 노인과 고양이를 위한 나라는 없나 봐.

뭐?

내가 굿이라도 해줄까.

갑자기 그게 무슨 소리야?

저승사자가 네 새끼 데려가지 못하게 내가 굿이라도 해줄까?

나 몰래 신내림이라도 받았어?

아니.

잠깐만, 병원에서 전화 왔어. 여보세요? 네, 제가 퐁이 보호잔데요. 우리 퐁이가요? 호흡수가 왜 그렇게 높아요?

나는 전화를 끊고 오열했다.

엄마, 어떡해. 퐁이가 오늘 새벽에 무지개다리를 건널지도 모른대. 난 이대로 못 보내.

……딱한 것. 암, 못 보내지. 지금까지 들인 돈이 얼만데.

숙자 씨가 자리에서 일어나더니 잠시 눈을 감고 있다가 서서히 몸을 흔들기 시작했다. 어깨를 들썩이며 막춤인지 굿춤인지 알 수 없는 춤을 췄다. 이윽고 덩실덩실 팔을 흔들며 바닥에서 쿵쿵 뛰어 올랐다. 막춤임이 분명해졌다.

천지신명님이시여, 제 딸 신미리의 아기 퐁이를 무지개다리 앞에서 데려오시고 (상위 1% 동물병원에서 지금까지 쓴 치료비만 500만 원 가까이 되니 반드시 데려와야 합니다), 대신 이 몸이 퐁이가 진 빚을 갚겠나이다. (노동하는 시니어 여성이 되어 몸 바쳐 그렇게 하겠나이다.) 얄리얄리 얄랑셩 얄라리 얄라. 신미리의 아기 퐁이가 지은 죄를 제가 대신…….

엄마! 태어난 지 7주밖에 안 된 퐁이가 무슨 죄를 지었다는 거야?

숙자 씨가 춤을 우뚝 멈추더니 말했다.

지었어. 이 땅에서 태어난 것들은 다 죄를 지었어.

✽

티브이 음량은 무음이었고, 창문은 닫혀 있었다. 옆집 할머니와 종일 노닥거리던 할아버지는 집으로 돌아갔고, 할머니는 오늘 밤엔 코를 골지 않았다. 숙자 씨는 침대에 누운 채로 가만히 귀를 기울였다. 아주 작은 소리였다. 발 달린 미세한 생물이 움직이는 소리. 매우 하찮은 것들이 줄지어 어딘가로 이동하는 소리. 개미인가? 숙자 씨는 침대에서 내려와 형광등을 켠 뒤에 침대 옆 벽면으로 눈길을 옮겼다.

그것은 벌레 떼였다. 바퀴나 개미가 아닌 처음 보는 벌레. 어찌나 작은지 참깨의 십 분의 일 크기였다. 움직이지 않았다면 벌레인 줄도 몰랐을 것이다. 그 작디작은 벌레가 떼 지어 천장으로 이동하고 있었다. 천재지변이 일어나려는 걸까. 그러나 사위는 고요했고 재앙의 조짐은 전혀 느껴지지 않았다. 숙자 씨는 철제 침대 프레임을 두 손으로 붙잡고 방의 중앙으로 잡아당겼다. 벌레가 침대에 기어오르는 것을 막기 위한 조치였다. 그 상태로 밤새 벌레 떼가 이동하는 걸 바라보며 날을 꼬박 샜다. 다음 날 아침에 숙자 씨는 지물포에서 흰색 도배지를 사 왔다. 벌레는 그때까지도 계속 출몰하는 중이었다. 어찌나 많은지 새까맣게 떼를 이루어 얼핏 보면 얼룩 같기도 했다. 숙자 씨는 그게 자기 눈에만 보이는지도 모른다고 생각했다. 무당 흉내를 낸 대가로 봐선 안 될 걸 보는지도 모른다고. 벌레는 어떤 목적을 갖고 움직이는 것 같았다. 어릴 적에 보았던 도깨비불이나 귀신처럼 무심히 마당을 맴도는 게 아니었다. 천장을 향해 계속 위로 기어올랐다. 이윽고 천장에 도달하면 어딘가로 뿔뿔이 흩어졌다. 무리에서 떨어져 나와 혼자가 된 벌레는 육안으로 보이지 않았다.

숙자 씨는 도배지를 길게 오려 벌레가 나오는 곳에 단단히 붙였다. 삐뚤지 않게 반듯이. 그러곤 서랍에서 물감과 붓을 꺼내어 도배지에 꽃을 그렸다. 일종의 부적이었다. 신내림을 받은 적이 없고, 부적 그리는 법도 배우지 않은 숙자 씨는 음산한 벌레 떼를 막기 위해 도배지에 꽃과 풀잎을 그려 넣었다. 이 정도면 되었어. 방은 전과 달리 따스해 보였다. 못생긴 집은 없다. 다만 게으른 집주인이 있을 뿐. 숙자씨는 오래전 집을 수리하러 온 남자가 했던 말을 주문 외듯이 중얼거렸다. 미인은 기똥차게 알아봤던 놈이었는데.

집 청소를 마친 숙자 씨는 밖으로 나가려다 외출하려는 옆집 할머니와 마주쳤다. 이번에도 할머니의 옷차림은 지나치게 화려했다. 어찌나 멋을 부렸는지 눈살이 약간 찌푸려질 정도였지만 숙자 씨는 웃으며 눈부시다고 말했다. 어디 좋은 데 가시나 봐요?

맛있는 거 먹으러 가요. 이유는 모르지만 숙자 씨와 대화할 때마다 말을 아꼈던 할머니가 자랑하듯이 말했다. 숙자 씨는 계단을 내려가는 할머니의 뒷모습을 보면서 할아버지와 무료 급식소에서 데이트하는 광경을 상상했다. 할머니, 지금 가시면 늦어요. 밥 못 먹어요.

대문을 나선 숙자 씨는 구청 쪽으로 쉬엄쉬엄 걸어갔다. 부근 벤치에 노상 앉아 있는 아주머니가 그날도 보였다. 아주머니는 이제 파킨슨병 자가 진단법에 푹 빠져 있는데 딸이 날마다 시키는 것이라고 했다. 어떻게 하는 건데요? 숙자 씨가 묻자 아주머니는 자리에서 일어나더니 양 팔을 옆으로 올리고 자기 손이 떨리는지 안 떨리는지 자세히 봐달라고 말했다.

내 손 떨려요?

안 떨려요.

확실히 안 떨리죠?

예, 확실히 안 떨려요.

팔을 내리고 자리에 앉은 아주머니가 숙자 씨에게 똑같이 해보라고 권했다. 숙자 씨는 대번에 거절했다. 손이 떨리면 어쩌나. 혼자 있을 때 몰래 해보고 싶었다. 우리 딸은 내 손이 떨리나 안 떨리나 매일 감시해요. 이 집 딸이나 저 집 딸이나 하는 짓이 비슷하죠? 그런 말들을 나누다가 숙자 씨는 이동가방을 등에 멘 채 멀리서 걸어오는 박미리를 발견했다.

이동장 안엔 퐁이가 있었다. 후유증으로 신경계 장애를 갖게 되었으나 다행히 목숨은 건졌다. 퐁이가 입원해 있는 동안 박미리는 매일 밤 기도를 올리다 지쳐 잠들었고, 숙자 씨는 요지경 돌팔이 무당 흉내를 딱 한 번 내고선 굿이 아니라 기도 춤이었다고 나중에 정정했다. 종국엔 막춤이라는 것도 인정했다. 딸을 위로해주고 무지개다리를 건너려는 퐁이를 붙잡고 늘어지기 위해 추었던 몸부림 같은 춤인데 의외로 효과가 있었다. 숙자 씨의 기이한 행동을 말리지도 않고 박미리는 두 손 모아 간절히 빌었다. 내 새끼, 아직 그 다리 건너지 마오. 제발 그 다리 건너지 마오.

딸이에요? 아주머니가 숙자 씨를 돌아보며 물었다.

어떻게 알았어요?

웃고 있어서요. 아직 공부를 하고 있나? 커다란 가방을 멨네.

저 안에 700만 원짜리 고양이가 들어 있어요.

그렇게 비싼 고양이를 어디서 샀어요?

길에서 주웠어요.

이름이 뭐예요?

신숙자요.

아니, 딸 이름이요.

……신미리요.

왜 딸내미 성 씨가 같아요?

왜 같겠어요. 눈치가 참 없네. 숙자 씨는 그렇게 말하고 싶은 걸 꾹 참았다.

걔는 왜 데려왔어?

벤치에서 일어나 내게로 걸어온 숙자 씨가 물었다. 나는 잘 걷지 못하는 퐁이를 집에 혼자 두기가 싫었다고 대꾸했다.

벌레 잡는 데 오래 걸릴 수도 있잖아. 얘가 걷다가 자꾸 넘어져서 옆에서 붙잡아줘야 하거든. 그래도 살아서 다행이야. 다들 죽을 거라고 했는데 살았어.

퐁이는 살 거 같았어.

그걸 어떻게 알았어?

원래 아줌마들은 직감이 너무 발달해서 주체가 안 될 정도야.

그럼 내가 엄마한테 시키려는 일이 뭔지도 알려나?

뭔데. 숙자 씨가 잔뜩 긴장한 표정으로 돌아보았다. 나는 일부러 가벼운 어조로 말했다.

양말 포장하는 거야. 비닐에 넣기만 하면 되는 일. 엄마 집에서 안 멀어.

까짓것, 드라마 보면서 하면 금방 하겠네.

회사에서 누가 드라마를 봐.

잠시간 말이 없던 숙자 씨가 천천히 입을 열었다.

미리야…… 나는 중요한 일을 하려고 태어난 사람이라는 생각이 이 나이에도 자꾸만 든다. 왜 그럴까. 이 우주에 신숙자로 태어나 헬레나로 살어리랏다,가 되는 건 불가능한 일인데.

엄마, 양말 포장하는 것도 중요한 일이야.

맞아, 그것도 중요하지, 하고 숙자 씨가 순순히 답했다. 우리는 신호등 앞에서 걸음을 멈추었다. 숙자 씨가 이동장 안을 들여다보며 혀를 튕겨 똑딱거리는 소리를 냈다.

얌전하네. 너 어릴 때랑 닮았다. 내가 일 나가면 혼자 얌전히 기다렸는데.

이젠 거의 기억나지 않는 일이었다. 숙자 씨가 부양자였고 내가 피부양자였던 시절이 분명히 있었음에도 나는 그걸 까맣게 잊고 살았다.

보행신호가 바뀌길 기다리는 동안 구직 앱에 접속해 숙자 씨의 이력서를 작성했다. 10년 전에 찍은 증명사진도 업로드했다. 특기를 적는 칸에 '막춤의 대가'라고 희죽거리며 적었다가 지웠다. 미사여구를 곁들인 다섯 줄의 자기소개를 일사천리로 완성했다. 쓸 만한 것이 그다지 없어서 이력서 작성은 금방 끝났다. 횡단보도를 연달아 두 번 건넜다. 미지근한 바람이 불어와 우리의 어깨 위에서 늘어지게 기지개를 켰다. 말이 없던 숙자 씨가 양말 포장하는 방법을 물었다. 나는 몇 가지 추측을 내놓았고, 숙자 씨는 고개를 끄덕이며 듣다가 불쑥 말했다.

미리야, 너는 내가 아프면 얼마나 쓸 거니?

음…… 그건 왜.

나는 당황한 나머지 꽈배기가게 쇼윈도에 일렬로 놓인 꽈배기만 쳐다보았다. 저걸 한 봉지 사주고 대답을 얼버무리고 싶은 마음이 굴뚝같았다.

(엄마도 알잖아. 내리사랑이 무섭다는 거. 어떤 사랑은 너무 커서 무섭고, 어떤 사랑은 작아서 무겁지.)

짧은 침묵 끝에 숙자 씨가 다시 양말 얘길 꺼냈다. 사람들이 양말을 어떤 주기로, 얼마나 많이 사는지 궁금하다고 말했다. 살면서 그게 궁금했던 적이 한 번도 없었는데 이젠 무척이나 궁금하다며 말을 멈추지 않았다.

양말이라는 건 꿰매 신으면 살 일이 없잖아.

숙자 씨가 약간 그늘진 얼굴로 말했다. 우리는 양말 이야기만 계속했다. 분명히 양말에 대한 이야기였지만 나는 우리가 다른 이야기를 하고 있다는 걸 점점 깨달아갔다.

서운한 마음을 구멍 난 양말 얘기로 감추는 신숙자는 어떤 사람인가. 코가 오뚝한 미인. 배움은 질색하는 사람. 예술을 향유하며 여생을 보내고 싶은 노인. 초상화 속 헬레나 루빈스타인처럼 여러 겹의 얼굴을 갖고 있는 여성. 별나고 이상하며 가끔은 기이하기까지 한 엄마. AKA 신숙자. 신숙자라고도 알려진 누군가. 그러나 밋밋하고 단순한 이력서는 그것을 조금도 드러내지 못한다. 나 역시 숙자 씨의 진짜 얼굴은 모른다. 신숙자인 척하며 문장을 길게 써봐도 펄럭이는 깃발처럼 형태가 자꾸만 변해 도무지 부동하는 얼굴은 볼 수가 없다. 뾰족한 못으로도 뚫리지 않아 박제가 불가능한 나비다.

구인 업체에서 숙자 씨의 이력서를 열람했다는 알림이 울렸다. 그 사실을 알려주자 숙자 씨가 빠르기도 하다고 대꾸했다. 양말 포장할 사람이 급하게 필요한 걸 보니 양말이 잘 팔리는 것 같다면서 새삼 기쁜 표정을 지었다. 나는 내일까지 연락을 기다려보자고 말했다. 초여름의 석양이 우리의 붉어진 얼굴 위로 천천히 드리워졌다.

작품 해설

그녀를 안다, 사랑한다, 그리고 모른다

민선혜 문학평론가

모든 관계의 이면이 그러하겠지만 엄마와 딸의 관계는 조금 더 복잡한 구석이 있다. 세상에서 서로를 가장 잘 이해하면서도 완전히 이해하게 되는 것을 두려워하고, 서로를 가여워하면서도 서로에게 가장 깊숙한 상처를 남기고야 마는 관계. 서로의 얼굴에서 자신의 미래와 과거를 확인하며 주고 싶지 않은 것들을 끝끝내 물려주고, 받고 싶지 않았던 것을 어느 순간 이미 주머니 속에서 굴리고 있는 관계. 서로를 징그러워하고 애틋해하는 사람들의 관계에는 강한 점성이 있다. 끈적끈적하고 미끌거리는, 절대로 산뜻하거나 상쾌할 수 없는 두 사람. 한때 한 몸이었던 두 사람이 갖는 마음과 다른 사람들이 미처 눈치채지 못하는 상대방의 눈빛들을 예리하게 포착해내는 이야기에 우리는 '모녀 서사'라는 이름을 붙여왔다. 이서수의 『AKA 신숙자』 역시 모녀 서사라고 정의해봄 직하지만 이 소설 속 모녀들의 이야기에는 어딘지 조금 특별한 구석이 있다. 두 사람 사이의 건조한 점성, 서로를 향한 퍼석한 마음들이 생계에 밀린 한숨에 날려 여기저기로 흩어지기 때문이다. 이 모녀들은 서로에게 부착되는 대신 분리되고, 서로를 향해 세심하고 조밀하게 멀어진다.

소설 속에서 조금씩 멀어졌다 가까워졌다 하며 조정되는 두 모녀의 거리는 부양자와 피부양자라는 역할 위에 나란히 포개어진다. 부양자와 피부양자 사이에는 다리가 놓여 있다. 우리는 살아가는 동안 이 다리 위를 수시로 건너게 되는데 살아 있는 모든 인간은 돌봄을 수혜하기만 할 수도, 제공하기만 할 수도 없기 때문이다. 소설 속 신숙자와 박미리 역시 부양자-피부양자 사이의 다리를 건넌다.

그러나 딸 미리에게 '부양자'라는 역할은 버겁다. 그녀를 버겁게 하는 또 다른 것들은 '박미리'라는 자신의 이름, 그리고 프리랜서 작가라는 직업이다. 숙자 씨는 전남편과 헤어진 이후 딸이 자신의 성을 물려받아 '신미리'로 살기 바라지만 미리는 신미리도 박미리도 아닌 그저 '미리'가 되고 싶다. 어떠한 누적된 삶의 역사도 없는 이름, 유산과 상속이 부재한 이름으로 자유롭게 살아가고 싶지만 "그렇게 할 수 있는 방법이 없"다는 현실이 미리를 "과민하게 만드는" 삶 속에서 프리랜서 작가라는 직업 역시 미리의 삶을 고단하게 만드는 또 다른 요소로 작동한다.

불안정한 노동이 야기한 경제적 불안은 그녀의 삶을 점차 고단하고 가난하게 만든다. 글을 팔아서 먹고산다는 일이 무엇인지, 누가 미리의 글을 돈을 주고 사는 것인지 도통 이해하지 못하는 주인집 할머니처럼 글을 팔아 생계를 유지한다는 것은 미리 자신에게도 점점 요원한 일이 되어간다. "나 너한테 주고 싶은 게 있어. 그거 줄 테니까 돈 내놔"라는 단도직입적인 계약 관계 속에서 주고 싶은 것보다 받고 싶은 것이 더 명확해질 때 그녀의 가난은 "예전처럼 그걸로 농담도 못" 할 만큼 두려운 것이 된다. 점점 더 '무거워진 가난' 속에서 미리에게 노동하지 않고 자신을 매 순간 부양자로 만드는 숙자 씨는 힘들고 무거운 존재가 되어버린다. 소설 속에서 이러한 미리의 마음은 숙자 씨가 혹여나 치매에 걸린 것은 아닐까 걱정하는 마음으로 포착되는데 이러한 미리의 마음은 혼자 사는 엄마를 진심으로 걱정하는 것이기도 하지만 마음의 이면에는 곧 부양자인 자기 자신을 걱정하는, 엄마가 치매에 걸렸을 때 그것을 감당할 수 있을지, 제대로 돌볼 수 있을지 자신의 능력과 안위를 걱정하는 마음이 그림자처럼 달라붙어 있다. 이 마음은 숙자 씨에게도 전달될 만큼 명확한 무엇으로 두 사람이 사이에 존재하게 되는데 숙자 씨는 치매인지 아닌지 다그치며 "자신을 불안하게 만드는 딸"에게 짜증을 내면서도 치매 간병인 보험에 가입하고 싶어 하고, 파킨슨병 자가 진단법을 권유하는 이웃 아주머니의 제안을 단박에 거절하며 "손이 떨리면 어쩌나. 혼자 있을 때 몰래" 확인해보고 싶어 한다.

이렇듯 소설은 가난과 돌봄이 중첩하는 자리를 아주 예리하게 묘파한다. 숙자 씨와 함께 집으로 돌아가는 길에 우연히 구조한 길고양이 '퐁이'가 범백혈구감소증에 걸려 "늦어도 닷새 뒤엔 사망할 가능성"이 높으며, 입원비를 "하루에 70만 원 정도 예상"해야 하는 상황 속에서 두 사람이 가장 먼저 떠올리는 것은 '돈'이다. 숙자 씨는 과연 딸이 반려동물을 키울 만큼 부자인지 생각하며 치료비를 감당할 만한 돈이 있는지 의구심을 갖는다. 미리 역시 자신의 통장 잔고 700만 원을 떠올리며 의사가 말한 닷새 정도는 퐁이를 위해 쓸 돈이 있다고 계산한다. 이를 통해 소설은 돌봄에는 사랑과 의지뿐만이 아니라 현실적인 계산이 필요하다는 사실을, 다시 말해 '돈'이 있어야 한다는 중요한 사실을 어물거리지 않고 명확히 이야기한다. 무슨 재원으로 얼마나 돌볼 수 있을 것인가. 이것은 비단 '퐁이'에게만 적용되는 이야기는 아닐 것이다. 앞서 이야기한 부양자-피부양자의 다리를 건너는 동안 미리와 숙자 씨가 자주 생각한 것 역시 같은 것이기 때문이다. 나를 돌봐야 하는 저 사람은 돈을 얼마나 갖고 있을까. 내가 갖고 있는 돈으로 저 사람을 얼마나 돌볼 수 있을 것인가. 모녀는 이런 것들을 생각하며 서로의 자리를 향해 건너가곤 한다.

숙자 씨는 고작 일주일을 키운 고양이에게 큰돈을 쓰는 딸이 낯설기도 하지만 서운하기도 하다. 치매 간병인 보험의 가입은 돈이 없다는 이유로 내년으로 미루면서, 고작 일주일을 키운 고양이에게는 '내 새끼'라고 부르며 큰돈을 선뜻 쓰는 딸이 이해되지 않는다. 하지만 숙자 씨는 퐁이가 죽을까 봐 두려워하고 슬퍼하는 딸을 위로하기 위해 기꺼이 '굿'을 한다. "천지신명님이시여, 제 딸 신미리의 아기 퐁이를 무지개다리 앞에서 데려오시고(상위 1% 동물병원에서 지금까지 쓴 치료비만 500만 원 가까이 되니 반드시 데려와야 합니다). 대신 이 몸이 퐁이가 진 빚을 갚겠나이다(노동하는 시니어 여성이 되어 몸 바쳐 그렇게 하겠나이다)." 무당도 아니고, 내림굿도 받지 않은 숙자 씨의 굿은 막춤에 불과할지 모르겠지만 신을 향해 비는 그녀의 기도는 많은 것을 변화시킨다. 이 순간만큼 그녀는 미리의 피부양자가 아니라, 깊은 슬픔과 두려움 속에 빠져 있는 딸의 마음을 이해하고 기꺼이 어루만지는 부양자가 된다. "이 땅에서 태어난 것들은 다 죄를 지었"다고 말하는 숙자 씨의 말은 이 땅에서 태어난 생명을 거두고, 먹이고, 재우고, 키워본 어엿한 부양자만이 할 수 있는 말이기 때문이다.

스스로가 쉬어도 될 만큼은 늙었다고 생각하며 예술을 진심으로 향유하며 여생을 보내고 싶어하는 숙자 씨는 기꺼이 다시 노동하는 여성이 되기로 한다. 엉터리 굿 때문인지 이러한 다짐 때문인지 숙자 씨는 어릴 적에 보았던 하릴없이 마당을 헤매는 귀신이나 도깨비불이 아닌 분명한 목적을 가지고 천장을 향해 이동하는 벌레 떼를 발견하게 된다. 분명한 목적이 있는 노동과 숙자 씨가 사랑하는 예술은 서로 양립할 수 없는 일처럼 보인다. 그러나 노동과 예술이 꼭 서로 대치되는 것만은 아니다. 어떤 노동은 충분히 그 자체로 예술이 될 수 있고, 어떤 예술은 이미 노동이기 때문이다. 숙자 씨는 벌레 떼를 막기 위해 벽 틈에 도배지를 꼼꼼히 바르며 그 위에 꽃과 풀잎을 그려 넣는다. 숙자 씨는 벽에 그림을 그리면 무슨 생각을 했을까. 어떤 과거를, 어떤 가능성을 떠올렸을까. 무엇을 깨닫게 되었을까. "가진 게 적을수록 미래가 잘 보이는" 와중에도 예상치 못하게 벌어지는 일들이 있다. 옆집 할머니보다 가스비를 4천 원이나 더 쓰고도 봄이 와도 활짝 피어나지 못했던 숙자 씨는 벽지에 풀과 꽃을 그려 넣으며 전보다 따뜻해진 방을 느낀다. 딸이 언젠가는 돌아올 것이라고 생각했던 그 방에 딸이 아니라 자신이 그린 그림을 그려 넣으면서 숙자 씨는 인생의 새로운 단계를, 일하는 시니어 여성의 국면을 준비한다. 그렇다면 노동하는 시니어 여성이 된 숙자 씨는 무엇이 되는 것일까. 궁극적으로 무엇이 되고 싶은 것일까.

딸이 독립하던 날 밤, 김치부침개를 부쳐 먹으며 혼자 먹는 밥이 생각보다 맛있다는 것을 깨닫게 된 여자, 그러나 언젠가는 딸이 집으로 돌아올 것이라고 생각하는 여자, 배우지 않고 그냥 깨우치고 싶은 여자, 자신이 아플 때 딸이 얼마를 쓸 수 있을지 궁금해하는 여자, 시원하게 답하지 못하는 딸을 보며 애써 서운한 마음을 숨기는 여자. 얌전한 고양이를 보며 자신이 일을 나가면 혼자 얌전히 기다렸던 딸을 떠올리는 여자. 숙자 씨의 마음은 무엇일까. 무엇이었을까. 무엇이 될까. "미리야…… 나는 중요한 일을 하려고 태어난 사람이라는 생각이 이 나이에도 자꾸만 든다."고 담담히 고백하는 숙자 씨는 과연 누구일까. 신숙자라고도 알려진 여자. 박미리의 엄마. 박미리를 낳아놓고 신미리가 되기를 바라는 여자. 요양보호사보다는 양말을 포장하는 일이 덜 두려운 여자. 과연 숙자 씨는 누구일까.

우리는 알 수 없다. 단지 그녀가 멀리서 걸어오는 딸을 보고 자기도 모르게 웃는 사람이라는 사실을 알 수 있을 뿐. 딸과 세밀하고 조밀하게 멀어지는 이 거리를 그래도 사랑이라고 생각하는 사람이라는 사실뿐. 박미리의 피부양자이지만, 언젠가는 부양자였고, 또 언젠가는 다시 부양자가 될 수 있는 여자라는 사실뿐. 우리는 그녀에 대해 아는 것만큼 그녀를 모른다.

엄마에게 내가 알 수 없는, 내가 태어나기 전의 역사가 있다는 아주 당연한 사실을 가끔은 믿기 힘들다. 엄마가 엄마가 아니었던 시절의 그녀를 알 수 없고, 내 손보다 익숙한 손을 가진 여자는 어느 순간 순식간에 낯선 여인이 되곤 한다. 엄마라고도 불리는 이 낯선 여자. 나의 많은 것을 알지만 가장 중요한 것은 모르는 여자. 안다고 생각하지만 사실은 잘 모르는 여자. 그녀는 누구일까. 이 낯설고도 친숙한 여자. 우리는 이 여자의 얼굴을 아는 것 같지만 모른다. 헬렌 루빈스타인의 흔들리는 듯이 보이는 초상화처럼. 엄마라고도 알려진 낯선 여자들. 우리는 여전히 그녀들을 모른다.

괄호 밖은 안녕

이주혜

읽고 쓰고 옮긴다. 2016년 창비신인소설상을 받으며 작품 활동 시작.
경장편소설 『자두』, 소설집 『그 고양이의 이름은 길다』 『누의 자리』,
장편소설 『계절은 짧고 기억은 영영』 등을 썼고, 『우리 죽은 자들이 깨어날 때』
『멀리 오래 보기』 『못해 그리고 안 할 거야』 등을 우리말로 옮김.

괄호 밖은 안녕

한 계절에 책 두 권을 번역하고 나는 급격히 소진되었다. 한 권은 미국 여성 작가의 소설집이었고 또 한 권은 스코틀랜드 출생 영국 여성 작가의 산문집이었는데 두 사람은 출신지만큼이나 문장 스타일과 추구하는 시학이 동떨어져 있었지만, 언어를 향한 예민함과 집중력은 우위를 가릴 수 없을 정도로 뛰어나 역자로서 느끼는 고통 지수가 한도를 넘어버렸다. 두 작가 모두 언어유희를 무척 즐겼고 단어의 어원에 집착했는데, 평단의 찬사를 받아온 그 유희와 집착이 역자에겐 그저 고약하고 가학적인 악취미로만 보였다. 양쪽 원고에 주석을 백 개씩 달아놓은 나는 편집자의 썩은 얼굴을 예상하며(가여운 편집자에겐 백 개 넘는 주석이 역자의 고약하고 가학적인 악취미로만 보일 것이다) 원고를 보낸 뒤 곧바로 인천공항으로 향했다. 두 원고가 편집자의 책상 위에서 욕인지 칭찬인지 나로선 알 수 없는 무엇을 받으며 변모하는 동안 나는 내 번역의 출발어도 도착어도 없는 낯선 곳에서 휴식할 것이다. 당분간 두 개의 언어는 쳐다보고 싶지도 않았다. 해석이란 개념은 생각만 해도 지긋지긋했다. 공항에 도착해 짐을 부치고 출국 절차를 밟는 동안 나는 가능한 한 말을 한마디도 하지 않는 방식으로 자아의 소진에 대처했고, 그 결과 어쩔 수 없이 무례하거나 인사성 없는 사람이 되었다.

새벽 시간에 집 앞 정류장에서 공항버스를 타고 출발해 점심시간에 북해도의 한 공항에 도착할 때까지 음성언어 없이 손짓 · 몸짓만으로 어찌어찌 버텼지만, 입국심사를 통과해 공항 대합실로 나가자마자 모든 표지판에 병기된 영어와 한국어가 나를 비웃었다. 화장실 하나를 찾아가려고 해도 일본어는 눈에 들어오지 않고 오직 '화장실'과 'Restroom'이라는 단어만 돋보기로 확대된 듯 성큼 내 해석의 영역으로 뛰어들어 왔다. 인식 자체를 거부해본들 나는 'トイレ'가 아닌 '화장실'에서 볼일을 해결하고 'レンタカー'가 아닌 'Car Rental'이라는 안내판을 보고 자동차를 빌리러 가야 했다. 그래도 사전 예약을 해둔 덕분에 일본어도 영어도 쓰지 않고 아담한 하이브리드 자동차를 빌릴 수 있었다. 비용을 감수하고 대중교통 아닌 자동차 대여를 선택한 것도 되도록 사람과 마주칠 일을 줄이기 위해서였다. 누구라도 마주치면 당연히 언어가 필요해질 테니까. 언어도 해석도 피하고 오롯이 텅 빈 상태로 혼자 있고 싶은 내 마음은 깊고 깊은 진심이었다.

신치토세공항에서 하코다테까지 서둘러 가도 자동차로 네 시간이었다. 렌터카 영업소 직원이 세팅해준 내비게이션에서 간간이 한국어 음성 안내가 들려왔지만, 그보다는 고속도로 표지판에 큼지막하게 씌어진 '函館'이라는 문자에 집중하며 차를 몰았다. 하코다테는 우리 식으로 읽으면 '함관'인데 하코다테산 기슭에 쌓인 관이 상자를 닮아서 그렇게 부르기 시작했대. 12년 전 처음 하코다테에 왔을 때 여준 옆에 앉은 석우가 말했었다. 나와 석우와 여준으로 이루어진 '우리'는 하코다테공항에서 버스를 타고 하코다테역에 내렸다. 그때 여준이 열셋 아니 열네 살이었던가? 각자 트렁크를 끌고 호텔까지 걸어가면서, 길 양옆에 눈이 제 키만큼 쌓여 있는데 사람들이 지나다니는 통행로는 말끔하게 닦여 있는 걸 열셋 어쩌면 열넷의 여준은 신기해했다. 북해도는 겨울에 눈이 워낙 많이 와서 도로와 통행로 곳곳에 열선이 깔려 있다는 석우의 설명에 여준뿐만 아니라 나까지 눈을 크게 떴다. 석우가 똑같이 생긴 여자 둘이 똑같은 표정으로 놀라는 걸 보니 미리

공부해 온 보람이 있다며 웃었다. 인천에서 하코다테까지 직항 노선이 있던 시절, 내게도 남편과 딸이라는 가족이 있던 시절의 이야기다. 정신 똑바로 차려야 한다. 자칫하면 기억의 허방에 빠지고 만다. 추억으로 치장한 허상과 추돌하게 된다. 그때 내비게이션 음성 안내가 야생동물이 자주 출몰하는 지역이니 정신 똑바로 차리라고 말했다. 화들짝 놀라 전방을 보니 사슴과 여우가 그려진 안내판이 서 있었다. 12년 전 겨울, 석우와 여준과 함께 왔을 때 눈밭에서 붉은여우를 보았다. 여우는 그림책에서 막 튀어나온 것처럼 온몸의 털이 태양을 닮은 주황색이었고 풍성한 꼬리 끝만 하얬다. 여우가 멀리서 우리를 응시했다. 여준이 발을 동동 구르며 아빠 사진! 아빠 사진! 하고 외쳤다. 하지만 석우가 망원렌즈를 꺼내 카메라에 끼웠을 때 붉은여우는 이미 몸을 돌리고 끝부분만 하얀 꼬리를 흔들며 숲속으로 총총 사라진 뒤였다. 여준이 제 아빠를 흘겨보며 울음을 터뜨렸다. 그 시절의 여준은 잘 울고 잘 웃었다. 석우는 여준을 안아주며 몇 번이고 사과했다. 별일도 아닌데 부녀가 호들갑을 떤다고 타박한 사람은 나였다. 언제나 분위기를 깨고 찬물을 끼얹는 사람은 나……. 정신 똑바로 차려야 한다. 머리를 비우고 쉬겠다고 외국에 와서는 자꾸 기억을 불러들이고 있다. 기억과 해석은 다른가? 당연히 같지 않겠지만, 피하려고 해도 물리적인 충격을 동반해 제멋대로 찾아온다는 면에서는 크게 다르지 않다. 도로 표지판에 점처럼 박힌 이국의 문자 중에서도 한자 시간에 배운 글자가 유독 크게 눈에 들어오며 저절로 해석의 프로세스를 발동하는 것과 별것 아닌 일들이 미끼가 되어 깊이 묻어놓았던 기억을 끌어내는 과정은 매우 흡사했다. 번역을 업으로 삼은 이후 해석은 곧 나의 밥줄과 다름이 없어졌는데도 해석 1과 기억 1이 찾아오고 그에 따른 새로운 해석 1-1과 또 다른 기억 2가 찾아오는 식으로 머릿속 창이 걷잡을 수 없이 열리면 컴퓨터를 강제로 종료하듯 그 자리를 벗어나야 했다. 물론 그렇게 떠나온 새 자리에서도 해석 3과 기억 6과 해석 5-1과 기억 12의 난동은 계속되고……. 살고 싶으면 정신 똑바로 차려야 한다.

해석에 관한 나의 첫 기억은 구슬 옥(玉) 자였다. 늦봄 아니면 초여름이었을 것이다. 모내기를 마친 논에 벼가 푸릇푸릇하게 자라고 있었고 큼직한 한자 하나씩을 담은 흰색 표지판이 논 한가운데 점점이 박혀 있었다. 지금 생각하면 표지판에 적힌 글자는 지역명이나 구호였을 것이다. 예를 들면 '옥○면 풍년 기원'이랄지 '○옥면 농지조성 사업' 같은 문구들. 흰 바탕에 검게 그려진 것들이 글자인지 그림인지도 몰랐을 어린 내 눈에 유독 구슬 옥 자 하나가 성큼 들어왔다. 어디서 어떻게 배운 글자인지 알 수 없었는데, 나는 한 글자를 알아보았다는 기쁨에 겨워 은 쟁반에 옥구슬 굴러가는 소리 못지않게 쨍쨍한 목소리로 구슬옥이다! 하고 외쳤다. 내 곁에는 아빠가 있었다. 우리는 아침 일찍 시외버스를 타고 당도한 낯선 고장의 시골길을 걷고 있었는데, 내가 버스 안에서 멀미를 일으켜 수선을 피운 다음이라 아빠도 나도 나쁜 냄새를 풍기며 좀 지쳐 있었다. 그런데 내가 초록색 논 한가운데 저절로 솟아오른 것만 같은 글자를 알아보고 당당히 손가락질까지 하며 알은척하자 아빠가 지친 표정을 버리고 환하게 웃었다. 우리 딸 천재네! 했던가. 날 안아 빙글빙글 돌렸던가. 아빠는 집에 돌아가면 당장 천자문부터 가르쳐야겠다며 호들갑을 떨었고 목적지에 도착할 때까지 계속 싱글벙글 웃었다. 그날의 기억은 거기서 끝나지 않았다. 가는 길 오른편에 작은 산비탈이 나왔는데, 아빠 키보다 높은 비탈에 주황색 나리꽃이 큼지막하게 피어 있었다. 내가 그 꽃을 가리키자 아빠는 반짝이게 닦아놓은 구두와 깨끗한 양복 바짓단에 흙을 묻혀가며 비탈을 올랐고, 몇 번 미끄러진 끝에 마침내 그 꽃을 꺾어 왔다. 아빠는 어린 내 앞에 한쪽 무릎을 꿇고 과장된 동작으로 태양을 닮은 그 꽃을 바쳤는데, 나는 그 순간을 최초의 인정과 숭배의 시간으로 기억한다. 그때도 이 헌화는 내가 들판 한가운데 솟아난 구슬 옥 자를 알아본 덕분이라고 생각했다. 나는 아빠의 인정을 받았다는 사실이 기꺼웠고 난생처음 해석의 기쁨을 경험했다. 이후 해석은 나의 주요한 욕망이 되었다. 내가 느낀 기쁨이 해석 자체보다는 아버지의 언어를 알아본 보상과 더 관련이 깊고, 해석이란 기쁨보다 고통에 더 가까운 일이라는 사실을 다섯 살의 나는 전혀 알지 못했다. 그날의 기억은 엉뚱한 결말과 함께 끝이 났다. 아빠가 어린 나를 데리고 찾아간 곳은 시골에 사는 먼 친척의 장례식이었는데 해찰을 하느라 제 시간에 도착하지 못한 우리는 가는 도중에 벌써 집을 나선 상여 행렬과 마주쳤다. 논 하나를 사이에 두고 저만치서 상여가 천천히 지나가는 것을 보았다. 어린 나는 상여를 실물로 처음 보았지만, 그게 상여라는 것과 그 안에 망자의 몸이 담겨 있다는 것쯤은 알았다. 아빠가 걸음을 멈추고 지나가는 상여를 향해 고개를 숙여 인사했다. 누군가 구슬프게 노래하고 있었다. 종소리인지 방울 소리인지도 짤랑짤랑 들렸다. 죽음이 가까이 있다는 걸 깨달은 순간 내 손에 꼭 쥔 주황색 꽃이 부끄러웠다. 죽음 앞에서 화려하게 피어 있다는 건 부끄러운 일이었다. 나는 아빠 몰래 그 꽃을 논 바닥에 던져버렸다.

호텔에 도착해 체크인을 마치자마자 짐도 풀지 않고 잤다. 암막 커튼은 매우 효과적으로 늦은 오후의 빛을 차단해 방 안을 칠흑의 밤으로 만들어 주었다. 잠들었다기보다는 기절했다는 게 좀 더 정확한 표현일 만큼 꿈도 없이 잤다. 어떤 기척을 느끼고 깨어났을 때 시간은 자정에 가까웠다. 나는 어둠 속에서 예민하게 귀를 기울였다. 어이없게도 기척은 몸 바깥이 아닌 안에서 나왔다. 나는 동면에서 막 깨어난 짐승처럼 허기를 느꼈다. 침대에서 일어나 암막 커튼을 걷자 크고 작은 불빛이 달려들 듯 다가왔다. 저 멀리 하코다테산 정상의 전망대가 가장 크고 환한 불빛을 보냈고 산을 향해 기운 여러 언덕길의 가로등이 점점이 가물거렸으며 가까운 항구에는 어선을 밝힌 등이 수면에 노란빛으로 어른거렸다. 비로소 낯선 곳에 왔다는 실감이 들었다. 출발에서 도착까지 하루가 꼬박 걸린 여정이 어느새 까마득한 자리로 밀려났다. 나는 이곳에서 홀로 국외자였다.

배가 몹시 고팠지만 이 시간에 문을 연 식당은 없어 보였다. 지갑과 열쇠를 챙겨 들고 호텔 로비 층으로 내려갔다. 체크인할 때 얼핏 편의점 간판을 본 기억이 났다. 편의점은 호텔 건물 오른쪽에 작은 혹처럼 붙어 있었다. 젊은 남자 직원이 친절과 무심함 사이 어딘가의 말투로 어서 오라고 인사했다. 나는 컵라면 하나와 삶은 달걀 두 개, 떠먹는 요구르트 하나를 샀다. 컵라면에 뜨거운 물을 부어 테이블 자리로 가보니 다른 사람이 한 명 더 있었다. 중국인으로도 태국인으로도 어쩌면 일본인으로도 보일 수 있는 남자가 나를 흘낏 보더니 먹고 있던 볶음국수 쪽으로 시선을 돌렸다. 컵라면이 익어가는 동안 삶은 달걀 껍데기를 깠다. 껍데기는 매끈하게 잘 까졌다. 달걀 하나를 컵라면 안에 집어넣고 뚜껑을 다시 닫았다. 옆자리 남자가 그런 내 모습을 보고 엄지를 치켜들었다. 나는 반사적으로 웃다가 곧 정색하고 컵라면 쪽으로 시선을 돌렸다. 정신 똑바로 차려. 남자 쪽에서 국수를 빨아들이는 소리가 들렸다.

편의점에서 나와 곧바로 호텔 맨 위층으로 올라갔다. 꼭대기 층의 목욕탕을 밤새 운영한다는 말을 체크인할 때 들었다. 호텔 홈페이지에서 야경이 내려다보이는 근사한 노천탕 사진을 본 기억도 났다. 자정이 넘은 시간, 탈의실에는 아무도 없었다. 옷을 벗고 욕장에 들어갔을 때도 사람은 보이지 않았다. 샤워기로 몸을 씻고 난 후 넓은 탕에 나 혼자 들어갔다. 물은 진흙탕처럼 뿌예서 물속이 전혀 보이지 않았다. 무슨 온천물이 이런가 싶었지만, 벽에 붙은 안내판에 바다 해(海) 자와 물 수(水) 자가 도드라져 보였다. 내 머리가 저절로 해수탕이란 게 원래 이렇게 뿌연 모양이군, 해석을 시작했다. 물은 생각보다 뜨거웠다. 거기서 딱 5분을 버티고 노천탕으로 나갔다. 노천탕은 넓은 베란다 같은 구조로 지붕만 있고 한쪽 벽면은 윗부분이 휑하니 뚫려 바람이 통했다. 여름이었지만 뜨거운 물속에 있다가 바깥 공기를 만나니 오스스 한기가 느껴졌다. 노천탕은 길고 좁은 직사각형으로 실내 수영장의 한쪽 레인만 잘라 옮겨놓은 모양새였다. 거기에 누가 있었다. 어두운 조명 아래 희끄무레한 몸의 형체가 물 밖으로 나왔다가 물속에 들어가길 반복하며 헤엄을 치고 있었다. 그렇다. 그 몸은 목욕이 아니라 헤엄을 치고 있었다. 직사각형의 좁은 면 끝에 도착한 몸은 공중제비를 넘듯이 몸을 홱 돌려 다시 반대 방향으로 헤엄쳤다. 나는 노천탕 바로 앞에 놓인 흰색 비치 체어에 앉아 그 몸의 반복적인 동작을 지켜보았다. 뚫린 벽면에서 바람이 불어왔다. 저 멀리 하코다테산 정상의 전망대가 환하게 조명을 뿜으며 서 있었다. 몸이 물을 가르는 소리가 일정했다. 12년 전 '우리'는 로프웨이를 타고 하코다테산 전망대에 올랐다. 일본의 3대 야경으로 꼽히는 그곳의 야경을 보겠다고 한 시간 넘게 줄을 서서 로프웨이를 기다렸다. 날이 저문 후였고 밤하늘에 간간이 눈발이 날렸으며 여준은 춥고 발이 시리다며 징징거렸다. 하코다테산 따위 무너져버리라고 로프웨이 따위 끊어져버리라고 저주를 퍼붓다가 나한테 혼났다. 여준은 눈물을 매단 채 로프웨이에 올랐고 전망대에 도착해 야경을 보고 사진을 찍고 기념품 가게에서 하얀 뱁새 인형을 사는 동안 내 쪽은 쳐다보지도 않으면서 제 아빠 옆에만 찰싹 들러붙어 있었다. 기억이 또 허방을 열었다. 정신 똑바로 차려야 한다. 철퍼덕철퍼덕. 노천탕의 뿌연 물은 일정한 박자로 갈라졌다. 희끄무레한 몸이 눈앞을 오갔다. 자꾸만 공중제비를 넘었다. 아무도 변신하지 않았다. 나는 가만히 앉아 그 반복을 지켜보다가 탈의실로 나갔다.

하루치 잠을 다 자버린 탓에 목욕탕에 다녀와서도 쉬 잠이 오지 않았다. 해석은 지긋지긋해 여행 때마다 서너 권씩 챙겨 왔던 책을 한 권도 가져오지 않았다. 이번에는 큰맘 먹고 노트북도 놔두고 왔다. 그랬더니 막상 할 일이 없었다. 침대에 누운 채 텔레비전을 켰다. 낯선 언어가 쏟아져 나왔다. 깜짝 놀라 볼륨을 줄이고 채널을 이리저리 바꿔보았다. 바다를 가르며 달려가는 오징어잡이 배 아래에 자막으로 '하코다테에 오세요' 비슷한 문장이 까불거렸다. 사극인지 옛날 옷을 입은 두 남녀가 다다미 위에서 끌어안고 흐느꼈다. 예능인지 과장된 웃음소리가 배경음으로 깔리며 여러 사람이 둘러앉아 설전을 벌였다. 모래밭에서 스모 선수 둘이 맞붙었다. 손가락질 한 번으로 쉽게 쉽게 바뀌는 화면에 하코다테산 전망대가 나타났다. 자막도 없고 대사도 거의 없어 무슨 일이 벌어지고 있는지는 알 수 없었지만 드라마나 영화의 한 장면 같았다. 인물들이 로프웨이를 타고 전망대를 향해 올라갔다. 리모컨을 내려놓고 3분쯤 보았을 때 나는 화면 속 장면이 오래전에 본 영화의 한 장면임을 알아보았다. 하코다테를 배경으로 찍은 영화였고 한동안 좋아하는 3대 영화 중 하나로 꼽기도 했다. 나는 결말을 알면서도 채널을 돌리지 않았다. 볼륨을 키우지도 않았다. 안 그래도 조용한 영화를 무음으로 보았다. 동생과 오빠가 함께 로프웨이를 타고 하코다테산 전망대에 오른다. 동생은 오랜만의 나들이에 들뜬 표정이다. 시간이 흐르고 동생 혼자 대기실에 앉아 있다. 로프웨이의 막차 시간이 지나도록 오빠는 돌아오지 않는다. 하코다테산 반대편은 사람이 다닐 수 없는 깎아지른 절벽이다. 전망대 직원이 동생에게 다가온다. 나는 엔딩 크레디트가 다 올라갈 때까지 채널을 돌리지 않으면서 생각했다. 오빠는 어디로 갔을까? 답을 알면서도 계속 생각했다. 오빠는 왜 오지 않을까? 동생은 끝내 홀로 남겨질까? 홀로는 반복될 것이다. 오빠는 단 한 번의 동작으로 동생의 곁을 떠났을까? 철퍼덕. 물 가르는 소리가 들렸다. 오빠는 어쩌면 그렇게. 모질게. 어? 어쩜 그래? 나는 텔레비전을 켜둔 채로 잠들었다. 어떤 몸이 반복해서 물을 가르는 소리가 귓가에 몰려왔다 몰려갔다. 정신 똑바로. 철퍼덕. 사람이 어떻게. 철퍼덕. 차려. 그래?

✽

순전히 맨발 때문이었다. 맨발을 보지 않았다면 굽이굽이 이어진 고갯길

한가운데서 차를 세우는 무모한 짓은 하지 않았을 것이다. 그러나 나는 맨발을 보고야 말았고 그런 다음에야 차를 세우지 않을 수가 없었다. 나는 이곳이 한국어도 영어도 통하지 않는 북해도의 산속임을 잊고 어리석게 한국어로 말을 걸었다.

괜찮아요?

인적이 거의 없는 깊숙한 산길에 작은 몸집의 젊은 여자가 맨발로 주저앉아 있는데 괜찮을 리가 없었다. 게다가 부슬비가 내렸고, 몇 미터 앞이 잘 보이지 않을 정도로 안개가 자욱했다. 여자가 고개를 들어 운전석의 나를 보았다. 나는 반쯤 내렸던 차창을 끝까지 다 내린 뒤 여자 쪽으로 고개를 내밀고 다시 일본어와 영어로 번갈아 물었다.

[괜찮은가요?]

[당신은 괜찮습니까?]

놀랍게도 여자는 나를 보고 싱긋 웃었다. 그러곤 가뿐하게 몸을 일으켜 맨발로 총총 자동차 앞으로 걸어오더니 조수석 쪽 문을 열고 차에 올라탔다. 여자의 맨발이 가장 먼저 차 안으로 들어왔다. 그 발은 생각보다 깨끗했고 상처도 보이지 않았다. 여자에겐 신발만 없는 게 아니라 가방도 다른 소지품도 없어 보였다. 여자가 입은 풍성하고 긴 치마와 몸에 딱 들러붙는 반소매 셔츠에는 주머니가 없었다. 깊은 산속에서 맨발로 쓰러져 있는 여자는 당연히 조난의 이미지를 풍겼지만 가까이에서 본 여자는 붉은 기가 도는 긴 머리카락이 조금 푸석푸석해 보일 뿐 하얀 얼굴에 윤기가 돌았고 표정도 편안해 보였다. 내가 다시 자동차를 출발시키자마자 여자는 빠른 속도로 말을 내뱉기 시작했는데, 일본어라는 사실을 빼면 무슨 말인지 하나도 알아들을 수가 없었다. 심지어 일본어가 맞는가 싶을 만큼 여자의 억양은 독특했다. 여자가 한바탕 말을 쏟아내길 기다렸다가 겨우 틈을 비집고 미리 외워둔 일본어로 말했다.

[나는 외국인입니다. 나는 일본어를 모릅니다.]

그러자 여자가 알겠다는 듯 고개를 한 번 크게 끄덕이더니 그 후론 한마디도 하지 않았다. 그렇다고 여자가 언어 자체를 포기한 것은 아니었다. 여자는 음성언어 외의 언어 소통에 능숙했다. 오직 손짓과 몸짓, 표정만을 동원할 뿐인데 이상하게도 여자가 무슨 말을 하려는지 저절로 이해되었다. 여자는 마임 배우라고 해도 좋을 만큼 동작이 섬세하고 표현력이 뛰어났다. 몸에서 출발한 언어는 의식적인 해석의 노력이 필요 없게 단단한 괄호에 담겨 곧바로 내 몸에 도착했다.

(저 산꼭대기까지 가고 싶어요.)

나는 하코다테산 정상의 전망대를 향해 자동차 속도를 높였다. 원래 전망대까지 가는 길은 도시 쪽에서 로프웨이를 타고 직선으로 올라가는 방법과 자동차를 타고 산 뒤쪽으로 난 고갯길을 굽이굽이 돌아가는 방법이 있었다. 그러나 돌아가는 고갯길은 험해 눈이 많이 오는 겨울철에는 전면 통제되었고 여름에도 해가 지는 시간을 고려해 오후 4시 이후에는 입산 금지였다. 12년 전 겨울에는 로프웨이를 타고 곧장 전망대에 올랐기 때문에 이번에는 가보지 않은 길을 선택했다. 로프웨이 안에서 다른 사람들과 마주치고 싶지 않은 마음도 있었다. 예상은 했지만 고갯길은 생각보다 한산했다. 전망대에 오르는 사람들이 가장 원하는 풍경은 하코다테시의 야경이었기 때문에 환한 오후 시간대에 산을 오르는 사람은 많지 않았다. 게다가 비와 안개에 젖어 길이 좋지 않았다. 오래된 나무가 무성히 잎을 틔워 천연 그늘막을 이루었고 그 사이로 안개가 살아 있는 존재처럼 스르르 움직였다. 흰뱀 같은 안개가 움직일 때마다 시야가 뿌옇게 가려졌다 조금씩 드러나길 반복했다. 안개비가 흩뿌리는 산속 길은 괴괴했다. 이렇게 가다가 반대편에서 내려오는 자동차라도 만나 부딪치면 그대로 끝장이겠다 생각하며 바짝 긴장하고 있었는데, 안개 한 조각이 걷히면서 길가에 맨발로 주저앉은 여자가 보였다. 머리끝이 쭈뼛할 만큼 놀랐지만 여자의 맨발을 본 터라 본능적으로 차를 세웠던 것이다.

내게 맨발은 일종의 취약 지대였다. 맨발로 뛰어드는 사람은 막을 도리가 없었다. 오래전 604호 여자도 맨발이었다. 여준이 돌이 되기 직전이었으니 25년 정도 된 이야기다. 여준이 태어나고 두 달이 조금 안 되었을 때 석우가 내륙의 한 천문대로 발령을 받았다. 나는 고민 끝에 산후 휴가를 무기한 휴직 상태로 바꾸고 석우를 따라 내륙으로 들어갔다. 남편과 떨어져 혼자 아기를 키우며 직장에 다니기보다 직장을 버리고 온전한 가족 안에서 살고 싶었다. 우리는 내륙의 산자락에서 고립을 자처하며 안온하게 지냈다. 석우는 정시에 출근해 정시에 퇴근했고 집에 돌아오면 아기 여준을 살뜰히 돌보았다. 나는 여준과 둘이 남은 시간을 살림과 산책으로 채웠다. 신축 아파트에 살았지만 단지를 조금만 벗어나면 논밭과 야산이 나왔고, 마음먹고 걸으면 소백산맥 한가운데에도 닿았다. 이사 온 지 1년이 다 되도록 아직 걷지 못한 길이 많았다. 그날도 석우를 출근시키고 집안일을 서둘러 마무리한 다음 여준을 유아차에 태워 산책을 나섰다. 9층에서 엘리베이터를 타고 내려가는데 6층에서 문이 열리더니 웬 여자가 뛰어들었다. 여자는 다급하게 엘리베이터 닫힘 버튼을 눌렀고, 문이 닫힌 뒤 엘리베이터가 움직이자 긴장이 풀린 듯 바닥에 주저앉았다. 여자는 맨발이었다. 집에서 입는 반소매 티셔츠에 반바지를 입은 옷차림도 허술했다. 엘리베이터가 1층에 멈춰 섰지만, 나도 여자도 내리지 않았다. 나는 여자 때문에 내릴 수가 없었다. 엘리베이터는 문이 닫힌 채 움직이지 않았다. 그 안은 생각보다 더 적막했다. 그때도 나는 여자에게 물었다.

괜찮아요?

괜찮을 리 없다는 걸 알았으니 하나 마나 한 질문이었다. 여자는 쫓기는 짐승처럼 다친 눈빛으로 나를 올려다보더니 불쑥 말했다.

돈 좀 빌려줘요. 신발도요.

여자를 우리 집에 들이고 가장 먼저 생각한 것은 뜬금없게도 유아차에서 잠든 여준을 지켜야 한다는 거였다. 맨발의 여자를 주방 식탁 앞에 앉히고 따뜻한 차부터 한 잔 대접하면서 나는 계속 여준과 나와의 거리와 여자와 여준과의 거리를 계산했다. 어쩐지 앞뒤가 맞지 않게 들리겠지만 그때 나는 어떤 폭력을 피해 도망친 게 분명해 보이는 여자가 앙갚음처럼 나의 여준을 안고 달아날 수도 있다고 믿었다. 맨발의 타인을 도와주고 싶은 마음이 먼저 들었던 건 분명하지만, 내 집에 들어온 여자가 얼마든지 돌변할 수 있다고 생각할 만큼 나는 여자를 불신했다. 한시라도 빨리 여자를 내 집 밖으로 몰아내야 했다. 여자를 나의 소중한 여준 곁에서 멀리 떨어뜨려야 했다. 나는 여준이 곤히 잠든 유아차를 현관에서 거실까지 끌고 들어왔다. 나가기 직전 걸레질을 마친 거실 바닥이 더럽혀지는 것도 아랑곳하지 않았다. 여자가 차를 홀짝이며 집 안을 둘러보았다. 돈이 얼마나 필요한지 묻자 여자가 2만 원이라고 대답했다.

시내까지 갈 택시비만 있으면 돼요. 친구가 거기서 카페를 하거든요. 친구 카페에 있다가 돌아오면 우리 아저씨도 화가 풀려 있을 거예요. 신발은 슬리퍼도 괜찮아요.

여자의 얼굴에서 다친 짐승의 표정이 걷혀 있었다. 여자는 친구 집에 놀러 온 사람처럼 그날 처음 만난 내게 주저리주저리 자기 이야기를 늘어놓았다. 나는 계속 여준 쪽을 의식하면서 지갑에서 만 원권 지폐 두 장을 꺼내 여자에게 건넸다. 여자가 반바지 주머니에 지폐를 찔러넣더니 다시 차를 한 모금 홀짝였다.

아이, 씨발.

여자의 돌연한 욕설에 깜짝 놀라 반사적으로 여준 앞을 막아섰다. 그러나 여자는 나의 방어심은 알아채지 못하고 제 가슴만 내려다보았다. 여자의 가슴 양쪽이 둥글게 젖어 있었다. 그게 무엇을 뜻하는지 나는 알았다. 여자가 어쩌면 좋겠느냐는 표정으로 나를 올려다보다가 처음으로 여준에게 관심을 보이며 물었다.

아기가 몇 개월이에요?

나는 여자의 질문이 무슨 뜻인지도 다 알아들어버렸다. 나는 이제는 쓰지 않아 주방 베란다 창고에 넣어둔 유축기를 꺼내 왔다. 유축기를 가지러 갈 때는 이미 방어심도 허물어져 여자 곁에 여준을 그대로 두었다. 여자에겐 한창 젖을 먹여야 하는 아기가 있다. 여자는 자꾸 새는 젖을 짜내야 한다. 아기에게 제때 먹이지 못한 젖은 여자의 가슴을 돌덩어리로 만들어 여자를 고통스럽게 할 것이다. 그런 여자에게 여준은 처음부터 탐나는 대상이 아니었을 것이다. 나는 항복하는 심정으로 여자에게 유축기를 건넸다. 여자는 고맙다는 말도 없이 내게서 등을 살짝 돌리고 익숙하게 젖을 짜기 시작했다.

여자가 제 발에 너무 큰 내 샌들을 빌려 신고 내 집 밖으로 나갔을 때 나는 여자에게 따지듯 물었다.

아기를 두고 가도 괜찮겠어요?

여자는 그게 무슨 소리냐는 듯 어깨를 한 번 으쓱하고 대답했다.

우리 아저씨가요, 제 새끼는 아주 끔찍하게 아끼는 남자거든요. 저녁에 돌아오면 아기 목욕까지 다 끝나 있을걸요.

여자의 말투는 자랑에 가까웠다. 그 말투에 눌려 나는 남의 집에 아까운 젖 짜놓고 네 새끼는 종일 굶길 거냐고, 너만 홀가분하게 도망치면 다냐고, 내처 따지지 못했다. 그날 여자를 보내고 나는 산책하러 나가지 않았다. 잠에서 깬 여준이 칭얼거리자 미리 만들어둔 이유식을 데워 먹이고 오래오래 내 품에 끌어안고 시간을 보냈다. 벌써 걸음마를 준비하던 여준이 답답해하며 자꾸만 내 품에서 벗어나려고 했지만, 나는 여준을 붙들고 놓아주지 않았다. 석우가 퇴근해 돌아왔을 때 여준은 울음을 터뜨리며 제 아빠 품에 안겼고 한동안 나를 피했다. 석우가 식탁 위에 그대로 방치한 유축기와 604호 여자의 젖을 보고 이게 다 뭐냐고 물었지만, 나는 아무 말도 하지 않았다. 저녁 내내 침대에 누워 멍하니 천장만 보는 내 모습에 석우는 두려움을 느꼈을 것이다. 아마 여준을 낳고 키우며 내가 본능적으로 지키려 했던 가족이라는 허상이 귀퉁이부터 푸슬푸슬 허물어지기 시작한 것은 그날부터였을 것이다. 그 유축기와 젖을 누가 어떻게 처리했는지, 604호 여자가 언제 내 샌들과 돈을 돌려주었는지는 하나도 기억나지 않는다. 다만 며칠 후 아파트 단지 안에서 여자와 마주쳤던 일은 또렷하게 기억난다. 여자는 몰라볼 만큼 화려하게 화장하고 차려입은 모습이었고, 여자보다 몇 곱절 우람한 체격의 남편이 유아차를 밀고 있었다. 여자의 아기는 튼튼하고 검은 유아차 덮개에 가려 보이지 않았다. 나와 눈이 마주친 여자가 시선을 돌리더니 남편에게 매달리다시피 팔짱을 끼고 총총걸음으로 멀어졌다. 여자에게도 본능적으로 지키고 싶은 무엇이 있었을 것이다.

하코다테산 정상은 온통 안개였다. 우리는 구름 한가운데로 들어갔다. 그 와중에도 로프웨이는 꾸준히 사람들을 실어 날랐고 전망대 옥상에는 구름이 걷히길 기다리는 사람들이 제법 있었다. 맨발의 여자는 전망에는 관심이 없는지 네모난 옥상 가장자리를 따라 천천히 걸었다. 구름이 조각조각 움직일 때마다 그 틈새로 잠시 시야가 열렸다. 까마귀들이 사람들 바로 옆까지 날아왔다. 맨발의 여자가 까마귀를 향해 작은 발을 구르며 깔깔 웃었다. 그러나 까마귀는 여자의 도발을 무시하고 제 갈 길을 갔다. 이윽고 구름이 옆으로 물러가며 시야가 넓게 트였다. 저 멀리 도시가 보였다. 사람들이 일제히 탄성을 지르며 카메라를 들고 도시 방향을 바라보았다. 12년 전 겨울에 본 야경은 화려했지만 지금 보이는 낮의 풍경은 흐릿하되 원래 색깔을 간직하고 있었다. 손바닥만 한 황토색 네모는 로프웨이 출발 지점 바로 옆의 고등학교 운동장이었고 민트색의 동그라미는 러시아정교회의 둥근 지붕이었다. 갈색 십자 모양은 영국 성공회 성당의 지붕일 것이고 제법 큰 초록색 네모는 항구 옆 인공 섬에 조성된 공원일 것이다. 나는 저 아래 펼쳐진 실물 풍경을 하나하나 뜯어보며 머릿속의 지도와 비교했고, 12년 전 '우리'가 함께 걸었던 언덕길과 비교했다. 저 아래 실물과 기억 속의 길과 휴대폰 안의 지도는 같은가, 다른가. 12년 전 겨울 묵었던 호텔과 지금 내가 묵는 호텔은 여기서 보니 손가락 한 마디 거리로 떨어져 있었다. 하코다테산이 무너져버리면 좋겠다고 저주를 퍼부었던 여준이 유일하게 좋아했던 노란색 공회당 건물은 산등성이에 가려 보이지 않았다. 지금 내 눈에는 보이지 않지만 존재한다는 사실만은 분명히 아는 노란색 건물을 향해 서서 나는 여준의 이름을 가만히 세 번 불렀다.

여준아.

여준아.

여준아.

괜찮니?

괜찮아?

괜찮은 거야?

석우와 헤어지고 3년 후인 4년 전, 불쑥 독일로 떠나버린 여준과 마지막으로 영상통화를 한 지도 두 계절이 훌쩍 지나 있었다.

(목이 말라요.)

맨발 여자가 곁에 와 몸으로 말했다. 우리는 전망대 매점으로 들어가 음료수를 하나씩 골랐다. 기념품 가게에 슬리퍼가 있기에 하나 사줄까 (몸으로) 물었지만 여자는 웃으며 고개를 저었다. 우리는 다시 옥상으로 돌아가 안개가 몰려오기 시작하는 도시를 한 번 더 내려다보고 함께 사진을 몇 장 찍은 뒤 전망대를 떠났다.

(가야 할 곳이 있어요.)

나는 여자에게 길 안내를 맡겼다. 내려가는 길에도 다른 차는 보이지 않았다. 여자는 조수석 창문에 붙다시피 해서 창밖을 구경했다. 까마귀 몇 마리가 여자에게 달려들 듯 가깝게 날아왔는데 그때마다 여자가 새된 소리로 웃음을 터뜨렸다. 고갯길 초입의 입산 통제선에 제복 차림의 남자가 경광봉을 들고 서 있었다. 남자 옆에 오후 4시 이후 입산 금지를 알리는 붉은 표지판이 서 있었다. 남자가 우리 차를 향해 경광봉을 흔들었다. 나는 차를 세우고 차창을 반만 내렸다. 남자가 열린 틈새로 차 안을 흘낏 보더니 일본어로 뭐라 뭐라 말했다. 나는 일본어로 천천히 대꾸했다.

[나는 외국인입니다. 나는 일본어를 모릅니다.]

남자가 다시 영어로 뭐라 뭐라 말했다. 나는 남자의 말을 알아들은 척 고개를 끄덕이고 다시 차를 출발시켰다. 맨발의 여자가 차창 너머로 제복 남자에게 손을 흔들었다. 그새 부슬비가 그치고 서쪽 하늘에서 해가 고개를 내밀기 시작했다. 자동차는 산길을 내려와 새로운 언덕길로 올라갔다. 낮은 건물들 사이로 모토마치 성당의 첨탑이 보였다. 내 해석이 틀리지 않는다면 제복 남자는 분명 이렇게 말했다.

[이곳은 여자 혼자 돌아다니기에 너무 위험합니다. 무엇과 마주칠지 알 수 없으니까요.]

여자가 안내한 곳은 서쪽 바다가 내려다보이는 야트막한 언덕 동네였다. 어느 카페 앞 주차장에 차를 세우고 휴대폰 지도 앱을 열어 위치를 확인해보니 하코다테 외국인 묘지 바로 옆이었다. 이용자 댓글에 일몰이 장관이라는 말이 가장 많이 보였다. 해가 질 때까지 한 시간 정도 남아 있었다. 근처를 산책하다가 카페에 들어가 차를 마시며 일몰을 구경하면 딱 좋을 것 같았다. 여자가 앞장서 걸었다. 카페 주차장을 벗어나자마자 길 양옆이 온통 묘지였다. 진한 정도가 다른 수많은 회색 묘비가 저마다의 높이로 박혀 바다를 바라보고 있었다. 여자는 거침없이 묘지 경내로 들어갔다. 우리는 나란히 죽은 자들의 공간을 걸었다. 지도 앱에는 분명 '외국인 묘지'라고 되어 있었지만 대부분의 묘비에는 한자로 된 일본인의 이름이 새겨져 있었다. 밭 전(田), 나무 목(木), 마을 촌(村), 뫼 산(山), 수풀 삼(森). 나도 모르게 아는 한자를 찾아 읽었다. 여자가 한 묘지를 벗어나 옆으로 이어지는 다른 묘지로 들어갔다. 그 묘지는 첫 번째 묘지보다 더 작았고 한가운데 민트색 둥근 지붕을 인 러시아정교회 미니어처 구조물이 서 있었다. 아마도 러시아인이 묻힌 곳으로 보였다. 러시아인 묘지 앞쪽에도 작은 묘지가 있었는데, 그 묘비에는 대부분 십자가가 새겨져 있었다. 묘지 입구에 커다란 안내판이 서 있었다. 일본어와 영어가 나란히 적힌 설명에 따르면 개신교 묘지, 가톨릭교 묘지, 러시아인 묘지, 중국인 묘지 등으로 구획이 나뉘어 있는 이곳을 한꺼번에 외국인 묘지라고 부르는 모양이었다. 여자와 나는 안내판 앞에 나란히 서서 각자 해석할 수 있는 글을 읽었다. 안내문 맨 아래에 처음 이곳에 묻힌 외국인의 이름과 나이가 적혀 있었다. 누구는 병으로 죽었고 누구는 살해당했으며 누구는 사십 대 중반이었고 누구는 고작 열아홉 살이었다. 이름 옆 괄호 안에 적힌 (19)라는 숫자에 오래 눈길이 머물렀다. 외국인 묘지 위쪽에 훨씬 더 넓은 묘지가 펼쳐져 있었다. 근처 절에서 관리하는 현지인들의 묘지였다. 묘비마다 가족의 성이 한자로 새겨져 있었다. 이곳 사람들은 죽어서도 가족끼리 함께였다. 12년 전의 '우리'는 죽어서도 뿔뿔이 흩어져 묻힐 것이다. 생각해보면 지금 현지인으로 불리는 이들도 한때는 이곳의 외인이 아니었나? 나는 어느 곳에서 죽어도 끝까지 외인으로 살다 갈 것이다. 정신 똑바로 차려. 기억의 허방보다 무서운 것은 오래된 미래였다. 나는 동의를 구하려는 듯 여자 쪽을 돌아보았다. 여자가 보이지 않았다. 가슴이 철렁 내려앉았다. 나는 왔던 길을 되짚어가며 여자를 찾았다. 여자는 일본인 묘지에도 가톨릭교 묘지에도 러시아인 묘지에도 없었다. 자동차를 세워놓은 카페 주차장까지 가보았지만 여자는 보이지 않았다. 나는 다시 묘지 쪽으로 올라갔다. 일본인 묘지를 지나 가톨릭교 묘지를 통과할 때 저 위쪽에 붉은 기운이 어른거렸다. 붉은색은 바다 쪽에서 출발했다. 일몰이 시작되는 모양이었다. 서쪽 하늘에서 출발한 석양이 어디에 도착하는지 눈으로 따라가 보았다. 민트색 지붕 아래 흰색 구조물이 유난히 붉게 물들고 있었다. 구조물 한가운데 여자가 누워 있었다. 여자는 햇볕에 젖은 몸을 말리는 짐승처럼 느긋하게 눈을 감고 있었다. 여자의 붉은 머리카락이 지는 해를 빨아들이며 활활 타올랐다. 어느새 큼직해진 태양의 끝이 수평선에 닿아 흔들렸다. 태양도 여자도 눈이 부셔 똑바로 쳐다볼 수가 없었다. 나는 석양을 등지고 쓸쓸하게 어두워지는 언덕의 묘지를 한참 바라보다가 주차장으로 돌아갔다. 여자는 따라오지 않았다.

(안녕, 친애하는 낯선 사람.)

나는 괄호에 담긴 여자의 인사말을 똑똑히 알아들었다.

자정이 넘은 시간, 호텔 목욕탕은 텅 비어 있었다. 노천탕에도 사람은 없었다. 나는 비치 체어에 앉아 몇 시간 전 올라갔던 하코다테산 전망대를 한참 바라보았다. 뚫린 벽면에서 바람이 불어왔다. 한기를 느낀 나는 아무도 없는 노천탕에 몸을 담갔다. 노천탕 물도 욕장 안처럼 뿌옇게 흐렸다. 물에 잠긴 내 몸이 보이지 않았다. 나는 천천히 헤엄치기 시작했다. 지난밤 보았던 그 몸처럼 길쭉한 노천탕을 반복해서 오갔다. 한 바퀴, 두 바퀴, 세 바퀴. 손끝이 벽면에 닿으면 공중제비를 넘는 여우처럼 몸을 홱 뒤집으며 방향을 바꿨고 그때마다 변신을 소망했다. 내가 지금 여기의 내가 아니기를. 내가 이 몸이 아니기를. 안간힘을 써가며 지키고자 했던 것이 무엇이었는지 다 잊은 몸이 되기를. 뭔가를 잃었다는 사실마저 깨끗이 망각한 몸이기를. 네 바퀴, 다섯 바퀴, 여섯 바퀴. 철퍼덕철퍼덕. 물을 가르고 몸을 뒤집고 다시 물을 가르며 출발하다 영영 다른 존재에 도착하기를. 무엇보다 이처럼 지극한 소원마저 깡그리 떨쳐낸 채 물 밖으로 나오기를.

호텔 방으로 돌아와 기절하듯 잠들었다. 암막 커튼을 걷지 않아 달빛이 그대로 얼굴을 덮쳐 왔지만, 일어나 커튼을 칠 기력이 없었다. 현실과 꿈의 경계에 틈이 활짝 열리고 단박에 잠이 어지럽혀졌다. 아무것도 없이 소란스럽고 묵음으로 시끄러웠다. 구름이 달을 가려 잠시 어둠이 짙어졌을 때 창문이 열리고 그것이 들어왔다. 그것의 동작은 섬세했다. 그것이 침대 위로 올라와 내 귀에 낯선 언어의 숨을 불어넣었다. 붉은 머리카락이 내 얼굴을 따스하게 덮었다. 그것이 치마 속에서 긴 꼬리를 꺼내더니 붓 삼아 내 등에 글을 쓰기 시작했다. 그것의 글씨는 틀림없이 태양을 닮은 붉은색일 것이다. 나는 간지러워 키득거리며 몸을 뒤틀었지만 잠에서 깨지는 않았다. 그것이 밤새도록 내 등 가득 언어를 채워 넣었다. 꼬리뼈 바로 위에 마침표가 찍히고 그것이 마지막으로 내 귀에 인사말을 속닥이더니 공중제비를 넘어 창밖으로 사라졌다. 구름이 달을 뱉어냈다. 나는 얼굴 가득 달빛을 받으며 빙긋 웃었다. 나는 영영 내 등의 언어를 해석할 수 없을 것이다. 나는 그것의 언어를 담은 괄호가 되었다. 나는 눈을 번쩍 떴다. 등이 쓰라렸다. 다시 눈을 감았다. 나는 다른 몸이 되었는가. 다시 잠으로 돌아가며 나는 붉고 따스했던 그것을 향해 인사했다.

[안녕, 친애하는 낯선.]

언어의 심연과 환대의 조건

김보경 문학평론가

「괄호 밖은 안녕」은 장편 『자두』와 같은 이주혜의 다른 몇몇 소설과 마찬가지로 화자가 번역가로서의 경험과 상념을 서술하는 것으로 시작된다. 이는 소설가이자 번역가로 활동하는 작가 자신의 이력이 반영된 대목이지만, 이 소설은 다른 소설보다 작가나 소설 속 화자가 번역한 텍스트와 소설 내용 간의 연관성이 비교적 적은 편이다. 다만 이 소설에서 번역가로서의 정체성은 '해석'에 대한 화자의 양가적인 욕망을 보여주는 중요한 역할을 한다. 까다로웠던 번역 업무를 마치고 소진된 화자는 일에서 벗어나 휴식을 취하고자 번역의 출발어(영어)도 도착어(한국어)도 없는 낯선 곳으로 떠난다. 가능한 한 어떤 말도 하지 않으며 "언어도 해석도 피하고 오롯이 텅 빈 상태로 혼자 있"겠다는 마음으로 떠났지만, 곧장 그 기대는 좌절되고 만다. 그가 북해도라는 타지에 당도하자마자 마주한 건 해석을 요구하는 온갖 기호들이기 때문이다. 잘 알지 못하기 때문에 해석이 불가능한 일본어는 정작 눈에 들어오지 않고 표지판에 쓰인 한글과 영어는 그의 눈에 들어와 금세 모종의 의미로 변환되는 해석의 과정을 거치게 된다. 해석에의 욕망으로부터 자유로워지고자 간 곳에서 오히려 해석의 욕망을 자극하는 기호들을 마주하게 되는 아이러니가 소설 전반에 긴장감을 부여하는 원리로 작동한다.

화자가 북해도로 떠나온 건 언어와 해석에서 벗어나기 위함이지만 그 이면에는 언어나 해석과 필연적으로 매개된 기억이 주는 고통에서 벗어날 수 있을지의 문제가 깔려 있다. 구체적으로 그 기억은 가족에 관한 기억, '우리'로 존재했던 과거에 대한 기억이다. 화자는 12년 전 남편 석우와 딸 여준과 함께 처음 북해도 하코다테에 왔었고, 그 후 석우와 헤어지고 여준과도 멀리 떨어져 지내게 되어 혼자가 된 후 하코다테에 다시 찾아왔다. 하코다테에서 함께 지냈던 가족에 대한 기억이 불쑥 솟아오를 때마다 화자는 스스로 되뇐다. "정신 똑바로 차려야 한다. 자칫하면 기억의 허방에 빠지고 만다. 추억으로 치장한 허상과 추돌하게 된다." 소설에서 여러 차례 변주되어 반복되는 이 구절은 화자 자신도 모르게 과거 회상에 빠지게 될 때마다 회상의 가속 장치에 제동을 거는 역할을 한다. 엄습하는 기억을 억누르지 않으면 무너지고 말 테지만, 과거를 떠올리는 일은 통제 영역 밖의 일이며 화자는 이미 이 세계를 기억과 해석을 촉발하는 기호로 가득한 공간으로 경험한다. 이처럼 언어와 해석에 관한 화자의 양가적인 욕망은 기억에 대해서도 마찬가지로 나타난다.

화자에게 언어와 해석, 기억의 기원은 '아버지'의 세계로 표상된다. 화자가 가진 해석에 관한 첫 기억은 구슬 옥(玉) 자와 관련된 것으로, 어릴 적 화자가 아버지와 함께 먼 친척의 장례식장에 가는 길에 표지판에 적힌 이 구슬 옥 자를 알아보자 함께 있던 아버지가 크게 기뻐했던 적이 있다. 이는 곧 자신이 "아빠의 인정을 받았다"는 기쁨을, 정확히는 "아버지의 언어를 알아본 보상"의 기쁨을 느끼게 해준 일로 의미화되며 이를 계기로 화자에게는 해석의 욕망이 생기게 된다. 그런데 이른바 '아버지의 언어'라는 상징계로의 진입을 상징적으로 보여주는 이날의 사건은 의외의 결말로 끝이 난다. 화자는 아버지에게서 꽃을 받게 되고 이는 "최초의 인정"의 의미로 여겨지는데, 아버지와 함께 걷던 길에 상여 행렬을 마주하게 되자 죽음을 앞에 두고 자신이 화려한 꽃을 지니고 있다는 사실이 문득 부끄러워 이를 몰래 던져버리고 만 것이다. 죽음과 상실 앞에서 그가 확인한 건 언어의 무력함이자 결여, 즉 상징계의 구멍이다. 추후 화자가 깨닫듯 "해석이란 기쁨보다 고통에 더 가까운 일"이라는 생각도 이러한 맥락에서 언어와 해석의 세계로 진입하는 일이 필연적으로 언어와 해석의 공백과 마주하는 고통을 동반한다는 사실에서 기인한다.

한편 아버지로부터의 인정 욕망은 화자가 성인이 된 후 가족을 지키려는 욕망으로 변주되어 반복된다. 가족에 대한 욕망은 언어와 해석에의 욕망이 그러한 것처럼 결여를 그 본질로 한다. 과거 화자는 여준을 낳고 석우의 근무처가 변경됨에 따라 혼자 아기를 키우며 일하기보다 "직장을 버리고 온전한 가족 안에서 살고 싶었다"는 마음으로 일이 아닌 가족을 택했다. 그런데 폭력을 피해 맨발로 도망쳐 나온 이웃집 여자에게 도움을 주었다가 그 여자가 자신을 모르는 체하고 가족에게 돌아가 가족을 지키고자 하는 모습을 본 이후로 온전한 가족이라는 환상이 무너지기 시작했고, 시간이 지나 결국 이별에 이르게 된다. '우리'라는 동일시의 욕망에는 그 실패 가능성이 내재해 있었다. 언어를 가르쳐주고 해석의 기쁨을 알게 해준 바로 그 '아버지'의 세계(화자의 실제 아버지뿐만 아니라 남편과 아이로 구성된 가족, 나아가 언어와 가부장제라는 제도까지 포괄한다)에 온전히 동일시될 수 없는 근본적인 결여와 공백은 이 소설에서 화자가 가족의 이별과 상실이라는 사건을 겪는 것으로 서사화된다. 그리고 화자는 그 기억에서 벗어나지 못한다. 그는 혼자 떠난 하코다테에서 머문 호텔의 텔레비전에 나오는 영화의 한 장면을 보다 영화 속 인물인 '오빠'가 떠나고 '동생'이 홀로 남겨진 장면을 거듭 반추하며 해석한다("답을 알면서도 계속 생각했다. 오빠는 왜 오지 않을까? 동생은 끝내 홀로 남겨질까? 홀로는 반복될 것이다"). 화자는 영화 속 장면에서 자신이 경험한 "홀로"의 반복을 포개어 본다.

그렇다고 섣불리 이 소설의 서사를 '아버지'의 세계로 표상되는 언어, 해석, 기억에서 벗어나는 데에 실패하는 이야기로 정리할 수는 없다. '아버지'의 세계 외에 이 소설에는 또 다른 중요한 축이 있기 때문이다. 이는 낯선 여자들의 세계다. 앞서 화자가 이웃집 여자에 대한 기억을 떠올리게 된 것은 하코다테산에서 마주한 젊은 여자 역시 맨발을 한 모습으로 등장했기 때문이다. 이 여자는 태연히 화자의 차에 올라타 길 안내를 하고 화자는 여자의 안내에 따라 산 정상 전망대와 어느 언덕 동네의 묘지에까지 동행하게 된다. 묘지에 도착해서야 이 낯선 여자 역시 화자처럼 가족(혹은 가까운 누군가)을 상실하고 홀로 남았음이 암시된다. 독특한 억양의 일본어를 하는 여자와 일본어를 모르는 화자 사이에 한국어나 일본어, 영어로 소통은 이루어지지 않는다. 다만 여자의 몸짓언어는 "의식적인 해석의 노력이 필요 없게 단단한 괄호에 담겨" 화자에게 전달된다. 의식적인 해석의 노력이 필요 없다고 해서 해석과 소통이 이루어지지 않는다는 것이 아니다. 언어와 해석을 피하고자 떠난 곳에서 화자는 손짓, 몸짓, 표정을 이용한 비언어적인 방식으로 가장 낯선 이와 소통하게 된다. 입산 통제선을 지키는 남자가 이들에게 했던 말("이곳은 여자 혼자 돌아다니기에 너무 위험합니다. 무엇과 마주칠지 알 수 없으니까요")을 변형해 말해보자면, 하코다테에서의 여정은 기존의 언어를 위태롭게 하는 낯선 기호와 조우하는 여정이라고 할 수 있다. 여기서 이루어지는 해석은 더 이상 '아버지'의 언어를 통해 대타자의 인정을 받는 과정이 아니며, '아버지'의 세계에서 이탈한 낯선 여자를 알아보는 일이자 세계의 공백을 함께 견디는 과정이다. 이로 인해 언어, 해석, 기억의 젠더화된 표상은 새로운 의미로 전환된다.

이 소설에서 화자와 이 낯선 여자에 이루어지는 비언어적 소통의 내용은 괄호라는 기호를 통해 표현된다. 화자는 여자가 안내한 언덕의 묘지에 도착하고, 잠시 한눈을 판 사이 여자가 다른 쪽에서 느긋하게 누워 있음을 발견한다. 화자와 여자의 동행은 이 장면으로 끝이 나고, 화자는 여자가 멀리서 자신에게 말없이 건넨 인사말을 다음과 같이 해석한다. "(안녕, 친애하는 낯선 사람)". 이어 소설의 마지막 장면에서 꿈결에 여자의 머리카락이 화자의 등에 부드럽게 낯선 언어를 새기고 화자는 "그것의 언어를 담은 괄호"가 되어 이에 여자가 건넸던 인사말로 화답한다. 아름답고 일견 신비롭기까지 한 분위기로 묘사된 이 장면은 두 여자가 언어를 매개하지 않고도 그 어떤 의미의 틈이나 공백도 없이 이해에 이르게 되는 장면처럼 보이기도 한다. 하지만 그렇게만 볼 수는 없을지도 모른다. 등에 새겨진 언어를 응시한다는 것은 불가능할뿐더러 화자 자신도 자신의 등에 새겨진 이 낯선 여자의 언어를 영영 해석할 수 없다는 것을 알고 있다. 따라서 여기서 괄호는 무매개적 소통의 환희로운 순간을 표시하는 기호가 아니라 해석 불가능성의 심연을 표시하는 기호로 기능한다. 어쩌면 작가는 이 심연이야말로 낯선 타자에게 "(안녕)"이라 말을 건네는 진정한 환대의 전제 조건이라고 보는 듯하다. 화자는 등에 새겨진 타자의 언어가 쓰라리다고도 따뜻하다고도 말한다. 인간의 일생은 타자가 남긴 상처의 기호를 해석하는 일로 살아진다.

청의 자리

이준아

UCLA 연극영화과 · 극작 졸업.
2024년 『경인일보』 신춘문예에 단편소설 「하찮은 진심」 당선되며 작품 활동 시작.
홍보컨텐츠 작가, 카피라이터로 활동하며 소설을 쓴다.

청의 자리

윤의 기침소리가 아침부터 요란했다. 목을 억지로 긁어가며 끌어내는 기침이라 답답함이 해소되기는커녕 옆에 있는 사람까지도 침을 꼴깍 삼키고 싶게 만드는 소리였다. 상담이 잡힌 날이면 윤은 꼭 그런 식으로 불필요한 소음을 일으키며 단을 불편하게 했다. 그러다 목쉬겠어, 그만 좀 하지, 단이 타박이라도 할라치면 윤의 눈썹은 단박에 가파른 산등성이가 되었다. 단은 그 성질 사나워 보이는 눈을 흘기며 티가 나게 중얼거리곤 했다. 방구석 호랑이 주제에.

하지만 그날의 단은 윤에게 단 한 마디의 반기도 들 수 없었다. 윤의 상담이 시작된 이래 최초로 윤이 아닌 단이 환자인 날이었다. 그러니까 윤의 불안이 단에게서 기인한 날이었다. 하다 하다 이런 날도 오는구나, 단은 헛웃음이 다 나왔다.

"이런 일이 종종 있나요?"

"글쎄요, 흔한 케이스라고 말할 순 없겠네요."

"이유가 뭘까요?"

의사는 그건 앞으로 차근차근 알아보자며 그날의 상담을 마무리 지었다. 차근차근, 이라니, 말하는 사람과 듣는 사람의 입장 차이가 이처럼 분명하게 갈릴 말도 없을 거라고 단은 생각했다. 사무직에 종사하는 오늘날의 20대에게 모니터를 거부하는 증상이 얼마나 치명적인지 배울 만큼 배운 저 의사 놈이 모를 리가 없을 텐데. 단은 의사씩이나 되면서도 충분히 젊기까지 한 그 태평한 얼굴을 한 대 쥐어박고 싶었지만 그보다는 마지막 질문이 우선이었다.

"저 혹시, 지인 추천 할인 같은 건 없나요?"

의사는 키보드 위로 손가락을 빠르게 놀리며 처방전을 써 내려가는 중이었다.

"음, 죄송해요. 그런 건 없어요."

단이 진료실 문을 나서려는데 여전히 모니터에 고개를 박은 그가 인심 쓴다는 듯 말을 보탰다.

"두 분이 자매시니까, 설윤 환자분 세션 예약해놓은 거 설단 환자분이랑 서로 양도는 할 수 있게 해드릴게요."

처음 증상을 느꼈던 곳이 하필이면 출근길의 만원 지하철이었다. 갑자기 참을 수 없는 욕지기를 느낀 단은 손바닥으로 입을 틀어막고 출입문을 향해 내달려야 했다. 콩나물시루처럼 빽빽하게 들어찬 객차에서 의지대로 방향을 바꾸기란 대개 쉬운 일이 아니지만, 당장이라도 전부 게워낼 것 같은 얼굴로 주변을 밀치는 사람이라면 이야기가 다르다. 승객들은 짜증과 두려움이 섞인 표정으로 서로에게 몸을 더 밀착시켰다. 그렇게 가까스로 생긴 공간으로 단은 미끄러지듯 빠져나갔다. 다른 쪽 손바닥에 들린 단의 휴대폰에선 알고리즘이 충실하게 골라준 30초 내외의 짧은 영상들이 폭포수처럼 쏟아졌다.

플랫폼 자판기에서 물 한 병을 결제해 해갈하며 숨을 돌리자 메스꺼움은 곧 가라앉았다. 역시 마지막 하이볼은 마시는 게 아니었어, 단은 지난밤의 객기를 후회하며 남은 다섯 정거장은 도보로 이동하기로 마음먹었다. 물에 젖은 솜 같은 몸뚱이를 겨우 일으켜 긴 계단을 올랐건만 손이 허전했다. 자판기 옆 벤치에 휴대폰을 두고 온 사실이 떠올라 후다닥 계단을 뛰어 내려가는데 누군가 때마침 단의 휴대폰을 집어 들려는 모습이 보였다.

"어어, 그거 제거예요!"

다급한 나머지 팔을 지나치게 앞으로 뻗어버린 단의 코어와 하체는 부실하기 짝이 없었기 때문에 와르르 무너지는 꼴로 계단을 처참히 구르고 말았다. 손목 인대 부상 정도로 끝난 게 천운이라고 목격자들은 입을 모았다. 지들 일 아니라고 말은 쉽지, 이 꼴이 됐는데 천운이라니.

"엄마한테는 말했어?"

보호대를 찬 단의 손목을 이리저리 뜯어보던 윤이 물었다. 단은 진저리를 치듯 머리를 세차게 흔들었다. 뭐 하러, 괜히 발작 버튼 누를 일 있냐. 굳은 얼굴에 마른세수를 하는 윤을 보며 단은 잠시 자신의 대답을 후회했다. 하지만 윤의 기분까지 살피기엔 이미 너무 피곤했다. 하필 오른손이었다. 적어도 보름은 손목을 쉬어줘야 한다는 처방이 단에게 달가울 리 없었다. 단전 깊숙한 곳에서부터 끌어올린 한숨은 한껏 내뱉은 것치고는 김빠진 사이다처럼 옹졸한 소리를 냈다.

"그 손으로 일은 어떻게 해?"

주방에서 들려오는 윤의 목소리에 단은 팀장의 얼굴을 떠올렸다. 단이 판단하기로 마케팅팀 내에서의 그녀의 알량한 입지는 얼마든지 대체 가능한 수준이었다. 팔자에도 없는 영상 편집과 이미지 보정 기술까지 틈틈이 익혀가며 팀 내 20대 대표로서 역량을 입증하는 데 얼마간 성공하긴 했지만, 밑바닥이 드러나기까지는 그보다 짧은 시간이면 충분했다. 깊이가 없으면 감이라도 있던가. 일전에 팀원 중 한 명이 혼잣말처럼 내뱉은 말이 뒤통수에 끈적하게 달라붙었다. 요즘은 편집 프로그램이 그렇게 쉽게 잘 나온다며. 요즘 애들이 쓰는 플랫폼에 익숙한 사람이 단 씨 말고 누가 있겠어. 젊은 사람 감성으로 대충 흉내만 내주면 돼. 일을 떠맡기며 팀원들이 인장처럼 휘감아주던 '영 앤 트렌디'라는 제법 멋진 정체성은 머지않아 '겉멋만 든 요즘 애들'이라는 오명의 꼬리표로 변해 있었다.

"아 큰일이네. 다음 주까지 편집하기로 한 영상이 두 개나 되는데."

"그냥 외주 주자 그래. 그런 거 돈 몇십에 기깔나게 해주는 사람들이 사방에 널렸는데 언니네 팀도 참 답답하다."

윤이 직접 담근 레몬청으로 차를 만들어 내밀었다. 줄기차게 집어 들던 머그잔인데도 유독 묵직하게 느껴졌다. 휠체어 신세를 지면서부터 윤은 '청' 만들기에 몰두했다. 레몬, 자몽, 매실 같은 열매들을 벅벅 씻고, 유리병을 열탕하고, 과일을 자르고 설탕을 붓고, 예쁘게 라벨을 붙이는 일을 반복하다가 적당한 시간이 흐르면 단을 호출했다.

– 딴딴. 퇴근하고 청 가져가.

단은 청 같은 건 좋아하지 않았다. 식빵에 잼도 발라 먹지 않는 담백한 입맛의 소유자였다. 커피는 무조건 블랙이고, 즐기는 디저트라고 해봐야 기본 스콘이나 소금빵 정도. 하지만 팀원들은 윤의 청을 좋아했다. 진짜 맛있다는 말이 그저 예의상 하는 소리거니 했는데 탕비실에 레몬청이나 라임청을 가져다 놓기가 무섭게 며칠이면 바닥을 보이더니, 급기야 윤의 청을 '공구'할 수 있는지 물었다. 그렇게 한 달에 한 번 윤이 고른 제철 열매는 끈적하고 달큰하게 예쁜 병에 담겨 한 병당 이만 원에 팔렸다. 수량은 그때그때 달랐는데 그들이 지인들에게 선물이라도 하려고 들면 단이 유통해야 하는 청의 무게도 늘어났다.

"손이 그래서 들고 갈 수 있겠어?"

하필 주문량이 많은 달이었다. 멀쩡한 팔에 청을 담은 보냉백과 가방까지 둘러메니 몸의 축이 기울었다. 몇 걸음 걸어보던 단은 도저히 안 되겠다는 듯 소파에 주저앉았다. 넌 돈도 많은 애가 이걸 꼭 해야겠냐, 얼마나 번다고. 윤에게 볼멘소리가 나왔다.

"오늘은 그냥 자고 가. 회사도 여기가 더 가깝잖아."

단은 잠시 고민했다. 씻기 위해 힘겹게 욕실 의자로 옮겨 앉는 윤, 걷어 올린 다리의 선명한 흉터, 그리고 정작 윤 본인은 기억하지 못할 한밤중의 신음. 시간에 힘입어 머릿속에 눅진하게 눌어붙은 그날의 잔상들을 떼어내느라 잔뜩 설치게 될 단잠까지. 단은 그런 밤은 되도록 피하고 싶었다. 하지만 손목이 이렇게 된 이상 어쩔 도리가 없어 보였다. 온몸을 덮치는 압도적인 피로부터 해결해야 했다.

"그래야겠다."

"그럴래? 간만에 엽떡 시켜 먹을까? 모짜 두 번 추가해서."

순순히 자고 가겠다는 단의 반응에 윤은 흥을 숨기지 못했다. 그러지 뭐, 내가 시킬게. 단은 소파에 비스듬히 기대 깁스한 팔을 쿠션에 올려놓았다. 가까스로 편안한 자세를 잡고 배달앱을 여는데 오장육부가 다시 울렁거리기 시작했다. 위장이 뒤틀리며 속에 담긴 모든 것을 밀어내겠다는 강력한 의지를 표명했지만, 단의 자세는 받아들일 준비가 전혀 되어 있지 않았다. 쿠션 위에 안착한 단의 깁스한 팔은 전혀 쓸모가 없었다. 다시 한번 말하지만, 단의 코어 근육은 상당히 하찮았기 때문에 휴대폰을 쥔 왼손만으로 재빠르게 일어나기엔 역부족이었다. 소파에서 몸을 일으키는 사이 지나치게 많은 시간을 낭비한 단은 화장실로 뛰어갈 새도 없이 거실과 주방의 경계 그 어디쯤인가에 와락, 구토하고 말았다.

"괜찮아? 오늘 너무 무리했나 보다."

윤이 헐레벌떡 휠체어에서 내려왔다. 내려왔다기보다는 떨어졌다는 표현이 맞겠지만. 단의 토사물 때문인지 다리의 통증 때문인지 윤의 얼굴이 일그러졌다.

"야, 너 멀리 떨어져. 괜히 옷에 묻는다."

한 손을 뻗어 윤이 다가오지 못하게 막은 단의 팔이 바르르 떨렸다. 윤은 입술을 꽉 깨물었다.

뭐가 이렇게 쓸데없이 처참해.

부실한 식사에 부옇게 묽기만 한 토사물을 사이에 두고 무너져 있는 자매의 형국에 단은 기가 찼다.

머지않아 단은 참을 수 없는 구역질과 휴대폰, 정확히는 액정과의 상관관계를 눈치 챘다. 결코 유쾌하지 않았던 이런저런 시도 끝에 손바닥 크기 이상의 모니터가 시선에 정면으로 닿으면 증상이 나타난다는 것까지 파악했다. 이런 일이 가능하다고? 노트북을 멀찌감치 두고 윤에게 부탁해 가까스로 검색을 돌려 봤지만 헛수고였다. '전자파 과민증'으로 스마트폰을 장시간 사용할 시 두통이나 헛구역질이 나타날 수도 있다는 기사만 두어 개 보았을 뿐, 단처럼 어느 날 갑자기, 그것도 잠시 쳐다보는 것만으로도 발작적인 구토가 시작된다는 증상은 어디에서도 찾지 못했다. 휴대폰으로 시작된 증상은 패드에서 노트북으로, 노트북에서 TV모니터로 기세 좋게 세력을 넓혔다. 모니터를 의식한 순간 시작되는 토악질이라니. 단은 증상을 부정해보려 눈을 부릅뜨고 까만 모니터 앞에 앉아 버텨보기도 했다. 물론, 결과는 최악이었다.

노트북도 태블릿 PC도 휴대폰도 없는 방은 모든 것이 그대로인 채 모든 것이 다르게 느껴졌다. 눈동자는 정처 없이 헤매며 어딜 가면 되냐고 자꾸 묻는데 단은 마냥 무기력하기만 했다. 몸을 기대고 앉은 가구의 물성마저도 낯설게 느껴졌다. 시그널을 거부하는 몸은 마음이 갈 곳을 잃었다. 단은 더할 수 없는 난감함을 느꼈다. 정신이 이렇게나 선명한데, 잠들지 않는 한 모든 순간과 함께하던 6인치짜리 액정 없이 허공을 몰두하는 꼴이라니, 신종 사이코패스라도 된 기분이었다.

그때 손목에서 전화가 울렸다. 그래 워치가 있었지! 단은 놓치고 있었던 스마트 워치의 존재를 자각했다. 전화를 건 사람은 다름 아닌 김은희 팀장이었다.

"그러니까, 핸드폰을 들여다보면 안 되는 상태라는 말이죠? 지금 단 씨

말은."

"안 된다기보다는…… 어렵다는 말입니다, 팀장님."

"그러면, 다친 손목 때문이 아니라 또 다른 이유로?"

"네, 그런 것 같습니다……."

증상의 원인과 극복 방안, 적당한 대책, 김은희 팀장이 던진 질문에 단은 무엇 하나도 시원하게 답변을 내놓지 못했다. 음, 아이고, 허어, 세 음절 이하의 추임새만 읊조리며 차마 다음 말을 잇지 못하는 팀장의 진짜 속내가 무엇인지 단은 듣지 않아도 알 수 있었다. 너 아주 가지가지 하는구나. 단이 자신에게 하고 싶은 말이기도 했다. 다친 손목으로 영상 편집도 못 하는 상황에 휴대폰을 들여다보면 구역질이 나서 당분간은 SNS 계정도 관리가 어려울 것 같다고 더듬거리는 부하 직원에게 김은희가 어느 정도의 불만과 분노를 느끼고 있을지 단은 굳이 가늠하고 싶지도 않았다. 김은희 팀장은 고심 끝에 단에게 일주일의 병가를 제안했다.

"그런데 통화는 괜찮은가 봐요?"

"그게…… 스마트 워치는 괜찮은 것 같아요. 지금도 워치로 통화하는 중이에요."

영원 같은 침묵이 이어졌다. 마침내 김은희 팀장이 단호한 충고를 건넸다.

"단 씨, 힘든 일이 있으면 상담을 받아요. 그게 좋을 것 같은데."

❀

정신과 의사가 처방해준 약 봉투를 들고 생수를 한 병 사자마자 단은 택시에 올랐다. 휘휘, 팔을 휘둘러 지나가는 택시를 잡아본 게 얼마 만인지 이렇게도 진짜 택시가 잡히는구나, 단은 새삼 놀랐다. 윤의 집까지 택시비만 족히 3만 원은 나올 테지만 도처에서 재생되는 휴대폰 액정들을 무시하고 지하철에 올라탈 자신이 없었다. 구토 증세를 완화해주는 약, 불안한 마음을 진정시켜 주는 약, 위장 운동을 도와주는 약, 또 정확히 목적을 알 수 없는 약이 두어 개 더 섞인 한 무더기의 약 칵테일을 입안에 털었다. 이렇게 한 움큼을 먹는데 뭐라도 효과가 있겠지. 단은 운전석 옆 거치대에 달린 내비게이션 화면을 의식하지 않기 위해 눈을 꾹 감았다. 곧이어 혼곤해지는 의식을 단은 애써 붙들지 않았다.

택시에서 내렸을 땐 잠깐이라도 눈을 붙인 것이 효과가 있었는지 아니면 약발이 들어서인지 전보다 가뿐한 느낌이 들었다. 단은 걷고 싶어졌다. 윤이 그렇게 되고 단은 자주 걸었다. 이상한 일이었다. 다리를 못 쓰게 된 건 윤이었는데, 단은 당장이라도 성큼성큼 걷지 않으면 제 다리가 말라비틀어질 것만 같은 환상통에 시달렸다. 틈만 나면 걸은 덕에 체중이 눈에 띄게 줄어든 단을 보고 도대체 비결이 뭐냐고 묻는 사람들에게 단은 어디서부터 솔직하게 얘기해도 좋을지 헷갈렸다. 동생이 다리를 크게 다쳤는데요. 고칠 수 있다는데도 스스로 병신이 되려고 해서요. 그래서 저라도 대신 많이 걷기로 했는데 걷는 데 빠져드니까 살도 빠지던데요? 가감 없이 진실을 말하고 어색해진 상대의 표정은 말끔하게 무시한 채 큰 보폭으로 사라져버리는 장면을 단은 자주 상상했다.

신경이 살아 있고, 재활치료만 제대로 받으면 본래 기능의 80%까지 충분히 살릴 수 있다는 의사의 소견에도 윤은 꼼짝하지 않았다. 비교적 멀쩡한 다른 쪽 다리까지 덩달아 하향 평준화하기로 한 듯 윤은 두 다리 모두 작정하고 방치했다. 그대로 주저앉아버린 윤의 마음을 단은 읽을 수가 없었다.

동네 할머니들과 배드민턴을 치고, 중학생 남자 아이들 틈에 껴서 농구를 하고, 주말이면 새벽같이 사라져 스포츠 센터에서 자유 수영을 즐기던 윤. 이도 저도 여의치 않을 땐 운동장을 몇 바퀴고 달리던 윤. 야 이 한심한 언니야 제발 운동 좀 해라. 배가 이게 뭐냐. 겁도 없이 단의 옆구리 살을 움켜쥐던 윤.

단은 윤의 집 근처 천변을 따라 걷기 시작했다. 휠체어가 다닐 만한 완만한 경사로가 있어 윤과도 자주 나오는 곳이었다. 하지만 혼자 걸을 때 단은 부러 구불구불하고 지면이 고르지 못한 갓길을 택했다. 윤이 다치기 전의 단이었다면 절대로 가지 않았을 길이었다.

저 멀리 윤의 전동 휠체어가 보였다. 쟤는 이 더위에 도대체 여기까지 어떻게 나온 거지. 단의 발걸음이 빨라졌다. 윤은 단을 발견하고 활짝 웃었다. 여전히 걷지 않는 다리 위에는 청을 만들기 위한 과일 꾸러미가 한가득 얹혀 있었다. 단은 당장이라도 그 과일들을 물가에 내동댕이치고 윤을 휠체어에서 끌어내리고 싶은 충동을 느꼈다.

– 딴, 이거 윤이 아니야?

사고가 있던 그날 단에게는 친구가 보내준 두서없는 영상을 제대로 파악할 여유가 없었다. 연말 프로모션 준비에 차질이 생겨 팀 전체가 비상인 시기였다. 기획부터 틀어진 탓에 잡다한 실무를 담당하는 단이 실질적으로 도움을 줄 수 있는 일은 없었지만 그렇다고 해서 퇴근해도 된다는 의미는 아니었다. 기껏 쥐어짜 낸 아이디어가 메인 타깃인 Z세대를 대상으로 한 블라인드 설문조사에서 혹평을 맞자 잔뜩 비뚤어진 안 과장은 실시간으로 올라오는 할로윈 관련 라이브 영상들을 보며 이죽거렸다.

"하여튼 정신 나간 것들. 이러고 쳐 놀면서 헬조선이래지. 남의 나라 귀신 쫓는 명절을 도대체 지들이 왜 챙겨?"

제대로 된 질문이라기보다는 넋두리에 가까웠고, 적당한 답이 있을 리 없었다. 하지만 단은 기필코 제대로 호응해주고 싶었다. 숨 막히는 회의실에서 이렇다 할 역할 없이 자리만 차지하고 있는 단이 할 수 있는 유일한 일이었기 때문이다. 단은 안 과장에게 그런 헤픈 종자들과 싸잡히지 않아도 되는 건실한 청년이고 싶었다. 그 순간만큼은 그래야만 했다.

단은 그날의 발언을 두고두고 후회했다. 마치 다른 대답을 했다면 윤의 상태가 달라졌을 것처럼.

뒤늦게 확인한, 출처를 알 수 없는 영상의 장소는 시끄러운 음악 소리로 가득한 펍이었다. 영상은 잠시 펍의 내부를 보여주는가 싶더니 이내 한 곳으로 초점을 맞췄다. 젊은 여자였다. 밝은 핑크 머리에 불빛이 나는 요정 날개를 달고 아슬아슬하게 짧은 치마를 입은 여자가 팬티가 다 보이도록 창틀에 들러붙어 누군가를 끌어올리고 있었다. 그 부주의한 여자의 딴딴한 종아리가 무척이나 낯익었다. 운동으로 다져진 두 다리와 발목의 작은 돌고래 타투까지. 영락없는 윤이었다.

"뭐 해요. 빨리 도와요. 이러다 진짜 큰일나요!"

고개를 돌리고 소리치는 윤의 옆으로 이내 더 건장한 체격의 외국인 남자 두 명이 진을 쳤다. 장정 두 명의 힘이 더해지니 더 정력적으로 사람들을 펍 안으로 끌어올릴 수 있었다. 쟤는 도대체 뭘 하고 있는 거지? 의문이 더해지려는 찰나 창밖으로 보이는 까만 무리가 모두 사람의 형상이라는 것을 눈치 챌 수 있었다. 빈틈없이 꽉 찬 사람 떼는 단이 매일 아침 지하철에서 마주하는 풍경이었지만, 들뜬 축제 분위기의 펍 내부와 대비된 창밖의 풍경은 어딘가 기괴했다. 신나는 팝이 흐르고 한껏 야하게 치장한 사람들이 술을 마시며 몸을 흔드는 사이 윤은 바깥 배경을 상대로 알 수 없는 사투를 벌이고 있었다. 급기야 윤은 창틀에 엉덩이를 올리고 걸터앉았다. 저 미친, 치마는 또 왜 저렇게 짧아. 단에게 가장 먼저 든 생각이었다.

그런데, 한순간에 풍경이 바뀌었다. 야외를 가득 메우고 있던 색색의 머리들이 사라졌다. 갑자기 드러난 여백의 섬뜩한 공허를 감지한 순간, 동영상은 외마디 비명과 함께 불친절하게 끊어졌다.

새벽이 다 되어서야 응급실에서 찾아낸 윤의 상황을 단은 도무지 이해할 수가 없었다. 단단하게 버티고 섰던 윤의 다리가 왜 저 모양으로 곤죽이 되어 있는지, 난리통 속에서도 깜찍하게 펄럭이던 요정 날개는 어째서 저런 불온한 색으로 물들어 말라비틀어져 있는지.

너는 분명 그 풍경 안쪽에 있었는데.

*

"이번에는 뭐야?"

"청귤, 지금이 딱 철이야. 향 좀 맡아볼래?"

"어떻게 나온 거야. 이 멀리까지."

"앞집 이모가 시장 가는 길에 뭐 필요한 거 없냐길래 나도 나가고 싶다 그랬지."

"야, 그런 민폐를!"

"아니야, 그 이모 나랑 나가는 거 되게 좋아해! 수다를 얼마나 떠는데. 갈 때도 언니 못 만나면 자기한테 다시 전화하라고 신신당부했어."

단은 윤의 주장을 의심하지 않았다. 옆집 할머니도, 편의점 이모도, 카페 알바도, 아랫집 남학생도, 경비 아저씨도, 모두가 윤을 좋아했다. 단과 윤은 비슷한 이목구비, 그보다 더 비슷한 목소리를 가진 자매였지만 분위기는 사뭇 달랐다. 누가 더 단정하고 누가 더 자유분방해 보이는지 같은 뻔한 차이점이 아니었다. 윤의 호의는 뭐랄까, 자연스러웠다. 단이 꾸며내는 예의 바름과는 영향력의 차원이 달랐다. 그리고 단은 그런 윤에게 많은 시간 질투를 느끼며 살았다. 하지만 마음속 가시 같은 감정의 정체가 시샘이라는 것을 단은 절대로 인정하고 싶지 않았다. 그 대신 윤과는 정반대의 길을 걷기 위해 부단히 노력했다. 나는 절대로 윤처럼은 될 수 없어. 단은 자주 되새겼다. 그것이 불가의 문제였는지 거부의 의지였는지는 알 수 없지만.

윤의 전동 휠체어가 멈춰 서는 바람에 돌아오는 길이 험난했다. 동력 없이는 천근만근인 그 바퀴 달린 물건을 도저히 여자 혼자 힘으로는 끌 수가 없었다. 단이 횡단보도 한가운데 휠체어를 버려두고 윤을 업다시피 하는데, 몇몇 사람들이 도로 위에 그대로 정차한 뒤 망설임 없이 자매에게 다가왔다. 두 명이 단을 도와 윤을 부축해 길을 건넜고, 남자 셋이 휠체어를 번쩍 들어 보도로 옮기고, 땅에 떨어진 청귤을 뒤따라오던 학생들이 살뜰히 챙겨주는 광경. 그중 한 명은 자신의 전기차를 갓길로 옮겨 윤의 전동 휠체어를 충전해주기까지 했다. 가여운 장애인을 돕는 도로 위의 의인들. 이 장면이 어쩌다 알고리즘을 탄다면, 사람들은 세상이 아직 따뜻하다며 제멋대로 인류애를 느끼겠지. 단은 윤이 그저 불구 행세를 하고 있을 뿐이라고 고래고래 폭로하고 싶은 충동을 느꼈다. 멀쩡한 인간들이 약간의 선의로 쉽게 얻은 감동을 모조리 박살내고 싶었다.

하지만 그들 모두에게 어쩔 줄 몰라 하며 고개를 숙인 사람은 결국 단이었다. 윤은 뭐가 그렇게 감개무량인지 시종일관 싱글거리며 퍼레이드 마차에 올라탄 아이처럼 쉴 새 없이 손을 흔들고 또 종알거렸다. 어머 너무 감사해요, 감사합니다, 즐거운 하루 되세요. 단은 윤의 달뜬 목소리를 도저히 견딜 수가 없었다. 상황이 일단락되고 마침내 집에 도착했을 때 두 사람의 몸은 땀으로 흥건하게 젖어 있었다. 단은 그대로 현관에 주저앉았다. 사람들 정말 착하다, 그치 언니? 윤이 말했다.

"너 진짜 장애인이야?"

단의 물음에 윤은 서서히 얼굴의 화색을 거둬들였다. 구태여 소리 내어 말하지 않아도 두 사람의 머리를 지배할 정도의 무게감을 가졌지만 좀처럼 실체를 갖춰 쥐어지지 않는 그 통상적인 지칭. 얼마간의 정적이 흘렀고, 단은 내친김에 몰아붙였다.

"뭐가 그렇게 신나는데? 너 정말로 평생 장애인으로 살 작정이냐고. 이게 네 천직이다 싶어?"

윤이 한 발로 간신히 힘을 줘 실내 휠체어로 옮겨 앉았다. 제법 익숙해진 몸놀림에 단은 화가 치밀었다. 윤은 땅에 떨어졌던 청귤의 상태를 하나하나 살피기 시작했다.

"귤 다시 사야겠다. 청귤은 이때 아니면 못 사는데."

윤의 무릎에서 오늘따라 유독 수난이 많은 청귤들이 다시금 굴러 떨어졌다.

"설윤, 줍지 마."

윤은 아랑곳하지 않았다. 윤은 여전했다.

"그거 줍지 말라고!"

바깥 풍경을 향해 허리를 숙이는 윤, 젖 먹던 힘까지 다해 뻗은 팔, 힘없이 바스러지는 다리. 윤의 뒷모습은 귀신을 몰아내기 위한 인파로 가득한 그 거리의 풍경 속으로 기어코 다시 단을 데려다 놓고야 만다. 피의 축제로 끌려 내려가는 윤을 단은 그저 바라보고만 있다. 바라보면서도 알지 못한다. 단의 머리가 깨질 듯이 아파 왔다.

✽

단은 결국 퇴사를 결심할 수밖에 없었다. 김윤희 팀장은 퇴직 의사를 밝히는 단의 얼굴을 물끄러미 바라봤다. 지체 없이 명확한 시선이었다.

"팀을 옮겨줄까요? 아무래도 마케팅팀이 디지털기기를 사용할 일이 많긴 하니까."

호의는 감사하지만 어떤 종류의 모니터든 오래 바라보는 일이 힘들다고, 쉬는 동안 상황은 더 악화되기만 했다고, 충고해주신 대로 상담도 지속해볼 생각이라고, 단은 가감 없이 상황을 고해 바쳤다. 김윤희 팀장의 표정이 서서히 바뀌었다. 피할 길 없는 상사의 얼굴에서 어린아이를 어르는 어른의 얼굴로.

"단 씨 증상은 나만 아는 거로 해두죠. 팀원들한텐 공부하러 갔다고 할게요."

"네?"

"요즘엔 암암리에 데이터가 돌기도 하더라고. 회복하면 어디든 다시 시작해야 하지 않겠어요?"

단은 꾸벅 고개를 숙였다. 그것이 김윤희 팀장이 마지막으로 베풀어줄 수 있는 최고의 선의라는 것을 알고 있었다.

회사 건물 밖으로 나오자마자 푹푹 찌는 더위가 맹렬하게 단을 공격해 왔다. 연일 폭염주의보가 발효되는 중이었다. 단은 지금 당장 무엇을 할 수 있을지 생각해봤다. 앞으로의 인생 경로 같은 현학적인 사유가 먼저일 줄 알았는데 타들어가는 아스팔트 위에 서고 보니 그깟 고민은 해서 뭐 하나 싶었다. '모니터 불가'라는 어마어마한 핸디캡을 짊어진 단에게는 지금 당장 할 수 있는 일도 손에 꼽았다. 하물며 햄버거 하나를 사려고 해도 도시는 키오스크 천지였고, 전시나 공연 같은 오프라인 이벤트를 찾아보고 싶어도 정보를 얻을 길이 없었다. 데이터를 활용하지 못하는 단은 까막눈이나 마찬가지였다. 잡스가 참 대단한 일을 하셨네. 폭삭 늙어버린 기분으로 전설의 고인을 욕하며 단은 가장 먼저 도착하는 버스에 올라탔다. 에어컨의 찬 기운이 절실했다. 하지만 막상 버스에 자리를 잡으니 정수리로 쏟아지는 에어컨 바람에 금세 한기가 돌았다. 뭐가 이렇게 중간이 없어. 팔에 닭살이 잔뜩 돋은 채로 단은 얼핏 잠이 들었다.

잠에서 깼을 때 창밖으로 보이는 동네가 낯설었다. 적당히 열만 식히고 내려 건너편에서 같은 노선을 탈 예정이었건만 윤의 물리치료 예약이 고작 삼십 분 앞이었다. 단은 다급한 마음에 스마트 워치로 윤에게 전화를 걸었다. 지름 3센티 남짓의 액정조차도 단에게는 버겁게 느껴졌다.

"미안, 내가 버스에서 깜빡 졸았나 봐. 예약 시간 못 맞출 것 같은데 어떡하지?"

"괜찮아, 취소하고 다시 잡지 뭐."

"왜 취소해. 택시라도 타고 가 있어."

"혼자 택시 타는 건 뭐 쉬운가. 괜찮아, 안 그래도 좀 귀찮았어."

땡볕에 달아오른 머리는 버스에서 충분히 식혔다고 생각했는데, 그 뜨거운 덩어리는 단의 목을 타고 내려가 가슴께에 똬리를 틀고 때를 기다리고 있었던 것이 분명하다.

"너 제정신이야? 화도 안 나? 그냥 좀 악착같이 가보라고! 그 무거운 과일도 굳이 직접 나가서 사 들고 오는 애가 치료는 이렇게 쉽게 포기하는 게 말이 된다고 생각해?"

정거장 주변에서 각자의 운송수단을 기다리던 사람들은 일제히 휴대폰에서 눈을 떼고 단을 관찰하기 시작했다. 지나치게 더운 날, 벌겋게 달아오른 얼굴로 제 손목에 대고 고래고래 육두문자를 날리는 젊은 여자는 단연코 흥미로운 소재였다. 누군가의 휴대폰 뒷면이 단을 향했을까. 그저 우연일 수도 있는 동그란 렌즈의 시선을 의식한 순간 단의 증상은 전에 없던 기세로 다시 몰려오기 시작했다.

"토할 것 같아."

"뭐라고?"

"토할 것 같다고!"

단은 스마트 워치를 손목에서 잡아 뺐다. 손톱에 팔목이 긁힐 정도로 거친 동작이었는데도 윤과의 통화는 끊어지지 않았다. 바닥에 내동댕이쳐진 워치가 계속해서 단의 이름을 외쳤다. 하지만 그것이 정말로 윤의 목소리였는지는 단조차도 확실하지 않았다. 단은 워치를 주워 전원을 껐다. 사방이 고요해졌다. 이번에는 지면의 열기가 단의 다리를 타고 가슴으로, 다리로, 마침내 두 눈까지 빠르게 올라왔다.

자, 이제는 정말로 뭘 할 수 있을까.

"바깥 활동을 많이 해보세요. 운동도 좋고, 그냥 산책도 좋고, 너무 실내에만 머무르지 마시구요."

단과 윤은 정신건강의학과 상담일을 같은 요일로 조정했다. 데이터를 못 쓰는 단과 다리를 못 쓰는 윤이 함께 움직이는 편이 훨씬 합리적이었기 때문이다. 대신 번갈아 시간차를 두고 의사를 만났고, 각자의 상담 내용은 공유하지 않기로 합의했다.

그 외에도 단은 몇 가지 큰 결단을 내려야 했다. 퇴직금을 털어 작은 소형차를 한 대 계약한 것, 그리고 윤의 집으로 완전히 들어온 것. 증상을 고백한 이후로 부모와 일상을 유지하는 것이 쉽지 않았다. 부친은 허구한 날 혀를 차대서 저러다 혀가 입천장에 그대로 달라붙을까 봐 걱정될 지경이었고, 모친의 경우는 처음엔 제법 잘 받아들이는가 싶더니 하루가 멀다고 정체불명의 식이요법을 찾아오고, 새벽기도를 나가다가 급기야는 굿을 권하기까지, 갈수록 자극적으로 단을 옥죄었다. 단은 윤이 그 몸을 하고도 기를 쓰고 본가를 나와 살기를 고집하는 이유를 절절히 이해할 수 있었다.

단이 쓸 서랍장을 비우던 윤이 물었다. 언니 혹시 나 때문이야? 이렇게 된 거. 단은 윤에게 물었다. 그럼 너는 뭐 때문에 이러고 있어? 결국 자매는 서로에게서 원하던 답을 얻지 못했다.

윤의 재활치료가 있는 날이면 자매는 매번 크게 다퉜다. 단이 보기에 윤은 절대로 최선을 다하고 있지 않았다. 더 아파야 했고, 더 고단해야 할 텐데, 윤은 언제나 적당한 선에서 멈추고 말았다. 힘든 재활 운동을 마친 사람 같지 않은 보송한 윤의 얼굴을 단은 견딜 수 없었다.

"설윤! 너 제대로 안 해?"

단이 윤의 재활치료에 동행한 게 처음도 아닌데, 윤이 게으름을 피운 게 하루 이틀도 아닌데, 그저 모든 것은 전과 같았는데도 단의 모든 감각은 윤을 향해 곤두섰다. 핸드폰 못 들여다보니까 괜히 나한테 지랄이야! 참다못한 윤이 맞받아쳤던 날, 자매는 물리치료실의 분위기를 험악하게 조성한 죄로 센터로부터 경미한 경고를 받았다.

"내 인친 중에 미디어 디톡스 하는 애가 있거든? 걔가 그러던데. 처음에만 힘들지 하다 보면 무심코 지나치던 삶의 가치들이 느껴지면서 차분해진다고. 언니 너는 어떻게 된 게 갈수록 괴팍해지냐?"

집으로 돌아가는 차 안에서 윤이 물었다. 윤이 말하는 인친이 누구인지는 단도 잘 알고 있었다. 툭하면 뭘 끊는 애였다. 술을 끊고, 커피를 끊고, 탄수화물을 끊고, 밀가루를 끊고, 소비를 끊고, 숏츠를 끊었다. 그리고 그 과정을 열심히 '소통'했다. 자신을 향한 추앙과 증오가 반반의 비율로 들끓는 인스타 월드에 그 모든 것을 낱낱이 고해바치는 것이 대단한 사명이라도 되는 것처럼 굴었다.

"미디어 끊으면 인스타 못 하는데 그 성격에 답답해서 어떻게 산대?"

"그러게, 그래도 중간에 경과보고 한 번 올리고 아직까지 게시물 안 보이는 거 보면 꽤 진심인 듯?"

으악! 놓쳤다! 아까 거기서 꺾었어야 되나 봐! 단의 시선이 닿지 않도록 손바닥으로 차양을 만들어 휴대폰을 들여다보던 윤이 다급하게 소리쳤다. 내비를 볼 수 없는 단을 대신해 길 안내를 담당한 윤은 자주 한눈을 팔았고 때마다 길을 놓쳤다.

"야이씨 설윤 너 진짜. 똑바로 안 해?"

하필이면 일방통행인 골목이었다. 역주행 방향으로 들어서는 단의 소형차를 보고 저 멀리서부터 벤츠 한 대가 신경질적으로 경적을 울렸다. 급히 핸들을 꺾어 보도로 차를 붙인다는 게 그만 지팡이를 짚고 걸어가던 노인을 놀라 자빠뜨리게 만든 꼴이 되고 말았다. 창밖을 살피던 윤이 단을 안심시켰다.

"언니가 친 거 아니야. 할머니가 그냥 놀라서 넘어지신 것 같아."

운전대를 잡은 단의 손이 달달 떨렸다. 단과 할머니를 번갈아 살피던 윤이 말했다.

"왜 이렇게 떨어? 많이 놀랐어? 언니 근데 잠깐 내려봐야 할 것 같은데. 할머니한테 좀 가봐."

단은 운전석 문을 박차고 나갔다. 하지만 할머니를 부축하러 간다고 생각했던 윤의 예상을 뒤엎고 단은 방향감각을 잃은 사람처럼 제자리를 빙글빙글 돌기만 했다. 즐겁게 춤을 추다가 그대로 멈춰라. 단의 귀에만 들리는 노래라도 있는 것처럼 일정한 리듬으로 돌던 단은 갑자기 멈춰 서더니 그 방향 그대로 점점 멀어져만 갔다. 언니! 어디 가? 윤의 목소리를 단은 알아서 차단했다. 멀어지고 멀어지고 멀어지기로 마음먹었다. 그것만이 살길인 것 같았다.

손목에 찬 아날로그 시계로 단은 시간을 확인했다. 비장하게 사라진 것 치고 흥분은 싱겁게 가라앉았다. 딱히 가고 싶은 곳도 하고 싶은 것도 없었다. 그래도 한 시간은 채울 결심이었다. 시종일관 태평한 윤을 조금은 곤란하게 만들고 싶었다. 그러길래 길 좀 제대로 보라니까, 나쁜 년. 결국 단은 편의점에서 컵라면 하나를 불어터지게 느릿느릿 먹으며 사십 분을 겨우 채우고 터덜터덜 차가 있는 골목으로 들어섰다.

“언니, 여기야!”

윤은 마치 소풍이라도 나온 사람처럼 창밖으로 산뜻하게 손을 흔들었다. 저건 진짜 미친년이야. 단이 한마디 쏘아붙이려는데 무슨 영문인지 뒷좌석의 창문이 같이 내려갔다.

“아가씨! 나 괜찮아!”

종잇장처럼 바닥에 나자빠졌던 노인은 생각보다 노인이 아니었고 매우 밝은 표정으로 단에게 아는 체를 해왔다.

“내가 원래 좀 잘 놀라서 탈이야. 동생이랑 내가 아가씨 걱정을 얼마나 했는데!”

“제 걱정을 하셨다구요?”

“응, 갑자기 그렇게 사라져서 여기 동생이랑 내가 얼마나 놀랐다구. 이것 좀 마셔요.”

그녀의 손에 들린 뜨끈한 박카스 한 병을 받을까 말까 망설이는 사이 윤이 먼저 뚜껑을 따버렸다. 마시기 싫어도 그냥 마셔. 말을 생략한 강경한 태도가 윤이 원하는 바를 정확히 전달했다. 단은 그 병을 받아 들지 않는 것으로 화를 낼 사람은 자신이라는 메시지를 분명히 했다. 무언의 힘겨루기를 끝낸 사람은 다름 아닌 뒷좌석의 할머니였다.

"안 마시면 내가 마시고."

그녀는 단숨에 고함량의 카페인 섭취를 끝내고는 물 흐르듯 자연스러운 동작으로 안전벨트를 채웠다.

"이제 집에 데려다줘. 나 너무 오래 기다렸어."

윤이 그 노인도 아닌 노인에게 소정의 현금을 이체해 줬다는 말을 단은 넋을 놓고 들을 수밖에 없었다. 역주행, 난폭운전, 골절, 신고, 골치 아픈 말들을 주섬주섬 갖다 붙이며 억지 신음을 끌어내는 할머니를 차에 들이고 윤은 자신이 다리를 못 써 차에서 내리지 못하는 점에 대해 먼저 사과했다. 할머니는 움찔하더니 윤의 다리를 흘끔거리며 중얼거렸다. 멀쩡해 보이는구먼.

"어쨌든 우리 차 때문에 놀라서 넘어지신 건 맞으니까. 침이라도 맞으시라고 쬐끔 드렸어."

넌 인생이 호구냐. 단의 핀잔에도 윤은 아랑곳하지 않았다. 단이 배달할 청을 꼼꼼하게 포장하는 중이었다. 윤의 수제청 사업은 나날이 번창했는데 번창하는 것치고는 순수익이 형편없었다. 너무 좋은 과일을 쓰고 너무 비싼 설탕을 쓰고 심지어 병까지도 너무 고급을 써버렸으니까. 파손 위험을 줄인답시고 단의 소형차를 배송 수단으로 쓰니 결국 유류비까지 더하면 간신히 본전이었다.

같이 가준다는 윤의 제안을 거절하고 홀로 차에 오른 단은 프린트한 경로 안내를 대강 머릿속에 집어넣은 후에야 시동을 걸었다. 윤에게 투덜거리긴 했지만, 사실 단은 날이 갈수록 운전이 좋아지고 있었다. 긴 시간 장롱면허로 초보나 마찬가지인 단에겐 도로에 집중하고 신호를 따르고 길을 찾는 것만으로도 온 신경이 틈 없이 긴장하는, 그야말로 운전만 하면 되는 시간이었다. 출발을 위해 기어를 바꾸려는데 어디선가 둔탁한 신호음이 들렸다. 벨소리는 벨소리인데 미묘하게 음이 단조롭고 촌스러웠다. 소리의 출처는 뒷좌석 사이에 박힌 구형 폴더폰이었다. 이게 언제 적 유물이야. 벨소리는 끊기기가 무섭게 다시 시작되기를 반복했다. 상당히 거슬리는 조악한 음질이었다. 단은 엉겁결에 폴더를 열어버렸고 통화가 연결된 것을 감지한 상대방은 기회를 놓칠세라 소리를 질렀다.

"거기 누구요??"

굳이 귀에 갖다 대지 않아도 차체를 쩌렁쩌렁 울릴 만큼 큰 목소리였다.

"핸드폰 두고 내리셨어요? 제가 방금 차에서 발견했는데."

"아! 어제 그 아가씨구나! 다리 아픈 처자야 그 처자 언니야?"

"언니요, 운전했던 사람."

"아이고 다행이네 다행이야! 잘 됐네 잘 됐어! 좀 갖다 줘!"

할머니는 다짜고짜 어제 데려다준 그곳에서 한 시간 뒤에 보자는 말만 남기고 일방적으로 통화를 끝냈다. 기가 막힌 타이밍으로 폴더폰의 전원도 나가버렸다. 단은 그냥 무시해버릴까 하다가 핑계가 생긴 김에 윤이 보내줬다는 돈의 액수라도 정확히 파악하자 싶어 운전대를 잡았다. 그리고 깨달았다. 자신이 방금 아무런 증상 없이 통화를 완수했다는 사실을.

약속한 한 시간을 훌쩍 넘기고 나서야 어슬렁 할머니가 나타났다. 어제보다 오늘이 더 젊어 보이는 그녀는 지팡이도 짚고 있지 않았다. 이리 줘. 손을 내미는 그녀에게 단은 어디서 이런 기종을 개통할 수 있었는지 다급히 물어볼 수밖에 없었다.

"요즘 2G는 서비스 종료됐다고 알고 있는데 이건 어떻게 개통하셨어요?

아, 3G예요?"

할머니는 단이 지금 무슨 소리를 하는지 당최 못 알아듣겠다는 표정으로 되물었다.

"이거 효도폰? 아들이 저기 저 앞에 있는 핸드폰 가게에서 해줬어. 그건 왜?"

"저도 하나 갖고 싶어서요. 딱 이거랑 똑같은 걸로."

"이런 게 왜 갖고 싶어?"

"제가 스마트폰 알러지가 생겨서요. 그런데 이거는 괜찮더라고요."

번쩍. 단은 잠시 할머니의 눈에서 섬광 비슷한 걸 봤다고 느꼈다. 아닌 게 아니라 그녀는 갑자기 매우 적극적인 태도로 그러지 말고 이걸 사가라고, 이거 산 지 오래돼서 아마 지금은 없을 거라고, 10만 원, 아니 5만 원에 주겠다고 정신없이 흥정을 걸어 왔다. 단이 지갑에 든 전 재산이 4만 원이라는 핑계로 만 원의 네고를 제안하자 할머니는 떨떠름한 표정으로 차 뒷좌석을 훑었다. 그럼 저 청이라도 한 병 줘. 밑도 끝도 없이 당당했다. 저게 청인 건 또 어떻게 알았을까, 단은 신통한 할머니의 재주에 탄복하며 홀린 듯 고개를 끄덕였다. 청까지 쟁취한 할머니는 마지막으로 연락처를 수첩에 빠짐없이 옮겨줄 것을 요구했다.

약구 ㄱ 임사 장, 박씨 ㄴ ㅔ 괴기, 사랑하는 큰 아들, 며늘이, 귀한 두ㄹ째

내친김에 할머니가 개통했다는 대리점으로 가 명의를 변경하고 그 자리에서 이름 세 글자 빼고 전부 다 있는 그 어수룩한 주소록을 옮기는 사이 할머니는 또 어슬렁 사라졌다가 나타났다. 그녀의 손에는 충전기가 들려 있었다.

"아니 그래서. 그 효도폰 하나 얻겠다고 5만 원을 더 뜯기고 청까지 내주셨다고?"

낯선 번호를 타고 들려오는 단의 목소리에 놀란 것도 잠시, 자초지종을 들은 윤은 자, 이제 누가 호구지? 깔깔거리며 단을 조롱했다. 급속 충전이 될 리 없는 효도폰은 카페에 앉아 한 시간을 내리 충전했는데도 배터리의 반을 간신히 채웠다. 단은 다시 청을 배달하기 위해 운전대를 잡았다. 출발지가 달라진 탓에 애써 뽑아 온 경로 안내가 무용지물이 되어버렸다고 생각했는데 의외로 수월하게 길을 찾았다. 오, 나 길치 아니네. 단은 모처럼 뿌듯함을 느꼈다.

무사히 배달을 완료하고 윤의 집에 도착했을 때 득달같이 단을 몰아붙일 것이라 예상했던 윤은 어쩐 일인지 주방에서 매우 분주하게 움직이고 있었다. 이거 다섯 병 더 배달하자. 정량의 두 배는 되어 보이는 병에 청을 옮겨 담으며 윤이 말했다. 힘에 부치는지 손끝이 부들부들 떨리고 있었다.

"뭐야. 배달 다 끝난 거 아니었어?"

"언니 니가 한 병 로스 냈잖아. 그거 다시 갖다 줘야지."

"야 그걸 뭘 지금 당장씩이나 해. 그리고 왜 다섯 병이야. 병은 또 왜 이렇게 커."

"아 그냥 좀 해!!! 갖다 주라면 갖다 주라고!! 그러길래 누가 병신같이 한 병 빼기래??"

윤이 별안간 빽 하고 소리를 질러서 단은 하마터면 병을 떨어뜨릴 뻔했다. 단은 오냐 한번 해보자, 같이 성질을 내려다 어쩌면 단순히 청의 문제가 아닐지도 모른다는 생각이 들었다. 뭐야, 왜 그러는데. 윤이 별다른 소득 없이 바쁘게 움직이던 손을 멈추고 잠시 두 눈을 꼭 감았다. 윤이 지금 참고 있는 것이 눈물인지 화인지 단은 잠시 헷갈렸다.

"한 병 덜 간 주문자를 확인하는데 이름이 낯이 익더라. 찾아보니까 걔였어. 미디어 디톡스 한다는 내 인친. 너무 미안하다고 다시 보내주겠다고 연락하려는데 뭐가 좀 이상해. 걔가 여기저기 댓글을 달고 다니고 있더라. 디톡스 끝났나 싶어서 걔 계정을 찾는데 안 보여. 한참을 찾아도 안 보여. 그래서 언니 핸드폰 켜서 찾아봤어. 그랬더니 바로 보여. 내 청이 거기 있어."

뭐를 만날 끊기 바쁜 그 인친의 인스타그램은 여전히 공개 계정이었고, 미디어 디톡스는 진작 끝난 모양이었다. 그녀는 이제 다른 것을 끊는 것에 몰두하는 중이었다. 미디어를 끊어보고자 마음먹었던 이유는 아물지 않는 내면의 상처 때문이었다나 뭐라나, 아무튼 그 상처가 모두 해로운 소통에서 비롯된다는 진리를 깨달았다며, 앞으로 독이 되는 모든 관계를 끊겠다고 선언했다. 그녀가 구구절절 나열한 독이 되는 관계 속에는 '가짜 장애를 앞세워 동정을 사는 팔이피플'도 포함되어 있었다. 윤의 청인 듯 보이는 알록달록한 유리병 사진과 함께.

"미친년. 그러면서 청은 또 왜 주문해. 내가 독이면 지는. 진짜 씨발년."

윤이 울었다. 울지 마. 욕을 할 거면 욕만 하라고. 왜 우는 거야? 대신 단이 화를 냈다. 윤을 오만 가지 감정이 섞인 기가 막히게 못생긴 얼굴로 울게 만든 사람이 고작 그 악랄한 끊기 중독자라는 사실에 성질이 났다. 당장이라도 찾아가 윤이 만든 끈적한 청을 머리끝부터 쏟아부어주고 싶었다.

"가자. 지금 당장 청 가져다주러 가자. 너 같이 가."

"언니. 그러지 말고 우리 청에다 진짜 독을 좀 타볼까?"

단은 울다 웃는 윤의 등짝을 시원하게 후려쳤다. 손가락보다는 역시 손바닥이 세구나. 단은 그런 생각을 하면서 얼얼해진 손바닥을 윤의 허벅지에 올렸다. 아, 따뜻하네. 윤이 말했다.

✽

단과 윤은 정신의학과 치료에 성실히 임했다. 큰 진전은 없어도 자매의 형세를 꾀병으로 보지 않는 권위 있는 존재가 있다는 사실이 좋았다. 선생님 요즘 좀 잘생겨 보이지 않아? 윤이 하는 말이 전혀 일리가 없지는 않다고 단은 속으로만 조용히 인정했다.

단은 윤의 재활치료에 가서도 더 이상 화를 내지 않게 되었다. 분노와 이해와 체념의 단계를 모두 거친 수용의 단계에 들어선 것 같다고, 그 조금은 잘생겨 보이기 시작한 의사가 말했다. 하지만 단이 여전히 이해하지 못하는 것이 있었다. 청을 만드는 데 쓰이는 수많은 열매들. 왜 그 무거운 과실들은 매번 시장에 나가서 직접 사 오는 것인가. 단처럼 인터넷 주문에 제약이 있는 것도 아니면서, 도대체 왜. 나를 납득시키지 않으면 시장에도 같이 가지 않겠다는 단의 으름장에 윤은 마지못해 대답했다.

"그냥, 그 편이 더 수고스럽잖아."

단은 효도폰에 내장된 카메라로 휠체어에 앉아 있는 윤의 사진을 찍었다. 벨소리 음질 못지않게 화질 역시 조악했다. 윤은 전혀 윤 같아 보이지 않았지만, 그것이 결국 윤이었다. 오, 이제 사진도 찍을 수 있어? 윤이 놀라 물었다. 얼마 전 스마트폰을 잠시 켜봤을 때 전처럼 울렁거리지는 않았다는 사실을 단은 윤에게 굳이 밝히지 않았다. 효도폰은 아직까지 단을 실망시킨 적이 없었고, 일단은 이것으로 충분했다. 언니는 언제까지 그럴 것 같아? 생각보다 너무 오래가는 것 같은데. 윤의 물음에 단도 어물쩍 대답했다.

"그냥, 아직은 아닌 것 같아."

윤이 사는 곳은 주차난이 심한 동네였지만 언제나 장애인 주차 자리 하나는 남아 있다. 단은 그것이 윤을 위한 이웃들의 배려라는 것을 알고 있었다. 그들이 의식 있는 시민이라서가 아니라 그저 윤의 경계 없는 오지랖과 친근함의 표출로 얻어낸 성과라는 것도.

지금까지 단은 되도록 그 자리에 주차하는 것을 피해 왔다. 효율 떨어지는 오기일지언정 그렇게 했다. 꼭 윤이 장애인이라는 것을 인정하고 마는 것 같아서 꾸역꾸역 다른 곳을 찾아 차를 대려고 노력했다. 덕분에 단의 주차 실력은 날로 늘어갔다.

하지만 윤과 함께 전통 시장에서 매실을 몇 박스씩 사 온 그날, 단은 고민 없이 그 널찍하고 쾌적한 주차 자리를 이용한다. 커다란 휠체어 모양의 표시선 위로 작은 자동차를 굴려 무사히 안착시킨다. 차에는 장애의 경계에 있는 두 사람이 타고 있다. 하나로 합치면 완전한 장애가 못 될 것도 없다 싶어서, 단은 가볍게 기어를 바꾼다.

자리를 구하는 사람들

강도희 문학평론가

청을 만들어본 사람은 알 것이다. 손님을 대접하기에는 조금 못나거나 한 번에 다 먹기엔 조금 많은 양의, 말하자면 쓸모의 선에서 조금 빗겨난 과일을 처리하기에 청은 제격이지만, 과일들을 껍질째 먹기 위해 여러 번 씻고 잘게 썰어 병에 담는 과정은 생각보다 여러 작업이 필요하다. 담가두고 며칠은 더 기다려야 만들어지는 그것은 나와 타인을 먹이는 일상 중에서도 느리고 번거로운 일에 속한다.

이준아의 「청의 자리」는 이 자리에서 시작한다. 소설에는 의도치 않게 번거로운 몸, 정확히는 몸의 움직임을 번거롭게 하는 일상을 갖게 된 사람들이 등장한다. '단'은 출근길의 지하철에서 휴대폰을 보다 갑작스러운 메스꺼움을 느낀다. 이후 전자 기기의 액정만 보면 욕지기가 올라오는 증상이 생긴 단은 자신이 하루아침에 얼마나 무기력한 사람이 되었는지를 깨닫는다. 갈 곳 잃은 눈동자는 집에서도 밖에서도 허공을 응시할 뿐이다. 회사 업무를 하기는커녕 당장 음식을 시키거나 대중교통을 타는 일들에도 모두 제약이 생긴다.

단을 더 불편하게 하는 것은 번거로운 나의 몸이 곧바로 누군가의 일상 속 번거로움으로 이어진다는 점이다. 입사 초기 SNS 마케팅과 영상 편집으로 잠깐 인정받은 '20대 대표' 사원으로서의 역량도 시효를 다한 마당이라, 단은 자기 때문에 팀 업무에 지장이 갈 것을 생각한다. 역시나 팀장은 단의 소식을 듣고 골치 아픈 기색을 숨기지 않으며 상담을 받을 것을 충고한다. 개개인의 정신 건강은 조직의 원활한 작동을 위해 적극적인 관리의 대상이 되지만, 일자리를 구하거나 조직 내 관계를 맺는 데에 있어서 병력은 여전히 숨겨야 할 오점으로 취급된다. 퇴사를 결정한 단에게 팀장은 선심 쓰듯 사람들에게 단의 증상은 비밀로 하겠다고 말한다.

한편, 단의 동생인 '윤'은 다리를 크게 다친 '그날' 이후로 휠체어를 쓰며 생활한다. 이태원 참사를 연상시키는, 사람이 꽉 찬 핼러윈 축제의 한가운데서 일어난 윤의 추락 사고는 단이 뒤늦게 확인한 영상 속 풍경으로 재현된다. 들뜬 분위기가 계속되는 펍 안에서 윤은 바깥을 보고 압사 위험에 처한 사람들을 건물 안으로 구출하려 하지만 사람들을 구하지 못하고 그 자신이 창밖으로 떨어지고 만다. 단은 사고 영상이 재생되는 화면 바깥에서 아무것도 할 수 없다. 참사가 낳은 무력함과 죄책감을 서로 완전히 이해하지 못한 채 두 사람은 회복의 시간을 함께 겪는다.

소설에서 더 중점적으로 다뤄지는 것은 두 사람의 증상/손상이 나타난 원인보다도 증상/손상을 불편한 것으로 만드는 힘들의 복잡한 작용이다. 단의 증상이 겉으로 봤을 때 티가 나지 않고 의학적으로 검증된 선례가 있지도 않기에 그것을 타인에게 증명하는 것부터가 곤란한 반면, 윤의 외형은 사람들이 그를 '도움이 필요한' 신체라고 느끼는 분명한 근거가 된다. 휴대폰이라는 보조 도구를 (잘) 쓰는 것은 일상을 정상화하는 일이지만, 휠체어를 다리 대신 쓰는 것은 불편한 일이 된다. 그러나 정작 윤은 자신의 변형된 몸을 거부하거나 불편해하지 않는다. 자신이 주변 사람들에게 끼치는 영향을 부정적인 것으로 단정하지 않는다. 앞집 이모와 함께 시장에 가는 것은 윤의 입장에서는 이모의 수다를 들어주는 시간이다. 동네를 누비며 타인들로부터 갖은 행위와 감정들—호기심과 연민, 감동, 불편함—을 끌어내는 그의 전동 휠체어는 이미 그의 몸 일부가 되어 있다. 그렇게 변형된 윤의 신체와 그에 새겨진 참사의 기억은 길 위의 사람들에게 반복적으로 노출되고 특정한 서사를 전달하고 있다.

윤의 이런 상태가 불편한 것은 오히려 단이다. 운동을 누구보다 좋아했던 윤이 재활치료도 제대로 받지 않고 휠체어 생활을 고집하는 것을 단은 견딜 수 없다. 둘의 갈등은 단이 윤의 집에서 살면서 더 심해진다. 몸을 있는 그대로 자기화하는 당사자와 그의 회복과 변화를 도와야 하는 돌봄인은 서로 다른 시간성에 놓인다. 단은 윤이 과거와 같은 모습으로 돌아갈 수 있다고 믿으며 치료를 적극적으로 받기를 바라지만, 윤은 그런 과거나 '재활'의 미래로 돌아가려/나아가려 하지 않는다. 단에게 윤의 장애는 꼼짝없이 멈춘 시간, 한곳에 붙박인 상태로 다가온다. "뭐가 그렇게 신나는데? 너 정말로 평생 장애인으로 살 작정이냐고. 이게 네 천직이다 싶어?" 무거운 휠체어를 끌고 집 밖에 나와 낯선 사람들과의 경계를 멋대로 넘나드는 윤의 행동 역시 단의 마음에 들지 않는다. 경계를 넘으려면 경계를 먼저 인정해야 하기 때문이다. 윤이 '멀쩡한' 사람들 앞에 장애를 드러내고 도움을 받을수록 그들과 윤이 다르다는 것이 분명해지기 때문이다. 핼러윈 밤에 회사에 남아 야근을 한 자신이 거리를 점령한 "헤픈 종자"들과의 대비를 통해 "건실한 청년"임을 인정받았던 것처럼, 윤을 도와주는 이들 역시 서로의 경계를 무너뜨리기는커녕 차이를 통해 자신들의 정상성을 확인하고 경계선 안쪽에 있다는 사실에 안심할 것이다. 그런 식의 자기 정체화에 희생되지 않으려면 윤은 '진짜' 장애인이 아니어야 한다. 당신들의 그런 선의는 윤에게 과분하다고, 감사와 사과를 가장해 단은 항변하고 싶다.

*

그러나 사실 이 모든 해석은 윤의 의도를 초과한다. 어쩌면 윤 자신은 이렇게 항변할지도 모르겠다. 자신의 외출은 대단한 모험도 저항도 기억도 아니고 그저 청을 담글 과일을 사러 시장에 가는 일일 뿐이라고. 그것은 휠체어를 타는 것이 얼마나 불편한지를 호소하는 일도 아니고, 장애가 있는 사람도 이렇게 생산적일 수 있다고 증명하는 일도 아니라고. 왜 무거운 과일들을 매번 시장에 나가서 사 오는지 묻는 단에게 윤은 마지못해 대답한다. "그냥, 그 편이 더 수고스럽잖아." 무릎에 겨우 올라갈 만큼의 과일을 사서 비싼 재료를 들여 담근 윤의 청은 소수의 지인에게만 판매된다. 소설의 제목인 청의 자리는 더 높은 효율과 생산성을 요구하는 사회의 규범성과는 동떨어져 있는 곳이다. 그러나 그 규범성의 가장자리에 놓인 사람들이 서로를 알아보고 연결되는 고리가 있는 곳이기도 하다.

소설은 섣불리 이 연결을 낭만화하지 않는다. 단은 여전히 윤의 행동을 납득할 수 없지만 새로 산 소형차로 운전을 연습하는 김에 청을 직접 배달한다. 그러다 실수로 지팡이를 짚고 길을 가던 할머니를 넘어뜨려 집까지 데려다주게 되는데, 할머니의 '효도폰'이 자신의 증상을 완화할 수 있다는 것을 깨닫는다. 효도폰을 팔라는 단에게 할머니는 당당히 휴대폰 값으로 청을 대신 달라고 한다. 이 돌발적 거래에서 우리가 보는 것은 신체적 활동에 제약을 받는 이들이 검증된 도움 · 치료가 있을 때까지 수동적으로 기다리는 것이 아니라 개선할 방법을 적극적으로 모색하는 장면이다. 이러한 임기응변의 삶은 종종 무례함("밑도 끝도 없이 당당했다")과 우스꽝스러움("약구ㄱ 임사 장"), 실패("이제 누가 호구지?")를 동반한다. 그럼에도 그것이 지탱되는 이유는 쓸모의 선에서 빗겨난 주체와 객체들이 만나 서로를 돌보게 되는 순간의 작동이 있기 때문이다.

한편, 필사적으로 자기를 돌보려는 이들은 곧잘 상처를 주고받는다. "툭하면 뭘 끊는" 윤의 SNS 친구는 미디어 디톡스를 하던 것도 잠시 미디어가 아닌 윤의 팔로우를 끊고 "독이 되는 모든 관계를 끊겠다"고 선언한다. 윤은 "'가짜 장애를 앞세워 동정을 사는 팔이피플'"이 되어 고통 공동체의 진정성을 위협하는 존재가 된다. 이처럼 온라인 공간에서 자신의 상처와 치유 과정을 고백하며 타인과 연결을 모색하려 했던 이들에게 SNS는 회복의 수단인 동시에 경쟁적인 병력의 전시와 검열이 작동하는 장이기도 하다.

그 와중에도 청을 먹고 만드는 일상은 계속된다. '디톡스 친구'에게 해로운 사람으로서 윤과 먹을 만한 소비 상품으로서 청은 분리된다. 윤 역시 과잉된 자의식으로 상처를 주는 "미친년"과 주문자 고객을 분리해본다. 그다지 단단하지도 '달달하지도' 않은 연결의 고리에 자리한 윤의 청은 우리에게 말하고 있다. 돌봄은 때때로 거래의 형식으로 이뤄지는 것, 서로의 상처를 알아보는 이들은 그것을 보듬다가 또 이용하기도 한다는 것, 우리는 우리를 쓸모없는 존재로 낙인찍는 시스템으로부터 무사히 벗어나거나 완전히 제압당하지 않고 단지 그것을 살아내는 여러 방식을 발견한다는 것. 이 모든 것이 아름답지 않거나 번거롭다고 해서 쉽게 폐기해버린다면, 앞으로 우리가 머물 수 있는 자리는 더 적어질 것이다. 반면 그 발견을 반복하고 나누는 데에 공을 더 들인다면 우리는 새 자리를 또 구할 것이다. 「청의 자리」는 달라진 의미의 이 자리를 장애라고 똑바로 부르는 마지막 장면으로 끝난다. 누구나 다 편하게 사용하는 사물이 내게는 구역질이 날 만큼 불편한 것, 남들은 다 불편하게 보더라도 내게는 썩 괜찮은 것, 불편하다가도 괜찮아지는 상태를 너무 자주 왕복해서 도리어 불편해지는 것, 서로 가진 것을 교환하며 완화되거나 보완될 수 있는 것. 이 모든 상태가 함께 있을 수 있는 공간이 장애라면 그 자리에 잠시 머물지 않을 이유가 없다.

최애의 아이

이희주

2016년 제5회 문학동네 대학소설상으로 등단.
장편소설 『환상통』 『성소년』 『나의 천사』, 연작소설집 『사랑의 세계』,
단편소설 「마유미」 「횡단보도에서 수호천사를 만나 사랑에 빠진 이야기」 등 있음.

최애의 아이

우미는 사랑에 빠졌다. 증상은 여러 가지가 있었다. 고무지우개 위에 손톱으로 한 남자의 이니셜을 새겼다. 회의 시간에 골똘한 척 고개를 기울인 채 하나의 이름을 반복하여 적거나 십자 선을 그어 가지런히 배치된 눈, 코, 입을 그렸다가 검은 볼펜으로 마구 지웠다. 요 며칠 점심엔 식사를 거르고 산책을 나갔다. 차가운 겨울바람을 맞으며 도착한 강가에는 설탕 부스러기처럼 반짝이는 눈에 전날 적어둔 이름이 남아 있었다.

유리♡우미

우미는 마치 남이 남겨놓은 낙서를 발견한 것처럼 놀라며 그것을 뿌듯하게 바라보았다. 종일 이런 식이었다. 우연히 본 음악 방송에서 유리가 빵! 하고 쏜 사랑의 총알에 맞은 뒤로 우미는 오로지 두 가지만 했다. 유리 생각을 하거나 유리 생각을 하지 않으려 애쓰거나.

이 사랑이 처음은 아니었다. 마음을 주는 데 있어 우미는 중고품이었다. 나 진짜 다 줬어. 아까울 거 하나 없는데 못 줄 게 뭐람? 있는 거 없는 거 닥닥 긁어주다 보면 다 준 것 같아도 또 차오르는 순간이 있었고 그럼 또 줬다. 사랑을 받는 것보다 하는 게 좋아서 계속 줬다. 어느 날엔 내가 이 사랑을 접는 게 죄가 되겠구나, 이렇게 마음을 주다가 한 번에 뺏으면 그 사람의 기둥이 무너지겠구나, 싶어 스스로가 무서울 정도로 줬다. 우주적 엔트로피의 측면에서 못할 짓을 한 거지. 우미는 생각했다. 어느 평행 우주에선 돌이나 미니 다육이인 유리가 꿱 하고 죽었을지도 모를 힘이었다. 비록 이 우주에서 유리는 이 사랑은커녕 우미의 존재도 모른다 해도.

"내년에 봬요."

옆 팀 과장이 인사하고 사무실을 나갔다. 한 해 마지막까지 함께 달린 그를 향해 우미는 고개를 꾸벅 숙인 뒤 엑셀 파일을 마저 정리했다. 무념무상으로 손만 움직이며 지난 사랑들을 떠올렸다. 모두 애정 결핍 환자였다. 타고난 성품도 있지만, 걔들이 그렇게 된 데는 환경상의 문제도 있었다. 잠도 안 재우고. 밥도 제대로 못 먹게 하고. 바쁠 땐 며칠 동안 하루 한 시간밖에 못 잔다고 했는데, 유리도 그렇겠지? 10시쯤 사무실을 나온 우미는 술 냄새가 나는 옆자리 사람을 피해 버스 유리창에 이마를 댔다. 새삼 반추한 지난 남자들은 같은 틀로 찍은 듯 비슷했다. 바깥에 보여주기 위해 취사선택한 행동들이 비슷했고, 캐릭터를 만들어내는 하느님의 창의력에도 한계가 있었다. 우미는 그들을 과거라는 끈으로 묶어 처분했다. 다 아픈 애들이었어. 맥주 네 캔을 가방에 쑤셔 넣으며 잔인한 한 줄 평을 남겼다. 그런데 유리는 달라. 사랑을 갈구하지 않아. 그냥 거기 있는데 사랑스러운 거야.

유리의 왼쪽 손목에는 그가 어머니로부터 선물 받은 단향목 묵주가 채워져 있었다. 우미가 아는 한 그건 채워진 이래로 단 한 번도 유리의 손목을 떠나지 않았다. 성처녀 마리아가 세상의 더러움으로부터 성소년을 지켰다. 그래서인가. 유리는 나이에 비해 막무가내로 천진난만할 때가 있었다. 예를 들면 지금, 연말 무대를 마치고 쏟아지는 콘페티를 신기하다는 듯 바라보는 눈엔 거짓이 없었다. 우미는 모니터를 향해 손을 흔들며 외쳤다. 유리

최고! 흥분해서 벽을 퍽퍽 쳤다. 호쾌하게 들이마신 맥주 캔을 내려놓고 껍질 깐 귤을 입에 넣으며 생각했다. 이게 유리의 대단한 점이다. 그렇게 밀도 높은 인생을 살았는데 아직 때를 덜 탔다는 거. 어떻게 그럴 수 있는지 모르겠지만 유리에게 삶은 신기한 것이고 거기엔 기대와 희망뿐이었다. 그런 순수함이 빛을 내뿜고, 빛은 한 사람만이 가질 수 없기에 저절로 주변을 둘러싼 사람들의 뺨에도 쏟아진다. 마치 지금처럼.

우미는 모니터에 손 키스를 날리고 이를 닦고 불을 끄고 누웠다. 천장 등의 빛이 눈꺼풀 안쪽에 인공 태양처럼 떠올랐다. 멀리서 불꽃이 터지는 소리가 들렸다. 해피 뉴 이어! 우미는 몸을 뒤척였다. 스물세 살이 된 유리에게 말을 걸었다. 생일 축하해, 유리. 입속말로 웅얼거리며 노래를 불렀다. 그러자 눈앞에 유리의 웃는 얼굴이 나타났다. 아주 딱딱하고 커다란 레몬 사탕처럼 굴려도 굴려도 녹지 않았다. 시다. 희다. 달다. 우미는 찔끔 흐르는 눈물을 닦았다. 이렇게 되면 우미처럼 둔한 사람도 인정할 수밖에 없었다. 나, 사랑에 빠졌다.

그래서 새해의 첫날, 아침 일찍 일어나 가까운 산에서 해돋이를 보고, 집에 돌아와 뜨거운 물로 씻고 떡만둣국과 남은 귤까지 먹어치운 우미는 어떤 충동 없이, 삼십 대 여자의 냉정한 판단력으로 유리의 아이를 가지기로 마음먹었던 것이다.

병원에 들어섰을 땐 양가죽 부츠가 반쯤 녹은 눈으로 젖어 있었다. 조금 막혀도 택시를 타고 올걸 하고 후회했다. 간호사가 접수를 도와주며 몇 가지를 물었다. 정자 공여 시술이 맞으신가요? 도네이터분 성함은 박유리 님 맞으실까요? 생리 이틀 차가 맞으시죠? 우미는 전부 맞다고 했다. 간호사로부터 신분증을 돌려받은 뒤 우미는 소파에 앉았다. 대기 중이던 여자 세 사람의 얼굴을 곁눈질로 살폈다. 저 중에 나 같은 사람이 또 있을까? 탐색을 시도하던 우미의 눈에 지난여름부터 신년호까지의 『보그』가 이가 빠지지 않고 비치돼 있는 것이 포착되었다. 우미는 9월호에 손을 뻗으며 안심했다. 만일 대기실의 누군가가 자신과 같다면 유리가 첫 단독 표지를 장식한 잡지에 손을 대지 않고는 못 배겼을 거다.

우미는 '1999년, 서퍽의 여름방학'이라는 표제의 화보를 넘겼다. 승마 모자를 쓰고 마방에서 포즈를 취한 유리는 왕자나 적어도 귀족처럼은 보였다. 분명 사람들이 열광할 만한 지점이 있었지만, 이런 유의 '멋진' 잡지 사진은 우미와 코드가 안 맞았다. 세련된 사람들이 만들어준 이미지는 짜임새가 튼튼했다. 그러나 우미의 지론에 따르면 애초에 젊음이란 해지기 위해 발명된 것이므로 젊은 아도니스에게 어울리는 건 명품이 아닌 싸구려 천이었다. 만약 우미가 유리의 사진을 찍었다면 폐공장을 섭외하고 청바지를 입혔을 거다. 입안이 쪼글쪼글해질 때까지 파란색 페인트 사탕을 빨아 물든 혓바닥, 아무하고나 주고받는, 고양이 같은 혓바닥을 드러내 보일 것이다. 더러운 매트리스에 깔린 보푸라기 인 담요 위에서 까슬까슬한 음모를 내보일 것이다. 젊음은 거기 존재하니까. 루이비통이니, 디올이니…… 입었다기보다 모시는 꼴로 옷을 걸친 모양새는 아름답기보다 역했지만 이는 유리의 탓이 아니었다. 애초에 명품이란 때 타고 미끈한 얼굴들에게 어울리니까. 그나마 골프가 아니어서 다행인 걸까? 골프와 승마 중 뭐가 더 역겨운지 고민하는데 간호사가 이름을 불렀다.

"이우미 님, 들어오세요."

우미는 자리에서 일어나 검진실로 향했다.

검진을 마치고 의사와 대면했다. 안경을 쓴 여자 의사는 무척 전문적으로 보여, 우미는 습관적으로 그를 연상이라고 생각했다가 정정했다. 내심 자신을 아직 이십 대처럼 여기는 버릇을 고쳐야 했다. 이젠 책임감이 필요한 때이니까.

의사는 침착하게 기본적인 것부터 설명하기 시작했다. 준비성 철저한 우미는 미리 연습해온 답을 말했다. 쌍둥이를 희망하실까요? 하나면 충분해요. 그럼 과배란 주사를 맞으실 필요는 없고 배란 유도제면 되겠네요. 생리 주기도 규칙적이셔서요. 약은 시간 맞춰 드시고 가볍게, 너무 무리가 되지 않는 선에서 운동하시고…… 여기 색연필로 밑줄 그어진 곳에 서명해주시고 뒷장에도……

시술 동의서와 개인정보 수집 · 이용 · 제공 동의서에 서명하는 우미에게 의사가 툭 말을 던졌다.

"혼자서는 키우기 쉽지 않으시거든요. 어쩌다 이런 결심을 하게 되신 걸까요?"

우미는 진심을 감추는 데 선수였다. 직장 생활을 하다 보면 누구나 그렇게 변한다. 맞지 않는 상대에게 맞추고, 웃고, 자기 자신이 싫어지는 농담을 던지는 일에 익숙해지며 반들반들 닳는다. 이 질문에 대한 대답도 이미 정해져 있었다. 나이가 있어서 늦기 전에 낳고 싶었어요. 난자를 얼려도 되지만 지금이 적기라고 할까, 체력이 달리기 전에 키우고 싶어서요. 의사에게 답할 말만 준비된 건 아니었다. 애를 원하는 게 시대착오적이라고 생각하는 지인들에겐 일을 좀 쉬고 싶어서 선택했다고 할 생각이었고, 보수적인 상사에게는 이렇게 말할 예정이었다. 여성의 의무 중 하나인 재생산을 통해 국가에 이바지할 것이며…… 준비해둔 얼굴이 수십 개였고, 변검 하듯 필요에 따라 바꿔 쓸 자신이 있었다. 그런데 갑자기 그러고 싶지 않아졌다. 우미는 펜을 건네며 심플하게 답했다.

"유리의 아이를 원하니까요."

무심한 표정의 의사가 모니터로 몸을 돌렸다. 마우스 버튼을 딸깍대는 소리. 긴장으로 어깨가 뻣뻣하게 굳었다. 의사가 말했다.

"다른 병원에서 상담받은 적 없으시죠?"

우미는 고개를 끄덕였다. 방금 전 사랑의 진정성이라는 측면에서 가점을 받았다는 걸 느끼고 안도의 숨을 내뱉었다. 전에도 물론 다른 남자의 아이를 가지고 싶다는 생각은 한 적 있다. 엄마! 하는 외침을 듣고 번쩍 품에 안아 올렸던 망상 속의 아이들. 지난 사랑들과 우미의 이름을 조합해서 만든 엉터리 이름의 어린것들은 우미의 사랑이 차갑게 식음과 동시에 어딘지 알 수 없는 기억 저편에 방치되었다. 그 남자들의 아이를 안 가져서 다행이다. 몇 번의 충동을 참을 수 있었던 건 순전히 삶에 쫓기며 살았기 때문인데 그게 이런 식으로 도움이 될 줄은 몰랐다. 우미는 짐짓 무거운 목소리로 덧붙였다.

"없어요, 유리 외에는. 걘 제 인생의 사랑인걸요."

의사가 책상 앞으로 몸을 기울였다. 손을 뻗어 환자들이 볼 수 있게끔 진열된 팸플릿을 뽑아 내밀었다.

"기존에 아시는 모자보건사업은 일반 혼인 관계에 있는 여성분의 경우에 적용되는 법이고요. 환자분의 경우에는 한부모가족지원 분과로 들어가요. 사랑열매 지원은 일반인 정자를 공여받는 경우라 해당이 안 되시고, 3페이지에 보시면 있는 희망열매, 여기 해당되세요. 그리고 희망씨앗 보금자리라고, 소득 분위에 따라 신청 가능한 사업이 있는데 이것도 일단은 팸플릿 하나 챙겨드릴게요. 자세한 건 댁에 가져가 확인해보시고……"

우미는 고개를 주억거리며 들었다. 예상외로 잘되어 있는 정책에 놀라다가 문득 인터넷에서 본 댓글이 떠올랐다.

낳는 게 헐값인 덴 이유가 있죠. 정치인이야말로 인구가 늘어나길 원하는 사람들이거든요. 누군가는 그 사람들이 먹던 접시를 치우고 마당의 잔디를 깎아줘야 할 거 아니겠어요?

그러자 순식간에 불쾌한 감정이 밀려왔다. 우미는 개천에서 난 용 특유의 끓는 분노를 담아 마음속으로 침을 뱉었다. 우리 아이는 다를 것이다. 너희들 밑에서 빼앗기기만 하지 않을 거다. 너희 아들들을 기죽게 만들고 딸들의 마음을 뺏을 것이다. 그게 가능한 건……

"그리고……" 의사가 덧붙였다. "구입하실 때 이미 서명 완료하셨겠지마는, 태어난 아이가 열세 살이 되었을 때 프로필을 찍어 해당 기획사에 보내셔야 합니다. 알고 계시죠?"

결과에 따라 기획사에 소속될 수 있다는 것, 그땐 아이의 꿈과 희망이 뭐든 데뷔를 준비해야 한다는 건 오히려 우미에겐 호재였다. 아빠를 존경한다고 말하는 아들. 아빠처럼 되고 싶다고 말하는 아들을 낳는다면 얼마나 좋을까? 기획사에 2세가 창출할 경제적 이득과 소유권의 10퍼센트가 넘어가는 것쯤이야 견딜 수 있었다. 십일조 내는 거라고, 머리카락을 한 움큼 잘라 건넨다고 생각하면 그만이었다(살짝 마음 아프긴 해도 자신은 조선시대 유생이 아니니까 참을 수 있었다).

"실은 그랬으면 좋겠어요."

진심을 담아 말했음에도 의사는 대수롭지 않다는 듯 넘겼다.

"많이들 그렇게 말씀하시더라고요. 오히려 좋은 기회라고."

많이들 그런다니. 특별할 게 없다는 듯한 태도에 살짝 울컥했다. 물론 의사의 말이 옳다. 아이는 부모의 복제가 아니라 전혀 다른 배합으로 태어난 제3의 생명체니까. 머리론 알아도 기묘한 반발심이 들었다.

"앤 진짜 할 수 있을 거예요. 유리의 아이니까."

그 말을 하며 우미는 반사적으로 배에 손을 얹었다. 수정은커녕 비용도 지불하기 전이었는데 그런 말과 행동이 나왔다. 아이를 낳겠다고 결심한 새해 첫날부터 우미의 몸은 이미 준비를 마친 상태였으니까. 의사가 웃으려다가 농담이 아니란 걸 알았는지 애매한 표정을 지었다. 묘하게 이겼다는 기분으로 우미는 어깨를 활짝 펴고 병원을 나섰다. 돌아가는 택시 안에서 한강을 건널 때 쏟아지는 눈을 보며 문득 학창 시절 배운 시를 떠올렸다. 은쟁반에 하이얀 모시 수건을 깔고 기다린다고 했나? 얼어붙은 강 위로 쌓이기 시작한 눈이 모시 수건처럼 희었다. 모든 건 마련되었다. 이제 아이만 있으면 만사형통이었다.

배란 예정일 이틀 전에 초음파를 보러 갔다. 왼쪽에서 두 개의 난포가 아주 잘 자라고 있었다. 시술 예약을 잡고, 타이밍이 알맞아 곧장 난포를 터뜨리는 배 주사와 엉덩이 주사를 맞았다. 시술 시간은 내일 아침 8시. 오래 걸리지 않는다고 했지만 꿈의 첫발을 떼는 날이기에 반차 대신 연차를 썼다. 연초부터 급작스레 자리를 비운다고 한 소리 들었지만 알게 뭐람. 우미는 마음속으로 엿을 날리고 다음 날 아침 병원에 갔다. 시술이 이뤄지는 지하엔 보호자가 들어올 수 없는 탓에 혼자 있는 여자들뿐이었다. 우미는 문득 유리의 팔목을 떠올렸다. 버진 메리. 성처녀의 공간에 가호가 있길. 마지막으로 신분증 검사를 하고, 큐알 코드를 찍고, 우미가 원하는 기증자가 유리가 맞는지 두 번 더 확인한 뒤, 최종적으로 지장을 찍었다. 우미는 모든 질문에 고개를 끄덕이며 이렇게 진심을 담아 '그렇다'고 대답한 적은 없다고 생각했다.

시술실은 포근한 분위기였다. 은은한 간접 등 아래 놓인 개나리색과 상아색의 체크무늬 침구 위에 눕자 의사가 들어왔다. 유리의 정자는 아주 건강하지만, 그래도 첫 번째 시도에 바로 성공하는 경우는 드물다고 했다.

"저, 선생님."

우미는 조심스레 손을 들었다. 말을 하는데 입이 바싹 마른 게 느껴졌다.

"어제 깊은 잠을 못 잤는데 괜찮을까요?"

의사가 다 안다는 듯 부드러운 미소를 지었다.

"긴장되시죠. 너무 걱정 마세요. 마음 편히 가지시고요."

아무것도 아닌 걸 알아도 역시 작은 것 하나까지 신경 쓰였다. 떨리는 마음…… 우미는 더 묻는 대신 챙겨 온 유리의 포토 카드에 입을 맞추고 머리맡에 두었다.

"다리 벌리시고요…… 조금 이물감이 있을 순 있는데 금방 끝납니다. 힘 빼시고요……"

가만히 눈을 감고 우미는 생각했다. 이건 유리에게 얼마가 돌아갈까. 음원을 들으면 6퍼센트, 음반을 사면 2퍼센트 정도 돌아가고, 크고 작은 사진 · 키링 · 포토 카드 · 부채 · 포스터 따위 얼굴을 쓰는 상품의 수익이 실연자에게 제일 많이 돌아간다고 들었다. 그렇다면 나와 뒤섞이는 이것에 대해서는 얼마만큼의 수익을 얻는가. 유리에게서 나온 거니까 전부 주고 싶다. 수송 비용, 보관 비용, 기타 등등…… 제하는 것 없이 바로 보내주고 싶다. 온전한 대가를, 순수한 돈을, 중간에 누구도 끼어들지 못하게 일대일로 주고 싶다. 우미가 바라는 게 있다면 그 정도였다.

"다 끝났고요. 10분 있다가 나오시면 됩니다."

의사가 방을 나갔다. 우미는 그대로 눈을 뜨지 않고 시간을 쟀다. 관자놀이를 타고 흐른 눈물이 머리카락을 적셔 축축했다. 우미는 일어나 눈물을 닦고 어기적어기적 시술실을 나왔다. 병원 1층의 카페에서 치아바타샌드위치와 캐모마일티를 사 먹고 집으로 돌아와 아기방에 갈랜드를 달았다. 남은 시간 종일 유리의 영상을 보다가 평소보다 일찍 잠자리에 누웠다.

2주 뒤에 우미는 로또에 당첨됐다. 피검사 수치가 805가 나왔다고 전한 의사가 덧붙였다. "1차에 바로 되시는 경우는 드문데. 축하드립니다." 누군가는 임테기 단계에서 눈물이 났다고도 하는데 우미는 심장이 빨리 뛰기만 할 뿐이었다. 물론 기쁘기도 했지만, 그보다 될 일이 되었다는 느낌이 가장 컸다. 물리적으론 일주일 전쯤 배가 아파서 착상통임을 확신했고, 미신적으론 하늘을 날던 용이 손바닥만 하게 작아지더니 목구멍으로 쏙 미끄러져 들어오는 꿈을 꾸었던 것이다.

비용이 덜 들어 다행이지. 만일 2차, 3차까지 갔으면 모아둔 돈이 바닥났을 거다. 그런 안심을 하는 한편 유리의 상품이 다른 여자의 자궁강 내로 들어갈 게 아쉬웠다. 돈만 있다면 다 샀을 텐데. 아니면 늦었지만 시위를 나갈까? 지금도 기획사 앞에 모여 있을 팬들 사이에 슬그머니 끼는 거다. 아이돌의 인권을 보장하라! 사생활을 팔지 마라! 아이돌은 상품이 아니다! 비인간적인 처우는 용인되어서는 안 된다! 근데 임신 초기에는 조심해야 하니까 진짜 가지는 못하고 그저 상상만 할 뿐이었고……

회사에 임신 사실을 밝혔다. 분명 인공수정이라고 했음에도 약혼자에게 버림받았다는 루머가 돌았다. 왜지? 헤어진 남자의 애를 낳는 게 더 평범한가? 납득하기 쉬운가? 우미는 치실로 어금니 사이를 문지르며 곰곰이 생각했다. 상품화되었다고 해도 이런 방식의 인공수정은 '미저리 시술'이라고 불렸고, 〈그것이 알고 싶다〉나 〈궁금한 이야기 Y〉 같은 시사 프로그램류의 단골 소재였다. 점심시간에 한 번 얘기가 나온 적이 있는데 모두 치를 떨었다.

"아우, 미친년들이지."

"저 건너 건너 아는 사람이 했는데요. 뭔가 좀 이상할 거 같잖아요, 사람이? 근데 겉으론 진짜 멀쩡하게 생겼어요."

"그런 인간들이 존재한다니 소름이 끼친다."

고개를 주억거린 건 분위기를 맞추기 위함이었다. 속내는 그때나 지금이나 같았다. 그런데요…… 좋아하는 남자의 아이를 가지고 싶어 하는 건 당연한 마음 아닌가요?

우미는 가글을 뱉고 윗니와 아랫니를 확인했다. 첫 월급을 받자마자 교정한 이는 고르고 희었으며, 뒤엔 말발굽 모양의 장치가 붙어 있었다. 보이지 않는 곳에서 억누르는 힘이 우미의 이를 고르게 만들었다. 우미는 머리카락을 어두운 밤색으로 물들이고 레이어드 커트를 한 거울 속 삼십 대 여자와 눈을 마주쳤다. 입을 크게 벌리자 멀쩡해 보이는 그 여자도 입을 크게 벌렸다. 우미는 눈을 크게 뜨고 그 여자의 목구멍을 빤히 들여다봤다. 사람들이 말하는 미친년이 튀어나오길 기다렸다. 하지만 아무것도 안 보였다. 새끼 용도 없고 그냥 까말 뿐이었다.

모성 보호로 업무 시간이 앞뒤로 한 시간씩 줄었으나 사흘 만에 유명무실하다는 걸 알았다. 애를 가진 거지 일이 줄어든 건 아니었기에 자리를 비울 수 없었다. 5시에 퇴근 카드를 찍고 마우스를 움직이다 보면 이전과 똑같이 10시, 10시 반이 됐다. 이 정도는 아무것도 아니지. 애를 키우는 건 싸움이니까. 그리고 우미에겐 싸울 용기가 있었다. 지독한 몸의 통증도 이를 악물고 참았다. 출근할 때마다 24시간 설렁탕집의 역겨운 누린내를 피해 한 정거장 일찍 내려 걷는 것도, 축축한 하반신도, 가슴 통증도 전부 참았다. 오히려 우미는 변화를 긍정적으로 받아들였다. 삼킬 수 있는 게 과일뿐이라는 걸 깨달은 후엔 포도 한 알을 톡 터뜨려 달콤한 즙을 천천히 음미하는 법을, 이름도 예쁜 설향 딸기의 시원한 감미가 도는 흰 가운데 부분을 공들여 핥는 법을 배웠다. 모과에 코를 대고 흠뻑 숨을 마셨고, 책상 위에 폭탄처럼 레몬을 두었다. 털투성이 공 모양의 코코넛, 모자이크화 속 무어인 공주가 귀와 머리에 달고 있던 장신구 같은 석류, 작은 새의 눈처럼 까맣게 빛나는 씨를 배 속에 품고 있는 노란 파파야의 화려한 생김새를 즐겼다. 눈에도 혀가 달리고 이가 달렸다. 지켜보는 일로 영양을 흠뻑 흡수하는 건 본래 우미가 살아오던 방식이어서, 우미는 이걸 기꺼워하는 아이가 자기 출생의 비밀을 아는 영리한 아이라고 생각했다. 우미와 아이 두 사람은 틈이 생기면 빈 카트를 끌고 백화점 지하를 거닐었다. 바다 건너에서, 전국 각지에서 모인 신선한 과일을 눈으로 따 먹었다.

엄마와 회사를 빼고 가장 먼저 소식을 전한 건 은정이었다. 열네 살에 만난 20년 지기 친구는 우미가 말을 끝내자마자 물었다.

"너네 엄마가 뭐라고 안 하시던?"

"우리 엄마 알잖아. 손주만 볼 수 있으면 그만이래."

은정은 이해한다는 듯한 눈빛을 보냈다. 우미를 향한 엄마의 유난스러운 사랑은 이미 오래전 우미의 유전자를 보존해야겠다는 결론에 도달했다. 학원 한번 안 보냈는데 좋은 대학에 간 똑똑한 딸. 대학 4년 내내 10원 한 장 타 쓴 적이 없는 딸. 바늘구멍보다 좁다는 대기업에 입사해서 다달이 용돈 보내주는 딸. 사고 한번 친 적 없는 얌전한 딸. 어떻게 내 배 속에서 이런 자식이 나왔나 싶게 놀라운 딸. 그런 딸이 자신과 똑 닮은 딸을 낳아서 엄마로서도 행복을 누리는 건 당연한 수순이었다. 그런데 왜 남자친구가 안 생기지? 내가 제 아빠랑 잘 사는 모습을 못 보여줘서 그런가? 차마 엄마가 입 밖으로 뱉지 못했던 죄의식은 우미가 아이를 가짐으로써 씻겼다. 그래도 애가 자기 피를, 내가 물려준 내 피를 끔찍하게 생각하는 건 아니었구나. 게다가 남들에게 부끄럽지 않게 설명하기 좋은 롤 모델도 있었다. 사유리 알지? 요즘 젊은 애들 사이에서 그런 게 유행이더라고. 우리 때랑 달라. 요즘 애들은 야무져서 남자한테 기대지 않고 살아……

"아는 사람 지인이 했단 얘긴 들었는데 실제로 하는 사람 처음 봤다."

은정이 아이스커피를 쪽 빨아 마시고는 말을 이었다.

"하긴, 근데 내 주변에선 할 사람이 너밖에 없긴 하다."

은정은 우미가 연애 한 번 하지 않고 아이돌에만 미쳐 살았다는 걸 누구보다 잘 알았다. 고등학생 때 두 사람은 같은 아이돌 그룹에 열광했다. 그 후 성인이 된 은정에게 길고 짧은 인연이 일곱 번 스쳐가는 동안 우미는 늘 혼자였다. 그걸 눈이 높다고 해야 하나? 여전히 소녀 같은 환상에 젖어 현실에 발붙이지 못하고 사는 친구가 가끔은 정신 나간 것처럼 보였고, 솔직히 한심하다고 생각한 게 대부분이었다. 그런데 오늘 얘기를 들으니 우미와 자신이 완전히 다른 종족이라는 걸 인정할 수밖에 없었다.

은정은 우미의 방에 붙은 유리의 브로마이드를 떠올렸다. 우미가 그 안에 손을 집어넣어 다른 차원에 있던 유리를 끄집어내는 장면을 상상했다. 결국 해낼 줄이야. 아니, 아무리 그래도 이런 길을 택하나? 연애 경험 없는 거야 알고 있고, 가끔 야한 얘기를 할 때도 불편한 얼굴로 우물쭈물하던 걸 보면 남자 경험도 없는 거 같은데 애가 좀…… 극단적이었다. 사랑은 마음먹기에 달린 건데. 적당한 사람을 만났다면 이런 미친 선택을 안 할 수도 있지 않았을까? 여러 생각이 들었지만 당사자 앞에선 내비칠 수 없어 간신히 던진 질문이 이거였다.

"그거 꽤 비싸다던데. 모아둔 돈 다 쓴 거 아냐?"

"그건 아니고."

질문을 받은 우미는 고개를 저었다. 적금 두 개를 깬 건 맞는데, 어차피 유리를 쫓아다니며 썼을 비용을 따지자면 비싼 것도 아니었다. 자잘하게 앨범과 굿즈를 사 모으는 것도 다 지출이고 해외 투어 콘서트는 휴가를 긁어모아 꼭 따라가는 편이었으니 앞으로 5년만 더 유리를 사랑한다고 가정해도 오히려 이쪽이 가성비 좋았다. 이사할 때도 앨범은, 와, 진짜 손쓸 수 없는 짐이었는데 아이는 달랐다. 포장할 필요 없고, 자기 발로 트럭에 올라탈 수 있고, 추가 비용 0원! 게다가 앞으로 25년은 늙고 시들어가는 쪽이 아니라 성장하며 아름답게 개화할 테고, 그걸 보는 동안 예상치 못한 자극이 가득할 것이다. 우미는 이제껏 그런 굿즈를 가져본 적이 없었다.

"그러니까 후회 안 해."

"대단하네."

은정은 얼음을 건져 씹으며 자신의 일상을 떠올렸다. 남편과 둘이 영혼까지 끌어모아 마련한 전셋집, 나란히 누우면 꽉 차는 거실, 가끔 엄마라고 불리는 상상을 하지만 인간 하나를 더할 여력이 없는 빠듯한 생활을 떠올렸다. 대단하네, 라니. 부러움과 비아냥을 섞은 자신의 말을 곱씹으며 은정은 웃었다. 그는 다양한 현실의 갈래에서 최선의 선택을 하며 살았다고 자부했지만 우미는 아예 경우가 달랐다. 장애물이 나오면 우회 루트를 찾는 게 아니라 그걸 뚫고 직선으로 갔다. 세상은 욕심 있는 사람에게 다 주는구나. 나는 부러워. 네가 미친년이라서. 기필코 원하는 남자의 애를 낳겠다고 그 지랄한 것도, 그 돈 버는 것도 부러워.

그러나 우미는 대단하단 말에 담긴 복잡한 심경을 눈치채지 못하고 남들도 다 하는 일인데 뭐, 라며 이상하게 겸손한 태도를 취했다. 아니, 애를 낳는 게 문제가 아니라…… 은정은 헛웃음을 삼켰다. 됐다, 늘 이렇다니까. 애는 바보라서 이런 걸로 화를 내면 나만 좀스러운 년이 된다. 한 번은 알아채라, 좀. 20년 동안 싸운 적 없는 친구라는 게 말이 되나? 나만 패배하는 기분이라는 게? 은정은 빨대 포장지를 갈가리 찢으며 말을 돌렸다.

"아들인지 딸인진 언제부터 알 수 있는 거야?"

"아들이야."

"벌써 알 수 있어?"

"아니, 그냥 알아."

네가 아들을 원하는구나? 아주 확신에 찬 말투여서 "네가 그렇게 느끼면 그런가 보지" 외에는 할 말이 없었다. 아무리 둔한 우미라도 이번에는 속에 든 뾰족한 가시를 알아챌 것 같아 급하게 덧붙였다. "그런 건 엄마가 제일 잘 안다고 하니까."

우미는 긍정도 부정도 하지 않았다. 짧은 침묵. 은정은 공백을 참지 못하고 이 사실을 아는 사람이 또 있느냐고 물었다. 그러자 너뿐이라고, 대학 동기들은 모른다는 답이 돌아왔다. 그 말에 은정은 묘한 만족감을 느꼈다. 은정이 우미와 친구 사이를 유지하는 건 우미가 결정적인 순간에 친구로서 은정을 제일 좋아하고 의지한다는 걸 보여주기 때문이었고 은정은 이런 일에 약했다.

만족스럽다는 듯 미소를 띤 은정을 보며 우미는 마지막 대학 동기 모임을 떠올렸다. 서른을 넘겼는데도 친구 넷 중 셋이 월 2백을 간신히 넘겨 받았다. 쌓아봤자 물 경력. 도시 빈민의 기로에 선 여자들 사이에선 앓는 소리만 나왔다.

그래도 서울에 있는 대학 나왔는데 이게 말이 되나? 근데 솔직히 민속학과 나와서 할 게 없긴 하지. 탈춤 출 것도 아니고. 무용과도 아닌데 웬 탈춤. 야, 무용과는 시집이라도 잘 가지. 민속학과는 씨발, 뭐 있냐? 향이 언니는 어떻게 삼성 갔대? 그 선밴 경영 복전했잖아. 사랑 선배는 뭘 하길래 맨날 유럽에 있어? 그 선배 원래 부자야. 맞다, 너네 중에 유선이랑 연락하는 애 있어? 걔 고향 내려가서 공무원 할걸? 걔도 공무원이야? 진짜 공무원 말고 할 게 없구만. 아니, 할 거 있는데 우리만 모르는 걸 수도 있지. 다 이러고 살진 않을 거 아냐. 야, 우미 넌 전과하길 진짜 잘한 거야. 우린 미래가 없어. 우리 팀 대리는 퇴근하고 코딩 학원 다녀서 이직했는데 나도 코딩 배울까. 그것도 체력이 있어야 하지. 기르면 되지. 수영 어때? 내 친구 구청에서 하는 체육 센터로 수영 다니는데 좋다더라. 그런 덴 물이 좀 지저분하지 않아?

그럼 다라이에 물 받아놓고 발이라도 휘저어…… 싫은 소리 하고 싶은 걸 꾹 참고 헤어진 뒤로는 연락할 마음이 안 들었다. 더구나 아이를 낳을 거라고 하면 돌아올 말은 뻔했다. 혼자 힘들지 않겠어? 누가 같이 키우는 게…… 비꼬는 게 아니라 진짜 걱정인 건 알았다. 근데 그런 걱정이랄까, 패배자의 사고 자체에 전염되고 싶지 않았다. 우미에겐 개천 용 특유의 자기 확신이 있었다. 쉬운 일은 아니지만 나는 이겨낼 거다. 이 애도 잘 자랄 거다. 대학 동기들은 징징대기만 할 줄 알지 이런 확신을 이해 못 했다. 그래서 은정한테만 말한 거였다. 이십 대에 가정을 이룬 친구는 안정감이 있었다. 싫은 소릴 침처럼 내뱉는 법이 없었다. 한결 기분이 나아진 둘은 산후조리원을 열심히 고르고 헤어졌다. 다음에 보자며 지하철역 앞에서 손을 흔드는 은정을 보고 우미는 생각했다. 역시 은정은 다르다. 옛 친구만이 줄 수 있는 위안이 있다.

각자의 준비를 하던 우미와 유리 중에 먼저 산통을 겪고 결과물을 내놓은 건 유리였다. 새 미니 앨범 공개일과 음악 프로그램 녹화 일정이 잡히자 덩달아 우미도 바빠졌다. 쏟아지는 인터뷰 · 유튜브 · 예능 · 잡지 촬영 · 매일 올라오는 쇼츠 등등 놓치는 게 태반이었지만 딱 하나, 사인회 일정만은 놓치지 않고 살폈다. 대면과 영상통화 중 고민할 것도 없이 대면을 선택했다. 아이돌을 오래 좋아했어도 팬 사인회 응모는 처음이었다. 어릴 땐 돈이 없었고 벌기 시작한 다음엔 할 말이 없었다. 아무리 쥐어짜도 노고가 많으십니다…… 외엔 무슨 말을 해야 할지 몰랐다. 그게 초면인 인간에게 우미가 갖출 수 있는 최대치의 예의였다.

물론 인간 대 인간이 아닌, 남자와 여자로 접근하면 좀 달랐다. 다른 멤버는 아니어도 최애 앞에선 남녀의 역학이 작동되기 마련이었다. 열 살만 어렸으면 저 몇 살처럼 보여요?라거나 저 무슨 일 할 거 같아요?라고 묻고 승무원이나 필라테스 강사 같은 답을 바랐을지도 모른다. 하지만 우미는 여자로서 자신감이 없었고, 자신이 남자로서 사랑하는 상대 앞에서 여자로 보이려고 애쓰다가 패배하는 걸 감당할 만큼 맷집이 좋지도 않았다. 정말, 정말 운이 좋아서 최애가 나를 여자로 봐줬다 해도 그건 미친 여자가 되는 지름길이었을 것이다. 붕괴! 파괴! 그런 앞날밖에 상상할 수 없었는데, 이게 참, 나이 덕이라고 해야 할까. 세월이 우미를 미개봉 중고로 만들어준 탓에 용기를 낼 수 있었다. 미남 공포증은 여전했지만 어쨌든 아이에게 아빠 얼굴 한 번은 보여줄 필요도 있었다.

대략적인 당첨 커트라인에서 안전을 위해 넉넉히 스무 장 정도를 더 사자 당연하게 당첨이 됐다. 당일엔 반차를 쓰고 숍에 갔다. 이벤트 홀에는 사인회가 진행될 단상이 있고 그 맞은편으로는 대기석이 마련돼 있었다. 번호 순서대로 대기석에 앉았다. 옆 번호는 젊다기보다 어린 여자애였다. 통통했고 앉은키가 작았다. 키가 크고 깡마른 우미와는 정반대라 나란히 앉은 꼴이 어쩐지 우스웠다. 여자애는 달라붙는 옷을 입어 드러난 우미의 배를 신기한 듯 흘끔댔다. 우미는 고개를 꼿꼿이 세우고 앞을 보다가 충동적으로 고개를 돌렸다.

'만질래?'

뇌가 망가진 군인이 타국의 어린애 앞에서 잔인한 심술을 부리듯.

'느껴봐. 이게 생명이야.'

순전히 머릿속으로만, 그렇게 말을 걸었다.

실제의 여자애는 옆자리 아줌마 따위엔 관심이 없었다. 그는 거대한 쇼핑백에 손을 넣어 천사의 링과 천사의 날개와 천사의 화살과 영원히 시들지 않는 가짜 분홍 장미로 엮은 화관을 정리한 다음 가방을 열더니 수정 화장을 시작했다. 메이크업포에버의 파우더를 두껍게 내린 앞머리 위에 펴 바르고, 끝을 부러뜨린 꼬리빗으로 앞머리를 빗고, 다시 파우더를 펴 바르고, 머리카락을 진짜 한 올 한 올 정리하고, 가방을 다시 뒤적이더니 겔랑의 누아 G 마스카라를 꺼내 이번에는 속눈썹을 한 올 한 올 칠하고 디올 립글로스를 꺼내 발랐다. 그걸로 끝인 줄 알았는데 다시 파우더를 꺼내 바르고, 아니, 그럴 바엔 고정을 시키지? 싶게 빗으로 또 한 가닥 한 가닥 빗기를 무한 반복했다. 내가 재였다면 밖에서 거울 오래 못 봤을 거 같은데. 시니컬하게 바라보던 우미의 시선이 시간이 지날수록 점점 부드러워졌다. 보다 보니 기세가 있어서 예뻐 보였고, 그 애의 나르시시즘이 납득됐다. 쟨 자기가 뚱뚱하다고 굶을 생각하진 않을걸. 엽떡 먹고 매운 닭발에 치즈 추가해서 주먹밥을 둘둘 말아 먹고 빙수도 먹고 탕후루도 먹고 즐겁게 살 테지. 그러니까 이런 데 올 수 있었겠지. 아르바이트해서 모은 돈으로. 뻔치는 자신감과 에너지로. 진짜 열심히 살았겠네. 부럽네. 그렇게 남자 앞에 서는 걸 두려워했던 순간이, 여자로 평가하는 눈빛과 마주치면 등골이 오싹해져 움츠리고 다녔던 자신의 이십 대가 생각나 슬퍼졌다. 거기에 대한 반발로 미소년을 사랑하게 되었는지 모른다. 그렇게 인이 박여버린 높은 미적 기준이 거꾸로 자기 자신을 슬프게 했다. 스스로를 사랑할 수 있는 기회를 놓쳐버렸고, 그 기회는 앞으로도 오지 않을 것이다. 진짜 비참하지? 그런데 이렇게 비참한 내가 사랑할 수 있는 아이를 가졌다는 건 얼마나 행운인가. 다른 누구도 아닌 유리의 아이를.

차례가 가까워졌다. 우미는 줄을 섰다. 크게 부르지도 않은 배를 손으로 받치고 단상 위에 올랐다. 유리는 다섯 멤버 중 맨 마지막 순서였다. 다른 네 명의 사인을 해치우듯이 받고 심호흡을 하고 유리에게 다가가는데 다리가 휘청했다. 손을 흔들던 유리가 몸을 반쯤 일으켰다.

"아이고, 아이고. 조심하세요."

우미는 현기증으로 일렁거리는 눈을 두 번 깜빡였다.

"괜찮으세요?"

"아, 잠깐 현기증이 나서. 감사합니다. 정말 괜찮아요."

다가오던 매니저가 다시 뒤로 물러났다. 우미는 단상에 마련된 의자에 앉았다. 마음에 성벽을 세웠는데, 단단하게 쌓았는데 눈앞이 흐릿했다. 안 울기엔 너무 아름답잖아. 눈앞의 너의 얼굴은. 걱정스러운 표정의 유리는 실제로 보니 입체감이 넘쳐서 살아 있는 인간 같았다. 너 진짜 살아 있는 인간이네. 인간이었네. 나 진짜 너 사랑하는데. 사랑하는 네가 인간이었다니. 그걸 모르고 있었다는 생각이 이제야 들었다. "임신하신 거예요?" "네." "오셔도 괜찮은 거예요?" "응, 위험한 시기는 넘겨서 남편이 허락해줬어요. 저기 어디 있는데."

대충 이벤트 홀 바깥을 가리켰다. 몰린 사람들 뒤쪽에서 얼쩡대던 남자가 손을 흔들었다. 유리는 보는 사람이 놀랄 정도로 다정한 표정을 지었다.

"아, 진짜네. 기쁘다. 정말 축하드려요."

우미가 사랑해 마지않는 사르륵 녹는 미소. 우미는 일어섰다.

"한번 만져볼래요? 만져도 돼요."

그래도 되나? 등 뒤의 매니저를 향해 힐끔대는 눈빛. 우미는 웃었다. 이래서 좋은 거야. 겉보기에 멀쩡하다는 게. 구호 원피스를 입고, 귀에는 말발굽을 닮은 페라가모 간치니 귀걸이를 하고 무엇보다 왼손 네 번째 손가락엔 부쉐론 콰트로 클래식 링을 낀 여자. 너무 졸부 같지도 않고, 적당히 상식 있어 보이는 데다 조잡스러운 소품을 착용해달라고 하거나 애교를 시키거나 무리한 부탁을 해 본전을 뽑아낼 생각 없고, 단지 유리가 일상의 행복이 되어주는 것에 감사 인사를 전하기 위해 경험 삼아 온 밤색 머리의 여자. 아니, 그딴 것보다 남편이 기다리고 있는 여자. 특히 마지막이 자신을 정상으로 보이게 한다는 걸 우미는 알았다. 어이없지. 저게 제일 싼데.

매니저가 고개를 끄덕였다. 눈치를 보던 유리가 조심스레 손을 얹었다.

"와."

신기해하는 얼굴. 감격한 얼굴. 등 뒤에서 찰칵찰칵 소음이 커졌다. 이 순간은 '임신한 팬분이 신기한 유리ㅠㅠ'나 '출생률 올리려는 정부의 프로파간다' 따위의 코멘트가 달려 박제될 것이다. 저 풋내 나는 얼굴이 아기를 신기해하는 초보 아빠나 조카 탄생을 기다리는 삼촌으로 해석되어 물고 빨릴 것이다. 고전적 미남인 거랑 나이 들어 보이는 건 다른데 유리를 아저씨, 삼촌이라고 부르는 어린 팬들이 많았다. 자기들이 은교가 되고 싶다, 이거지. 실제 아저씨를 한번 보여줘야 하는데. 우미는 앞 광대에 도톰하게 살이 오른 작은 얼굴을 보며 말했다.

"너처럼 예쁜 아기 낳고 싶어서 태교할 때 영상 많이 봐."

"와, 진짜요? 영광이다. 딸이에요, 아들이에요?"

"아들."

"이름은 지으셨어요?"

"아직. 태명은 있어요."

"뭐예요?"

"2세."

"오, 뭔가 세련됐다."

시간 됐어요. 매니저가 부드러운 목소리로 말했고, 아, 잠시만요, 유리가 고개 숙여 그제야 사인을 한 뒤 건넸다. 앨범을 챙겨 단상을 떠나는 우미의 등을 향해 유리가 외쳤다. "누나, 오늘 와줘서 고마워요!" 두 손을 흔들어주는 유리를 향해 우미도 손을 흔들었다. 계단을 내려와 제자리에 돌아왔다. 그제야 손이 떨렸다. 참았던 눈물 한 방울을 흘렸다. 고마워. 이걸로 나 평생치 사랑을 받았어. 받는 것도 눈부시게 좋다는 걸 알았어.

유리와 멤버들이 떠났다. 자리에서 일어나는 사람들. 우미는 오늘의 순간을 천천히 복기하며 펜스 밖으로 나갔다. 남자가 다가와 부축하듯 가볍게 팔짱을 꼈다. 그 상태로 지하 주차장까지 가 우미는 운전석에, 남자는 조수석에 올라탔다. 우미는 지갑을 꺼내 현금을 건네며 생각했다. 분명 멀쩡한 남자로 넣어달라고 했는데. 멀쩡함의 기준이 다른가?

“고생하셨습니다.”

인사를 했는데도 남자는 미적거렸다. 우미는 안전벨트를 풀고 밖으로 나가 조수석 문을 열었다.

“조심히 가세요.”

배부른 여자의 매너에 남자는 어쩔 수 없다는 듯 물러났다. 찜찜한 표정으로 돌아서는 뒤통수를 노려보며 속으로 욕했다. 내가 널 왜 태워주냐? 개새끼. 인생 편하게 살려고 하네. 지상의 주차장 입구에 아직 여자애들이 모여 있었다. 기다릴걸 그랬나? 문득 후회했다가 금방 고개를 저었다. 일을 마쳤으니 유리도 좀 쉬어야 했다.

오랜만에 밤 운전을 하니 피곤했다. 씻고, 케일과 바나나를 넣은 스무디 한 잔을 만들어 마셨다. 스마트폰을 들어 심부름 업체 후기란에 별점 세 개와 한 줄 평(어중간합니다)을 남긴 다음 쌓인 메일 몇 개를 쳐내고 침대에 누웠다. 모든 것이 준비된 상태, 완전히 경건한 마음과 깨끗한 손으로 다시 앨범을 펼쳤다. 멤버들에게 사인 받던 순간을 복기했다. 임산부가 된 이래, 아니, 태어난 이래 젊고 꾸민 남자들에게 제일 관심받고 대접받은 하루였다. 물론 성적 긴장감이 제거된 융숭한 대접이었지만, 그게 어디냐. 내가 그냥 여자였으면 그러지 못했을 거야. 내가 그 애들을 남자로 보지 않아서 가능하기도 했고. 그 돈을 내고 갈 정돈 아니지만 즐거웠다. 그리고……

우미는 괴로움과 슬픔이 벌레처럼 우글거리는 하수구 뚜껑을 열었다. 마음을 단단히 먹고 유리에게 사인 받은 페이지를 폈다. 환하게 웃는 유리의 얼굴 위로 호쾌하게 서명이 되어 있었다. 우미는 입을 비쭉 내밀었다. 왜 여기다 한 걸까. 속상하게. 사진 속 얼굴 한가운데에 떡하니 그어진 유성펜 자국을 우미는 매만졌다. 수만 번, 수십만 번 인쇄된 사진이다. 스치는 바람만큼도 유리의 피부를 벗겨내지 못한 복제품이다. 그래도 유리의 얼굴이다. 이 한 장마저 아끼고 싶다. 언젠간 쓰레기가 되더라도 내 손이 닿는 동안만은 귀하게 여기고 싶다.

우미는 유리와의 대화를 떠올렸다. 그의 눈빛을, 손을, 입체감을 지닌 얼굴의 윤곽을 떠올리며 속지를 매만졌다. 그러다 문득 페이지를 넘겼고, 몰래 적힌 글자를 보고 펑펑 울었다. 거기엔 요청하지 않은 추신이 있었다.

P.S. 우미 누나~♡
이새 건강하게 나으세요!

✽

배가 눈에 띄게 나오기 시작했다. 제일 살쪘을 때 수준을 넘어선 지는 이미 오래였다. 호르몬의 변화라는 말이 주는 애매함이 아닌, 한 몸에 정말 두 사람이 살고 있다는 실감이 났다. 이제 2세가 아닌 이새에게 소리 내어 말을 걸고 대화하게 됐다.

우미는 친구가 적었다. 말주변도 없었고, SNS를 하지도 않았다. 그래서 그동안은 속으로만 하던 생각들을 왕의 필경사가 먼 미래를 등에 업고 써 내려가듯이, 마법사가 최면에 걸린 미녀의 귀에 속삭이듯이 이새와 나눴다. 네 아빠 오늘 화장 이쁜데? 숍 바꾸길 잘했다. (자체 제작 콘텐츠를 보고) 아니, 뭐 저딴 게임을 시켜? 저러다 허리 다치면 어쩌려고. (유튜브 예능에서 한 짧은 콩트를 보고) 역시 아직 연기는 아니다. 아이돌이 체질이다. 엄마가 완전 네 아빠 주제가 찾았어. 들어볼래? (윤종신의 「You Are So

Beautiful」을 들려줌). 네 아빠는 무조건 뒷머리 쳐야 하는데 왜 자꾸 기르지? 눈빛 봐. 보통 애가 아니라니까. 저러니까 입사하고 한 달 만에 춤 1등을 해서 포상으로 할머니랑 제주도 여행 다녀왔지. 너네 아빠 대단하지, 그렇지?

데뷔 2주년 기념으로 기획사에서 제작한 자체 콘텐츠를 보곤 울었다. 미래가 불투명한 연습생 기간. 8인조에서 7인조로, 결국엔 5인조로. 그런 식으로 흩어지고 찢어지고 나의 인생이 다른 사람의 손에 달려 움직이는 일을, 불합리하지만 결과적으론 받아들일 수밖에 없는 일을, 그 후로도 극명하게 삶의 궤적이 바뀌는 일을 유리는 겪었고 견뎌냈다. 게다가 유리는 지금 기획사에서만 연습한 성골 출신도 아니었다. 전에 다니던 중소 기획사가 도산하고 스무 살이 넘어 회사를 옮겼다. 자기보다 어린 데뷔 조 멤버나, 그늘 없는 연예인 2세나, 저녁 10시면 마중 나온 엄마의 폭스바겐에 올라타는 연습생들을 보며 혼자 상경해서 살던 군산 출신의 유리는 어떤 생각을 했을까? 잘 알려진 과거사임에도 막상 눈으로 보니 감정 조절이 안 됐다. 어쨌든 지금 얘들은 성공했는데. 잘 굴리면 5년 뒤엔 서울에 건물 하나는 살 수 있을 텐데! 그렇게 오염될 텐데! 감정적인 연출 때문에 눈물이 났다. 우미는 콘텐츠 팀을 탓했다. 미친 개또라이 회사. 한 먹이고 있어, 진짜…… 우미는 티슈를 뽑아 콧물을 닦았다. 울어서 미안해. 근데 엄마 슬픈 게 아니라 아빠한테 고마워서 이러는 거야. 저렇게 고생해서 엄마 만나러 온 거잖아. 그게 고마워서 그래.

이새는 벌써부터 우미의 좋은 친구가 되어줬다. 지루할 틈 없이 공부할 걸 만들어줬다. 공부는 다치지 않고 세계를 넓히는 가장 쉬운 방법이었고, 우미는 알에서 갓 깨어난 새처럼 보이는 걸 다 쪼아 먹었다. 막 입덕한 것처럼 맘 카페에 들락거리며 기쁨과 슬픔에, 그다지 즐겁지만은 않은 순간에 대해 공감했고, 불안을 나눴고, 이 여잔 진짜 미친 여자네……라고 욕도 했다. 아들 엄마와 딸 엄마의 신경전. 잘사는 사람과 아닌 사람의 신경

전. 우미는 보이지 않는 피가 흐르는 다툼을 황제처럼 높은 자리에서 떨어져 관찰했다. 다 바보 같다. 그치? 자식 위한다고 하지만 결국 다 자기만족을 하려는 여자들뿐이었다. 불쌍한 사람들 같으니. 우미는 배를 쓰다듬으며 말했다. 넌 나의 구원투수가 될 필요 없어. 받으려고 자식을 낳는 사람도 있지만 난 아냐. 주는 건 내가 할게. 내가 널 지켜줄게.

그럴 자신이 없었으면 애초에 시작하지도 않았다. 우미는 겁이 많았고 확신이 없으면 움직이지 않았다. 남이 볼 땐 난관이라도 그가 된다고 판단한 일은 됐다. 입학도, 취업도, 집을 사는 것도 어깨높이의 열매를 따듯 쉬웠다. 이새를 낳는 일도 비슷했다. 3.4킬로그램의 남아는 손가락, 발가락이 열 개 다 달렸고 아주 건강했다. 우미는 한 번 기절했다 깨어나긴 했어도 어쨌든 자연분만했다.

은정이 산후조리원에 방문했을 때도 우미는 얼굴은 거칠어도 눈에 힘이 있었다. 은정이 준비한 아기 옷과 립스틱을 내밀자 우미는 무척 기뻐했다. 몇 번씩 손바닥만 한 옷을 갰다 펼치며 만지작거리고, 각질이 일어난 입술에 로즈 디올 립스틱을 살살 펴 발랐다. 거울을 보던 우미의 손이 멈췄다. 그가 참지 못하겠다는 듯 입술을 비죽댔다.

"은정아, 유리가 실은 유복자다."

"……"

"아버지는 사고로 돌아가시고, 어머니가 서른네 살 때 혼자 유리를 낳으셨대. 23년 전에."

"……"

"나도 지금 서른넷이다? 그리고 낳았어."

"우미야……" 은정이 말을 끊었다. 도대체 어디서부터 시작해야 하는지 막막했지만 침을 삼키고 입을 뗐다. "우미야, 놀라지 마. 놀라지 말고 들어. 네 아기……"

"왜. 뭐가, 뭔데?" 우미의 눈빛이 순식간에 변했다. 있을 수 있는 여러 가지의 사고가 우미의 눈앞을 스쳤다. 입술이 빠르게 달싹였다. "왜?무슨일인데?간호사가뭐래?아니말하지마안돼안돼안돼" "아, 아냐. 오해하지 마." 은정이 손을 저었다. "아니야, 무슨 일 생긴 거 아니야. 건강해. 아주 건강해. 아기한테 문제는 없어. 아주 튼튼해."

"그럼 뭔데? 뭘 말하려고 하는 건데?"

은정은 두 손을 빨래 쥐어짜듯 모았다. 어떻게 말할까, 고민하다가 자기 입으로 뱉는 대신 남의 말을 전달하는 것을 택했다. 은정은 리모컨을 들어 TV를 켰다. 조용한 입원실. 뉴스 채널로 돌리자 때마침 중년 남자의 얼굴이 나오고 있었다. 우미는 머리맡을 더듬어 안경을 썼다. 의사 출신의 여당 정치인. 차차기 대선 주자로 거론된다고 하던가. 롤 모델이니 젠틀한 중년이니 힙한 정치인 열풍의 대표자라면서 그의 스타일 따위를 칭송하는 홍보 방식을 보고 우와, 진짜 징그럽다고 생각했다. 그런데 저 사람이 왜?

그냥 봐봐, 라는 표정으로 은정이 입술을 깨물며 우미의 눈치를 살폈다. 서서히, 아나운서가 하는 이야기가 귀에 들려오기 시작했다. 정자 바꿔치기 논란…… 아이돌의 유전자를 판매한다고 내걸고 실제로는 정자 공여를 희망하는 일반인 남성 추려…… 케이팝 열풍에 힘입어 범국가적으로 추진되었던 이 사업은…… 장관이 공여자 리스트에 올라 논란…… 애초에 판매 자체가 말이…… 그렇지만 아이돌은 사실상 공공재와도 같은…… 최소한의 선이 있어야…… 공여자 대부분은 사회적으로 성공한…… 일부 공여자는 명문 의대의 실험 팀으로…… 좋은 두뇌 좋은 유전자…… 이전에도 노벨상 수상자의 정자를 보관하는 사설 정자은행이…… 장관은 거시적인 안목으로 인류의 발전을 도모하려고 한 것이라고 주장해……

무슨 말인지 잘 모르겠어. 우미는 스마트폰을 켜고 뉴스란에 들어갔다. 홍수처럼 쏟아지는 댓글은 더 해독하기 어려웠다.

오빠한테 오면 공짜로 박아줬을 텐데 도태녀들 가지가지ㅋㅋ

그래도 사기 아닌가? 1억을 넘게 줬다는데

↳너 여자지?

니 새끼 낳기 VS 1억 내고 아이돌 새끼 낳아서 독박 육아

↳밸붕 ㄷㄷ

↳이런 얘길 왜 하나요 어차피 여기 있는 새끼들 전부 입뺀인데……

간호사가 들어왔다. 이우미 산모님, 젖 먹일 시간입니다. 아기 안아주시고요. 우미는 반사적으로 아기를 안았다. 천에 싸인 아기. 폭신하고 따뜻한, 빵 같은 아기.

빵!

가만히 넋을 놓고 있는 우미를 대신해 간호사가 아기의 머리 위치를 조정했다. 아기가 젖을 빨기 시작했다. 살아남으려는 듯 열심히 오물댔다. 배를 채운 아이를 다시 간호사가 데려갔다. 은정은 조심스레 입을 뗐다.

"괜찮아?"

뭐가? 하는 눈빛의 우미에게 은정은 다시 말을 건넸다.

"아기가……"

"내 아기야."

"응."

"내 아기야."

단호한 말투였다. 은정은 안심했다. 울고불고 난리를 피울 줄 알았는데 진짜 엄마가 되었구나. 역시 제 배 아파 낳으면 모성이 생기는 거야. 그게 누구의, 어떻게 만들어진 아이일지라도 그렇다. 근원적으로 자식은 엄마의 것이다. 비록 성은 아빠를 따르더라도 자기 배 갈라 낳는 건 못 이기는 거다. 다행이다. 그래서 다행이라고 은정은 생각했다.

반년 뒤. 우미는 시장을 걷고 있다. 아기띠를 매고 천천히, 어물전 앞에서 마른오징어, 미역, 옥춘 따위를 구경했다. 분식집에서 어묵꼬치 하나를

들자 주인이 말렸다. "좀 이따 사진 찍는다고 해서. 포장은 되는데." 그러고 보니 검은 옷을 입은 남자들이 여기저기 보였다. 아마 경호원일 테지. 겁먹은 눈빛으로 살짝 뒤로 물러서자 바로 곁에 있던 경호원의 눈길이 한결 부드러워졌다. 우미는 그 짧은 순간에 그가 자신에 대해 판단을 마쳤다는 걸 알았다. 하나로 낮게 묶은 머리. 살짝 보풀이 인 밤색 카디건과 뉴발란스 574. 기미를 가리기 위해 살짝 덧바른 파운데이션. 무엇보다 왼손 약지에 낀 반지. 평범한 여자다.

우미가 물러난 타이밍에 맞춰 그 남자는 다가왔다. 상인들의 손을 잡으며 인사를 하다가 분식집 앞에서 멈췄다. "사장님, 여기 먹고 가도 되나요." 사장은 기다렸다는 듯 꼬치를 건져 멜라민 접시에 담아 건넸다. 남자가 웃으며 기다란 어묵을 씹었다. "국물 떠먹게 컵도 좀." 사람 좋게 너스레를 떨었다. 그런 남자의 모습을 보다가 우미는 입을 크게 벌렸다. 뱃속 깊숙이 숨어 있던 미친년이 목구멍으로 기어 나왔다. 그 여자는 피를 통하지 않고도 전수된 미친년의 비기를 썼다.

비명 지르기.

악! 소리를 지르는 것과 동시에 경호원이 몸을 틀었고, 순간 남자와 눈이 마주쳤다. 그것만으로 우미는 그 남자가 우미의 정체를 알아챘다고 확신했다. 감정을 숨기려는 흐리멍덩한 눈빛이 팽팽한 기대와 긴장과 혐오가 어린 눈빛으로 바뀌었기 때문이다. 혼탁하고 더러운 눈이었다. 보자마자 우미는 남자의 뇌 속 극장에서 자신이 경험한 5분의 시술이 강간 포르노로 뒤바뀌어 상영되는 걸 알았다. 그가 우미를 정복했다고 여기는 걸 알았다. 이어질 상영작은 가난한 정부가 아이를 내세워 동정을 구하는 삼류 멜로일 것이다. 당신 아이예요. 한 번만 안아주세요. 꺼져! 그런 더러운 아일! 우미는 이어질 영화를 무대예술로 바꾸기로 했다. 무대예술의 진정한 묘미는 예기치 못한 사건이 벌어졌을 때 발생한다. 우미는 손을 높이 들었다.

그 자리에 있던 모두가 한동안 육고기를 먹지 못했다. 어떤 이는 극심한 불면으로 한동안 병원 신세를 졌고, 어떤 이는 자기 생리혈을 바라보는 것에도 거부감을 느끼게 됐다. 다만 한 사람, 우미만이 자기가 무슨 일을 저질렀는지 기억도 못 하는 사람처럼 태연했다.

그건 우미의 방어기제였다. 끔찍한 범죄를 저지른 소년범들이 저는 착한데요,라고 대꾸하다가 너는 한 사람을 죽였어, 그래도 네가 착한 거니?라고 물으면 아, 그러게요, 한다는 것과 같았다.

걔들은 뇌의 발달 시기를 놓친 거라고? 그럼 바꾸자. 우미와 같은 화이트칼라 계층에 소시오패스 비중이 높은 건 드문 일이 아니다. 나라 곳간 빼먹는 건 눈감아도 공병을 훔친 기초 수급자 노인은 실형을 주는 판사를 생각하면 이해가 갈 것이다.

아니, 이럴 땐 여성주의적 관점으로 생각해야 한다. 육아 스트레스는 정말 문제적이다. 실제로 많은 여자가 상상 속에서 자기를 죽이거나 자기 아이를 죽인다.

헛소리 집어치우고 그냥 눈에 보이는 대로 보면 된다. 제 아이가 유리처럼 예쁘지 않으니까 죽인 거다. 우미는 정신 나간 외모 지상주의자니까.

아니, 다 틀린 얘기고 우미는 그냥 기분이 나빴던 거다. 반골 기질이 있어서 너희들이 시키는 대로 내가 할 것 같아? 비명 지르고 싶었던 거다. 자기들만 인간인 줄 아는 역겨운 인간들에게, 너희들의 정자가 들어간 아기도 바닥에 내려치면 공평하게 토마토가 된다고 말하고 싶었던 거다.

일부 우아한 사람들은 이렇게 정리하기도 했다. 원래 그런 사람들 중에 좀, 이상한 사람이 많지 않아? 그러니까 멀쩡하지 않은 부모 밑에서 자란 사람 말야……

면회실로 은정이 들어왔다. 그는 유리창 너머로 친구의 얼굴을 빤히 보다 참지 못하고 울음을 터뜨렸다. 고개를 푹 숙인 채 엉엉 소리 내어 울던 그가 두 뺨을 문지르며 물었다.

"넌 죄의식도 없니? 도대체 왜 그런 거야?"

우미는 은정의 시선을 피하지 않았다. 그가 입을 열어 짧게 답했다.

"말했잖아. 내가 원하는 건 딱 하나라고. 유리의 아이를 갖는 거."

FAN

노태훈 인하대학교 국어교육과 조교수

누구나 한 번쯤은 이런 질문을 스스로에게 던져봤을 법하다. 대체 무슨 이유로 어떤 존재를 그토록 열렬히 사랑하게 되는 것일까, 하고. 상황은 두 가지였을 것이다. 좀처럼 누군가에게 애정을 주기 어려운, 뜨겁고 한없는 사랑의 감정까지는 경험하지 못했다고 느끼거나 혹은 늘 그래 왔듯이 매번 최선을 다해 애정을 주었고, 지금도 진심 가득한 '미친' 사랑을 하고 있거나.

이제 덕질이라는 말은 어느 정도 보통명사의 지위에 오른 것 같다. 매우 부정적인 어감이었던 오타쿠와 빠순이의 시대를 지나 셀러브리티를 향한 팬의 애정은 순화된 표현으로 K-문화의 정수로 자리 잡았다. 극성팬의 애정 공세는 막무가내의 육탄전, 물량전이 아니라 주도면밀한 기획사의 로드 아래 깔끔하게 정돈된 덕질로 변화했다. 대책 없이 아이돌의 집 앞에서 기다리지 않고도 앨범 수십 장을 사 사인회에 참석해 얼굴을 마주하고 대화를 나눌 수 있고, 언제 어디에서 볼 수 있을까 초조해할 필요 없이 공유된 스케줄과 동선을 체크할 수 있을 뿐만 아니라 온오프라인이 연계된 이벤트에 조직적으로 참여할 수 있기도 하다. 이 사랑은 더없이 빠르고 즉각적이며 시간과 자원을 양껏 쓰면 분명한 효능을 준다. 여기 빠지지 않을 이유가 있을까.

삼십 대에 접어든 '우미'는 몇 번의 '사랑'을 해왔다. 자신이 가진 모든 걸 아낌없이, 또 빠짐없이 갖다 바치는 일방적인 사랑을. 스스로도 무섭다고 느낄 정도로 사랑을 줬던 '우미'에게 한 아이돌 그룹의 멤버 '유리'는 지금 완벽한 애정의 대상이 되어 있다. 소위 극성팬이라고 불리는 인물들의 이야기는 이제는 꽤 익숙해졌고 이 소설 역시 서두는 그러한 계열로 무리 없이 읽히기 시작한다. 게다가 이희주는 『환상통』(2016)과 『성소년』(2021)의 작가가 아닌가. 완벽하게 기울어진 미친 사랑의 이야기야말로 작가의 시그니처이고 '우미'의 애정 역시 크게 달라 보이지는 않는다. 그런데 그가 이렇게 말할 때 이야기는 사뭇 변모한다. "좋아하는 남자의 아이를 가지고 싶어하는 건 당연한 마음 아닌가요?"(295쪽)

이희주는 『나의 천사』(2024)의 작가이기도 해서 관능적이고 도착적인 욕망, 그리고 크리스테바적 의미의 아브젝시옹(abjection) 개념을 서사적으로 재현하는 흥미로운 양상을 보여주기도 한다. 오염된 분비물 혹은 유출된 체액이 불결함이나 혐오가 아니라 성(聖)적인 것으로 전유되는 종교적 사례와 유사하게 아이돌 스타를 향한 집착적이고도 광적인 사랑은 지극한 믿음에 바탕한 순교의 형태로 연결된다. 그러나 '우미'가 어떻게 '최애의 아이'를 가질 수가 있을까. 그가 산부인과를 방문해 정자 공여 시술을 받기로 할 때 독자는 그것이 믿음과 환상의 형태로 이루어지리라 짐작하게 된다. 가임기의 여성 팬이 익명의 정자를 기증받아 남성 아이돌의 핏줄로 여기고 출산과 육아를 시작하게 된다는 이야기는 쉽게 납득되기는 어려우나 충분히 상상해볼 법하다. 그런데 작가는 여기에서 한 발짝 더 나간다. 이 정자가 기획사를 통한 '굿즈'였고 이는 상당한 금액을 지불하고 구입해야 하는 유전자이며 심지어 아이가 열세 살이 되었을 때 연예계에 데뷔 가능한지를 타진해 기획사와 수익을 배분해야 하는 계약 조건까지 부과되어 있는 것이다.

이 그로테스크한 상황은 '우미'에게 아무런 문제가 되지 않는다. 시술은 순조로웠고 임신은 성공했으며 그런 '미친년'들이 있다는 주변의 시선에도 아랑곳하지 않고 아이는 자라나기 시작한다. "이제껏 그런 굿즈를 가져본 적이 없었다"(298쪽)는 만족감은 평범한 결혼 생활을 하고 있는 거의 유일한 친구 '은정'의 냉소적인 태도 앞에서도 '우미'를 자신감 있게 만들고, 급기야 그는 '유리'를 직접 대면할 용기까지 내게 된다.

평범한 임산부로 보이기 위해 가짜 남편 알바까지 대동한 사인회 자리에서 '우미'는 '유리'에게 "한번 만져볼래요?"(303쪽)라고 말하며 배에 손을 올리게 만든다. 태명이 '2세'라는 말을 '이새'로 잘못 알아들은 '유리'의 순진함마저 완벽한 만남의 일부분이 되어 '우미'는 건강하게 '이새'를 낳는 데까지 성공한다. 하지만 이야기는 여기에서 다시 한번 전환을 맞는다. 아이돌의 유전자를 판매한다던 그 사업은 사기였고, 일반인들 특히 정치인 '장관'이 관여되어 있다는 사실을 뉴스를 통해 전해 듣게 된 것이다. 충격과 당혹스러움은 조금씩 '우미'를 잠식하고 6개월 뒤 정치인이 방문한 시장에서 그는 아이를 끔찍하게 살해하고 만다.

"내가 원하는 건 딱 하나"였다고, "유리의 아이를 갖는 거"(313쪽)라고 말하는 '우미'를 어떻게 이해해야 할까. 이 병적인 애정과 극단적인 집착에 작가가 면죄부를 줄 생각은 그다지 없어 보인다. 또한 '우미'도 동정이나 연민 같은 것은 전혀 필요로 하지 않는 듯하다. 하지만 그 무엇보다도 '진심'인 그 마음을 거대한 산업의 메커니즘으로 포섭하는 엔터테인먼트 시스템의 문제, 과도하게 욕망을 부풀리게 만드는 고자극의 생태계 같은 것들은 고민해보지 않을 수 없다.

특히 여성이 직면하게 되는, 그래서 반드시 어떤 선택을 하게 만드는 임신, 출산, 육아의 굴레가 '덕질'의 어떤 지점과 유사하다는 점은 이러한 문화적 현상을 다른 차원에서 바라보게 하기도 한다. '우미'가 아무런 불안과 이질감 없이 사회 집단에 속하는 상황은 '(예비)엄마'일 때뿐이다. 누가 봐도 '엄마'인 착장과 태도를 드러내는 순간 그는 소시오패스도, 외모 지상주의자도, 반골 기질도, 원래 좀 이상한 사람도 아니게 된다. 역설적이게도 오로지 아이를 품고 있을 때라야 확보되는 안전은 "뱃속 깊숙이 숨어 있던 미친년"(311쪽)을 언제고 튀어나오게 만드는 결과를 초래할 뿐이다.

연습생 시절(임신)을 거쳐 드디어 데뷔(출산)를 하고 각종 활동(육아)을 통해 인지도와 팬을 확보해가는 아이돌의 전형적인 단계는 일종의 '모성애'를 요구하는 것일지도 모르겠다. 그들을 지켜보고 응원하며 '키워가는' 팬들이 때때로 극성으로 보이는 것은 그러므로 자연스러운 일이다. 무엇보다 사랑은 싸워가며 지켜야 하는 것이니까. 누군가를 사랑하는 마음이 얼마나 큰 정치적 에너지로 이어질 수 있는지를 실감하는 오늘날의 한국 사회에서 이 소설은 그러한 역동적 변화의 배경을 조금 엿보게 해주는 것 같기도 하다.

다시 한번 대체 무슨 이유로 어떤 존재를 그토록 열렬히 사랑하게 되는 것일까 되묻자면, 대답할 수 있는 말은 한 가지뿐이다. 그런 사랑을 해보지 않고서는 결코 알 수 없다고, 그런 사랑을 해보면 분명하게 알 수 있다고.

과자 집을 지나쳐

최미래

1994년 출생. 소설집 『녹색갈증』 『모양새』 있음.
2024년 이상문학상 우수작 선정.

과자 집을 지나쳐

모든 걸 다 가질 순 없어. 사람은 손이 두 개잖니. 제대로 손에 쥘 수 있는 건 두 개가 최대라는 뜻이야. 욕심부려서 세 개, 네 개 잡으려고 하다가는 다 놓친다. 한두 개만 골라서 제대로 꽉 쥐는 거야. 그러려면 뭐가 선행되어야 하는 줄 아니? 두리야 선행이 무슨 뜻인지는 알지? 선행학습이라는 말이 먼저 공부한다는 뜻이거든. 선행은 그런 거야. 먼저 알아두어야 하는 거. 손에 넣으려고 하기 전에 네가 뭘 원하는지를 제대로 알아야 한단다. 그래야 잡을 수 있어. 우선순위를 둔다고 생각하렴. 가장 원하는 걸 꽉 잡아야 나머지를 포기할 수 있으니까. 그래야 뒤를 돌아보지 않고, 후회하지 않을 수 있는 거야. 자 이제 네가 선택해봐. 한 개만.

두리는 엄마의 말이 도통 이해되지 않았다. 하지만 골라 온 과자를 다 살 수 없다는 건 알았다. 두리는 눈물을 그치고 고심 끝에 지렁이 모양의 젤리를 장바구니에 담았다. 나머지 과자를 진열대에 다시 갖다 놓으면서 어린 두리는 직감했다. 엄마의 말이 두고두고 떠오르리라는 것을. 산짐승이 야생에서 자연스럽게 생존방식을 터득하듯 두리는 생활 속에서 그것을 물려받았다. 무언가를 고르거나 정해야 하는 순간마다 엄마의 선택론을 적용했다. 가장 원하는 것을 택했다는 믿음 덕택에, 엄마의 말마따나 포기하고 놓아버린 것들을 후회하지 않을 수 있었다. 자기 자신조차 눈치채지 못한 채 일상에 녹아버린 그 말을 두리는 지금에야 번뜩 기억해냈다. 엄마의 죽음 앞에서였다. 엄마, 사람은 손이 두 개 달렸잖아. 제대로 쥘 수 있는 건 두 개가 최대. 그걸 알고 있었으면서. 나랑 금매 둘 다는 아니더라도 한 명쯤은 잡아줄 수 있었잖아. 근데 엄마 그러지 않았잖아. 영정사진치고 너무 활짝 웃고 있는 사진을 골랐나. 두리는 엄마의 환한 미소를 바라보았다. 엄마의 죽음이 실감 나면서 불안이 서서히 가라앉았다. 약간의 슬픔과 허함이 느껴졌지만 그뿐이었다. 마음 한구석에서는 개운한 마음이 슬쩍 고개를 들었다. 그럴 때마다 두리는 괜히 주위를 두리번거렸다.

지긋지긋하게 살던 사람치고 군더더기 없이 깔끔한 죽음이었다. 장례식은 단출하게 치러졌다. 찾아오는 이가 별로 없었으므로 식장은 고요했다. 형식적인 방문자들은 어설프게 고인을 애도했다. 맞절하며 금매를 흘깃 쳐다보거나 장난 섞인 귓속말을 나누었다. 장례식장이라는 공간이 어색하고 답답한 듯 한숨을 내쉰 후에는 편육과 절편을 맛깔나게 집어 먹었다. 금매는 이래서 친구들한테 알리기 싫었다며 신경질적으로 머리를 묶었다. 하지만 걔들마저 안 왔다면 정말 쓸쓸했을 거야. 두리는 금매의 등을 두드리며 본인이 제법 어른 같다고 느꼈다. 아무도 오지 않는 새벽, 적막한 장례식장에서 두리와 금매는 육개장에 밥을 말아 먹었다. 밥을 먹은 뒤에는 인스턴트커피도 한 잔씩 타 먹었다.

오랜만에 느껴지는 포만감이었다. 슬슬 눈이 감겼다. 엄마가 세상에 없다니. 당장이라도 영정사진에서 걸어 나와 웃음 띤 얼굴로 말 걸 것 같은데. 오랜만에 봤는데 엄마 용돈 주려나. 우리 딸 장난이야, 왜 또 그래. 인상 쓰지 마렴. 복도 달아나고 남자들도 달아나잖니. 왜 또 그래. 농담이야. 엄마 생각이 나기는 금매도 마찬가지인 것 같았다. 금매는 벽에 기대고 앉아 졸린 목소리로 떠들었다. 엄마랑 함께 목욕하고 돌아오면서 바나나 우유 사 먹던 날들, 열심히 모아놨던 용돈을 엄마가 훔친 일, 그 외 엄마가 철없이 굴었던 일화 두어 개, 철이 없을지언정 엄마는 강한 사람이었다는 이야기. 왜냐하면 힘들고 지난한 상황에서도 우리를 버리지 않고 키워주었으니까. 엄마를 기억하는 금매의 목소리가 촉촉했다. 빈 종이컵에서 커피의 단내가 올라왔다. 두리는 금매의 가냘픈 어깨와 엄마의 미소를 한 번씩 훑겨보았다. 똑똑하고 야무지고 착한 금매. 하지만 금매의 말에는 틀린 부분이 있었다. 두리는 굳이 금매의 기억을 정정하지 않았다. 이제 이상한 일을 벌이는 사람도, 돈이 허투루 샐 구멍도 없어. 앞으로 잘 살아갈 수 있을 거라는 안도감이 들었다.

엄마가 가르쳐준 선택론을 두리는 자라는 내내 살뜰하게 써먹었다. 특히 엄마가 종종 집을 나가던 시절에 빛을 발했다. 학교에서 돌아와 현관문을 열었을 때 유난히 한적하고 싸한 느낌이 들면 백발백중이었다. 두리는 화장대로 가 화장품이 두어 개 없어진 걸 확인한 뒤 부엌으로 갔다. 식탁에는 만 원권 지폐 몇 장과 메모지가 머그잔 아래 깔려 있었다. 내용은 항상 비슷했다. 여행을 갔다 온다거나 일하러 다녀올 테니 금매를 잘 돌보고 현관문은 걸쇠까지 꼭 잠그라는 것이었다. 두리는 메모를 읽기 전에 지폐의 개수를 먼저 셌다. 액수가 클수록 엄마의 외출 기간이 길어졌기 때문이었다. 엄마가 언제 돌아오는지는 알 수 없었다. 일주일 뒤에 돌아온다고 했다가 이 주가 넘어서야 왔던 때 굉장히 곤란해진 적이 있었으므로 신중하게 식사 메뉴를 골라야 했다. 돈가스를 먹고 싶을 때, 더운 여름날 금매가 아이스크림을 사 먹자고 조를 때 두리는 침착해졌다. 가장 원하는 것을 고민했다. 돈을 아끼기 위해 짜장면 한 그릇을 주문해 금매와 나누어 먹고 남은 소스에 밥을 비벼 먹었다. 아이스크림 대신 얼음 틀에 주스를 얼려 금매의 입에 물려주기도 했다. 엄마가 오면 남은 돈을 돌려주었다. 돈을 이만큼 이나 남겼어? 우리 딸 기특해라. 오늘 밤에 이 돈으로 우리 치킨 시켜 먹자. 이리 와 안아줄게. 세 보녀는 단단하게 서로를 껴안았다. 금매는 꺄르르 웃었고 두리는 뿌듯했다. 너무 뿌듯하고 기뻐서 포기한 돈가스와 아이스크림 따위는 하나도 아쉽지 않았다. 잠깐의 유혹만 참고 지나면 진짜로 원하는 걸 가질 수 있다는 점에서 엄마의 선택론, 아니 포기론은 꽤 그럴듯했다.

내가 선택한 거니까 후회는 없어. 아쉬움을 갖지 말자는 두리의 믿음에 한 줄기 의심이 새어들 때는 오로지 금매와 관련한 일에서였다. 두리와 금매는 네 살 차이가 났다. 금매는 두리에게 작아진 옷을 물려 입었고, 두리가 썼던 멜로디언을 메고 학교에 갔다. 두리가 체육복 없이 초등학교에 다녔기 때문에 금매 또한 체육복이 없었다. 두리는 체육 시간, 운동회 때마다 혼자서 체육복을 입지 않아 다른 애들과 동떨어진 기분을 느꼈다. 넌 왜 체육복을 입지 않느냐는 물음에 나도 모른다는 바보 같은 대답을 금매도 하게 되겠구나. 아프다는 핑계로 운동장에 나가지 않고 달리지 못하고 남들 다 즐거운 날에 혼자가 될 거야. 두리는 초등학생 1학년 금매를 쳐다보았다. 언니 멜로디언에서 똥 냄새 나. 금매는 토하는 시늉을 하면서도 자기 전까지 멜로디언을 불었다. 두리는 처음으로 엄마의 외출을 기다렸다. 유통기한이 지난 참치 통조림을 뜯고 간장에 밥을 비벼 먹으며 견뎠다. 엄마가 돌아왔을 때 남은 돈은 없었다. 두리는 칭찬받지 못했고 세 모녀는 단단한 포옹을 하지 못했다. 며칠 뒤 금매는 샛노란 색 체육복을, 두리는 정말로 원하는 걸 얻었다. 어쩌면 가장 갖고 싶은 것과 가장 버리고 싶은 것은 등을 맞대고서 찰싹 붙어 있을지도 모르겠다고, 열한 살의 두리는 생각했다.

두리가 가장 버리고 싶은 것은 그런 거였다. 누가 봐도 초등학생이 혼자서 만든 가족 신문, 어디 놀러 간 얘기 하나 없는 일기장, 양파망으로 만든 잠자리채, 사계절 내내 입는 청바지, 같은 반 애가 쓰다 버린 걸 주워 검은

색 매직으로 꼼꼼하게 칠한 필통. 갖고 싶은 것과 버리고 싶은 것들이 가장 많아지는 시기는 겨울방학이었다. 두리는 금매의 방학 숙제를 살펴보았다. 일기와 독후감은 필수. 문제는 체험활동이었다. 제시된 목록 중 세 가지를 골라야 했다. 박물관, 아쿠아리움, 눈썰매장 등의 단어를 지나 두리는 능숙하게 할 수 있는 것들에 동그라미를 쳤다. 폐품을 이용하여 쓸모 있는 물건 만들기. 좋아하는 동요 가사를 따라 쓰고 외우기. 몇 번이나 눈으로 훑은 후 마지막으로 결정한 것은 이것이었다.

– 음식 하나를 골라 가족과 함께 만들고, 만드는 과정을 사진으로 찍어 기록하기.

두리는 예전에 이 미션을 실패한 적이 있었다. 혼자서 참치 주먹밥을 만들고, 사진을 찍는 대신 그림으로 그려 기록했다. 엄마는 바빴고, 종종 슬펐고, 매일 밤 지쳐 잠들었다. 그래서 두리는 엄마에게 도움을 요청하지 않았다. 그림만 봐서는 이게 어떤 음식인지, 음식이긴 한 건지 알아볼 수 없었다. 개학식 날 아이들은 서로의 방학 숙제를 자랑스럽게 펼쳐 보였다. 두리는 방학 숙제를 제출하지 않았다. 사진을 찍지 못했기 때문만은 아니었다. 두리는 다른 아이들과 자신의 차이점을 발견하고 말았다. 초등학생이 만들었으니 똑같이 엉성할 텐데도 미묘하게 느껴지는 것. 음식이라고 치면 '손맛'이라고 부르는 그런 것이 두리의 작품에는 없었다. 금매의 방학 숙제 목록에서 같은 활동을 발견했을 때 두리는 무척 기뻤다. 그럴듯하고 튼튼한 결과물을 만들고 싶었다. 야, 어떤 요리 하고 싶어? 금매는 팔짝팔짝 뛰면서 손가락으로 텔레비전을 가리켰다. 제빵 모자를 쓴 여자애가 뽀미 언니와 함께 과자 집을 만들고 있었다. 뽀미 언니는 코에 생크림을 묻힌 채로 말했다. 조심조심 별사탕을 올리기만 하면 끝. 너무 재밌고 쉽지요!

과자 집도 어쨌든 집이잖아. 집은 지붕부터 만드는 게 아니라 먼저 바닥을 깔고, 그다음에 기둥이나 벽을 세우는 순서로 만들어진다고 선생님이 그랬어. 그래야 지붕이 올라갈 수 있는 거라고. 튼튼한 집이어야 하잖아. 금매가 색색의 초콜릿으로 지붕부터 꾸밀 거라고 하고 하자 두리는 집의 구조를 이야기해주었다. 정말 멋진 집을 만들고 싶었다. 금매는 작은 손으로 주방 가위를 쥐고서 야무지게 저금통을 갈랐다. 두리는 옷장을 열어 엄마의 모든 옷 주머니를 싹싹 뒤졌다. 이천 원과 후라보노 껌 한 개가 나왔다. 두리는 오래되어 딱딱하게 굳은 껌을 씹으며 터프해졌다. 껌은 씹을수록 부드러워졌고 입안에는 단물이 고였다. 화장대 두 번째 서랍? 아니야 더 비밀인 곳. 두리는 엄마의 속옷 서랍을 열었다. 브래지어 아래 깔린 파우치에서 만 원권 한 장과 비닐 포장된 풍선 하나를 꺼냈다. 두리와 금매는 과자를 실컷 샀다. 두리는 단물이 다 빠진 껌을 씹었고 금매는 두리가 준 풍선을 불었다. 금매가 손이 미끌미끌하다고 찡얼거리는 통에 두리 혼자 모든 과자 봉지를 힘주어 뜯어야 했다.

당찼던 준비과정이 무색하게도 과자 집 만들기는 실패로 돌아갔다. 과자는 서로 잘 붙지 않았고 웨하스는 손을 댈수록 부서졌다. 헨젤과 그레텔에 나오는 것처럼 예쁜 과자 집을 만들고 싶었는데, 생각보다 알록달록하지 않고 자꾸만 무너질 듯 기울어져서 마치 아기 돼지 삼 형제에 나오는 집처럼 보였다. 첫째 돼지가 만든 짚으로 만든 집 말이다. 그날 엄마는 일찍 돌아왔다. 평소보다도 유난히 지친 모습이었다. 두리와 금매는 과자 집 만드는 걸 잠시 멈추고 정리 정돈을 했다. 엄마는 곧바로 안방에 들어가 나오지 않았다. 가끔 그런 날이 있었다. 엄마가 아주 슬퍼 보이는 날에는 조용히 해야 한다는 걸 자매는 잘 알고 있었다. 두리와 금매는 조급하게 굴지 않았다. 만화를 보고 시리얼을 먹으며 뽀미 언니를 기다렸다. 재방송 시간이 되자 두리는 연필과 이면지를 가지고 텔레비전 앞에 앉았다. 뽀미 언니와 여자애가 나왔다. 바닥을 깔고 벽을 세우고 지붕을 잘 덮는 일은 뽀미 언니가 했다. 여자애는 지붕에 초콜릿을 붙이고, 초콜릿 펜으로 그림을 그리고, 벽에 젤리를 붙였다. 두리는 텔레비전과 굳게 닫힌 방문을, 여자애의 말끔한 얼굴과 코딱지를 파고 있는 금매를 번갈아 바라보았다. 손에서 연필을 내려놓는 두리를 보고 금매가 말했다.

언니 저거는 방송용이야. 못 먹는 거래. 그래서 예쁜 거야.

누가 그래? 못 먹는 걸 왜 만들어?

보기만 해도 예쁘잖아.

두리는 만들다 만 과자 집을 보았다. 예쁘지 않았다. 보기에 좋지 않았다. 멀리서 보니 생각보다 집의 형태를 띠긴 했다. 하지만 여기저기 찌그러진 데다가 전체적으로 힘이 없어 젤리를 하나만 얹어도 무너질 것 같았다. 뽀미 언니 같은 어른이 도와줬더라면 이것보다는 그럴싸한 집을 지을 수 있었을 텐데. 두리의 머릿속에는 지금까지 혼자서 해치운 것들이 지나갔다. 수많은 방학 숙제, 5단까지밖에 외우지 못한 구구단, 바느질 수업 때 만들었던 미니 쿠션. 두리야 어설프지만 괜찮아. 담임 선생님이 괜찮다고 말해서 두리는 정말 괜찮은 줄 알았다. 이 또한 어설픈 이해였다. 그 후 두리는 어설픈 느낌을 기가 막히게 파악하는 아이가 되었다. 가장 갖고 싶은 것과 가장 버리고 싶은 것은 동의어일지도 몰랐다.

보기에 좋다, 좋지 않다는 표현은 엄마가 남자 친구를 만나는 시기에 자주 쓰던 말이었다. 그 옷은 보기에 좋지 않으니 이걸로 입자. 엄마가 좋아하는 아저씨니까 예쁘게 잘 보여야 해. 알겠지? 우리 아기들. 두리와 금매는 같은 모양의 흰 원피스를 입었다. 오랜만의 새 옷이었다. 엄마는 만나는 아저씨가 있을 때 컨디션이 좋았다. 콧노래를 불렀고 집을 치웠고, 안방에서는 늦은 새벽 웃음소리가 새어 나왔다. 어깨에 달린 프릴이 거슬렸어도 두리는 그 원피스를 좋아했다. 보기에 좋다는 말은 어설프지 않다는 뜻으로 들렸다. 두리와 금매는 그 흰 원피스를 입은 채로 산속에서 길을 잃은 적이 있었다.

엄마가 아저씨와 헤어지면 슬퍼할까 봐 걱정했던 적은 많았지만, 아저씨와 사랑에 빠질까 봐 걱정한 적은 없었다. 두리는 이날을 기점으로 후자를 더욱 걱정하게 되었다. 뻐꾸기 울음소리가 들리던 산이었다. 이른 오후였는데도 나무가 빽빽해 산속은 서늘하고 어두웠다. 엄마는 두리와 금매에게 잠깐 앉아 있으라고 했다. 그렇게 말하는 얼굴이 너무나 평소와 다름없어서 두리는 고개를 끄덕였다. 해가 지자 금매가 울었다. 두리는 금매의 손을 잡고 산속을 걸었다. 어디로 가야 할지 몰라서 무조건 내려가는 쪽으로 걸었다. 두리는 무서웠다. 엄마가 두리와 금매보다 더 함께 살고 싶은 아저씨를 찾아낼까 봐. 그 아저씨가 두리와 금매를 원하지 않을까 봐. 그런 생각을 하자 이상하게 산속은 무섭지 않았다. 정체 모를 작은 짐승이 빠르게 자매 앞을 지나갔다. 얇고 날 선 잎사귀에 팔다리가 쓸렸다. 금매는 울다가도 똥이나 방귀 얘기를 해주면 웃었다. 웃다가도 다리가 아프다고 울었다. 얼마나 걸었을까. 멀리 불빛이 보였다. 아직 산속에서 벗어나지 못했을 때였다. 두리와 금매는 잡은 손을 흔들며 불빛 쪽으로 향했다. 가까이 다가가자 집의 형태가 보였다. 과자로 만들어진 집이었다. 벽면은 빠다코코넛 과자가 타일처럼 일정하게 붙어 있었으며 초콜릿으로 만들어진 대문은 네모나고 달콤해 보였다. 커다란 지렁이 젤리가 창틀로써 창문을 받치고 있었고, 창문 또한 스테인드글라스처럼 불투명한 사탕으로 이루어졌다. 두리는 창틀의 젤리를 크게 한입 베어 물기 위에 입을 벌렸다. 집 안에서 인기척이 들렸다. 금매가 두리의 손을 꽉 잡았다. 남의 집을 마음대로 먹으면 혼날 거야. 두리와 금매는 달렸다. 지저분해진 원피스 밑단이 힘차게 팔락거렸다.

어떻게 집으로 돌아왔는지 두리는 정확하게 기억하지 못했다. 온몸이 덜덜 떨리는 경운기에 올라타 바라보던 시골 풍경, 한적한 고속버스터미널의 벤치와 경찰차 사이렌이 드문드문 그려질 뿐. 자기 집을 못 찾아가기에 두리는 초등학생 고학년으로 나이가 너무 많았다. 그날 본 과자 집은 진짜였을까. 무척 배고팠는데도 왜 과자 집을 먹지 않았는지, 어째서 그 안에 들어가지 않은 것인지 알 수 없었다. 두리와 금매는 흰 원피스를 입은 채로 산속에 버려진 적이 있었다. 그러니 금매야, 아무리 힘든 상황에서도 엄마가 우리를 버리지 않고 키워주었다는 네 말은 틀렸어. 두리는 굳이 그 사실을 소리 내어 말하지 않았다. 엄마는 없고 이제 좀 살 만할 테니까. 두리는 앉아 있던 자세를 고쳐 두 다리를 쭉 뻗었다.

✽

오랜만에 돌아온 집은 징그럽도록 익숙했다. 두리는 낡은 벽돌 주택의 외관을 보자마자 가슴이 답답했다. 철문을 열고 반지하 계단을 한 칸씩 디딜 때마다 지나온 시간 속으로, 이미 한차례 맛본 적 있던 미래로 걸어 내려가는 것만 같았다. 현관문을 두드리자 불투명한 유리 너머 금매가 걸어오는 실루엣이 보였다. 같이 집을 싹 치우고 배달 음식 시켜 먹자고 해야지. 앞으로 어떻게 지낼지 이야기를 나눌 생각이었다. 각자의 방이 생겼으니 원하는 대로 꾸미자고 하면 금매는 좋아할 것이다. 어쩌면 긴장을 풀고 엄마가 살아 있었을 때 같이 겪은 일들을 재밌게 떠들 수 있을지도 몰랐다. 마음이나 집이나 정리할 게 산더미지만 하나씩 조금씩 해치워나가게 될 것이다. 함께 지내며 여름에는 수박을 먹고, 생일에는 직접 만든 케이크에 숫자 초를 꽂고 싶었다. 두리가 차곡차곡 경력을 쌓으며 제빵 기술을 익히는 동안 금매는 고등학교를 졸업할 것이다. 성인이 된 금매에게 허심탄회하게 술 한 잔 따라주는 날이 올 거야. 금매는 맥주를 좋아하려나. 반년도 채 남지 않았으니 금방 확인할 수 있을 터였다.

반년을 기다릴 필요는 없었다. 금매가 맥주를 좋아한다는 것을 두리는 문이 열리자마자 알 수 있었다. 구겨진 맥주 캔이 한가득 담긴 상자가 신발장을 차지했다. 하지만 맥주 캔 따위는 별로 눈에 들어오지도 않았다. 문을 열어 두리를 맞이한 사람은 금매가 아닌 한 남자였다. 덥수룩한 앞머리가 눈을 거의 다 가리고 있었다. 두리는 멈추어 서서 집 안을 들여다보았다.

익숙한 가구와 이불이 눈에 들어왔다. 그다음엔 남자의 행색을 살폈다. 그나마 다행이라고 해야 할까. 남자는 금매와 같은 고등학교 교복을 입고 있었다. 자세히 보니 여드름 자국이 채 가시지 않은 얼굴에 당황한 기색이 역력했다. 어리숙한 게 아직 애구나. 정말 이게 다행일까. 얘네가 제대로 된 피임은 할까. 남자애는 중얼거리듯 인사한 뒤 나가버렸다. 가방도 메지 않은 남자애의 뒷모습을 보고 있자니 두리는 헛웃음이 나왔다. 집에서는 담배 냄새가 진동했다.

금매는 사업이라고 말했다.

게스트 하우스 같은 거지. 언니, 걔 나쁜 애 아니야. 딱한 애야. 걔네 아빠가 술 먹고 들어오는 날에만 자고 가게 해주는 거야. 숙박비 내면서 고맙다고 야식도 사 와. 다른 애는 자기네 집 김치도 갖다주더라. 뭐가 문젠데. 나는 돈 벌고 걔네는 마음의 안식처 얻고 서로서로 윈윈인데.

정말로 금매는 자기가 사업을 한다고 믿는 것 같았다. 눈동자가 단 한 번도 흔들리지 않았고 그 어느 때보다 총명했으며, 목소리에는 힘이 들어가 있었다. 어찌나 당당하고 뻔뻔한지 두리는 아 그런 거였구나, 하고 넘어갈 뻔했지만 침착하려 애썼다. 불량한 애들이 혼자 사는 여자애 집을 아지트 삼아 담배 피우고 술 먹는 게 그러면 정상이냐는 말에 금매가 대답했다.

담배는 내가 피운 거야. 걔네 중에 흡연자 없어.

잘났어. 정말 잘났다. 저것도 네 잘난 사업이니?

두리가 눈으로 가리킨 책상 위에는 깔끔하게 포장된 지퍼백 꾸러미가 줄지어 늘어서 있었다. 남자애가 나간 후 집을 치우다가, 혹은 치우듯이 뒤지며 침대 아래에서 발견한 것이었다. 지퍼백에는 스타킹과 양말이 골고루 나누어 담겨 있었다. 일부러 다 끄집어내지 않아도 되었다. 지퍼백 상단에 어떤 게 몇 개 들었는지, 입었던 기간은 얼마나 되는지 아주 친절하게 기재되어 있었다. 이게 무엇인지 두리는 잘 알았다. 중고 브랜드 가방이나 운동화를 사기 위해 인터넷을 헤매던 때였다. 착용했던 속옷, 스타킹, 양말을 사겠다는 게시글이 하루에도 몇 개씩 보였다. 입었던 속옷은 꽤 비싼 가격에 거래되었다. 두어 개만 팔면 로드샵 화장품을 네 개는 살 수 있었다. 두리는 올이 나간 스타킹을 버릴 때마다 구매 게시글을 떠올렸다. 생각을 실행으로 옮기지 않은 이유는 단순했다. 겁이 많아서. 두리는 자신과 달리 어렸을 때부터 똑똑하고 망설임이 없던 금매를 바라보았다. 게스트 하우스 사업 어쩌고 할 때와 달리 물컹한 표정을 하고서 금매가 말했다.

나 팬티는 판 적 없어.

고양이가 앞발을 핥는 작은 움직임에도 사람들은 연신 감탄을 내뱉었다. 유리창 너머의 시선과 소리가 익숙한지 웅크려 잠든 고양이도 있었다. 털이 보송보송한 게 귀엽긴 했다. 애완동물 가게 때문에 버스 정거장은 항상 사람들로 북적거렸다. 두리도 버스를 기다리는 동안 강아지와 고양이를 보며 무료함을 달랜 적이 많았다. 하지만 이렇게 자세히 들여다본 건 처음이었다. 다른 활발한 고양이들과 달리 가장 구석진 진열장 안에서 맥없이 떨고 있는 흰 고양이가 눈에 들어왔다. 몸집도 유난히 작고 어딘가 꼬질꼬질해 보였다. 두리는 가게 안으로 들어갔다. 직원은 부드럽게 웃으며 고양이들을 소개해주었다. 요 아가는 태어난 지 이 개월 됐어요. 품종상 영리하고 순해서 인기가 많아요. 고양이는 생각보다도 더 비쌌다. 가장 저렴한 고양이도 70만 원부터 시작이었다. 70만 원이면 한 달 생활비였다. 예전에 살았던 고시원은 삼 개월, 그 후 이사 간 원룸으로 치면 이 개월 분의 월세였다. 두리는 눈여겨보았던 흰 고양이를 가리켰다. 눈곱이 엉겨 붙어 눈도 제대로 뜨지 못하는 고양이가 작은 하품을 했다. 재는 얼마예요?

그날 금매는 스타킹과 양말이 담겨 있던 지퍼 팩들을 제 손으로 가져다 버렸다. 그리고 고양이를 키우자고 했다. 내가 똥 치우고 밥 주고 다 할게. 두리의 표정이 굳자 금매는 앞으로 스타킹 같은 거 안 팔겠다고, 게스트 하우스 그것도 안 할 테니 고양이를 키우자고 졸랐다. 두리는 금매에게서 엄마를 보았다. 그동안 품어왔던 기대에 의심이 끼어들었다. 우리 둘이 잘 살 수 있을까. 잘못한 게 하나도 없다는 듯 당당한 금매의 태도는 엄마와 똑같았다. 이상한 남자만 만나는 엄마, 이상한 친구만 만나는 엄마, 그 이상한 사람들에게 돈을 빌려주고 받지 못하는 엄마. 헤실헤실 웃으며 5만 원, 20만 원 야금야금 빌리다가 가끔은 목돈 없냐며 슬쩍 물어오던 엄마. 당당하고 자연스럽게. 이번에 빌려주면 엄마가 이자 톡톡히 쳐서 갚을게. 말도 안 되는 딜을 쳐가며 이상한 일을 벌이고 스스로 감당하지 못하는. 금매도 엄마와 같이 이상한 일을 벌인다면, 나는 엄마에 이어 금매가 싸지른 이상한 똥들을 치우며 살아야 하는 걸까.

흰 고양이는 50만 원이라고 했다. 딱 봐도 병들어서 구석에 처박아놓은 거면서 50이나 부르다니. 나를 호갱으로 보는구나. 두리는 가게를 나왔다. 버스를 타지 않고 걸어서 집으로 향했다. 스무 살 때부터 개고생했던 시간이 두리의 눈앞을 지나갔다. 일하면서 다니느라 겨우 따낸 대학 졸업장은 자랑스럽긴 했으나 취업할 때 그다지 큰 효력이 없었다. 졸업만 하면 될 줄 알았는데. 두리는 졸업 후에도 아르바이트를 병행하며 당장 돈을 벌 수 있는 일을 찾아 헤맸다. 제과제빵 자격증을 따고, 몇 개월의 교육 과정을 거쳐 이제 막 프랜차이즈 제빵기사가 되었다. 너무 바쁘고 만들어야 하는 빵 종류도 아직 완벽히 익히지 못했지만 기뻤다. 이제 내 돈을 깎아 먹을 사람이 없고, 본가로 돌아왔으니 원룸 월세도 빠져나가지 않을 터였다. 두리는 괜히 편의점에 들러 맥주와 컵라면을 샀다. 집 앞 골목에 다다르자 길고양이 한 마리가 움찔거리며 서 있었다. 비닐봉지가 흔들리는 소리에 깜짝 놀란 듯했다. 흰 바탕에 검은 얼룩점을 가진 새끼 고양이였다. 두리는 슬금슬금 고양이에게 다가갔다. 왼손으로 획 낚아채 비닐에 집어넣을 심산이었다. 고양이는 겁이 많은지 도망치지도 못하고 그 자리에서 얼어버렸다. 작고 귀엽네. 순하고. 그때 쌓여 있던 쓰레기봉투 사이에서 다른 고양이 한 마리가 튀어나와 이를 내보였다. 같은 무늬인 걸 보니 가족인 것 같았다.

음식물쓰레기를 뒤지다가 왔는지 입가에 누런 양념이 희끗희끗 묻어있었다. 두리가 자리를 떠날 때까지 고양이는 칼을 가는 듯한 소리로 울었다. 재수 없어.

고작 맥주로는 허한 속이 달래지지 않았다. 두리는 다시 편의점에 가 소시지 한 개와 소주 두 병을 샀다. 집에 오는 길 아무리 주위를 둘러보아도 고양이 두 마리는 보이지 않았다. 해가 빠르게 저물었다. 밤에는 바람이 꽤 찼다. 금매는 학원도 안 다니면서 이 시간까지 어딜 쏘다니고 있을까. 술을 한 잔씩 넘길 때마다 두리는 각종 비행을 저지르고 다닐 금매를 상상했다. 담배 피우며 남의 돈을 갈취하는 금매와 친구들. 작은 입에서 흘러나오는 담배 연기와 장난스러운 욕설. 그 애들은 버려진 폐허를 아지트 삼아 과자를 먹고 담배를 피우고 술을 마신다. 부서지기 직전의 폐허는 비가 새고 바람이 든다. 바람이 부는 방향에 따라 담배 연기와 금매의 가느다란 영혼이 이리저리 흔들린다.

며칠 동안 두리와 금매는 서먹하게 지냈다. 고양이는 무슨. 두리는 금매가 이해되지 않았다. 뭔가를 돌보고 책임지는 걸 우습게 아는구나. 금매는 두리의 언짢은 반응을 금방 눈치채고 고양이 얘기를 꺼내지 않았다. 다만 불을 끄고 잠자리에 누우면 슬쩍 엄마와의 추억을 꺼냈다. 엄마가 해주던 야식, 고등학생은 성인과 다름없다며 함께 술을 나눠 마신 새벽, 그다음 날 처음으로 느낀 숙취가 얼마나 신기한 느낌이었는지 떠들었다. 목소리에 즐거움이 묻어 있었다. 그 이야기들이 두리를 자극하기 위한 목적이 아니라, 정말로 따뜻한 기억이어서 두리는 슬펐다. 마음이 아팠다. 어둠이 위에서, 양옆에서 두리의 몸과 마음을 누르고 주무르고 어지럽혔다. 그래서 괜히 화가 났는지도 몰랐다. 너는 엄마가 밉지는 않아? 두리의 물음에 금매는 조용해졌다. 잠자코 몇 분이 흘렀다. 밉지. 금매는 엄마가 미울 때가 있고, 대체 왜 이러는 걸까 미워하다 보면 엄마라는 인간이 어디서부터 어떻게 살아왔는지 생각하게 되고 그러면 속이 쓰리다고 했다. 미워. 그런데 나는 엄마를 원망하지 않아. 금매는 엄마에게 한 가지 굳은 믿음을 가지고 있었다. 아무리 힘들어도 금매와 두리를 버리지 않고 키워주었다는 것. 버린 것과 다름없다는 두리의 말에 금매는 웃었다. 한숨을 내뱉듯이 툭 튀어나온 웃음이었다.

근데 언니는 나랑 엄마 버리고 집 나갔잖아.

사실이었다. 두리는 성인이 되자마자 이 집을 떠났다. 하지만 두 사람을 버린 건 아니지 않나. 아니지 맞지. 이 집도, 엄마도, 집에 찾아오는 사람들도 다 지긋지긋해서 기다렸다는 듯 도망쳤으니까. 나 혼자 잘 먹고 살아가려고. 그렇다면 버린 거지. 두리는 금매의 말에 변명하지 않았다. 엄마는 가끔 사귀는 사람을 집으로 끌어들였다. 자신에게 두 딸이 있다는 걸 자연스럽게 밝히고 내밀한 공간에 초청하여, 이래도 상대가 자신과 함께 미래를 그려가려고 하는지 시험하는 절차가 아니었을까 두리는 추측했다. 어떤 남자는 두리와 금매에게 용돈을 주었고, 어떤 남자는 저녁 식사를 차려주기도 했다. 어떤 남자는 교복을 입은 채 낮잠에 빠진 두리를 골똘히 쳐다보았다. 아무런 말이나 행동을 하지는 않았다. 하지만 그날부터 이 집은 두리에게 집이 아니었다. 두리는 자기 자신을 지키기 위해 금매와 엄마를 버렸다. 엄마가 그랬잖아. 모든 걸 다 가질 순 없다고. 정말 원하는 걸 선택해야 후회하지 않을 수 있다고 했잖아. 그런데 엄마 왜 나는 이 집이 자꾸만 생각났을까. 금매는 잠이 든 모양이었다. 두리는 금매의 숨소리를 들으면서 고양이를 키워야겠다고 마음먹었다. 안 그래도 힘든 인생 왜 고양이까지 짊어져야 하는지 모르겠지만, 이게 금매와 자신을 지키는 방법이라면 할 수 있었다.

✽

흰 원피스는 여전히 어깨 쪽에 달린 프릴이 거슬렸다. 거친 산길을 긴 시간 걸은 탓인지 발바닥이 아렸다. 두리는 다시 과자 집 앞에 서 있었다. 캄캄한 산속 과자 집에서 불빛이 새어 나왔다. 몇 걸음 가까이 다가가자 달짝지근한 과자 냄새가 났다. 집 안에서 수프를 끓이는지 고소한 향과 뭉근한 온기가 벽 너머로 전해졌다. 긴장으로 움츠러들었던 두리의 어깨가 부드럽게 이완되었다. 그러자 허기가 밀려들었다. 두리는 심신이 지쳐 있었다. 온종일 걸어 다리가 아팠고, 영영 엄마를 만나지 못하는 건 아닐까 불안에 휩싸였다. 그러면서도 아무렇지 않은 척해야 했다. 금매의 울음이 그치도록 똥 얘기를 끊임없이 지어내느라 머리가 어지럽고 입도 뻐근했다. 젤리로 이루어진 창틀을 몇 입 물고, 과자로 된 벽을 뜯어 먹고, 초콜릿 문을 핥아 입가심한 후 대자로 누워 잠들고 싶었다. 생각을 실행으로 옮기기 위해 두리가 발을 옮기자 두리의 손을 잡고 있던 금매가 말했다. 언니 바보야? 생각이라는 걸 해봐. 이렇게 매력적인 집이라니 이상하잖아. 누가 봐도 어린애들 꼬시려고 만든 거지. 먹지 마. 손도 대지 마. 우리 집에 가자. 내 말 안 들어주면 나 담배 피운다? 똑똑하고 얄미운 금매의 협박이 끝나자마자 과자 집 대문이 열렸다. 문 안에서 헨젤과 그레텔 속 마귀할멈이 아닌 엄마가 나왔다. 엄마는 어서 들어오라고 손짓하며 두리와 금매의 이름을 불렀다. 돈을 빌릴 때와 같이 명랑한 목소리였다. 금매가 잡은 손에 힘을 주었다. 얼마나 세게 잡는지 손가락뼈가 부러질 것 같은 느낌에 두리는 잠에서 깼다.

오른손이 엉덩이에 깔려 있었다. 두어 번 주먹을 쥐었다 피자 갑작스레 피가 쏠려 얼얼하고 뜨끈했다. 금매는 콧노래를 부르며 고데기로 머리를 단장하고 있었다. 두리는 코를 킁킁거렸다.

야 너 담배 피웠어?

뭐라는 거야. 안 피운다고 약속했잖아. 고양이한테 담배가 얼마나 안 좋은데.

짜증스러운 대답이었지만 목소리에는 흥이 잔뜩 묻어있었다. 두리는 아니면 말고, 어물쩍 대답한 뒤 나갈 준비를 시작했다. 고양이를 보러 가는 날이었다. 길고양이를 잡아 오는 건 포기했다. 애초부터 상식적이지 않은 짓이었다. 도대체 무슨 생각이었는지 두리 본인도 어이가 없었다. 그렇다고 돈을 주고 사지도 않을 거였다. 대신 더 좋은 방법을 찾아냈다. 역시 사람은 발품을 팔아야 해. 잘 알아보고 찾아보면 어떤 일이든 해결책은 있었다. 두리는 고양이 관련 인터넷 카페에 가입했다. 가정 분양으로 데려오면 가게에서 파는 것보다 조금 더 저렴하게 고양이를 데려올 수 있었다. 그러다 두리는 더욱더 최적의 방법을 찾아냈다. 돈도 안 들고, 취지도 좋고. 이거네. 유기 동물 보호소에서 고양이를 데려오자는 말을 꺼내니 금매는 무척 기뻐하며 말이 많아졌다. 자기도 고양이를 키우게 된다면 꼭 보호소에서 입양하고 싶었다고 했다. 웬일로 언니가 이런 제안을 해. 기특해 정말. 고마워 언니. 두리는 아주 아주 오랜만에 금매와 그럴듯한 대화를 했다. 고양이를 함께 키우면서 더 많은 이야기를 나누게 되겠지. 공을 주고받듯이 의견을 나누고 티키타카 농담 따먹고, 금매는 고양이를 돌보면서 자신의 일상도 돌볼 수 있게 되고, 냥냐냥냐 고양이는 귀엽고 인생은 화창했다.

보호소는 깔끔했다. 생각했던 것과 달리 냄새도 안 나고 털이 날리지도 않았다. 흰색 타일로 된 바닥은 방금 막 닦은 것처럼 매끈했다. 고양이들은 정돈된 공간에서 자유롭게 돌아다녔다. 관리를 잘 받았는지 하나같이 털에 윤기가 돌았다. 장모종 고양이 한 마리가 캣타워에서 뛰어 내려와 보호사의 다리에 얼굴을 비볐다. 움직일 때마다 풍성한 털이 부드럽게 일렁였다. 둘러보니 눈 한쪽을 뜨지 못하거나, 다리를 절뚝이는 고양이도 있었다. 안락사 없는 보호소답게 나이가 많고 아픈 고양이들도 섬세하게 보살핌 받는 듯했다. 잔잔한 클래식 음악과 고양이들의 조용한 움직임을 보고 있자 두리의 마음은 한결 편해졌다. 왜인지는 모르겠으나 울컥하는 기분도 들었다. 두리는 보호사에게 만나보고 싶었던 고양이에 관해 물었다. 홈페이지에 올라온 사진과 정보를 보고 점찍어둔 고양이가 몇 마리 있었다. 아무래도 품종묘가 순하겠지. 어릴수록 더 잘 따를 거고. 보호사는 두리가 보고 온 고양이들은 이미 입양되었다고 했다. 비슷한 애들이 있는데 보시겠어요?

회복이 필요한 고양이나 너무 어린 새끼들은 다른 공간의 케이지에서 지내고 있었다. 새끼 고양이는 주먹 두 개를 합친 것보다도 작았다. 두리가 보고 온 사진 속 고양이들과 비슷했다. 금매는 감탄을 금치 못했다. 어떡해. 너무 귀여워. 그런데 이렇게 어린 고양이도 유기되나 봐요? 보호사는 안쓰러운 표정으로 고양이를 바라보며 말했다. 유기된 고양이가 새끼를 낳았어요. 얘네 셋이 똑같이 생겼죠? 엄마가 같아요. 이쪽으로 오시면 품종이 좀 더 다양해요. 펫샵이 망하면서 거기 있던 애들이 버려질 처지에 놓여 이쪽으로 데려왔거든요. 안타깝죠. 다 작고 귀여워요. 무료니까 골라보세요. 두리는 고개를 끄덕거렸다. 금매는 고양이에게 눈을 떼지 못했다. 교감해 보시겠어요? 보호사는 일회용 비닐장갑을 나누어주었다. 하도 어리다 보니 감기가 옮을 수도 있어서요. 두리는 이 사람 참 위생적이고 일을 잘한다고 생각했다. 무엇보다 새끼 고양이들은 정말 예뻤다. 연예인들이 나오는 예능프로그램이 절로 떠올랐다. 평화로워 보이는 집과 살랑살랑 걸어 다니는 예쁜 고양이. 햇살을 받아 빛나는 유리구슬 같은 눈동자.

믿음이 생기자 결정은 빠르게 이루어졌다. 두리와 금매는 얼굴이 납작하고 눈이 동그란 새끼 고양이를 선택했다. 보호사는 새로운 가족의 탄생을 진심으로 축하했다. 너무 좋은 분들께 입양 보내서 기쁘다며 웃었다. 책임비는 30만 원이었다. 무료 분양이라던 것에 비해 금액이 컸지만, 애완동물 가게에서 데려오는 것보다 싸고 또 마음이 편했다. 입양하시면 바로 옆에 연계된 병원에서 메디컬 케어 서비스도 해드려요. 저희가 분양한 아이니까 책임지는 거예요. 아무한테 보낼 수는 없잖아요. 아이들 좋은 주인 만나게 해주는 게 보호소의 임무기도 하고요.

기본적인 건강검진에 드는 비용은 40만 원이었다. 어차피 입양하면 해야 하는 거라지만 비쌌다. 게다가 사기당한 것 같은 느낌을 지울 수 없었다. 사실상 총 70만 원을 지불하고 데려오는 거 아닌가. 두리가 입양만 하고 점검은 알아서 받겠다고 하자, 병원 간호사는 보호소 쪽과 통화를 하더니 말했다. 보호자님 이미 입양동의서 쓰실 때 전달된 내용이에요. 저희가 책임지고 분양하는 시스템이라 확실하게 검진해야 데려가실 수 있으세요. 다른 병원에서 하시는 것보다 훨씬 저렴하게 서비스해 드리는 거기도 하고요. 별다른 도리가 없었다. 두리는 생각 좀 해보겠다고 말한 후 접수대와 가장 먼 테이블에 앉아 한숨을 내쉬었다. 금매는 고양이를 품에 안고 눈을 글썽였다. 꼭 데려가고 싶다면서 고양이를 두리 얼굴 가까이 들이밀었다. 새끼 고양이한테는 달콤하고 포근한 아기 냄새가 났다.

나중에 아프거나 할 때 오면 공짜로 치료해준다잖아. 신종 펫샵인 거 같긴 한데 그냥 하자. 응?

너 언제부터 알았어?

뭐.

신종 펫샵이라는 거.

무료니까 골라보라잖아.

곰곰이 짚어보면 이상한 점이 있었다. 유기 동물 보호소인데 갓 태어난 어린 품종묘가 지나치게 많았다. 유선상으로 입양에 드는 비용이 있냐 물어보았을 때 무료 분양이라는 말만 반복했을 뿐 책임비 얘기는 없었다. 사이트에서는 파양도 도와준다고 했다. 사정상 키우기 어려워진 사람들을 위해 보호소에서 동물을 대신 맡아준다는 홍보 문구를 보고도 두리는 별다른 의심을 하지 않았다. 알레르기가 돋거나 애를 공격하면 데리고 살기 좀 힘들지, 생각했을 뿐. 이제 와 보니 이상했다. 보호소는 보호하는 곳이고 반려동물은 가족이라며. 가족의 연을 맺는데 무료니까 골라보라고 하지는 않지. 그러네. 내가 한 건 입양이 아니라 거래구나. 두리는 자신이 한심하게 느껴졌다. 왜 이런 어설프고 구차한 속임수를 간파하지 못했을까. 금매는 고양이를 손에서 놓지 않았다. 옷을 잡고 기어오르는 새끼 고양이를 아기처럼 감싸안았다.

두리와 금매는 아주 다른 사람이었다. 어렸을 때부터 정말 둘이 자매가 맞냐는 소리를 들었다. 생김새, 체형, 성격 모든 것이 너무나 달라서 다들 자매라고 하면 신기해했다. 금매는 어렸을 때 명석한 아이로 통했다. 제 나이 또래보다 한글도 빨리 배우고 계산도 잘했다. 제 언니는 울며불며 가지 못한 심부름도 금매는 아무렇지도 않게 성공했다. 금매는 어딜 내놔도 잘 살 거야. 다들 그렇게 말했다. 두리는 금매의 눈을 지그시 바라보았다. 금매는 알고도 선택한 것이었다. 금매가 가장 원하는 건 새끼 고양이. 이걸 위해 금매는 보호소에서 입양해야 한다는 다짐이나 자존심 같은 걸 내려놓은 걸까. 이 업체가 우리를 속이고 기만하는 걸 알고도 그냥 당하겠다고? 두리는 꿈속에서 본 엄마의 손짓을 떠올렸다. 과자로 만든 집 안에서 이리 오라며 천천히 손을 흔들던 엄마. 보기에만 좋고 살지도 못하는 곳에 왜 들어가 있어. 우리를 거기로 왜 불러. 하지만 나는 엄마 딸이고 금매는 정말 내 동생이 맞구나. 우리 이제 어떡하지.

집을 나와 두리가 처음으로 한 아르바이트는 패스트푸드점이었다. 밀려들어오는 주문을 하나씩 해치워나가는 동안 땀이 멈추지 않았다. 퇴근 후에는 아무것도 하지 않고 두어 시간 가만히 누워 있어야 그나마 피로가 가셨다. 성적도 건강도 챙기지 못했던 두리는 각종 아르바이트를 전전했다. 레스토랑, 옷집, 빵집. 가장 편했던 일은 카페 아르바이트였다. 음료 제조와 설거지 등은 이전에 했던 일들에 비해 그나마 쉬웠다. 하지만 결국은 최저시급이었다. 고시원 월세와 생활비를 충당하기 위해서는 아르바이트를 두 개 이상 병행해야 했다. 두리는 아르바이트 자리를 꼼꼼하게 살폈다. 그리고 바에 갔다. 아르바이트 포털사이트에 들어가면 알바생을 구하는 바가 무수히 많았다. 손만 뻗으면 언제든 닿을 수 있었다. 학교에 다니면서 근무할 수 있고, 만 원도 안 되는 최저시급의 최소 네 배 이상을 준다고 했다. 그동안 두리는 바에서 일하는 걸 고려해본 적이 없었다. 스킨십이 없다거나 술을 강요하지 않는다는 말에서 오히려 음흉함이 느껴졌다. 이상하고 무서워. 현혹되지 말아야지. 라면 하나로 세 끼를 때우고 진상 고객을 상대하고 점장에게 윙크를 받은 날, 두리는 바 아르바이트 자리에 지원했다. 다양한 바 중에 고르고 골랐다. 오로지 계산만 하는 일이라는 문구를 믿었다.

바는 생각한 것보다 퇴폐적이지 않았다. 찬장을 채운 술병들이 크리스털 조명 빛을 받아 빛났다. 지금까지 일해본 가운데 가장 깔끔하고 세련된 곳이었다. 바텐더는 친절한 미소를 지었다. 면접을 보았던 실장님은 두리가 매번 끼니를 거른다는 사실을 알고 난 후 종종 음식을 챙겨주었다. 남은 음식이 아니라 두리를 위한 리소토와 과일, 치즈. 두리는 정말로 계산만 했다. 한 달 동안은 그랬다. 당일 근무자가 심하게 아파 출근하지 못한 날이 있었다. 두리에게 간식을 주고 친근하게 대해주었던 언니였다. 실장님은 두리에게 땜빵을 부탁했다. 그저 앉아만 있어달라는 것이었다. 두리는 정말 앉아만 있었다. 술을 먹거나 따르지 않고, 웃지 않고, 손님의 말에 대꾸하지도 않았다. 그날 두리는 두 달치 월급을 당일에 현금으로 받았다. 두리는 총 석 달 바에서 일한 적이 있었다. 그 돈으로 고시원이 아닌 원룸으로 거처를 옮겼고 공과금을 냈다. 라면을 줄이고 편의점 도시락이나 김밥으로 주식을 바꾸었다. 엄마한테 돈을 빌려주었다. 두리는 그곳이 어떻게 돌아가는지 처음에는 몰랐다. 알게 된 후에도 두 달은 더 일했다. 계좌에 찍힌 금액을 볼 때는 본인이 영특하게 느껴졌다. 두리는 가장 원하는 걸 골랐다. 그렇게 믿으며 생각했다. 이것도 나를 지키기 위한 선택이었을까.

엄마가 다단계에 빠졌을 때 두리는 사리 분별 좀 하고 살라고 말했다. 엄마의 이상하고 멍청한 선택에 자신과 금매까지 끌려가고 싶지 않았다. 이게 맞는 건지 아닌지 잘 생각하고 판단하란 말이야. 제발 좀. 누가 봐도 이상하잖아. 이상해. 사기꾼 새끼들. 두리는 화가 났다. 모두가 자신을 속이고 있는 것 같았다. 금매에게 고양이를 빼앗아 보호소, 아니 신종 펫샵으로 돌아갔다. 직원은 환불은 어렵다며 말장난을 쳤다. 두리와 금매를 무지하고 막돼먹은 진상 취급했다. 강매한 거 아니잖아요. 그렇게 의심 되면 안 사면 되는데 데려가셨잖아요. 본인이 결정하고 동의서에 서명하고 돈 내셨잖아요. 두리는 아득바득 싸웠다. 그 옆에서 금매는 두리를 혐오 섞인 눈으로 쳐다보았다. 두리는 그 눈빛을 알았다. 자기가 이상한 꼬임에 넘어가놓고 왜 화를 낼까. 안 넘어가면 되잖아. 엄마 왜 자꾸 멍청한 선택을 하고 말도 안 되는 일을 벌여. 왜 그래 정말.

두리가 아주 어렸을 때. 금매가 이름도 없이 그저 온종일 우는 어린 아기에 불과했을 때, 엄마는 두리와 금매를 교회에 맡겨놓고 일하러 갔다. 교회 언니 오빠들은 두리에게 두꺼비집 만드는 방법을 알려주었다. 금매는 집사님들의 품을 오가며 잠잤다. 두리는 그 시절을 잘 기억하지 못했다. 다만 창밖을 내다보았다. 해가 저물고 일을 마친 엄마가 헐레벌떡 교회로 뛰어오는 장면은 어제 본 것처럼 선명했다. 엄마는 힘없이 사그라드는 회오리바람 같았다. 균형을 제대로 잡지 못해 이리 휘청, 저리 휘청거리며 만나는 교회 사람마다 허리를 푹 숙여 인사했다. 그때는 호떡이 천 원에 세 장이었거든. 아침으로 한 장, 점심으로 한 장 먹고, 남은 한 장은 두리가 먹었지. 기억나? 엄마는 별별 일이 휘몰아쳐서 죽을 것 같았다면서도 장난스럽게 그 시절 얘기를 꺼내곤 했다. 그때 휘몰아친 일 중에는 자매처럼 지냈던 집사님이 엄마의 목돈을 들고 사라진 사건도 있었다.

두리와 금매는 걸었다. 해가 지고 있었다. 붉은 노을에 눈을 반쯤 감은 채로 두 사람은 말없이 걸었다. 인적이 드문 길이었다. 보도블록 사이로 자라난 잡초에서 마른풀 냄새가 났다. 두리는 금매에게 고양이를 키우자고 했다. 제대로 된 보호소 찾을게. 연이 닿는 고양이로 잘 알아보자. 금매는 알겠다고 했다. 언니 집에 가고 싶어. 응 돌아가고 있어. 힘없이 걷는 두 사람 앞에 과자 집이 보였다. 달콤하고 알록달록한 과자 집이 하나, 둘, 셋, 넷 끝없이. 우리는 앞으로 과자 집을 몇 개나 더 지나쳐야 할까. 모든 과자 집을 무사히 지나칠 수 있을까. 구운 과자 냄새는 어찌나 향긋하고 부드러운지. 어렸을 때 자매가 만들었던 과자 집은 다음 날 벌레가 잔뜩 꼬여 먹지도 못하고 버렸다. 두리는 그 사실을 금매에게 알리지 못했다. 아침에 일어났는데 배가 너무 고파서 다 먹어버렸다고 거짓말했다. 그때 같이 치울 걸 그랬어. 두리는 과자 집을 하나씩 지나면서 생각했다. 과자 집은 과자로 만든 집. 그럴듯해 보이지만 그 안에 들어가 마음 편히 살 수는 없었다. 짓는 사람만 많고 부수는 사람이나 먹어 치우는 사람도 없었다.

그러나 만약 우리가 손을 잡고 걷는다면

안세진 서울대학교 박사과정, 문학평론가

소설은 한 여자의 죽음으로부터 시작한다. 남편 없이 두 딸을 길렀던 여자. 길렀다고 말하기에는 사실 제대로 된 엄마 노릇 한번 한 적 없는 여자. 만 원짜리 지폐 몇 장을 식탁 위에 놓아두고 몇 주 동안 집을 비우던 여자. 술에 취해 집에 돌아와 어린 딸이 모은 용돈을 훔쳐가던 여자. 주머니와 파우치에 후라보노와 콘돔이 들어 있던 여자. 매일매일 이상한 남자와 이상한 친구들만 만났던 여자. 그런 이상한 인간들에게 돈을 빌려주고 한 푼도 받지 못했던 여자. "말도 안 되는 딜을 쳐가며 이상한 일을 벌이고 스스로 감당하지 못"(331쪽)했던 여자. 몇 년 전에는 다단계에 빠져서 딸에게 돈을 구걸했던 여자. 하여간 나이를 처먹고도 끝까지 철이 없었던 여자. 지금은 영정 사진 안에서 눈치 없이 웃고 있는, 이제 다만 몇 개의 삽화로만 남아 있는 여자. 그 여자는 두리와 금매의 엄마다.

이곳에 애도는 없다. 간신히 형식만을 갖춘 듯한 장례식장은 텅 비어 있고, "약간의 슬픔과 허함이 느껴졌지만 그뿐이었다." 차라리 여기에서 두리가 느끼고 있는 것은 어떤 "개운한 마음"(321쪽)이다. "이제 이상한 일을 벌이는 사람도, 돈이 허투루 샐 구멍도 없"(322쪽)으니 비로소 어떤 '생활'이라는 것을 꿈꾸어볼 수 있다는 것. 아직 정리해야 할 것은 산더미처럼 남아 있지만, 두리와 금매가 손을 잡고 그것들을 하나씩 해치운다면 언젠가 "여름에는 수박을 먹고, 생일에는 직접 만든 케이크에 숫자 초를 꽂"(328쪽)는 미래가 펼쳐질 수도 있다는 것. 이미 오래전부터 두리에게 엄마의 존재는 딸들의 앞길을 가로막고 있는 처치 곤란한 부채(負債)의 형태로만 남아 있었던 것 같다. 드디어 엄마를 깔끔히 버렸다는 개운함과 함께, 두리는 장례식장 바닥에 앉아 두 다리를 쭉 뻗어본다.

이 개운함을 변명하듯 소설은 어렸을 때 엄마가 두리와 금매를 한 차례 산에 버렸던 적이 있다는 사실을 속삭인다. 어느 여름날, 서늘하고 어두운 산속, "잠깐 앉아 있으라"(327쪽)는 말을 남긴 채 엄마는 사라진다. 엄마가 돌아오지 않자 하얀색 원피스를 입은 두 소녀는 손을 잡고 산 아래로 천천히 걸어 내려간다. 「헨젤과 그레텔」처럼 미리 뿌려놓은 빵 부스러기는 없었지만, "자기 집을 못 찾아가기에 두리는 초등학생 고학년으로 나이가 너무 많았다."(327쪽) 경운기를 빌려 타고, 버스터미널에서 한숨 자고, 직접 경찰서를 찾아가서, 마침내 집으로 돌아온 이 당돌한 두 소녀. 이렇게 본다면 죽은 엄마 앞에서 두리가 보였던 그 냉담한 태도를 이해할 수도 있겠다. 엄마 된 도리를 하지 못한 엄마 앞에서 굳이 자식 된 도리를 할 필요는 없지 않겠는가? 이미 자식을 한 차례 버렸던 엄마를 자식이 버리는 것은 어쩌면 공평한 처사일지도 모른다.

그러나 소설은 그사이에 놓여 있는 또 하나의 버림에 대해서 이야기한다. 몇 년 전 두리는 동생 금매를 버리고 집으로부터 도망쳤다. 물론 두리에게 그것은 자기 자신을 지키기 위한 어쩔 수 없는 선택이었다. 엄마가 집 안으로 들여오는 남자들이 "교복을 입은 채 낮잠에 빠진 두리를 골똘히 쳐다보"(333쪽)는 것을 더 이상 견딜 수가 없었기 때문에, 이렇게 살다가는 정말 아무것도 기대할 수 없을 것 같았기 때문에, 두리는 성인이 되자마자 금매를 버리고 집을 나갔다. 소설에서 그 내용은 생략되어 있기에 우리는 두리가 집을 나간 이후 그 집에서 무슨 일이 일어났는지 알 수 없다. 그러나 한 가지 확실한 것은, 두리를 미치게 했던 그 모든 폭력을 떠안은 것이 결국 집에 남겨진 어린 금매였을 것이라는 사실이다. 우리를 버린 엄마를 원망하지 않느냐고 묻는 두리에게, 금매는 언니야말로 나를 버리고 집을 나간 것이 아니냐고 조용히 되묻는다. 두리는 그 앞에서 아무 말도 하지 못한다.

「과자 집을 지나쳐」는 살아가며 우리가 버려야 했던 수많은 것들에 대해 말하고 있는 소설이다. 소설 속에서 끈끈하게 얽혀 있는 세 모녀는 살아남기 위해 서로를 버린다. 엄마가 두 딸을 버리고, 두리가 금매를 버리고, 마지막으로 엄마를 버린다. 그러한 일련의 버림들은 연쇄적으로 이어지며 서로에게 지울 수 없는 상처를 남긴다. 소설은 그들이 서로를 버릴 수밖에 없었던 이유에 대해 구구절절 설명하지 않는다. 결국 "모든 걸 다 가질 순 없"(320쪽)다는 것을, 스스로를 지키기 위해서는 때때로 가장 소중한 것을 포기해야 한다는 사실을 이 모녀들이 너무도 잘 알고 있는 까닭이다. 정말로, "가장 갖고 싶은 것과 가장 버리고 싶은 것은 동의어일지도 몰랐다."(326쪽)

버림받은 아이들에게는 어김없이 "과자로 만든 집"이 찾아온다. 고소한 냄새의 과자벽이, 초콜릿으로 만들어진 대문이, 형형색색의 사탕 창문이, 허기와 외로움에 어두운 숲을 떠도는 아이들을 유혹한다. 옛 동화를 읽은 우리는 그곳에 들어가는 순간 모든 것이 뒤바뀌어 버린다는 사실을 안다. 그 달콤한 젤리를 뜯어 먹는 순간 돌아올 수 없는 길을 걷게 된다는 사실을. 토킹바에 일하러 가고, 가출팸에 가입하고, X로 스타킹과 양말을 팔고, 주머니에 껌과 콘돔을 챙기게 될 것이라는 사실을. 집으로 돌아오는 두리와 금매의 눈앞에 오늘도 달콤하고 알록달록한 과자 집이 끝없이 펼쳐진다. 과자 집 안에서 마녀가, 아니 엄마가 어서 들어오라고 손짓하며 두리와 금매의 이름을 부른다. “우리는 앞으로 과자 집을 몇 개나 더 지나쳐야 할까. 모든 과자 집을 무사히 지나칠 수 있을까.”(341쪽)

그러나 만약 우리가 손을 잡고 걷는다면, 잡은 손을 놓지 않고 더 꽉 잡는다면, 우리는 집으로 돌아갈 수 있지 않을까. 생각해보면 과자로 만든 집으로 한 발 한 발 걸어가는 두리의 팔을 잡아왔던 것은 언제나 금매의 작은 손가락이었다. “언니 바보야? 생각이라는 걸 해봐. 이렇게 매력적인 집이라니 이상하잖아. 누가 봐도 어린애들 꼬시려고 만든 거지. 먹지 마. 손도 대지 마. 우리 집에 가자.”(334쪽) 고양이를 입양할 때조차 “어설프고 구차한 속임수”(338쪽)를 감수해야 하는 더러운 세상이지만, 사방에 가득한 “사기꾼 새끼들” 때문에 나도 모르게 “멍청한 선택을 하고 말도 안 되는 일을 벌”(340쪽)이게 되는 무서운 세상이지만, “이상하고 무서워. 현혹되지 말아야지”(339쪽)라고 되뇌면서도 결국 토킹바의 문을 두드려야 하는 끔찍한 세상이지만. 만약 우리가 서로의 얼굴을 바라보고 걷는다면, 위험할 때마다 서로에게 이야기해준다면, 이제 서로를 버리지 않기로 약속한다면, 우리는 끝까지 걸어갈 수 있지 않을까. *과자 집을 지나쳐.*

해가 저물고 일을 마친 엄마가 헐레벌떡 교회로 뛰어오는 장면은 어제 본 것처럼 선명했다. 엄마는 힘없이 사그라드는 회오리바람 같았다. 균형을 제대로 잡지 못해 이리 휘청, 저리 휘청거리며 만나는 교회 사람마다 허리를 푹 숙여 인사했다. 그때는 호떡이 천 원에 세 장이었거든. 아침으로 한 장, 점심으로 한 장 먹고, 남은 한 장은 두리가 먹었지. 기억나? 엄마는 별별 일이 휘몰아쳐서 죽을 것 같았다면서도 장난스럽게 그 시절 얘기를 꺼내곤 했다. 그때 휘몰아친 일 중에는 자매처럼 지냈던 집사님이 엄마의 목돈을 들고 사라진 사건도 있었다. (340쪽)

소설의 마지막 장면, 두리는 어린 시절 교회의 창밖 너머로 내다보았던 엄마의 모습을 떠올린다. 사방에서 휘몰아치는 절망에 이리저리 휘청이며, 만나는 사람마다 비굴하게 허리를 굽히며, 그래도 끝까지 넘어지지 않고, 두리와 금매를 향해 걸어오던 엄마의 모습을. 먹다 남은 호떡 하나를 들고, 너무 늦기 전에. *같이 집으로 돌아가기 위해서.*

2025
올해의 문제소설

초판 1쇄 발행 · 2025년 2월 20일
초판 2쇄 발행 · 2025년 4월 10일

엮은이 · 한국현대소설학회
펴낸이 · 한봉숙
펴낸곳 · 푸른사상사

주간 · 맹문재 | 편집 · 지순이 | 교정 · 김수란, 노현정 | 마케팅 · 한정규
등록 · 1999년 7월 8일 제2-2876호
주소 · 경기도 파주시 회동길 337-16 푸른사상사
대표전화 · 031) 955-9111(2) | 팩시밀리 · 031) 955-9114
이메일 · prun21c@hanmail.net / prunsasang@naver.com
홈페이지 · http://www.prun21c.com

ISBN 979-11-308-2221-1 03810

값 19,000원

2025
올해의 문제소설

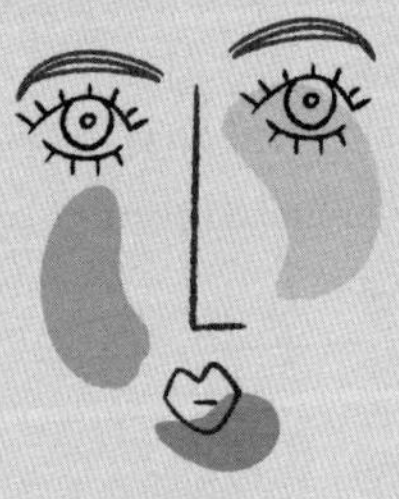

2024 올해의 문제소설

권여선 안반 · **기준영** 신세계에서 · **김기태** 롤링 선더 러브 · **김지연** 반려빛 · **박민정** 전교생의 사랑 · **박솔뫼** 투오브어스 · **성해나** 혼모노 · **이미상** 자갈 선생의 상담일지 · **이주혜** 이소 중입니다 · **전하영** 숙희가 만든 실험영화 · **정영수** 미래의 조각 · **최미래** 항아리를 머리에 쓴 여인

2023 올해의 문제소설

김기태 전조등 · **김멜라** 지하철은 왜 샛별인가 · **김병운** 세월은 우리에게 어울려 · **김본** 슬픔은 자라지 않는다 · **김애란** 홈 파티 · **김이숲** 관객 · **김채원** 서울 오아시스 · **성혜령** 버섯 농장 · **이서수** 젊은 근희의 행진 · **이희주** 천사와 황새 · **정영수** 일몰을 걷는 일 · **현호정** 연필 샌드위치

2022 올해의 문제소설

김멜라 저녁놀 · **김병운** 11시부터 1시까지의 대구 · **박서련** 그 소설 · **박솔뫼** 믿음의 개는 시간을 저버리지 않으며 · **서이제** 두개골의 안과 밖 · **위수정** 풍경과 사랑 · **이서수** 미조의 시대 · **이선진** 부나, 나 · **이주란** 위해 · **이주혜** 그 고양이의 이름은 길다 · **최은영** 답신 · **한정현** 쿄코와 쿄지

2021 올해의 문제소설

김숨 철(鐵)의 사랑 · **김의경** 시디팩토리 · **김지연** 굴 드라이브 · **김초엽** 오래된 협약 · **백수린** 흰 눈과 개 · **서이제** 그룹사운드 전집에서 삭제된 곡 · **서장원** 망원 · **이유리** 치즈 달과 비스코티 · **임현** 거의 하나였던 두 세계 · **장류진** 펀펀 페스티벌 · **전하영** 남쪽에서 · **최진영** 유진

2020 올해의 문제소설

강화길 오물자의 출현 · **김금희** 기괴의 탄생 · **김사과** 예술가와 그의 보헤미안 친구 · **박민정** 신세이다이 가옥 · **박상영** 동경 너머 하와이 · **백수린** 아카시아 숲, 첫 입맞춤 · **손보미** 밤이 지나면 · **윤성희** 남은 기억 · **윤이형** 버킷 · **정영수** 내일의 연인들 · **최은미** 보내는 이 · **최은영** 아주 희미한 빛으로도

2019 올해의 문제소설

권여선 희박한 마음 · **김남숙** 제수 · **김봉곤** 시절과 기분 · **박민정** 모르그 디오라마 · **박상영** 재희 · **윤이형** 마흔셋 · **이상우** 장다름의 집 안에서 · **이주란** 넌 쉽게 말했지만 · **장류진** 일의 기쁨과 슬픔 · **정영수** 우리들 · **정지돈** Light from Anywhere 빛은 어디에서나 온다 · **최진영** 어느 날(feat. 돌멩이)

2018 올해의 문제소설

권여선 손톱 · **김금희** 오직 한 사람의 차지 · **김연수** 저녁이면 마냥 걸었다 · **박민정** 바비의 분위기 · **박형서** 외톨이 · **안보윤** 여진 · **임성순** 몰:mall:沒 · **임솔아** 병원 · **임현** 그들의 이해관계 · **최은영** 그 여름 · **최진영** 막차

2017 올해의 문제소설

박민정 행복의 과학 · **백수린** 고요한 사건 · **윤고은** 된장이 된 · **윤이형** 이웃의 선한 사람 · **이장욱** 낙천성 연습 · **정미경** 새벽까지 희미하게 · **정용준** 선릉 산책 · **천희란** 사이렌이 울리지 않고 · **최은미** 눈으로 만든 사람 · **최은영** 씬짜오, 씬짜오 · **하명희** 불편한 온도 · **홍명진** 마순희

2016 올해의 문제소설

김금희 보통의 시절 · **김연수** 다만 한 사람을 기억하네 · **김의경** 물건들 · **김혜진** 어비 · **백민석** 개나리 산울타리 · **백수린** 중국인 할머니 · **이갑수** T.O.P · **이은희** 선긋기 · **임철우** 연대기, 괴물 · **조해진** 사물과의 작별 · **천희란** 창백한 무영의 정원 · **최은영** 미카엘라

2015 올해의 문제소설

권여선 카메라 · **백민석** 비와 사무라이 · **안보윤** 나선의 방향 · **이장욱** 기린이 아닌 모든 것에 대한 이야기 · **임철우** 흔적 · **정용준** 개들 · **정이현** 영영, 여름 · **조해진** 번역의 시작 · **최수철** 거제, 포로들의 춤 · **최은미** 근린 · **최은영** 한지와 영주 · **하성란** 개를 데리고 다니는 여인

2014 올해의 문제소설

권여선 봄밤 · **김경욱** 승강기 · **김엄지** 미래를 도모하는 방식 가운데 · **박성원** 몸 · **박형서** 무한의 흰 벽 · **송하춘** 마적을 꿈꾸다–김유정 평설 · **윤고은** 월리를 찾아라 · **이기호** 나정만 씨의 살짝 아래로 굽은 붐 · **임철우** 세상의 모든 저녁 · **정미경** 목 놓아 우네 · **조해진** 빛의 호위 · **최인석** 초록이 지쳐 단풍 드는데

2013 올해의 문제소설

권리 폭식 광대 · **김경욱** 인생은 아름다워 · **김솔** 소설 작법 · **김연수** 주쌩뚜디피니를 듣던 터널의 밤 · **박민규** 아…르무…리…오 · **서유미** 세 개의 시선 · **서준환** 파라노이드 안드로이드 · **이기호** 이정 · **이지영** 23/멜랑꼴리 · **정용준** 유령 · **조해진** 홍의 부고 · **최수철** 택시 · **한유주** 불가능한 동화

2012 올해의 문제소설

구효서 바소 콘티누오 · **김연수** 인구가 나다 · **김종은** 버틸 수 있겠어? · **김중혁** 바질 · **박형서** 맥락의 유령 · **백가흠** 그래서 · **염승숙** 레인스틱 · **윤고은** 요리사의 손톱 · **이기호** 저기 사람이 나무처럼 걸어간다 · **조현** 은하수를 건너 · **최제훈** 미루의 초상화 · **홍형진** 자살경제학

2011 올해의 문제소설

김경욱 소년은 늙지 않는다 · **김형주** 배팅 · **박민규** 루디 · **손홍규** 내가 잠든 사이 · **염승숙** 라이게이션을 장착하라 · **윤고은** Q · **이청해** 홍진에 묻힌 분네 · **이홍** 나의 메인스타디움 · **장마리** 선셋 블루스 · **최수철** 페스트에 걸린 남자 · **편혜영** 저녁의 구애 · **한강** 훈자

2010 올해의 문제소설

권지예 BED · **김경욱** 연애의 여왕 · **김애란** 그곳에 밤 여기의 노래 · **김종성** 춤추는 몬스터 · **김중혁** 3개의 식탁, 3개의 담배 · **박완서** 빨갱이 바이러스 · **백가흠** 그리고 소문은 단련된다 · **손홍규** 소설이 오셨다 · **이언호** 아보카도(Avocado)의 씨 · **조해진** 목요일에 만나요 · **최수철** 피노키오들 · **최제훈** 셜록 홈즈의 숨겨진 사건

2009 올해의 문제소설

권리 해파리 · **권여선** 당신은 손에 잡힐 듯 · **김남일** 오생, 아무도 가지 않을 길을 가다–오자외전 · **김이은** 이건 사랑 노래가 아니야 · **김태용** 포주 이야기 · **남한** 갈레테아의 나라 · **박민규** 별 · **서성란** 파프리카 · **손홍규** 도플갱어 · **송하춘** 자전거 · **정지아** 봄날 오후, 과부 셋 · **최일남** 스노브 스노브

2008 올해의 문제소설

김경욱 니기시키 내 사랑 · **김남일** 오생의 부활 · **김애란** 칼자국 · **김연수** 달로 간 코미디언 · **김이은** 가슴 커지는 여자 이야기 · **김재영** 꽃가마배 · **박민규** 아치 · **송하춘** 그 먼 나라를 알으십니까 · **윤대녕** 풀밭 위의 점심 · **정미경** 들소 · **정찬** 바비 인형 · **천운영** 내가 데려다줄게

2007 올해의 문제소설

김숨 트럭 · **김인숙** 조동옥, 파비안느 · **김중혁** 유리방패 · **윤영수** 광고맨 강과 그의 사랑하는 아들 · **이신조** 앨리스, 이상한 섬에 가다 · **이혜경** 한갓되이 풀잎만 · **정미경** 내 아들의 연인 · **정지아** 순정 · **천운영** 소년 J의 말끔한 허벅지 · **한강** 왼손 · **한유주** 죽음에 이르는 병 · **황정은** 문

2006 올해의 문제소설

김원일 오마니별 · **김인숙** 어느 찬란한 오후 · **김중혁** 에스키모, 여기가 끝이야 · **박민규** 코리언 스탠더즈 · **박정규** 한나절의 수수께끼 · **손홍규** 이무기 사냥꾼 · **유금호** 그 강변, 야생 키니네 꽃 · **이응준** 약혼 · **이화경** 상란전 · **정이현** 1979년생 · **조선희** 파란 꽃 · **최수철** 창자 없이 살아가기

2005 올해의 문제소설

송경아 나의 우렁 총각 이야기 · **김경욱** 나가사키여 안녕 · **김연수** 이등박문을 쏘지 못하다 · **김재영** 코끼리 · **박민규** 카스테라 · **박상우** 화성 · **서하진** 농담 · **이승우** 사해 · **이현수** 녹 · **정미경** 무화과나무 아래 · **조경란** 잘 자요, 엄마 · **천운영** 그림자 상자

2004 올해의 문제소설

권지예 꽃게무덤 · **김인숙** 그 여자의 자서전 · **김종광** 김씨네 푸닥거리 약사 · **심훈** 화장 · **박정규** 안녕 먼곳의 친구들이여 · **박정애** 불을 찾아서 · **백민석** 믿거나 말거나 박물지 둘 · **윤호** 눈이 어둠에 익을 때 · **이승우** 사령 · **정미경** 성스러운 봄 · **천운영** 명랑 · **최일남** 석류

2003 올해의 문제소설

강영숙 검은 밤 · **김경욱** 거미의 계략 · **김종광** 낙서문학사 창시자편 · **김향숙** 감이 익을 무렵 · **이청준** 들꽃 씨앗 하나 · **이화경** 외국어 · **전경린** 낙원빌라 · **전상국** 플라나리아 · **정미경** 호텔유로, 1203 · **정찬** 희고 둥근 달 · **하창수** 추상화 · **한승원** 그러나 다 그러는 것만은 아니다

2002 올해의 문제소설

강석경 관 · **공지영** 우리는 누구이며 어디서 와서 어디로 가는가 · **구효서** 세상은 그저 밤 아니면 낮이고 · **김하기** 미귀 · **박정규** 에코르체 혹은 보이지 않는 남자 · **서하진** 비밀 · **송하춘** 그해 겨울을 우리는 이렇게 보냈다 · **윤후명** 나비의 전설 · **이승우** 검은 나무 · **이혜경** 일식 · **조경란** 동시에 · **천운영** 눈보라콘